秋之韵

孙铭有

／著

山西出版传媒集团
三晋出版社

图书在版编目（CIP）数据

秋之韵 / 孙铭有著. -- 太原：三晋出版社，2022.8
ISBN 978-7-5457-2526-1

Ⅰ. ①秋… Ⅱ. ①孙… Ⅲ. ①散文集-中国-当代
Ⅳ. ① I267

中国版本图书馆 CIP 数据核字（2022）第 140979 号

秋之韵

著　　者	孙铭有	
责任编辑	朱　屹	
责任印制	李佳音	
装帧设计	段宇杰	

出 版 者：山西出版传媒集团·三晋出版社
地　　址：太原市建设南路 21 号
电　　话：0351- 4956036（总编室）
　　　　　0351- 4922203（印制部）
网　　址：http://www.sjcbs.cn

经 销 者：新华书店
承 印 者：山西海德印务有限公司

开　　本：890mm×1240mm　1/32
印　　张：11.5
字　　数：300 千字
版　　次：2022 年 8 月　第 1 版
印　　次：2022 年 8 月　第 1 次印刷
书　　号：ISBN 978-7-5457-2526-1
定　　价：69.00 元

如有印装质量问题，请与本社发行部联系　电话：0351-4922268

谨以此书向中国共产党成立 100 周年献礼

娓娓心语（代序）

——漫谈孙铭有的近作《秋之韵》

在蝶恋花、禾盼雨、煦煦柔风热情慰问万物的初春，我接到一个电话，是我的大学同班同学孙铭有打来的。孙铭有和我有半个多世纪同学加同行的深厚友情。他在电话里说他写完了一本新书，想让我写篇序，我在十分高兴的同时，只好不揣谫陋，诺诺接受。

我知道，孙铭有写作方面是一个非常认真细心的人，真有点杜甫"语不惊人死不休"的遗风。他对我说过："我在电脑上打文章，不是边想边打，而是先在纸上写好底稿，经过反复修改后才打。打时又来一次边打边修改，打完再校改多次，修改文章是没穷尽的……"所以，我就耐心等他把书稿送来。

等到黄鹂鸣翠柳、布谷催耕种的初夏，他才带着厚厚的书稿姗姗而来。

孙铭有是从新中国艰苦困难的基础上成长起来的知识分子。他生于农耕文化熏陶的寒门，经过多年寒窗苦读，终于奋斗到大学教授的水平，稳稳地扎根在培养人才的岗位上。

他的人生轨迹是坎坷曲折的，小时候家里七八口人，他五六岁就帮母亲烧火、做饭、纺棉花……稍大点则跟着大人拾柴编筐干农活，走耕读传家之路，亲身经历了自家的艰难生活。为了生计，十几岁的二哥冒着瓢泼大雨，去地头看护即将成熟的西瓜。不料风雨交加将摇摇欲坠的瓜窑摧塌了，二哥不幸遇难，全家人以泪洗面。其后，家中还遭过窑洞垮塌、牛院失火等灾难，每次都令人心惊胆寒。同时他也目睹了广大农民过的苦难日子,使他很自然地零距离贴近地气。因此,他的作品无一不是从记忆深处打捞出来的,把这一代人民群众纯朴高尚的基因娓娓道来,献给读者……

这次新创作的《秋之韵》一书虽然写的是教育、文艺、理论界和其他行业的人物,但同样是他十分熟悉的。他们优秀的品德、勤劳勇敢的精神、创造的伟大成就,也是令人感动的!

孙铭有生活上清贫淡泊,心里却豪情激荡。为了事业,他曾经住在鸡场改建的"房子"里,闻着鸡场残留的鸡粪臭味,受着从周围偷袭进入的蚊虫叮咬,用十多年的时间夜以继日地研究和发展了马克思主义文艺理论,对马克思关于"不平衡规律"理论进行了全面研究。其间发表了许多专著,主编了"文艺理论研究丛书"。因此,他被选为全国马列主义研究会会员、全国毛泽东文艺思想研究会会员……

他一方面用自己积累的这些知识丰富了学生的专业知识,提高了思想境界;另一方面又带领学生跋山涉水,克服重重困难,走革命先烈走过的路,学习了老一代的高尚品德和奉献精神,坚定了中国百年复兴的信念。这些年他将培养成功的一批批莘莘学子不断地输送到党和国家重要的岗位上……著名作家梁衡评价居里夫人时写道:"大音希声,大道无形,大智之人,不耽于形,不逐于力,不恃于技。他们淡淡地生活,静静地思考,执着地进取,直进到智慧的高地,自由地驾驭规律,而永葆一种理性的美丽。"(《梁衡散文精选》第98页)

孙铭有虽然远远没有达到居里夫人那种理性的美丽的高度,但他是一直在努力学习各方名人的精神……竟然老夫聊发少年狂,鬓微霜,又何妨?

《秋之韵》一书正是在这种状态中写出来的。书中许多人都是带着感人的故事进入他笔下的。我在阅读的过程中,心情宛如微波荡漾,一直平静不下来,有时甚至鼻子一酸,竟然泪珠欲滴……

孙铭有如此丰硕的成绩单上，还有一位学习居里夫人的贤惠能干之人，在他身后默默鼎力相助！她就是"铭有夫人"，一直在农村唱着"社员都是向阳花"，风雨无阻地挣工分。他们结婚后，过着两地分居的"鹊桥会"生活，她一人带着孩子，仍然风雨无阻地挣工分支援教育前线！直到1984年"农转非"的政策落实后，他们才真正生活在一起，并在校内开了一个小卖部。夫人一人经营小卖部，服务校园方便了左邻右舍和师生员工。这才是一个新中国大学教授之家齐心协力为教育事业奉献力量的真实写照。

如今桃李满天下，"满目青山夕照明"的园丁退而不休，继续在灿烂的夕阳照耀下伏案工作。真是"我挑水来你浇园"，夫妻双双献余热！

世上没有绝对的完美，作为孙铭有挚友的我，谨望他的文章锦上添花，步步升高！

娓娓心语，妄提拙见，如有差错，敬请斧正。

王双定

2021 年 7 月

目　录

良师益友

可爱中国

讲好故事

读书笔记

"茅奖"鉴赏

文艺评论

时评随感

平阳新貌

旧文归档

小说创作

附　录

我的记忆:文艺学学科建设

中文系文艺理论教研室,从20世纪80年代开始致力于文艺学学科建设工作。2003年文艺学硕士学位授予权申报成功,第二年文艺学又被评为山西省重点发展学科。这些成绩的取得渗透着几代人的心血,其中的酸甜苦辣,只有付出者才会体味到。我是前期主持和参与者之一,我们走过的步履永远铭刻在记忆的磁带中。

夯实基础　初具规模

1984年后半年,我出任文艺理论教研室主任。斯时,系主任闫宪康、倪以还教授、何林天副教授牵头,从1979年开始已招了四届古代文学、古代汉语硕士研究生。这是中文系、也是师大最早没有学位授予权的研究生点。在这样的学术氛围习染下,仅有讲师职称的我也萌发了文学理论将来也要招研究生的梦想,并开始为之创造条件。文艺学学科建设的最基本的条件是在文学理论教学、科研和教师梯队建设上狠下功夫。

在教学方面狠抓课程建设。努力将文学理论课程开全,除文学概论、美学、马列文论等必修课外,根据系领导的要求,还开设了系列选修课:中国古代文学理论、中国现当代文学理论史、20世纪中国四家美学论、汉语美学、马克思主义文学理论发展史、恩格斯文艺思想论、西方美学史、西方文艺理论、西方20世纪文艺理论、西方马克思主义文艺理论、人性人道主义专题讲座等。系列选修课的开设拓宽了教学领域，为学生毕业论文选题和考研方向的选择扩展了视野。多年来，中文系毕业生考入中国人民大学、北师大、复旦、华东师大、川大、南京大学等重点高校的文艺学硕士、博士研究生的不在少数。同时也促使教师向一专多能教学科研型方向发展，所开的选修课就是他们的科研方向。这样，就将文学理论教学定位在一个新的层次上，为文艺学学科建设奠定了学养基础。

抓教学质量的提高，这是文艺学学科建设的重中之重。教研室定期、不定期组织听课评课活动，相互交流借鉴，共同提高。要求教师在学年末总结经验，不断提高教学水平，还通过各种方式了解学生对教学效果的反馈和要求，以利于改进教学方法。

作为教研室主任，在提高教学质量方面努力做出表率。1964年大学毕业分配到省委党校文史教研室任教后，搞了两年"四清"，接着是"文革"，一天讲台也未登过，直到1973年初调来师大，教学才算起步。为了提高教学能力，虚心向老教师学习。本教研室解中平、林清奇等老师的课都听过，还听了闫宪康、聂恩彦、倪以还、黄竹三、李春芳、张明健等老师的课。同时采取自听自评的方式，即每学期都要把自己的讲课实况录一次音，在家里反复听，认真揣摩，连家人听了录音也给我指出"嗯、嗯"的语病。我很注重熟悉教学对象，给每届学生上第一次课时，都要搞一次问卷调查：姓名、性别、年龄、何时高中毕业、读过的文学名著、读过的文艺论著、是否喜欢文学理论课、对本科有何期待等项目。看了问卷，对学生的文学理论知识基础基本有了了解，可以有针对性地进行教学。要求教师总结经验，自己每一学年、每一学期也要总结。由于长期积累，1993年被评为"三育人"模范，领导要材料时，总结出"三结合、三首位"的教学经验[以"要培养'两过硬'人才"为题载于《山西师大报》(1993年12月30日)；收入拙著散文集《光阴留痕》，三晋出版社，2012年12月版]，努力培养思想品德、专业技术"两过硬"人才。

抓教材建设。教材对教学就像剧本是一剧之本一样，没有优质的教材何谈教学大纲的实施和教学水平的达标。因此，校、系领导都很重视教材建设工作。我国最早的文学理论教材是初版于1925年10月马宗霍的《文学概论》，观念陈旧。新中国成立前的教材多是翻译西方的，唯心主义哲学观是其指导思想；新中国成立初大都是翻译苏联的，存有教条主义和庸俗社会学的影响。20世纪50年代末，毛泽东强调在学习苏联时要自主创新，不要老跟在别人屁股后面跑。60年代初才出版了以群主编的《文学的基本原理》、蔡仪主编的《文学概论》。新时期之初，教材奇缺，将这两部教材修订出版作为指定教材，但仍存有极"左"思潮影响的痕迹，师生都不甚满意。学生手里的教材只作参考，老师按1981年国家教委颁发的《文学概论》教学大纲讲课。学生听课要拼命记笔记，学习很不方便。编写教材工作提上了议事日程。我们先从编写成人教材练笔。1984年教研室组织编写山西省高等自学考试教材《文学概论》，与之相配套的辅导书是由解中平牵头编写的《〈文学概论〉百题解》（两书均由省自考中心印发）。1989年，我和林清奇参编成教办组织的《中文自学手册》（陕西人民出版社，1989年版）一书，撰写文学概论部分。在此基础上，1992年，教研室计划组织编写本科生《文学概论》教材。我曾就1981年颁发的教学大纲是否修订、编写教材的依据和应注意的问题等，先后两次向国家教委写信咨询。国家教委高教司文科处、师范处分别回函解答。正当我们即将开始编写教材时，高等教育出版社出版了童庆炳主编的教材《文学理论教程》，并被国家教委列入师范院校"国家级重点教材"。我们认为这部教材观点新，较充分地吸收了科研的最新成果，是目前的好教材。于是，教研室决定放弃编写文学概论教材的计划。

我编写了马列文论教材。1975 年给中文系本科生开设马列文论课。初始是我和林清奇讲,78 届之后林开设美学课,马列文论便由我一人讲。开始没有合适的教材,只能誊印别的院校的教材,但所选的原著篇目少,注释更少,学生难以看懂原文。1982年,我编写了《马克思主义文艺论著选读》,教材内容分三部分:原文、注释、时代背景。其中注释比较详尽,比同类教材增加了三分之一,便于学生阅读原文。这是在认真研读原著的基础上,翻阅了大量资料,充分吸收了最新科研成果,多有自己的新见,改写和新编的条目占半数以上。当时出版很难,只能打印。教材科人手少活多打不出来,只好自己想办法。在假期冒着酷暑找到原临汾市委(地改市后成为尧都区)文印室,人家打了一部分,觉得不如打文件轻松,推说公务忙不打了。开学前教材打印不出来,就会耽误教学,我心急如焚。段登捷老师知道后,他通过熟人在原市体委找人才打完教材。直到 1987 年共打印过四版,每版都有所提高,增加原文篇目,增删和充实注释内容,由一册改为上、下两册。后来由于物价攀升,打印的费用远远超过国家出版的教材。为了减轻学生经济负担,只好忍痛割爱,改用统编教材:中国人民大学纪怀民等主编的《马克思主义文艺论著选讲》,虽然这部教材的注释较少。

抓青年教师的培养,建设良好的教师梯队。80 年代中期,教研室人丁兴旺,最多时有七八位教师,中老年占多数。1990 年初,中老年教师陆续调离、改行、离退休后,只有我和刚留校不久的张天曦、王有亮、吕文丽、裴亚莉四位年轻人。培养青年教师工作迫在眉睫。一是推荐张天曦,后由教研室推荐、系领导确定为后备干部第三梯队成员。二是通过听课、评课提高他们的教学水平,特别是在他们上第一堂课时都要组织听课。吕文丽从戏研所硕士毕业后,我们听她的第一堂课时,她的导师冯俊杰也闻讯赶来。评课时,大家认为她的课讲得还不错,充分肯定了成绩,也指出了不足之处。特别令人动情的是冯俊杰对他的门徒要求格外严，缺点讲得很具体，分析了原因，并提出了更高的要求。这不仅对吕文丽，对其他青年教师触动也很大。三是鼓励他们考研、攻博。到90年代末，四位青年教师先后获得博士学位，教研室博士化达到五分之四。四是为青年教师深造创造条件。90年代中期，他们有的上硕，有的读博，教研室只剩下我一个人，包干三门必修课的教学任务。其中美学先是林清奇的主课，林调离后张天曦主讲，我从未染指过。张上博后，我只好从头学习美学，边备课边讲。每年最多讲400多课时，但从未享受过学校所规定的超工作量奖，据说是中文系总工作量未超之故。

长期以来，我总认为高校教师必须具备较强的科研能力。只会讲课，甚至课讲得很受学生的欢迎、同行称道，而不搞科研，不能著书立说的教师，充其量只能算是教书匠一个，还不能说完全具备高校教师应有的素质。全国重点大学的所谓名师、大师，哪一个不是既为讲课的行家里手，又是某一领域科研的领军人？要想办好名系名校，就要出人才出成果。一个学科的建设也离不开人才和成果的支撑。因此，我们要求教师在讲好课的同时，还必须搞科研。每年至少发表一两篇论文，长期积累成果就可观了。先写论文，再搞著作，鼓励大家申报科研项目，以项目促成果。有了科研成果，就为进一步提高教学水平、评职称、学科建设创造了条件。20世纪末，教研室五位教师发表论文近百篇，出版著作十多部，合编教材5部。

我在科研上取得了一定的成果。主持完成了科研项目："马克思关于'不平衡关系'理论研究""马克思主义文艺理论研究"，其成果是出版了学术专著：《不平衡规律新论》（陕西人民出版社，1989年版）《恩格斯文艺思想论》（大众文艺出版社，1996年版），并先后获得1995年、1997年山西省教委人文社科优秀成果著作一等奖，山西师大科研优秀成果一等奖。主编"文艺理论研究丛书"（大众文艺出版社，1999年版）一套8部学术专著，共200多万字，其中自撰《马列文论新探》。发表学术论文50多篇，其中国家级33篇。《研究不平衡规律的意义》一文，获1985年山西省首届赵树理文学奖文学理论二等奖，为此，学校曾颁发嘉奖令；《试论毛泽东文化学思想》一文，获1999年山西省人文社科优秀成果奖。论文在中国人民大学书报资料中心《文艺理论》《外国文学研究》《马克思主义、列宁主义》等转载十多篇。论著及其观点在《文艺报》《新华文摘》《高校文摘》《光明日报》《中国文化报》《文学评论》《文艺理论与批评》《十年文艺理论论争言论摘编》（北京十月文艺出版社，1992年版，该书摘录了3篇论文的观点）、《文艺理论论点选编》（中国人民大学出版社，1987年版）、《新时期文艺学争论资料》（复旦大学出版社，1988年版，该书摘引一篇论文的观点，索引存目4篇）、《批评家》、广西社科院《社会科学探索》、上海社科院《毛泽东邓小平研究》、山西省电大学报、《山西师大学报》《吕梁教育学院学报》等书报杂志重发、引用、介绍、争鸣、评论的近百处。仅《我国对于艺术生产与物质生产发展不平衡规律研究的概况》一文，《山西师大学报》1979年第4期发表后，《光明日报》摘转、人民大学《文艺理论》转载、中南八院校《文学概论参考资料》（上册）等4部书中全文收入。特别值得一提的是，人民大学《文艺理论》（1982年第3期）出了一期关于"不平衡关系"理论研究论文专刊：转载10篇论文，其中有我1篇；该刊转载过的存目6篇中有我的2篇。一校一人3篇者，仅此一家，为学校增了点光。因此，全国著名文艺理论家陆梅林说，"铭有同志是一位可尊敬的学者"（《中国文化报》1996年4月21日发表的对《恩格斯文艺思想论》的书评）；山西大学马列文论教授程继田说，"孙铭有是我省中青年文艺理论家"（《批评家》1989年第6期）；山西省电大学报也说我是"全国著名的马列文论专家"（1997年第2期）。我对这些评语始终是诚惶诚恐，只把它看作是压力和努力的方向。之所以能取得上述成绩，除各级领导的关怀、鼓励、支持、资助外，还努力做到了三个"坚持"。

一是选准"井位"，坚持打深层井。科研，首先碰到的问题是搞什么。所谓选准"井位"，即确定课题目标要突出一个"准"字，从自己的实际出发，瞄准文艺实践中提出的重大问题。目标一旦确定，则要持之以恒，深钻下去，方能出"水"。文艺理论研究的范围很广、课题很多。如果东一榔头西一棒子，就难免分散精力，不能构成系统，难有成就。根据教学需要和自己的爱好，我在70年代末，确定了科研的长远目标：马列文论研究。同时还确定了阶段性目标：80年代初研究马克思关于"不平衡关系"理论，发表了10篇论文，出版了学术专论《不平衡规律新论》。之后又确定了第二个阶段性目标：研究恩格斯文艺思想。在发表了4篇论文的基础上，撰写出版了我国第一部系统论述恩格斯文艺思想的学术专著《恩格斯文艺思想论》。

首先，目标确定之后贵在坚持，无论遇到什么艰难险阻，都要奋力克服，勇往前行。80年代后期，社会上否定马列文论、否定毛泽东文艺思想的邪说甚嚣尘上。任意践踏马列的，被视为思想解放，坚持的倒成为保守落后。在这种情势下，我不仅对马列文论研究没有丝毫动摇，还撰写了《论否定马克思主义文论的手法》一文，将其手法归纳为9种，一一给以剖析，揭穿其政治目的，并指出识别的方法。以科研成果与阴风恶浪展开搏斗。正如程继田教授在评论《不平衡规律新论》一书时所说："正当马克思主义文艺理论在一阵高一阵的'反思'浪潮中受到冷遇、嘲弄、排斥时，孙铭有却数年如一日，坚持研究马克思主义文艺理论的基本问题，并以自己的实绩将我国对马克思提出的艺术生产与物质生产发展不平衡规律的理论的研究向前推进了一步。这种精神实在令人钦佩，其研究成果应受到注意。"（见《批评家》1989年第6期第63页）

其次，发现的问题要抓住不放，锲而不舍，才有成果。例如恩格斯提出的"每个人都是典型,但同时又是一定的单个人,正如老黑格尔所说的,是一个'这个'"。理论界对"这个"马克思主义文艺典型观是相当重视的,发表了不少研究论著。但对"每个人都是典型"的内涵、要义,却很少有人涉及。我在1978年写的《谈谈话剧〈丹心谱〉反面人物的塑造》一文中,对它的内涵作了这样的解释:"这里所说的'每个人',就是指一部文艺作品中描写的所有人物,即各阶级、阶层人物;主要、次要人物;先进、落后、转变人物;正面、反面人物都应该是典型,也是一个'这个'。"一句话,文学作品中所描写的人物都是典型。当时只是为了说明《丹心谱》中反面人物庄济生也是典型,未能展开论述。之后,经常思考这样解释是否准确? 曾与同行交换过意见,又翻阅了大量资料,直到1986年才写出《论"每个人都是典型"——对恩格斯典型论的新看法》。《山西师大学报》发表后,《新华文摘》、中国人民大学出版社出版的"新论点丛书"《文艺理论论点选编》一书中,都以副标题为题介绍了文章的观点。

再次,要持之以恒,还必须有不浮躁、甘于寂寞、稳坐冷板凳、吃苦耐劳的精神。有人曾说鲁迅是天才,先生听后说,什么天才,我只不过是把别人喝咖啡、玩的时间都用到了写作上而已。我牢记鲁迅的话,并身体力行,基本上没有什么节假日。80年代后期校工会每年暑期组织教职工外出旅游时,给每个单位分几个名额,我从未报过名。有课时,先备好课再看资料,到节假日有了整块时间才动笔写。大多数是看几个月的资料才能写出一篇论文,有的甚至用了七八年时间,《恩格斯文艺思想论》一书写了10年。我思考的多,成文的少;看的资料多,直接用到论著中的少。广览资料主要是为了丰富知识,提高认识,孕育、形成和发展自己的观点。我还坚持一条原则:没有个人新见不动笔,个人见解不成熟的稿子不发表。在进行科研、撰写论文的过程中,一个问题想不透彻,迟迟动不了笔时,寝食不安,冥思竭虑,苦不堪言。每当这时,总是暗下决心,这篇写成后一定要"金盆洗手"。可是当论著发表后,又是自己最快乐的时刻,所谓"决心"早已抛到九霄云外去了,脑子里已经思考着新的问题,以极大的热情投入新课题的研究之中。几十年来,我所获得的科研成果都是这样苦熬出来的。

二是揭示规律,坚持回答文艺实践中提出的问题。科研的根本目的在于对实践经验的科学总结,揭示其内在规律,指导和推动实践的发展。我的科研课题都是有一定针对性的,例如,80年代中期,理论界有人提出所谓"要重建中国特色马克思主义文论"的观点。针对"重建"论,我发表了《我国马克思主义文艺理论发展的起点》一文,论证了毛泽东文艺思想就是中国特色的马克思主义文论,不是"重建",而是在此基础上的丰富和发展。童庆炳主编的自学考试教材《文学概论》中,认为恩格斯关于文艺起源于生产劳动的思想,只提供了文艺发生的客体因素,而没有涉及主体因素。为此,我撰写了《研究文艺起源问题要正确处理三种关系》《论恩格斯文艺起源观》(《文艺理论与批评》1995年第4期)两篇论文,着重论述了恩格斯关于文艺起源于生产劳动的思想,不仅揭示了文艺发生的客体因素,也提供了主体因素,即文艺发生的最基本的主体因素人、人的双手、大脑、语言、审美意识和艺术想象力等,都是人类在长期生产劳动中产生和发展起来的。

三是拓展知识,坚持为教学服务。我们是普通高校教学科研型教师,因此要以教学为主,科研必须与教学相结合,拓展知识,深化教学,否则就会分散精力,妨碍教学,科研也难取得成果。所以,我的科研与教学总是相辅相成,融为一体的。

我之所以确定马列文论为科研主攻方向,就是因为马列文论是我担任的一门课。它与我的信仰理想相一致,总想把它讲好,并作为终身事业去奋斗,它很自然成为我的科研对象了。

我所撰写的论著论述的大多数是在教学中碰到的、无法回避的问题。例如70年代末,在讲授马克思关于"不平衡关系"理论时,有的学生提出:"马克思既然认为经济基础对上层建筑起决定作用,为什么又说艺术生产与物质生产的发展存在着不平衡关系呢？这不是自相矛盾吗？"当时虽然做了回答,但自己并不满意,久久难以释怀。于是对"不平衡关系"的含义、特征、表现形式、产生的原因、研究的意义、我国理论界研究的状况等一系列问题展开深入探索,发表了十多篇论文,于1989年结集出版了我国第一部研究"不平衡关系"理论的专著《不平衡规律新论》。不仅解决了教学上的疑难问题,也为我国在这方面的研究做出了贡献。

用科研成果丰富教学内容。我的论文大多数是写出初稿先在课堂上讲,然后修改发表。80年代初,为了帮助学生对马克思关于"不平衡关系"理论精神实质的理解,讲了我撰写的《试论不平衡规律的普遍性》一文初稿,正逢教研室组织听我的课。这篇论文是针对当时理论界有人认为"不平衡关系"理论揭示的是局部特殊规律,还有人认为是绝对的普遍规律。我认为马克思所揭示的是"一个客观规律,就它本身范围内,是普遍规律。但与其他各个领域相对而言,它也是特殊的"。论文就是论证这个观点的。课上课下引起热烈讨论,同学们反映这样上课收益最大。课后还有两位学生合写在吕梁教育学院学报发表了争鸣的文章。听课的老师们也认为这样讲课有深度,对学生学习写论文有示范作用。论文经过修改在《山西师大学报》1981年第2期发表后,人民大学《文艺理论》转载,《马列文论研究》第5集等书刊中介绍了我的观点。科研推动了教学水平的提高。

上述"三坚持"体会,在1999年我又一次被评为"三育人"模范后,在9月1日《山西师大报》载《孙铭有——坚持不懈搞科研》、2001年3月2日《万荣人》报载《杏坛常念马列经——记山西师大教授孙铭有》两文中作了介绍。

积极申报　趋向成熟

90年代初,校领导越来越重视学科建设、研究生学位授予权申报工作。大会小会动员,下红头文件,制定计划,采取措施。卫灿金担任系主任后,更是把这一工作放在重要地位来抓。特别是戏剧戏曲学、政治经济学、应用数学、课程与教学论等硕士学位授予权申报成功,使我在80年代的梦想变为积极申报文艺学硕士授予权的实际行动。

赴京考察。1994年12月,我到北京大学、中国人民大学、北师大等首都高校考察,了解有关如何申报研究生点及其课程设置、教学大纲、教学计划等情况。我还记得在拜访北师大中文系教授、硕导、校研究生处长刘庆福的情景。他是我在全国马列文论年会上认识的,谈话就比较随意。当我说明来意,提出了解如何申报马列文论研究生点时,他立即打住我的话解释说,咱们文学理论研究生点的名称叫"文艺学",它是二级学科。研究生点只能申报一级或二级学科,马列文论是三级学科,可作为文艺学的一个方向。当时顿感汗颜,自己连申报研究生点的ABC都不懂。不过这次考察的确收获不小。

之后,利用外出参加学术讨论会之机,曾了解过河北师大、上海师大、武汉大学等校文艺学研究生开课的情况。还让我指导过毕业论文考入北师大、人大文艺学研究生的学生张志刚、吴兴业,分别把他们的教学计划复印件寄给我。

成立审美文化研究室。按规定硕士点最少要报两个方向,我们计划报三个方向。每个方向规定四个导师,我们教研室只有5名教师,怎么办? 文艺学是由文学史、文学理论、文学批评三个分支构成的。经领导批准,1998年成立了审美文化研究室,将讲文学史的教师吸纳为研究室成员,共计12人。拟报马列文论、文学理论、文艺美学三个方向。

　　主编"文艺理论研究丛书"。这是审美文化研究室成立后第一项科研成果,由大众文艺出版社出版。该"丛书"由我主编,9位教师撰写的8部学术著作:我的《马列文论新探》,秦德行、王安庭《中国古代文论概要》,张一平《中国古代诗话风格论》,亢西民《西方小说形态论纲》,杨文华《西方现代戏剧艺术论》,张天曦《20世纪中国美学四家论稿》,王有亮《汉语美学》,裴亚莉《电影语言现代化再认识》,共计200多万字。"丛书"回答了世纪末文论界的热门话题,即如何发展中国文论的问题。我们的主张是"从不同角度对文艺理论展开研究工作,企望走一条从中国古代文论和西方文论中汲取精华之路,总结我国文艺实践经验,经过美学的蒸煮,发展中国特色马克思主义文论的道路"(见"丛书""前言"第2页)。著名文论家童庆炳在《中国文化报》发表的书评《春意姗姗来迟》中,认为这是在文论界"展现了一片令人惊喜的新绿""姗姗来迟的春意"。"丛书"出版后,《文艺报》《文艺理论与批评》《山西师大学报》《中国语言文学资料信息》等报刊作了介绍。《山西日报》发表《跨世纪的文艺理论》的书评,《山西广播电视大学学报》也发表了书评。"丛书"的出版为申报工作奠定了坚实的基础,引起各级领导的好评,连省学位办和分管文教的副省长王昕都认为我们的科研成果突出。

　　主编"丛书"时,经过多次讨论确定主旨之后,分头撰写。我曾先后两次分别与系副主任杨文华、张天曦赴京联系出版社,签订出版协议。为了能按协议规定的时间如期交稿,让每个作者定出写作进度计划和交稿时间。他们教学任务都较重,不抓紧,稿子很难按时完成。于是,我除了写自己的稿子还得经常检查督促。特别是临近截稿之日,几乎每天催,一见他们就问什么时候交稿?弄得有些作者不敢见我。戏称自己是"黄世仁"讨债的。当"丛书"完成出版后,皆大欢喜,大家沉浸在成功的快乐之中。有的年轻教师还深有感触地说:"有些事情的成功也是逼出来的。"

举办文艺学研究生班。1998年前半年，经校系领导与陕西师大中文系达成协议，联办文艺学和古代文学硕士研究生班。一方面为解决青年教师学位比例较低的现状，一方面为我们申报硕士学位授予权和从事研究生教学练兵积累经验。4月26日，我和李春芳奉命到陕西师大中文系联系研究生班的教学大纲、课程设置、教学计划等事宜。双方商定课程由两校教师分担，文艺学专业由我讲授马列文论专题研究。同年暑假在给研究生班授课期间，我还抽空听了陕西师大几位老师的课，了解人家是怎样给研究生讲课的，以提高教学水平。

此外，还积极筹办全国毛泽东文艺思想研究会年会，为争取全国重点院校著名文艺学教授专家来校指导，除聘请中国社科院文研所著名文论家钱中文、杜书瀛做兼职教授外，我还将全国毛泽东文艺思想研究会1997年年会承办权揽回我校，遗憾的是，未能成功，甚至造成当年年会被取消的"事故"，个中原因不提也罢，酸甜苦辣只有自己清楚。

申报文艺学硕士学位授予权。筹办年会的失败似乎给学科建设带来了不祥之兆。果然，到了2000年，由我牵头申报文艺学硕士学位授予权。省内外通讯评委评审结果：通过率90分，各项成果综合成绩为83点几。在文科学科组排名差零点几仅次于山西大学现当代文学专业，名列第二。按说是稳当当能够通过的，可是没想到，因为我们申报点一位外聘成员除了结合我们这个点以外，还结合了其他一个申报点。最后考评组以"一女嫁二夫"的理由把我们拿了下来。得到消息，我和系主任连夜奔赴太原，多方面做工作，试图挽回局面，但已于事无补，败局已定。十几年的梦想突然成了泡影，当时的心情真是难以言表。此事之后，我向系领导递交了辞呈，辞去教研室主任一职，以此"谢罪"。虽然此次申报未能通过，然而文艺学学科建设的发展已进入成熟阶段。

蓬勃发展 前途无量

2000 年 8 月申报失败,10 月我退休,接力棒传到了张天曦等人手里。张天曦牵头,在教研室主任王有亮等人的努力下,吸取了第一次申报失败的教训,进一步优化了教师梯队,在不断提高教学质量的同时,增强了科研力量,近两三年里,申报了多项科研项目,发表了学术论文 20 多篇,出版学术著作 3 部,编写文学理论教材一部。2003 年申报文艺学硕士学位授予权时,顺利通过,2004 年开始招生。

他们发扬连续作战的作风,经过集体的努力,2004 年文艺学又被评为省重点发展学科。这时,文艺学学科进入了蓬勃发展的新阶段。面对这样的可喜局面,我感到十分欣慰,梦想终于在年轻人手里变为现实。长江后浪推前浪,一代又一代前赴后继,是人类社会,也是文艺学学科发展的规律。

文艺学这支队伍经过千锤百炼,年轻有为,梯队结构合理,学理构成多元互补,发展潜力还很大。他们正朝着新的目标——申报文艺学博士学位授予权而不懈努力。文艺学学科在前进,文学院在前进,师大在前进。更加辉煌灿烂的明天必将展现在世人面前。

(原载《山西师大学报》2018 年山西师范大学建校 60 周年校庆专刊)

大学生活片段

　　1960年,我考入山西大学中文系。9月初,报到的那一天,我经历了人生三个第一次:第一次乘坐火车,第一次来到省城太原市,第一次迈进大学校门。一进校门,但见五层教学主楼矗立在眼前,主楼南北两侧一座座学生宿舍楼也有两三层高。楼与楼之间的空地上栽种着奇花异草,柏油马路两旁松、柏、杨、柳树竖立,树根前依偎着修剪齐整矮墙似的常青树。主楼后面是座小花园,百花争艳,蜂蝶飞舞。湖水里荡漾着凉亭、垂柳的倒影。在小石子铺的小径上,男女生漫步交谈,树荫下、凉亭里,不少同学在专心致志地看书。小花园北侧是1958年建造的新图书馆大楼……我已经爱上了这所大学。

太浪费水了

　　报到后,分配在中文系60级乙班。接待新生的师兄们,帮我扛行李、提书包,送到中文系西楼二层。从宿舍门上贴的名单,找到了楼道南侧中部我的"家"。我是第一个入住的,房间约20平方米,南面开着绿漆框明亮的玻璃大窗户,红漆木板铺地,踩上去"咯吱、咯吱"响。东、西两侧各摆放着两张上下两层的黄漆木床。我挑了靠门口一张床的上铺,一开门风就会吹上来(后来每次调整宿舍时,我都如是做,住了4年上铺),将方便让给别人。

我把行李放好,来到盥漱室洗脸。盥漱室在我的宿舍斜对面,有两间宿舍大。东、西靠墙各有一排水龙头,一拧水龙头水就哗哗地流到脸盆里。在中学物理课本上学过自来水安装构造原理,今日才有缘谋面,新奇得很。已有几个同学接了多半脸盆水在洗脸,洗完一倾脸盆,水便倒进水泥池里,瞬间不知去向。还有的不用脸盆,打开水龙头,任由水哗哗地流着,他却不紧不慢地洗着脸……我实在是看不下去了,这太浪费水了!老家万荣缺水,我从高小到高中,都是3个人在一个脸盆里洗脸。特别是上高小时,用直径约20厘米大的小瓦盆洗脸。每天早操时,值日生给每个盆里倒三茶缸水,下操后,3个人围着小瓦盆洗脸。在高考复习阶段,老天爷几个月也不下一滴雨,因缺水,非毕业班师生提前放暑假。水灶也无法供开水,更谈不上洗脸了。现在这样用水太可惜了。

我打开龙头只把脸盆里母亲织的红蓝格子手巾泡湿,擦了把脸,急急忙忙把班主任马德保老师(高年级学生兼任,住在学生宿舍里)叫到盥漱室,讲了我的意见。马老师是中文系大四学生,回族,身材魁梧,帅气十足,白净的脸上总带着笑容。他见我激愤的神色甚觉好笑,似乎笑话我这个刚进城的土包子。他说:"节约水是对的,但这里不是你们万荣,3个人在一个脸盆洗脸,那也太不卫生了……"

犯过两次错误

一次是在下乡劳动时抢购肥皂。我们入学时正赶上三年困难时期,校领导作报告,传达中央精神,系、班党团组织层层动员,要正确认识形势,正视困难,不怕困难,要以红军长征精神克服暂时的经济困难。太原市委一位领导来校作报告时说:"市委最发愁的是如何解决市民每天100万斤粮食、100万斤蔬菜的供应问题……"这句话至今我还记忆犹新。当时,最令人感动的是,为了同全国人民共渡难关,毛主席和周总理等中央领导都不吃肉了。

我们积极响应党中央的号召,为了节约粮食,口粮由 36 斤减为 30 斤(社员在生产队食堂吃饭,每人每天 4 两粮),提倡"瓜菜代"。课余时间,我们去捡树叶,储存在一间教室里,准备掺在馍里吃。据说小球藻是绿藻的一种,植物体由一个细胞构成,繁殖很快,有一定的营养,每个同学都用脸盆培养之。有一次,班主任带领我们到清徐县一个生产大队帮助秋收,劳动一周,换回一卡车白菜,系领导很是欣慰。

在劳动期间,发现村供销社买肥皂不要号,太原市的肥皂、烟、糖等商品都凭号供应。同学们纷纷去买肥皂,每人限购一块,我也买了。个别同学还买了第二次。班主任马老师发现后,立刻召开班团干部会,我是团支部组织委员。马老师批评说:"国家正处在经济困难时期,每人供应一块肥皂,这是为了满足群众最低生活需求。村供销社的肥皂是供给社员的,咱们买了,社员用什么?这种抢购风必须立即刹住,特别是班团干部、党团员要带头与人民群众同甘苦,共克难。"我听后,检查自己抢购是个人主义、损害社员利益的行为。买过肥皂的干部都做了自我批评。从此,凡是凭证供应的商品,再也没有同学到村供销社去买了。

另一次是从图书馆"偷"书。每天晚上,要去图书馆阅览室上自习的同学,都是一放下饭碗就背上书包往图书馆跑,我也是这个人群中的一分子。这时,图书馆门口总是人山人海、熙熙攘攘。门一开,同学们便鱼贯而入,抢占台灯单人座,抢不到的只能坐在日光灯棒下的长桌长凳上学习了。坐定后,先复习功课,做完作业,再借书报读。直到下自习铃响了,管理员催上几次,同学们才恋恋不舍地还了书,回宿舍休息。

有一天,我借了一本小说,爱不释手,下自习时没能读完,又怕第二天别人借去了。于是要了个小聪明,趁管理员不注意,悄悄把小说装进书包。在回宿舍的路上,脑海里竟然还蹦出了孔乙己

"窃书不算偷"的名言,况且明天就还了。

第二天晚自习,读完小说还书时,却被中年女管理员叫住了:"昨天晚上,为什么把书带走?"自知"偷"书事件败露,只好老实交代:"我错了,只怕别人借走。""这是违犯规定的,说严重点是偷书行为。我要通知你们班主任来。"我说:"不用了,我会向班主任写检查的。"望着她那不信任的目光,我连忙保证道:"我是团干部,明知故犯,应该受到严厉批评。写出检查让班主任签字,给你送来。"她相信了。后来,才知道她是姚奠中老师的夫人,对工作极端负责,谁违规都别想逃脱她的慧眼。

回到班里写好检查,交给班主任马老师,并做了自我批评。之后,又向班长、团支部书记做了检查。在团小组长会上、一次团员大会上我也做了检讨,希望大家以我为戒,做自觉遵守纪律的模范。大概是大家认为我能认识错误、改正错误,在改选团支委时,仍将我选为组织委员,且连任了4年。

马老师评讲我的作文

大一,马作楫老师给我们班讲授写作课。他是诗人,总是联系自己的创作感受,将写作理论与创作实践结合起来,用诗的语言、饱含情感的语调,讲得情趣盎然,大家爱听。马老师不仅对每篇作文精批细改,且善于抓典型,通过相互交流,共同提高。

有一次,我的作文写了篇散文。描写秋收劳动时观察到的社员打谷扬场的情景。马老师让课代表把这篇作文打印发给每个同学,在评讲时,他先让大家讨论发言,谈看法。最后总结时,马老师着重指出,这篇作文好在作者能细心观察生活,捕捉素材的意蕴,在写景中流露真情实感,写作路子是对的,还说明这篇作文并不是最好的,但这些方面是值得大家学习的。

这次评讲活动,对每个同学都有一定的启示,使我更加热爱文学创作。虽然由于"文革"的干扰和从事文学理论教学科研的影响,我未能成为诗人、作家,然而在学术论著、文艺评论的写作方面未曾懈怠过。1987年我加入省作协,曾出席第三届山西省作协代表大会。发表学术论文50多篇,其中获山西省首届赵树理文学奖文学理论二等奖、省社科研究成果优秀奖各一篇,多篇获山西师大科研成果奖。出版专著4部,主编"文艺理论研究丛书"(大众文艺出版社,1999年8月版)一套,9人8部著作、200多万字,自撰其中1部。两部专著先后获省教委"人文社科优秀成果"著作一等奖。2000年退休后,为圆作家梦,把重点放在创作散文上,创作发表100多篇散文,出版散文集《光阴留痕》(三晋出版社,2012年12月版)。在马老师的影响下,我也要求学生要能拿起笔,甚至极端地强调学中文专业的不能发表文章,那就白学这个专业了。

参加文艺会演

1961年7月,为庆祝建党40周年,校团委、学生会组织全校学生文艺会演。我们班参演的节目是"革命歌曲大联唱"。评比要求是,不仅看节目的内容、表演形式,还要看参加人数的多寡。我们是80人的大班,全班同学几乎站满了大饭厅舞台的前台。

我们演唱了《军民大生产》《延安颂》《南泥湾》《兄妹开荒》等歌曲。在雄壮豪迈的《军民大生产》、铿锵悠扬的奏乐声中,大幕徐徐拉开,延安宝塔巨幅粉彩画耸立在舞台的右侧,一下子将观众拉回到抗日战争的延安红色根据地大生产的宏大场景,台下几千名观众鸦雀无声。当第一首歌唱完,掌声雷动。节目的表现形式以大合唱为主,还有男声、女声小合唱,男、女声独唱,表演唱等。苏章栓独唱《咱们的领袖毛泽东》大获喝彩,薛国贤与刘瑞芬的表演唱《兄妹开荒》掌声不断,我扮演的角色是老村长,手拿一张卷起来的报纸,当"兄妹"俩演完,我竖起大拇指高喊:"好,好,好得很!"大家也跟着喊。演出结束时,观众又报以热烈掌声。在台上的刘梅校长,也为我们伸出大拇指。太平洋战争前后,由于日军不断"扫荡"、国民党反动派的经济封锁,加之自然灾害,抗日根据地军民遇到了最为严重的经济困难,连延安也一度到了几乎没有衣穿、没有饭吃、没有纸用、冬天没有被盖的地步。根据地军民积极响应毛主席提出"自己动手,丰衣足食"的号召,开展大生产运动。经过3年多的努力,就彻底改变了局面,取得了抗日战争、解放战争的伟大胜利。暂时的困难与战争年代的艰难困苦相比,算得了什么呢?我们的演唱无疑给全校师生以精神上的莫大鼓舞。

演出之所以能够获得成功,这是全班同学积极参与、共同努力的结果。这里还必须提到万守贞同学付出的心血,她可以说是集导演、指挥、舞台设计、化妆于一身的角色。选择节目,需要她多次征求大家的意见,然后,反复指导排练,不管哪位同学表演有不到位之处,她都要耐心纠正,努力做到精益求精。正式演出前,她又通过高中老同学关系,联系到校乐队来伴奏,也为演出增色不少。

文艺演出对于能歌善舞的人来说,是再平常不过的事情了。可是对我这个缺乏艺术细胞、笨嘴拙舌的人来说,在记忆的胶片中定会留存印迹。我记得这是第三次参加演出了。第一次在抗美援朝时期,我上初小三年级,学校为村民搞宣传活动,让我与女生孙亲香演出郿鄠独幕剧《渔夫恨》,我扮演父亲,她演女儿。剧情是:父亲在海上打鱼时,不幸被美国佬飞机炸死后,女儿的一段哭唱,我的戏并不多。第二次是大学期间,一年寒假,过大年村里演戏。中专毕业已经工作的发小孙金水同学爱好文艺,从小就爱拉胡琴,村里演戏都离不了他。在他的鼓动下,与我演了一出相声《扫盲》。他找的剧本,在他家里排练。每年进入腊月,村里都要排戏,不过都是传统剧目蒲剧、郿鄠等,为了给农村舞台节目增添些新样品,孙金水坚持为之。这两次演出,都没有山大这次印象深刻。

"老农"的雅号

根据知识分子劳动化,劳动人民知识化的精神,学校规定,每个学期停课两周,学生参加生产劳动。我们班在太原狄村砖瓦厂、学校物理大楼建设工地劳动过,多数情况下在校农场干活。

农场在学校南5里处,有百十亩水浇地,种植小麦、水稻、玉米、莲藕等。由几个打成"右派"的学生管理,他们住在简陋低矮的土平房里,喂养几匹骡马,把农场管理得井井有条。每到农场劳动时,在学校吃过早饭,步行前往,午饭在农场吃,晚饭前赶回学校。

有一天,一位"右派"学生分配活时,需要3个人给牲口铡麦秸草,问谁能干这活。我自告奋勇说会务草,郭富元说他能铡。我点名女生赵凤姣,她是晋南农村来的,估计她会撒禾。郭富元将铡刀磨锋利后,干起活来,3人配合默契。凤姣撒的禾(撒禾,即把七横八竖的麦秸整理成横竖有序的一抱禾草)顺溜整齐,大小适中,我务(即将撒好的一抱禾草两手卡紧,右膝盖压实,再抬膝往铡刀下送)起来顺手快捷,郭富元身体不太好,却会使猛劲,"嚓"一声按下铡柄,一寸长的麦秸草便溜到铡墩前面。一天下来,铡下的麦秸草堆得像小山似的。"右派"学生看了很满意,也得到了同学们的赞许。

过了两天,那位"右派"学生又问我会犁地吗?我说在生产队犁过。他即刻往铁铧木犁上套了一匹黄彪马,把犁拐和鞭子递到我手中。我也不客气,鞭子在空中甩了个脆响,赶着马就犁起来了。手握犁拐,眼盯犁钩(即牲口绳索拉的铁钩,是犁地的方向标)走向,确保犁铧始终顺着垄沟前行以及粗细深浅的质量要求,形成竖看直线、横看垄的效果。犁了两个来回,"右派"学生检查合格,还让我带两位城市来的同学学犁地。在广阔的田野上,三套骡马耕作起来了。我们边犁边教,没有半响,两位"徒弟"就出师了。这样,"老农"的雅号就安到我头上了。我以此为荣,劳动人民知识分子之谓也。

非组织活动

1964年5月,再有3个月就要毕业了。一天下午,突然召开班会,系领导宣布了一条决定:免去王老师的班主任职务,由上届毕业留校的乔老师接任。乔老师表态说,在系总支领导下,努力把60级乙班工作搞好,希望得到同学们的大力支持,多多关照。

散会后,在回宿舍的路上,副班长、系学生会主席孙来贵同学对我说:"我们快毕业了,临阵换将,这对咱们班毕业分配工作很不利。咱俩到组织部反映一下吧?"我觉得他讲得有道理,就跟着他来到校办公楼二层组织部。接待我们的是一位中年男子,严肃而文雅,他招呼我俩坐下。来贵讲了来意,他口齿伶俐,思维敏捷,将不同意换班主任的理由讲得实在又充分,我只说了一句,不知道为什么现在换人。

我俩从组织部回来,宿舍里的同学也在议论这件事。不久,班长肖盛炎把我叫到主楼北侧花园旁边。他是我的入党介绍人,党支部已讨论通过我入党,几天前系党总支张书记代表校党委找我谈了话。盛炎态度严肃地追问我:"你和来贵到组织部去了?"我马上把反映问题的经过如实做了汇报,并强调说对换班主任甚感突然。他又责问:"为什么不问一问党支部,就盲目行动呢?组织观念太差。"他解释说王老师与女生搞不正当关系,被同学撞上了,这不便于在会上讲。我听后甚为惊愕,王老师看上去温文尔雅,工作能力强,又认真负责。为人师表怎能做出这种勾当?我怕影响入党,赶快检查自己,并表示今后定要加强组织观念锻炼。还好,不久校党委批准我为预备党员,参加了校党委举行的新党员宣誓仪式。4年来,在80人的大班里,我是第二个入党的。

(2016年1月8日根据2013年7月14日、2014年3月14日日记整理)

我小时候

"穷人家的孩子早当家",我对这句歌词感同身受,因为小时候有过这样的生活经历。

学做家务

我出生在抗日战争最艰难、中华民族生死存亡的年代,1940年。家住村东南北沟边半崖三孔土窑洞里,北窑灶连炕,中窑相当于客厅兼储藏室,南小窑是大哥的婚房。我家弟兄7个,最多时家里有七八口人。全家人的吃穿都靠母亲一人操持,每天做完三顿饭,母亲就坐在炕上不是纺线就是缝衣。晚上我们睡下了,为了不影响家人歇息,母亲就把纺车搬到中窑去纺线,她实在太辛苦了。我大概五六岁时,提出帮助母亲做家务,她说我太小,干不了。我坚持要做,吃完饭就收拾碗筷,去洗刷。锅台高,尺二的铁锅大而深,个子低够不着,我就站在烧火坐的小板凳上,在锅里洗碗。我还记得母亲教我:洗完了,把抹布洗净拧干,铺在风箱案板上,将洗好的七八双筷子放在抹布上卷起来,双手撮起来搓几下,展开抹布,筷子就一干二净了。最后用抹布擦锅时由上而下,一圈一圈往下推移,最后把锅底擦遍,就算了事。

我也拉风箱烧火。开始不会生火,母亲把火生着,把米下好,馍搭在锅里,由我烧火。后来我也学着生火,先把麦秸一类软柴火放置灶中炉盘上点着,用小炭锨铲些碎煤放上,右手轻拉风箱,左手还得迅速把细灰往柴火周围拥,可集中风力把火吹旺。后来蒸馍也是我烧火,气上来点炷香,香着半支,馍就熟了,大火烧一半,小火烧一半。由于我能掌握好火候,过大年炸麻花的油锅也叫我烧。

每年过春节家家户户都要炸麻花,这是家乡的风俗,而且把它当作一件很庄重的大事来对待。我母亲不会搓麻花,每年都要请人帮忙。炸麻花那天,母亲先把两个弟弟哄到巷道里去玩。可是他们早早就跑回来等着吃麻花。第一锅炸出来,母亲先用黑漆方木盘端 5 根麻花,到院子里敬了神,才分给他们吃。

我烧油锅时,请来帮忙的人在放置炕上案板上搓麻花,父亲坐在放在风箱上的小板凳上专心致志炸麻花。当麻花在油锅里漂起来,用长筷子从一根麻花中间夹住一提,腰硬了,麻花就算炸熟了,赶快把麻花一根根夹到左手擎在油锅上的铁笊篱里。捞完后,右手又从旁边高粱箭秆编的箅(bì)箳(pá)上将搓好的麻花下到油锅里。这时,左手笊篱里捞上来麻花的油也滴完了,便倒入放在风箱上的黑灰色大瓦盆里,又将目光转向油锅,用筷子拨弄起刚下锅的 5 根麻花,使其各自正位、舒展,保证麻花不变形。这铁锅不知道使用了多少年,修补过多少次了,从灶火里看去,那锅底是凹凸不平,疙里疙瘩的。有一次,我突然发现锅底那些疙瘩处往外渗油,我惊叫了一声:"锅漏了!"父亲严厉地斥责道:"少说疵松话(不吉利)!"母亲闻声急忙跑来蹲到灶门口,用炭锨铲了些许细灰,往锅底渗油处抹了抹,按了按,再不见渗油了。似乎油与细灰经火烧炼成一块拇指尖大的补丁。我很佩服母亲急中生智,用土办法解除了危机。

跟母亲也学会了在石磨上磨面,还有蒸馍、擀面、包包子、包饺子。特别是吃饺子时,父亲不仅自己包,还动员说,咱人多,大家都动手。我们弟兄几个都是几岁就学会包饺子了。我包饺子时 ,总要先把边捏一遍再纵一下,按父亲的说法,这一纵,里面的馅实在了,也挤走了空气,煮时不易破。但我就是学不会父亲连捏带纵一次完成的技艺。

后来还跟母亲学会了洗衣服。上了初小,夏天穿母亲纺织的土布白衣裤,都是周日自己洗。那时没有肥皂,有也买不起。母亲教我用碱面洗,或用桑树叶把白衣服搓成绿色,用水冲过,晒干后污迹没有了踪影,特白,不亚于现今的增白剂。收回晒干的衣服,也要像母亲那样叠好,双手将其捋平,或坐在屁股下压展,至今我还坚持这样做。

拾柴火

万荣老家是全省几个无煤的县份之一。万泉(万荣县是万泉与荣河合并后设立)无泉,缺水。路人宁让你吃一个馍,不让你喝一碗水,这是人们熟知的传说,却不知道也是缺煤的。祖祖辈辈都是烧人家河津煤,煤质好,火旺耐烧,然而拉煤可不是一件容易的事情。河津煤出自大山里,我们叫"北山",距我们村100多里路。解放前,往往是几家合伙套两三头牛,拉一辆木制铁脚车,拉一车煤来回三四天。兵荒马乱的年代,路上不安全,不是被劫道的抢走车辆和牲口,就是打伤人。不见拉煤的回来,家人总是十分揪心。因此,做饭(除了蒸馍),冬天烧炕取暖,主要还是烧柴火。高粱、玉米、棉花等秸秆,都要当煤烧。各家麦场上堆成像蒙古包似的圆形的麦秸堆是喂牲口的,其他秸秆都是柴火。秋末冬初,农闲季节拾柴火成为农民的家常便饭,男孩子从小就养成了拾柴火的习惯。先是跟着大人边玩边拾,大一点就与其他孩子结伴拾柴火了。

我六七岁就与几个发小一块上地里拾柴火。提着父亲用荆条编的筐子,手持镰刀,一晌连割带拾,背回去一筐柴火,就会得到父母的夸奖。年龄大一点,上地拿一条两米长、大拇指粗的麻绳,背回一捆柴火,老人也会以赞许的口气说:"我娃长大了,能干活了。"

老家地处丘陵区,地头、堰边、沟崖上,长满了蒿、荆条、酸枣树,还有许多叫不上名目的灌木丛,柴火资源丰富。只要勤快,拾柴火不难。春夏柴火处于生长期,小而嫩,不经烧。秋末冬初,各种柴火也都长大成材。我最初爱割蒿,蒿有青蒿、白蒿、印子蒿。青蒿、印子蒿长得高而粗,是很好的柴火。印子蒿还能在织布机上卷线用。白蒿还是中药材,可防治肝病。蒿到处都有,用不了半晌就割满一筐。背回去的柴火摊在麦场上晒干,靠墙堆起来,既可防雨也拿取方便。麦场上堆几个高大的柴火堆,就不怕没柴烧了。

每次上地前,父母亲总要叮嘱:不要在崖边割柴火,要小心啊!有一年,秋庄稼刚收完,天高云淡,草木苍黄,红柿子像一盏盏小灯笼挂在树上,秋色染遍田野。一天中午,我和几个发小来到西甬上东北沟崖边杀刺,就是割酸枣灌木丛。酸枣树虽是灌木,若无人砍伐,年长日久也可以长成小树,结红色圆状小酸枣,味酸,核可入药。当年没人吃酸枣,由它自生自灭。现在药房收购价每斤五六块钱,采集的人很多。因为它浑身都长着刺,也叫"杀刺"。我是第一次杀刺,学着其他发小,左手持小木叉,叉住一棵酸枣树,右手挥起镰刀砍其根部,砍下之后,用镰刀将其搂到小木叉上,放在一边,再继续杀。由于刺扎,杀、运、烧时,都比较麻烦。回家时,用镰刀和木叉把它整顺,用绳子捆好只能在地上拉着走。烧火时也是左手持木叉,右手用炭锨夹上一束刺,塞进灶里烧。而酸枣树比其他柴火都经烧,仅次于木材,尽管麻烦,还是乐此不疲。

我很快也学会了杀刺,当然还不像发小们那样麻利快捷。有一次,我正面对一棵比较高大枝叶茂密的酸枣树,用木叉叉住,挥镰砍去,突然听得"嗡"的一声,只见从这棵酸枣树根部飞出一群马蜂,向我扑来,铺头盖脸,蛰得我疼痛难忍,扔掉镰叉躺在地上打滚。发小喜珍大喊一声:"捅了马蜂窝了!"他们急忙跑过来,用白蒿猛击我的头部,驱赶马蜂。白蒿有股药味,马蜂很快被赶走了。我们立刻转移阵地,远离马蜂窝。我疼得无法干活了,发小们劝我回了家。

第二天,我的头肿得像斗那么大,眼睛睁不开。母亲急忙让四哥叫来当医生的舅舅,给我打针抹药。我在家里躺了几天,才慢慢好了。发小们到家里看望我时说:"杀刺,先要看清根上有没有马蜂窝,再下手。"我就是没有这个经验而吃了亏,一辈子都没有忘掉那次"捅马蜂窝"的经历。

学纺棉花

纺棉花就是纺线,也叫纺纱。20世纪四五十年代,晋南农村是典型的自然经济,吃粮有小麦,穿衣有棉花,男耕女织,自给自足。农村妇女都会纺花织布,家家户户都有原始的木制纺车和织布机,一般农民都穿手工土布衣服。我家七八口人的衣服被褥,都是母亲一双手纺线织布、缝制。我弟兄7个,最小的是妹妹。我小的时候母亲没有帮手,每天除了做饭,就是纺线织布,有做不完的针线活。

我在上学前,大概六七岁的样子,看见母亲太辛苦了,想学纺棉花。其实最初是对原始木制纺车很感兴趣,看见母亲右手一摇动纺车,左手就抽出细细的棉线来,太神奇了!后来随着年龄的增长,学习了物理课,才认识到木制纺车虽然原始,然而其设计制造也是相当科学的,运用的是大轮传送带带动小轮的机械动力学原理,更重要的是在运用这个原理时,根据妇女手摇的实际情况,设计、制作、材料的选取,都是从省力轻快着眼的。所谓大轮子不用铁质而用木头,且不用实木,而是在比小手指头还细的铁轴两头各安一个直径五六厘米大的圆木轮,轮上各安12根1厘米下粗上细30厘米长的木柱,像自行车辐条似的,木柱也尽量使用轻型的木料,如桐木、楸木等。两边的木柱上端用约2毫米粗的麻绳交叉勾连缠绕起来,便做成了大轮子,承载传送带的就是这些麻绳。传送带更奇妙,竟然是1毫米多粗的棉线索子,带动棉锭1毫米多粗的铁轴中部约 3 毫米粗的黄色木轮,其与大轮之比约为 1:100,即右手摇动大轮旋转一周,小轮可转 100 圈,要比自行车大小轮之差大得多!这就是纺车用右手轻轻一摇动就能从棉条中抽出线的科学原理。这个原理人类运用了几千年了,神奇的是运用到纺车上那种巧妙的设计。

这种神秘感促使当时只有几岁的我,萌发了学纺棉花的愿望,虽然我是男孩子。一天,在母亲做晚饭时,纺车放在中窑里,我便学着母亲盘腿坐在纺车前,右手摇动纺车,左手抓住母亲没纺完的半根棉条抽线,结果线未抽出,棉条却拧成手指粗的棉绳。惊动了正在做饭的母亲,她过来说:"小子娃(男孩)纺不了,别胡弄!"我赶快说:"教我纺棉花吧。"母亲边收拾残局边说:"行,只要你想学。"母亲没有呵斥我,似乎还流露出些许希望的神情来,因为那时,母亲确实需要个帮手。

第二天,母亲就开始教我纺棉花。母亲盘腿坐在她用麦秸编成 6 厘米厚、直径约半米的圆垫上,右手摇动纺车,左手捏着搓好的棉条。随着纺车转动的"嗡嗡"声,左手里的棉条就抽出一根细细的棉线,一抬左手就把线一圈一圈绕到棉锭(俗称"穗子")上了,这是给我做示范动作,然后,放慢速度,边纺边讲纺棉花的要领。我归纳为四条:一是左右手的动作要协调一致,摇纺车与抽线速度要相同;当左手把线抽到再不能抽的长度,右手停一下,左手把线往上一提,右手接着摇动,当线缠上穗子后,左手放平,继续纺。二是眼睛始终盯着左手,随时掌握抽线快慢、线的粗细、穗子满否等情况。三是决定棉线粗细的关键在于左手捏棉条的松紧程度,紧则细,松则粗。特别是纺细线时,一定要捏紧点,且要始终保持一致,粗细不一的线,无法织好布。四是卸穗子与上线。线缠到铁轴尖部,穗子呈胡萝卜状时,就该卸了。卸穗子前要把最后纺的一条线留下,当卸了穗子继续纺前,要将留下的线头紧紧缠绕在穗子顶部用葫芦皮做的圆形挡片跟前,才能继续纺。这时向穗子铁轴上缠线时，一定要紧靠挡片。当线缠到挡片的三分之二高，这就决定了穗子的粗细，然后接着往下缠绕。

我刚学会纺棉花时，这些要领还难以掌握好，纺的棉线粗细不一，以粗为主。母亲鼓励我说，这不要紧，慢慢就会纺好了，粗线也可以做棉被、棉衣的里布。经过一段时间，纺线要领逐渐熟练掌握，特别是左手捏棉条松紧有致，使细线率大幅度提高。母亲喜形于色，夸奖说："我娃纺的线能织细布了。"我心里也美滋滋的。

我当时还在贪玩的年龄，母亲也很理解，上午只给我分配 10根棉条，纺完就让我到巷里找小朋友玩。回来后再分给我 10 根棉条。后来，我看到母亲太辛苦了，特别是每年一进入腊月，母亲就更忙了，要给全家人做过年新衣服。每天晚上，我睡醒来，总见母亲还在小油灯下缝衣服，除夕一晚上不睡觉，直到把每个人的新衣服准备好，东方就亮了，又开始做正月初一全家人的吃食。后来，我对纺棉花也觉得好玩，自己把每天的任务定为纺几个穗子。前半年，母亲也要纺棉花，给我借来一架纺车。两架纺车纺棉花，大大提高了生产力。

从此，我也能在家里坐住了，很少出去玩，性格有些内向。母亲也把我当作女娃使唤了。手工棉纺织工艺极为复杂，从采棉纺线到上机织布需要轧花、弹花、搓棉条、纺线、拐线、浆线、倒线、扯线、操交、关蛇、引机子、缠穗子、吭穗子、织布、了机、捶布和拽布等大小 70 余种工序。其中不少工序我都学会了，特别是像扯线、引机子等需要两个人干的活，母亲再不需要请邻居姨姨、婶婶帮忙了。搓棉条、拐线等，我也会做。我比较听话，在家里落了个"乖娃"的名号。

直到 1949 年春天（9 虚岁）上学后，母亲再也不让我纺棉花了，怕耽误我的学习。大三（1963 年）回家度寒假时，家里正准备给大弟弟结婚的东西。母亲忙于织布，为大弟弟赶织被里用布。然而织布用线不够，急得母亲没办法。我安慰母亲说："不记得我会纺棉花?"那时妹妹也长大了,我俩各支一架纺车,纺了一假期的棉花,终于把大弟弟结婚用布准备齐全。

随着改革开放科技现代化日新月异发展,农村妇女也从原始的纺花织布手工劳动中解放出来了。木制织布机和纺车进了历史博物馆。这时,回望它的历史是一件很有意义的事情。

我的印象中手工纺织业是黄道婆发明的。她是元代女纺织技术家,松江乌泥泾镇(今上海市徐汇区华泾镇)人,出身贫苦,少年受封建家庭压迫,流落崖州(今广州崖县),向黎族人学到纺织技术。1295 年至 1296 年间回乡,着手改革纺织生产工具,传授技术,促使松江一带棉纺织业繁荣发展,对当时植棉和纺织业起了推动作用(《辞海》缩印一卷本,1980 年 8 月版,第 2057 页)。

我对上述情况产生了疑问,棉纺织业应该是古已有之,怎么从元代才发展起来呢? 我带着这个问题又查阅了中国国家博物馆编的精装套盒丛书《文物中国史》第八卷"明清时代"第十章"盛世滋生"第一节"农业"中介绍:《棉花图》(国家博物馆馆藏乾隆御题,直隶总督方观承为向皇帝汇报棉事而制作的纪实性木刻版画册)中所说的棉花,是一年生的草棉,草棉在中国种植和利用的历史久远。1959 年在新疆民丰县北大沙漠发掘出东汉墓,发现了保存完好的蓝印花棉布、白布裤和手帕。同年,在新疆巴楚县的唐代遗址中,又发现了草棉子……早期棉花种植都在边地少数民族地区,内地富人穿丝绸、皮裘,老百姓只能穿麻布,棉花和棉布很罕见。元朝初年,黄道婆把棉纺织技术从少数民族地区带至江南松江的乌泥泾(第 144 页)。北方的棉花加工、手工业,到乾隆时也发展到工具齐备、技术全面的程度(第 146 页)。

20 世纪 90 年代,在我们这一代人手里,随着纺织业现代化发展,我国农村妇女手工纺织业完成了它的历史使命。我们为社会主义新中国所取得的伟大成就而自豪!

(2020 年 2 月 19 日根据 2018 年 3 月 13 日、2019 年 5 月 12 日日记整理)

灾　难

童年,我经历过家里遭遇的三次灾难。

第一次是二哥被瓜窑压死。

大概发生在我两岁时,我没有一星半点的印象,长大以后,才听巷里人讲的。在写这篇文章时,我又听了三哥的回忆,那时他也才十一二岁。

当年,我的家境十分贫寒,人口多,地少而薄,还有祖父留下的财主家的"驴打滚债",经常是吃了上顿没下顿。曾听母亲说过,几个哥哥看见笼里馍不多了,就不吃了,留给我们几个小弟弟。父亲是村里的种瓜能手,全靠种瓜挣钱还债、买地、养活家小。直到新中国成立初期,村里还流传着这样的顺口溜:"茂法(父名),茂法,年年种瓜。不是狐狸抓,就是狼来挖。"

1942年,父亲在西畔上地里种了几亩瓜,一半是甜瓜,一半是西瓜。风调雨顺,瓜势生长良好,丰收在望,父亲脸上泛出些许笑容。

瓜地南堰中部打着瓜窑。堰低,远看窑口只有半人高,窑里面往下挖了半人高的深度。在窑里撑起一块门板,算作床。窑前用几根木棍搭着木架,上面篷着蒿草荆棘,斯为瓜棚。棚柱上挂着晒干的白蒿要子(一种用白蒿拧成的绳状物),晚上熏蚊虫用。柱子上拴着一只黑狗,强悍忠诚,夜里放开,狼狐难以进瓜地。棚里还放着几个小板凳,供在附近地里干活的人来乘凉吃瓜时坐。二哥就住在这里,昼夜不离瓜地,悉心照看着。特别是瓜上地后,二哥神情紧张,如临大敌,白天怕不懂事的孩子闹腾,夜晚要防兔獾狐狼祸害。瓜地里有做不完的活,穷人家的孩子早当家,二哥不是锄地拔草,就是翻瓜蔓、掐瓜芽(任其荒长,不结瓜只长蔓)。15岁的二哥就牢记父亲那"三分种七分管"的种瓜经,很受父亲的器重,是理想的接班人。

可是,天有不测风云,人有旦夕祸福。夏末,连阴雨下了十几天,还没有收场的架势。出事的前一天晚上,风雨交加,雷吼电闪,连阴雨变成了暴风骤雨。父亲睡不踏实,不祥之兆总是挥之不去。

第二天雨势未减,饭时(10点左右),舅舅(从小在母亲跟前长大,比二哥也大不了几岁)去送饭。舅舅头戴灰色草帽,身披一条黑毛褛(可装4斗粮食的口袋),左手提盛米汤的灰黑色瓦罐,右臂挎放了馍、菜的小竹筐,顶着暴风雨,踏着泥泞的马车道,艰难地前行。草帽上的雨水与毛褛上的水汇成溪流,泛滥到衣裤上,不久,舅舅浑身就湿透了。舅舅一进瓜地就大声喊二哥的小名,说饭来了。连喊几声无人应声。舅舅以为二哥饿了,跑回家吃饭去了。舅舅调转身子往回返,一进门就对我父母说,他不在地里。父亲一听便觉得大事不好,生气地对舅舅说:"你啥事也办不了。"连草帽也没有戴,就夺过竹筐、瓦罐,急忙往瓜地奔去。

父亲来到瓜地东头,一眼就看见瓜棚歪倒了。他顾不得瓜地泥泞,深一脚浅一脚地奋力来到瓜窖前,立刻傻眼了,惊呆了,只见瓜窖垮塌,堰上的洪水哗哗哗地往瓜窖里灌,孩子压在窖里了。父亲狠命把罐、筐摔在地上,疯也似的跑到瓜地西头东北沟(与我家一条沟,南约300多米远)边,一面哭喊着:"压死人了,快救人啊!"一面顺着沟边往北跑着,竭力让家里、村里人听见。

这时,母亲的反应最快,当隐隐约约"救人"的喊声触及耳膜时,本能地感知到可能儿子出事了。她不顾崖坡滑溜,急忙手脚并用爬上坡,跑出场门,大声疾呼:"快救人啊!"左邻右舍、巷里的人,听见父母的呼救声,连忙手持铁锹、锄头,纷纷奔到瓜地。只见父亲哭喊着二哥的小名,双手不停地把垮塌下的泥土拼命往外狂刨。赶来的乡亲,急忙挥动铁锹、锄头,七手八脚地帮着忙。当从泥土里挖出二哥时,他已经没气了。堂哥有命脸上泪雨纵横,把二哥身上的泥土扒拉掉,不要别人抬扶,一个人背着送到村外他家场里的窑洞里(按村里的风俗,未成年人在外面死亡的,不得进村)。父亲见状,悲痛地躺在泥地上,不停地呼唤着二哥的小名,喊天哭地,捶胸打脸,不停地埋怨自己:"咋就没想到,天下大雨,瓜窑会塌呢……"

前来抢救的乡亲们,有的安慰父亲,有的跟在堂哥后面,帮助料理后事。母亲闻此噩耗,哭得晕了过去。堂嫂和邻里大妈大婶,有的劝慰母亲,有的为二哥赶缝寿衣。母亲总是埋怨舅舅怎么不到瓜窑看一看?父亲情绪稳定下来后,对母亲说,不怨天,不怨地,只怨一个"穷"字害死人。

老年丧子,是人生一大不幸,永远的痛。二哥安葬在槐木地崖边的小块地里。父母生前在我们面前从未提起过二哥的死。父亲去世前对家人交代,把他埋在槐木地里,父亲心里一直放不下他的二儿子。每年清明上坟时,我们总要给二哥坟上培土压纸。

第二次是火灾。

我刚记事那年,初春的一天晚上,饭后父亲有事出去了,四哥到牛院去喂牛,我和两个弟弟在炕上玩。母亲拾掇完锅碗,上得炕来刚坐定,还没动手做针线活,就听见邻居喜珍妈在崖坡顶高声喊道:"喜娃家(以大哥小名称呼母亲),你家牛院着火了,快救火!"母亲听后,犹如晴天霹雳,瞬间脸色煞白,浑身发抖,飞快地溜下炕往外跑去,我和两个弟弟紧随其后。

我家住在村东北沟边依崖挖的土窑洞里。场面西墙上盖有两间低矮破旧的瓦房牛院，喂养着一头小母牛，种地拉车全靠它。当我们爬上崖坡时，只见牛院门窗都往外冒黑烟，吐火舌。我和弟弟吓得止步不前，不知所措。母亲迈开小脚，飞跑过去，闯进牛院门，烟火吞没了她的身影。她奋不顾身地解开牛缰绳，牛嘶叫着跑到场面上。母亲出来时，头发燎卷了，衣服也着了火。她急中生智，将头和上身往牛院门口的水缸里泡去，猛一抬身，火苗灭了。她呼唤着我的小名："赶快到窑里抬水来！"她用马勺从缸里舀水，不停地往房檐火焰上泼。

喜珍妈发现牛院着火，告知我家后，马上跑回她家去，提上铁脸盆，到巷里敲着脸盆，大声呼救："救火，救火！多儿（四哥小名）家牛院着火了……"

当我和大弟抬着一木桶水，小弟用脸盆端着水上来时，乡亲们闻声蜂拥而至，黑压压一片人，有的担着水，有的用罐、盆端着水，往火上泼去。这时已是火焰冲天，黑烟弥漫，房顶的椽檩瓦片噼里啪啦往下掉。那时又没有消防车，不能用水管往房顶喷水灭火，只能人工泼水，难以立刻制服肆虐的火魔。

父亲闻声跑回来时，看见房火愈烧愈烈，有蔓延烧毁邻居家房屋的危险。他当机立断，抱来两床棉被，泡湿，让人覆盖在紧靠我家牛院邻居家的房顶上，保住了人家的房屋。

当四哥回来时，牛院已变成黑咕隆咚的空圪塕，横七竖八躺在那里烧焦的椽檩还冒着烟气。四哥吓蒙了，出去与人谝了一会闲话，就闹下这么大的祸害。他一屁股坐在地上，只是个号哭。那时四哥还是个十三四岁的孩子，心想父亲定会把他打个半死。父亲对我们管教严厉，谁都怕他。父亲看到四哥和牛没有什么闪失，这是不幸中的万幸。当救火的乡亲都要离去时，父亲对四哥说："还哭什么，快给大伙磕头。"我和弟弟也跟着磕头。父亲连连作揖致谢，把大家一一送出场门外。家乡民风淳厚，不管谁家遇难，都是全力以赴去帮助，历来如此。现在想起当时救火的情景，还令我感动得热泪盈眶。

　　家里一时无力修复牛院，只好把牛喂在本巷孙文有家闲置的牛院里。1949年初，四哥参军赴朝作战，父亲把在西安熬相公的三哥叫回来种地。直到1953年，家境有所好转，庄稼收入增加，大哥也从西安寄回来钱，在场面西墙上盖了五间瓦房，其中两间是在牛院旧址上修复的。从此，牛才喂到自家牛院里。

　　第三次是窑崖垮塌。

　　这是四哥参军那年春天的事。我家土窑崖年长日久，破烂不堪。风吹落土渣，雨天泥水流。凹处多灌水，凸处悬空有危险。父亲请匠人谋划后，决定动工整修窑崖。在父亲手里，这是一项大工程。第一道工序，将崖面铲平。第二道工序，运用傅说(yuè)(山西平陆人，相传原是从事版筑的奴隶，被商王武丁任命为大臣。平陆县城为之建庙、立祠、塑像)发明的板打土墙(即版筑)的技术，贴着旧崖用土打两米厚的人造崖面。增加窑洞入深，扩大居住面积。第三道工序，在窑崖顶端瓦上瓦，伸出房檐，酷似房顶，既美观，又坚固耐久。

　　其实，这是父亲多年来的梦想，只因经济条件差，久难实现。农会、村公所得知后，为解决军属困难，由村里包揽了这项工程。拉土、担水、大工小工，都由村公所派遣，不到一个月就竣工了。20多米高的新窑崖齐刷刷竖立在眼前，顶端瓦了瓦。在土院子里第一次看见了房檐，满院春光，就像刚刚搬进新居似的，全家人沉醉在乔迁的喜悦中。

　　然而，好景不长。完工没多久，一天，天刚擦黑，母亲正在做晚饭，我趴在炕边小板凳上写作业，两个弟弟在炕上玩。突然，"轰隆"一声巨响，眨眼间家里一片漆黑，窗户被堵，还往炕上溜土。母亲吓得无心做饭，急忙点起油灯，看来不是窑塌。我和大弟跑到中窑查看时，湿土冲垮堵死了门窗，只有窑顶露着一丝光亮。我顺着冲进来的湿土，从光亮处爬到院里。只见湿土覆盖了大半个院子,连东北角的大槐树树干也埋了半截,北窑窗户、南小窑的门窗都不见踪影了,新帮的窑崖垮塌了。

我爬回来,给母亲描述了院里的情景。母亲听了说:"崖塌了。多亏你们都在屋里,要是在院里,那还了得?"她还处在惊恐之中,做饭的手仍在颤抖,这是后怕。

父亲回来时,也是从中窑顶爬进来的。一见我们母子安在,他连说了几次:"人没出事就好,这比啥(塞,乡音)都强。崖塌了还可以再帮。"母亲听了,心绪才安定下来。

第二天,父亲、三哥先把中窑大门清理出来,炕头的窗户挖出来。村支书、农会主席闻讯前来看望,又叫匠人查找垮塌的原因。第三天就重新动工帮崖。这次匠人特别注重夯实地基,每板土都要打瓷实,底层十几板尤为用心,崖体厚度呈下宽上窄的小斜面。工程进度较快,因为土就在院子里,省工省时,半个多月就完工了。一个月后,帮起的崖体已晒干。匠人用铁耙将崖体上的虚土搂掉,用铁锨铲平,上了一层厚厚的黏(然,乡音)泥(用土和一寸长的麦秸和的泥,黏度大),美观耐久,崖体免受风吹雨打之苦。至今60多年过去了,窑早已无人居住,但当年崖体的风采印痕却还尚存。

(2016年5月11日 根据2013年3月26日日记整理)

千山万水总是情

　　为了响应党中央的号召,山西省委党校文史教研室的年轻教师赵文鳌、宋良图、赵树枝、李忍、王金鹏和我结伴,到西安、成都、重庆、遵义、武汉、上海、青岛等地去串联。回顾历史,"大串联"的确造成了全国铁路交通运输的混乱,以及严重的经济损失,使"文革"之火越烧越旺,这是不可否认的事实。然而,一切事物都有它的两面性。我最深刻的体会是,它让青少年在一定程度上践行了"读万卷书,行万里路"的古训,看到了"江山如此多娇"的新中国面貌,体味到革命先烈的伟大业绩和"一不怕苦,二不怕死"的至高精神。

过黄河遇险

　　1966年10月23日上午,我们确定了路线。我和赵树枝到太原南站买火车票。

　　10月24日晚11点,我们从太原乘火车向西安进发。

　　10月25日下午4点许,在风陵渡站下车。旧黄河大桥已拆,新桥还未建起。从火车站到渡口7里多路。从这列火车下来的1000多人,大都是到西安串联的中学师生。虽有班车川流不息地运送,然而车少人多,定会费时等车。我们毅然决定徒步急行军,争取早点过河。

母亲河——黄河，过去只闻其名未曾谋面。其模糊的印象均来自地图、书报、《黄河大合唱》歌词和电影镜头中，总是心怀憧憬、神奇的情感。现在快要来到她的身旁，恰似回故乡走到村门口马上要见到久别的母亲，我的心在怦怦地跳，急切、激动的心情难以言表。还未见面，已闻其声，愈往前行，其声愈大，大约还有一里许，声如万钧雷鸣，万马齐啸，似在怒吼，犹在咆哮，震耳欲聋，地动山摇。路旁崖边有个两米宽的豁口，我迫不及待地爬上去，站在豁口上，惊喜地喊道："我看见黄河了！"赵文鳌等几位同事，也都爬上来。只见那金浪翻滚，奔腾不息。黄河水是金黄色的，似乎明白了，我们的皮肤为什么是黄色的道理了。

当我们来到渡口时，已是人山人海。大多数是打着各种名号的举着红旗的战斗队，成员是佩戴红底黄字"红卫兵"袖章的中学生。我不管三七二十一，先挤出人群，蹲到河边，双手伸进河水中，抚摸到了母亲河的面容，我已投入母亲的怀抱。这时，《黄河大合唱》的歌曲似乎在我耳边奏响："啊！黄河！你是中华民族的摇篮！五千年的古国文化，从你这里发源；多少英雄的故事，在你的身边扮演……"

当时，渡口还没有轮船，只有三条可乘二三百人的木船。人多船少，中学生唯恐自己过不了河，急急忙忙鱼贯而上，已经超载了还要往上挤。船工劝说着，超载到河里是要出事的。好不容易劝下几个人，船工就赶快起锚开船。我们是教师，不能与中学生挤，只好等对岸已开到河中心的两条船了。

我们坐的木船也是挤得满满当当的，总有300来人，船的边沿离水面不到一尺高了。今天天气好，没有大风，而波浪也有一米多高，浪花飞溅在人们的脸上。我们几个大都是第一次乘船渡河，面对这样的情景，难免有些紧张。

船上共有三位船工，船头两边各站一位年轻船工，奋力摇橹划船。船尾是一位中年师傅在掌舵。当船行进到河中心时，突然听到"咔嚓"一声，船便停止前进，在原地迅速旋转起来了。舵手高声命令道："快拿斧头来！"两位船工一路呐喊着，从船沿上跑到船尾去抢修。每个乘客的心都提到嗓门上了。小时候听父亲讲过，过河时如果遇到船有沉没的危险时，船工们厉声呼叫，旅客被吓得心往上提，好像身子轻了，船就沉不下去了。今天似乎也起到这样的效果，也可能是人的心理作用吧。经过十几分钟的抢修，当河对面小汽艇箭一般赶来救援时，船舵已修好，转危为安，船已正常行驶在波浪中。有了小汽艇护航，大家也不用担心了。

舵手师傅和船工临危不惧，迅速处理突发事件的高超能力，将人民生命财产安全放在第一位、自己的安危置之度外的精神，值得我们学习。这是大串联以来给我们上的第一课，亲身体验到工人阶级永远是我们学习的榜样。

西安的革命遗迹

渡过黄河已是日落西山，大家步行到老潼关，就到了掌灯时分，汽车站已无票可卖，售票员告知：新潼关火车站晚9点有开往西安的一趟火车。我们稍事休息，喝了水，吃过自带的烧饼，披星戴月往火车站赶。23里路，不到两个小时就跑到了，顺利地买到了车票。

10月26日凌晨4点，在西安下车后，我们分头办理住宿、公交车乘车证和28日到成都的火车票（均为免费），直到8点才被西安市"红卫兵"接待站分配住到大雁塔附近西安市委党校，在教室里摆放着床铺，一人一床，管饭，与招待所无多大的差别。接待的工作人员热情、周到、负责，令人感动。

在西安的3天中，我们到西安交大、西北工大等高校看过大字报。参观了中国抗日军事政治大学（简称"抗大"）展览馆和八路军西安办事处纪念馆。在参观中，看到了西安的革命印记。

　　10月27日上午,参观抗大展览馆。展览分四部分,通过图片、实物和文字,翔实地介绍抗大成立、以毛泽东思想教育改造知识分子、学习战斗在敌后、参加整风运动、准备大反攻等内容。抗大是党中央和毛主席直接领导的培养抗日军政干部的学校。1936年创建于陕北瓦窑堡,1937年迁到延安。随着抗战形势发展的需要,1939年7月,挺进敌后办学,各抗日根据地,共建立了12所抗大分校。在敌后,一面学习,一面战斗,宣传、团结群众抗日。抗大坚持毛主席制定的"坚定正确的政治方向、艰苦朴素的工作作风、灵活机动的战略战术"的教育方针和"团结、紧张、严肃、活泼"的校风,培养了十几万军政干部。路线确定之后,干部就是决定的因素。这是党和毛主席的远见卓识,为八路军、新四军、人民解放军发展壮大和中国人民革命战争的胜利打造了干部队伍。

　　10月28日上午,我们从城南到城北专程参观八路军西安办事处纪念馆。它位于七贤庄,最早是中共地下党员刘鼎通过美国记者、作家史沫特莱介绍认识了一位德国牙医冯海伯,他租下七贤庄一号院,以牙科诊所作掩护,成立了秘密交通站,即后来的"八路军驻陕办事处",这年是1936年。现在旧址的门两边还挂着木制蓝色凹形字"国民革命军十八集团军驻陕办事处""国民革命军第八路驻陕办事处"的牌子。牌子是1937年国共合作抗日后才挂上,并开始公开办公。

　　那天,我们来到纪念馆时,还不到开门时间。敲开门,工作人员正在学习。为照顾我们这些外地师生,破例提前开门。登记后,又进来不少人,负责人就开始介绍。他着重讲了1936年"西安事变"发生的原因:首先是党的正确方针政策的影响。在红军长征途中,发表了《八一宣言》,卢沟桥事变后,党中央及时提出团结抗日的口号。这些在全国影响很大。其次是做东北军、西北军的工作。第三是张杨等国民党爱国将领兵谏的结果。蒋介石亲自飞抵西安督战。张学良向蒋反映,官兵不同意中国人打中国人,要求抗日,却遭到蒋的拒绝。张杨才派兵逮捕了蒋介石,许多人建议杀蒋。党中央根据抗日大局的需要,认为杀蒋不利于抗日斗争。应张杨之邀,周恩来率代表团赴西安帮助解决"西安事变"问题。周恩来和代表团就住在办事处,张学良派一个排保卫他们的安全。在我党和张杨的共同努力下,蒋介石被迫答应了国共团结抗日的条件。最后正确处理了震惊中外的"西安事变",为建立抗日民族统一战线,取得抗战胜利做出重大贡献。负责人讲得条理、生动,后来我在观看反映"西安事变"的影视作品时,感到亲切,似乎自己也是亲历者。

负责人接着介绍说,办事处向延安护送从敌占区投奔革命的青年学生15000多人。当时让这些学生穿上八路军军装,步行800里,10天就跑到延安了。1939年年底开始,国民党掀起反共高潮,千方百计阻挠青年学生奔赴延安。在通向延安的途中,到处设置特务检查站。有一次,特务抓走150名学生,投进集中营。学生们斗争很英勇,从集中营逃了出来,跑到办事处,才让张学良的部队派车送到延安。

最后,还介绍说办事处是在极端恶劣的环境下工作的。当时,西安国民党特务机关竟有50多个,在办事处周围就有20多个,曾抓走我们的工作人员,阻挠我们向延安介绍、护送革命青年。在党中央领导下,工作人员最多时有200多名,千方百计与敌特进行斗争,坚持了9年之久,出色地完成了党交给的一切任务。大家听到这里,都情不自禁地鼓起掌来。

负责人介绍完了,领我们参观了周恩来、朱德、刘少奇、王若飞、叶剑英、邓颖超、董必武、白求恩、斯特朗等同志住过的房间。我边看边想,革命前辈处在那样恶劣的环境中,为党和人民进行艰苦的斗争,是多么不容易啊!

毛主席像章热

10月28日下午7点，从西安乘火车到成都途经秦岭时，令我十分惊异，多次把头探出车窗贪婪地观望。秦岭为长江、黄河的分水岭，起终点全长约1600多千米，主脊海拔2000～3000米，主峰太白山海拔3767米。秦岭也是我国南北地理分界线，山脉间多横谷，成为南北交通的孔道。李白在《蜀道难》一诗中，三次惊呼："蜀道之难，难于上青天！"也描绘了攀登之艰难："尔来四万八千岁，不与秦塞通人烟。""黄鹤之飞尚不得过，猿猱欲度愁攀援。"而今，我们却乘坐火车在深山峻岭间通行无阻，钻了无数个隧道，跨越无数座桥梁，几乎是行进在隧道与桥梁连接起来的铁路上。最难走的地方，前面机车拉，后面还有机车推，都是电动机车。每个隧道口和桥头，都有解放军战士站岗，还有铁路工人在精心检修维护铁道。正是他们在深山里忘我的工作，才保障了铁路的安全畅通。我向他们频频挥手致意，心中下决心向他们学习。

火车进入四川境内，看到一片江南景象。离开太原时，北方已进入深秋季节，树叶即将落尽，早晨已离不开毛衣了。而四川还是一片夏天景色，碧绿的田野，茂密的竹林，芭蕉叶像巨人的手臂伸向半空。男女社员正在晚稻水田里拔草、施肥。特别是一些年轻女社员背着婴儿，腰弯成45度在奋力拔草，给我留下了深刻印象。

10月30日下午1点，到达成都站，被安排在四川大学住宿。住在可容纳2000人听报告的大礼堂里，西北角女生住，东南角男生住，地上铺着一层柔软的稻草。每人领到一张里表都是白布的棉被，躺在稻草堆上盖张棉被也挺舒服的。我估计这是串联的人越来越多，接待工作的负担也愈来愈重的缘故。

由于人们对毛主席的崇拜，毛主席语录和像章成为炙手可热的东西。

10月30日清晨，从西安到成都途中，记不清火车在哪个站停下来,为正点车让路。一位火车司机趴在车厢窗口外面,以恳求的口吻对我说:"同志,你的《毛主席语录》给我看一看吧?"我回答说:"师傅,对不起,我们每人只有一本啊!"他又说:"我每天开车,哪里有时间排队买毛主席像章呀,有的话,请送给我一枚吧。"我还未来得及回答,他看见了开车的信号旗发出前行指令,只好迅速向机车头奔去。我望着他的背影,因未能满足工人师傅的要求而抱歉。由于我在北京颐和园排了半天队,才购到两枚那种最早最小的毛主席像章,送给我的亲人一枚,只剩下胸前戴的这枚,的确舍不得给人了。

10 月 31 日中午,我和宋良图、李忍在成都人民市场附近街道上行走,突然有两个十来岁的姑娘拦住我们,手里都拿着本地做的毛主席像章,大一点的姑娘指着我胸前的像章,用四川口音说:"把你的换给我吧?"我接过她手上的像章看着说:"你的不也挺好吗?"她俩说:"你的是北京的,你们见过毛主席。"我解释说:"毛主席像章不管哪里的都是好的……"边说边摘下我胸前的像章,和她的一块放到姑娘的手里。他俩也把自己的像章摘下来,别到姑娘的胸前。两个姑娘向我们行了队礼,说了声:"谢谢老师!"便兴高采烈地跑了。我望着她俩的背影感到欣慰,似乎减轻了些许对火车司机师傅的歉意。

下午,我在四川大学校园马路旁,边走边看大字报时,又有两个小孩,一男一女,好像是姐弟俩,一左一右拽住我的衣袖,看了我的红校徽说:"你是中共山西省委党校的老师?"我笑着说:"没错。"姐姐央求道:"请送给我们毛主席像章吧!"我说:"我也只有一枚,已经送给别的小朋友了。你把名字和地址写下,我买下了寄来。"我边说边掏出日记本和钢笔,姐姐写下了姓名和住址。回到党校,像章比较多了,我买下后立刻给姐弟俩寄去两枚。不久还收到了回信,信中有一句话至今还记着:"要做像老师一样热爱毛主席、讲信用的人。"

幸福生活不忘流血人

10月31日晚,成都火车站人山人海,拥挤不堪,都是串联的师生。我们排了一夜的队,直到11月1日7点,才坐上到重庆的91次快车。由于晚点,夜里11点才抵达重庆市。

我们一出火车站,就坐上接待串联师生的公交车。司机也不告诉我们车开往何处,行驶一个多小时了,也还没有停车的意思。公交车一会爬山,一会下坡,曲曲折折沿江而行。这大概就是山城的特点吧。直到11月2日凌晨1点,车终于在一座影剧院门前停了下来。我们又等了半个小时,才被安排在附近一所半工半读学校教室里休息。这里是新开设的接待站,多是工人及其家属做接待工作。虽然睡在地板铺的稻草上,两个人只有一条棉被,服务人员却都异常热情,关心备至,经常来征求意见,还介绍这里的风土人情、生活习俗,最令人感动的是晚上还来给我们盖被子。

11月3日早饭后,我们参观"中美特种技术合作所"(简称"中美合作所")集中营美蒋罪行展览馆。"中美合作所"建在重庆市西北郊外的歌乐山下。1943年,美国与国民党政府经过两年的谈判,正式成立"中美合作所",由特务头子戴笠任主任,国际间谍、美国特务梅乐斯任副主任。歌乐山下周围数十里,被电网、碉堡、岗哨严密封锁的"特区"内,公路纵横交织,房屋800多幢,其中有阴暗的牢狱、刑讯室,秘密刑场,另外还有豪华的官府以及兵营、军火库、打靶场,美国电台和气象站等。它是美蒋特务镇压和屠杀中国人民的指挥部和大本营。

天空乌云密布,下着小雨。我们乘公交车行驶约一小时,在烈士纪念碑前下车。但见眼前山峰耸立,云雾缭绕,小雨纷纷,无形中给我们增添了悲壮的心绪。我们先到杨家山参观了总馆,再先后到原"渣滓洞""白公馆"监狱,松林坡烈士被害处和烈士墓参观。我们怀着沉痛而悲愤的心情看完一座座监狱及其图片和文字说明。特别令人震惊和愤怒的是,1949年11月,新中国已经诞生,重庆解放前夕,美蒋特务即将崩溃时,对因禁在狱中300多位革命者进行集体屠杀,连不满周岁的婴儿也不放过。

面对美蒋特务使用的100多种刑具及种种残酷的迫害,共产党人和革命志士并没有被吓倒,更没有被征服,他们怀着伟大理想和革命必胜的信念,在狱中地下党组织领导下,同美蒋特务展开英勇顽强的斗争。他们编写狱中《挺进报》,为死难战友举行追悼会,秘密制作五星红旗,准备迎接解放。可以说,他们用鲜血和生命谱写了许多可歌可泣的英雄诗篇。在忠贞不屈、视死如归的革命意志面前,敌人严刑拷打和阴谋诡计,都遭到了可耻的失败。

纪念馆解说员所讲的烈士生前与敌人斗争的故事,我至今还记忆犹新。一个是新四军军长叶挺将军的故事。1941年1月,正处在国共合作抗日战争期间,国民党反动派悍然发动震惊中外的"皖南事变",叶挺将军在突围过程中被国民党逮捕。他先后被因禁于江西上饶、湖北恩施、广西桂林等地。在桂林时,他被关在一个终日不见阳光的山洞里。敌人企图用折磨身体来动摇叶挺将军的革命意志,妄想迫使他屈服投降。叶挺将军却像松柏一样坚贞。敌人只好改用高官厚禄引诱他,许诺封他"高级参谋"职位,送上国民党漂亮的将军服,并派飞机把他从山洞里接到重庆。蒋介石满以为叶挺将军会屈服,还召集一批高级将领在重庆珊瑚坝机场搞了一个虚假的欢迎仪式。然而,当机舱门打开时,出现在门口的仍然是身着新四军军服、留着长发、大义凛然的叶挺将军。蒋介石还不死心,又把他发落到"中美合作所"集中营红炉厂因室,千方百计劝降,许诺只要答应与国民党合作,就马上释放他,还要封他为"第六战区司令长官"。叶挺将军却义正词严地拒绝道:"要我和国民党合作,那是妄想。如果有一天还能获得自由,我马上回到人民军队的延安去!"在5年监狱生活中,美蒋特务用尽各种手段,都未能动摇叶挺将军对党对人民的赤胆忠心。

另一个是罗世文、车耀先不怕敌人软硬兼施的迫害，始终坚持无产阶级革命战士的高尚品格的故事。1942年端午节那天，敌人企图设宴拉拢罗世文、车耀先同志。被押送到宴会厅的他俩愤然推开碗筷，指着满桌的菜肴说："今天的酒席是你们搜刮来的人民的血汗，我们不能用它灌满自己的肠胃！"转身走出餐厅。敌人的阴谋诡计破产了。巧的是，两位革命者在端午节的表现，也可以说是他们对爱国主义诗人屈原最好的纪念。

当牺牲和胜利同时到来的时候，共产党人和革命志士引吭高歌，从容就义，把生命献给了祖国的解放事业。他们是在新中国诞生后，重庆解放前夕牺牲的，未免令人遗憾。他们奋斗了一生，却未能看到解放。当我读了"烈士狱中诗抄"，特别是刘国志烈士的《就义诗》："同志们，听吧！像春雷爆炸的，是人民解放军的炮声！人民解放了，人民胜利了！我们——没有玷污党的荣誉！我们死而无愧！"（重庆解放前夕，刘国志烈士赴刑场之际，朗诵于"白公馆"）由此深刻理解了他们牺牲的价值和意义。他们虽死犹生，永远活在人民的心中，是我这个1964年入党的新党员学习的榜样，更加坚定了自己的理想信念。对我来说是上了一堂最生动的党课，是一次精神上的洗礼。今天的新中国和幸福生活，是千百万革命烈士用鲜血和生命换来的。饮水思源，永远不能忘却流血人。为了永远悼念这些革命先烈，在离开歌乐山之前，我与赵文鳌、宋良图、赵树枝、王维真几位同事，在烈士纪念碑前合影留念。那时，很少有人带相机，各景区都有公立照相馆设的点。照完相，付了钱，留下通信地址和邮资，由他们负责寄给本人。一路下来，各处的留影，都是回到学校才见到照片的，从未有过收不到的现象。

毛主席走过的小路

11月5日上午，我们参观红岩村纪念馆。

抗日战争时期，中共中央南方局和八路军重庆办事处，都设在红岩村 13 号(今 52 号)。1938 年 10 月,武汉失守后,与新华日报社一起迁来的。领导南方各地党组织,宣传贯彻党的抗日民族统一战线方针政策,武装广大人民抗击日寇,同时也与国民党消极抗日、积极反共政策进行斗争。

1945 年 8 月 28 日至 10 月 10 日,毛主席赴重庆谈判期间,就在红岩村 13 号二层楼东南角一间不大的房间办公。参观的师生特别多,排着长长的队伍,看完又都是久久不想离去。毛主席办公室的摆设那样简朴,只有一床、一桌、几把竹椅,却为中国革命做出了不朽贡献,使我更加崇敬毛主席。

我们参观完,不知什么时候外面下起了大雨。走出纪念馆,不久衣服就全被浇湿了,个个都像落汤鸡。我们正要离开这里,忽然听说附近有毛主席走过的小路,立刻决定冒雨寻找。

在别人的指点下,我们顺着红岩村一条马路,走到一片松林坡前,只见路口插了一块小木牌,上书"毛主席走过的小路"。沿着松林坡,有一条 45°的陡坡小道,铺着方块石板的楼梯式的台阶。这就是在重庆谈判期间,毛主席经常走的小路。这时雨过天晴,我们高兴地踏着毛主席走过的小路来回走了几趟,还站在木牌子跟前、小路的台阶上合影留念。正在马路上行走的师生看见了,也纷纷参与其中,人越来越多,结成了浩浩荡荡的队伍。

我们要永远走毛主席开辟的革命道路,前进在社会主义大道上,为社会主义革命和建设贡献毕生力量。

东方红港口见闻

11 月 6 日下午,我们专程参观了重庆市东方红港口(即红港)。大概由于我们这些北方旱鸭子,对江河湖泊非常好奇,对港口的概念只来自书本,所以,我们是怀着急切的心情向红港进发的。

一下电车,红港就出现在眼前。江水波涛声,汽艇、轮船鸣笛声,人声鼎沸,奏响了港口特有的交响曲。这里是嘉陵江和长江汇合处的大港口,重庆便是位于此处的一座山城。我们站在离江边几十米远的高坡上俯瞰港口,但见一片汪洋中尽是船:小汽艇、小火轮、万吨轮船、无数帆船,正在装卸货物,开走的,驶进来的,川流不息,一派繁忙景象吸引了大家的眼球。

沿着台阶下到江边,四面都有缆车在忙碌地运行,汽车也可以开到江边,运转货物很方便。还有开往嘉陵江对岸的小火轮,我们也购票上小火轮到对岸看一看。小火轮上有顶棚,靠窗户下,设有一排简易座椅。我一刻也没有坐,一直趴在窗口贪婪地向外观看。在波涛汹涌的江面上,无数驳船在前行,有的十几个,有的二十几个船工喊着号子:"嗨吆,嗨吆!"齐心协力往前划船。往下游方向望去,还有不少驳船满载货物,逆水上行,全靠踏着岸边羊肠小道拉纤的船工弯着腰,喊着号子,费力拉着船一步一步前行。过去只是在绘画、影视作品中看见过拉纤工人,今日终于目睹,心中只有一个感觉:他们太辛苦了!许多旅客,其中不乏佩戴有中小学校徽的少年排队走上两层的轮船下行。真有点羡慕他们可以体味当年李白在流放途中,行至白帝城忽然收到赦免消息回家时的那种"朝辞白帝彩云间,千里江陵一日还"的快感。

我还看到红港一个独特的现象:港口拉平车的、装卸货物的工人,大部分是中年妇女。后来才知道,南方妇女很能干,能吃苦,甚至有的农村,地里的活主要是妇女干,不少男子汉却在家里看孩子,做家务。不由得想起我在农村搞"四清"工作时,还要下大力气动员妇女上地劳动。南北方妇女竟有如此大的反差,真令人感慨。我对这些船工、拉纤工和妇女心存敬意,决心学习他们吃苦耐劳的精神。

从嘉陵江对岸返回后,又在长江上坐了一个来回的小火轮,大家才恋恋不舍地告别了红港。

拜谒红军烈士墓

11 月 7 日清晨 5 点多,我们在遵义下车。原计划从贵阳转车到昆明,再到毛主席家乡。在车上大家临时动议:路过红军长征途中的名城遵义,机会难得,哪有不下车的道理? 接待站分配我们住在遵义饭店。

下午,我们先到幸福巷 14 号,参观了长征途中毛主席住过的地方。再到旧城,参观遵义会议会址纪念馆。会址原本是国民党一位师长柏辉章的私邸,黑灰色的砖块白石灰描缝,古朴端庄的两层楼。解说员介绍:1935 年 1 月 15 日至 17 日,中共中央在二楼召开政治局扩大会议,即著名的"遵义会议"。出席会议的政治局委员有毛泽东、张闻天、周恩来、朱德、陈云、博古(秦邦宪),候补委员有王稼祥、刘少奇、邓发、何克全,还有红军总部和各军团负责人刘伯承、李富春、林彪、聂荣臻、彭德怀、杨尚昆、李卓然、邓小平、李德、伍修权列席。在会上,周恩来、张闻天、朱德、毛泽东等多数同志,在发言中批评了博古和李德的错误。会议结束了王明"左"倾机会主义路线在党中央的统治,确立了以毛泽东为代表的党中央的领导地位,把党的路线转到了马克思列宁主义的轨道上来。解说员强调,遵义会议在党史上的重大意义是,在中国革命的危急关头,挽救了党,挽救了红军,挽救了中国革命,是我党历史上一个生死攸关的转折点。遵义会议也是中国共产党第一次独立自主地运用马克思列宁主义基本原理解决自己的路线、方针、政策问题的会议,也是中国共产党从幼年走向成熟的标志。从此,中国革命在以毛泽东为代表的正确路线指引下,走上胜利发展的道路。我们望着会议厅内简朴的摆设,会议长桌、座椅、取暖的火盆,以及毛主席的座位,想象着当年会议上斗争的激烈场面,那是关系到党和红军生死存亡的抉择啊!

从纪念馆出来,在一位女解说员的指点下,我们专程来到南郊小龙山拜谒红军烈士墓。它位于遵义市黄花岗区,坐落在凤凰山森林公园的小龙山丛林中。新中国诞生后,遵义人民难忘在这里牺牲的红军战士,先后找到77座红军烈士墓。1953年,市政府确定在小龙山修建红军烈士公墓,将烈士遗骸迁至小龙山,从此,遵义人民习惯把小龙山称为"红军山"。

走进陵园,只见大门两侧竖立着大型浮雕,雕刻着红军战士英勇杀敌前赴后继的英姿,令我们精神为之一振。沿着石阶上行,经过十多个平台,来到陵园广场,广场中央耸立着一座气势雄伟、造型别致的红军烈士纪念碑,邓小平题写的"红军烈士永垂不朽"八个大字熠熠闪光。这里松柏茂密,祥云缭绕,宁静肃穆,有专人看管。这里安葬的都是长征途中,解放遵义城时牺牲的红军烈士,其中有红三军团参谋长邓萍烈士,他是长征路上牺牲的级别最高的指挥员。离邓萍烈士墓不远处有一座红军卫生员墓特别引人注目,墓主人是当年驻扎在桑木桠红三军团五师十三团二营卫生员龙思泉,他热心为老百姓看病,被传为药到病除的"神医"。一天夜晚,他翻山越岭为患伤寒的乡亲治病,第二天回来时,部队已紧急转移。他在追赶部队途中,不幸被伪保长杀害。乡亲们冒死悄悄掩埋了他的遗体,因不知这位小战士的姓名,只好在墓碑上刻了"红军坟"三个字。1953年,"红军坟"迁入红军山烈士陵园。后来人们根据传说中美丽善良女红军卫生员形象雕塑了铜像。1965年,解放军第三军医大学原校长、老红军钟有煌带领学员从重庆野营拉练到遵义,听到"红军坟"的来历后,回忆起当年他们团撤离遵义开始"四渡赤水"时,二营卫生员外出为群众看病,没能随部队转移,一直下落不明。在遵义有关部门的协助下,钟有煌经过多方反复考证,最后确认"红军坟"里长眠的正是他的战友——龙思泉。

陵园里,很多烈士连姓名也无从得知,但他们为民族解放事业奉献的精神与日月同辉!

我们站在烈士墓群前默哀、行三鞠躬礼后,自己动手,在松林的沙土地面上,做了一个纪念图形:宽一米多,长两米许,中间栽了一株松树苗,其左上角用红色湿土做成五角星,右上角是一个斧头镰刀标志,中间部分是用白石子镶了"红军万岁"四个大字,最下方是用青石子摆成的一行小字:"山西省委党校东方红战斗队。"

在当天的日记中,画过图形之后写道:"以此作为最好的纪念。向红军烈士学习,继承他们的遗志,把社会主义革命进行到底,为实现共产主义而奋斗。在党和人民需要献身的时候,我一定要像红军烈士那样,做到脸不变色心不跳。"

路线之争

这里所谓的路线是指串联所走的路线。

11月8日凌晨3点半,步行到遵义火车站,赶7点到上海的火车。直达上海5次快车进站后,车门、车窗都关得死死的,几乎没有上去一个人。我们也不敢出站,直等到次日凌晨两点,才挤上了到贵阳的火车,下午到达贵阳站。据说贵阳站滞留串联的人很多,如果出了站十几天也离不开贵阳。我们只好做出一个大胆的决定:往回返,到郑州再说。于是我们没有下车,随车进入车库。车上的人下光了,我们在卧铺车厢占了好位置,除一人留下,其他5人分头买吃的、弄水。车在车库待6个小时,就往回返。11月10日火车返回到重庆站,我们没有出站,上了直达北京的车。车过秦岭时就感到冷飕飕的,似乎该穿棉衣了。11月13日晚上在郑州下车后,西北风吹得呼呼叫,冷得浑身发抖,又不敢出站,否则几天也上不了车。我们只好在站内找了个避风的地方休息,吃了点东西。凌晨两点许,我们上了北京到武汉的火车。这趟车串联的人少,有座位,但又害怕列车员查票,我们没有买票。11月14日下午,在武汉车站下车。接待站安排住在长江大桥北端龟山下汉阳文化宫。

实施返回路线以来,连续乘火车将近一周,没有坐过一次整点车,一避整点车就停几个小时。车上超员拥挤程度恐怕是史无前例的:两人座挤成三人座,三人座挤成四人座;对坐着人的地下还要坐两三个人;过道里一个挨一个地站、蹲、坐着人,连行李架上也坐、躺满了人,厕所里、两节车厢衔接处也都挤满了人。因此,每到一站车停下来,车上的人团结起来一致对外。窗户紧关,门上只准下人不准上人,因为里面的空间实在太有限了。这一路,我们都还有座位,然而上下左右卡得死死的,动弹不得。在车上没能吃过一顿饭,没用过厕所,也没有从门口上下过车。车一停,等没人往上挤了,赶快从窗口跳下去,完成三大任务:解手、买吃的、灌水。记不清在哪个车站了,我从窗口跳下去要大便,先找不到厕所,最后在很远的地方找到了,在大便时心里很紧张,火车没有准点,不知什么时候就开走了。我一听到鸣笛声,就连忙提上裤子,拼命往我坐的窗口跑去,刚到,车已开动。两位同事从车窗口探出身子,伸出双手,不停地喊:"快,快!"我急中生智纵身一跃,两只手被同事抓住,连拉带拽,才把我拖进车厢,这时火车已开出了站。"好险啊!"五个同事异口同声地惊叫道。旁边一位女中学生笑着说:"你演了一次铁道游击队员爬火车。"周围的人都笑了,我却惊魂未定。

李忍的身体较弱,脚都肿了。在到武汉的火车上,李忍一再声明,再不下车我是不干了,要回家了。他的情绪,大家都理解。这样艰辛的旅行生活,恐怕今天的青少年学生是难以想象的。

这一路上,大家对在贵阳所做出的大返回的决定争论不休。实践已经证明,我们犯了路线错误,白白在路上浪费了一周时间。要是大胆一些,在贵阳站能闯过去,就可能实现到毛主席家乡的计划。因为到达武汉时,已接到师生立即返回原单位的通知。路线错误只能作为教训汲取了。

天险变通途

武汉长江大桥是第一个五年计划完成的重点工程之一,早就想一睹尊容了。在火车通过大桥时,我们就想从车窗探出头看桥,被列车员劝阻了。我们住在桥头,近水楼台先得月,刚安顿好,稍事休息,不顾一路疲劳,就迫不及待地出来参观长江大桥。

长江大桥位于武汉市汉阳龟山和武昌蛇山之间,是我国第一座跨越长江的大桥。1955年动工,1957年建成。正桥为铁路、公路两用的双层钢桁梁桥,上层为公路桥,车行道宽18米,两侧人行道各宽2.25米;下层为双线铁路桥。正桥由三联(三孔为一联)九孔跨径各为128米的连续梁组成,共长1155.5米,连同两端公路引桥总长1670.4米。该桥把武昌、汉口、汉阳三镇联为一体,并将原京汉、粤汉两条铁路连接为京广铁路(参见《辞海》缩印一卷本719页)。结束了南北火车用渡船过江的历史。

我们从东侧人行道走过去,又从西侧人行道走回来。边走边看那浩瀚的长江,波涛汹涌,涛声如万钧雷鸣,震撼寰宇。江面上万吨轮船、小火轮、汽艇、渔船,不计其数,东走的西行的,南来北往的,一片繁忙的景象。这时,我很自然地联想起毛主席的诗句:"风樯动,龟蛇静,起宏图。一桥飞架南北,天堑变通途。"(《水调歌头·游泳》)

桥的两头都设有楼梯和电梯,游人上下很方便。我们顺着楼梯边下边观赏大桥的构架,下到地面,望着那一个个十几米粗的钢筋水泥柱从几十米深波涛滚滚的江水中竖起来,中流砥柱般擎起钢架桥梁,横跨在1000多米的江面上。两列火车同时交叉开过,也只能听到轰隆隆震天的响声,大桥却岿然不动。这是多么神奇、多么宏伟的工程啊!在"一穷二白"的新中国成立初期,能够完成这样的工程,充分证明在党的领导下,中国的科学家、工程技术人员、工人阶级,不仅能够打下一个新中国,也能建设一个新中国。

站起来了的中华民族的智慧和力量是无穷的！直到夜幕降临时分，大桥上彩灯绽放，像彩虹，也像夜明珠练，将龟蛇两山连在一起时，我们仍在贪婪地欣赏着这美丽的夜景。"谁持彩练当空舞"？是在党领导下的伟大的中国人民！

参观武昌中央农民运动讲习所纪念馆

11月17日上午，我们到武昌红巷13号参观中央农民运动讲习所旧址纪念馆。

1924年至1926年5月，党在广州创办了农民运动讲习所，招收了五届学员。第六届是毛主席在武昌主办的，亲自任所长。

1926年，毛主席到上海主持中共中央农民运动委员会工作。由于北伐战争节节胜利，国民革命政府由广州迁到武汉后，毛主席提出在武昌筹办农讲所计划，并主持了筹备工作。

1927年2月招生时，毛主席亲自阅卷、口试。3月7日，第六届农讲所开课，4月4日举行开学典礼。这届学员800多人，来自全国各地，以两湖、江西的最多。毛主席主持全所工作，制定教育方针和教学计划。明确规定创办农讲所的目的，是培养"领导农村革命人才"，"实行农村革命，推翻封建势力"。夏明翰等党的干部担任农讲所的职务。中共中央委员恽代英、彭湃等以及全国农协执行委员方志敏同志也到农讲所讲过课。毛主席讲授"农民问题"和"农村教育"等主要课程。

第一期学习三个月，学习了《共产党宣言》《中国社会各阶级分析》《湖南农民运动考察报告》等著作，学习了唯物辩证法以及巴黎公社和十月革命的历史经验，还学唱《国际歌》等。学员刘征回忆说，当时在社会上，对农民运动产生了"好得很"和"糟得很"两种截然相反的观点，学员中也引起了不同的反映。在春末夏初，毛主席亲自讲授《湖南农民运动考察报告》。他用考察的大量事实，热情赞扬农民运动，讲得生动形象，风趣幽默，讲堂里不时响起一阵阵掌声。学员们说:"毛委员的报告,使我们开了窍。"

除了在课本上和课堂上学习,农讲所还组织学员到咸宁、通山、武昌及市郊农村去做社会调查,请贫苦农民和农运干部做报告,举办"农民问题讨论会"。

农讲所还把训练学员掌握武装斗争的实际本领作为重要课程。对学员实行军事编制,每人发一支汉阳造"七九"式步枪,规定每天训练两小时,每周到野外进行一次军事演习。当蒋介石发动"四·一二"反革命政变后,每日军事课程增加为四小时。学员刘征回忆说:除了军事训练外,农讲所还组织我们从战争中学习战争。我们直接参加过镇压麻城县地主武装——"红枪会"的反革命暴乱和粉碎反动军官夏斗寅武装叛乱的实际战斗。经过几个月的训练,由普通的青年成长为后来各地武装起义和工农武装割据的骨干。

1927年6月18日,农讲所举行六届一期学员毕业典礼。每个学员发给一枚铜质五角星证章,在证章上嵌有"农村革命"金光闪闪的四个字,标志着农讲所正确的革命方向。"到农村去,实现农村大革命!"这是农讲所学员的战斗口号。(参见刘征《在武昌中央农民运动讲习所里》一书中,《回忆毛主席》第71—77页,人民文学出版社,1977年9月版)

我们看了图片、文字说明,听了解说员讲解,参观了毛主席住处兼办公室,以及教室、学员宿舍和练兵场。我们深刻感受到,早在20世纪20年代,毛泽东对中国国情深入了解,已经认识到中国革命的严重问题是解决农民的问题,农民是革命的主力军。他为确立中国革命正确道路是农村包围城市,奠定了坚实的基础。

在东方红4号江轮上

11月14日至20日,我们在武汉市到武汉大学、湖北大学等高校看大字报,参观了革命遗迹。我和王金鹏自告奋勇为大家办船票。第一次排队，女售票员说根据中央通知，你们只能办回程火车票。我俩谎称：天气冷了，连毛衣都没带，也想尽快回去，火车要倒几次车，费时太长，从水路走最快。其实我们是想坐江轮到上海去。售票员是一位年轻姑娘，竟然信以为真，说今天到上海的票已售完，登记一下明天来拿。跑了三次才算拿到船票。

11月21日6点，我们登上了东方红4号轮船三层14号客房。第一次乘坐轮船，看见什么都是新鲜的。房内两面靠墙各放一张上下铺软垫床，正面墙壁中央贴着毛主席像，两侧贴着条幅："听毛主席话""跟共产党走"。主席像的下方张贴着毛主席语录，下面靠墙放一张小抽屉桌，一把椅子。门左侧放一张小沙发，右侧是暖气片，其上面放着一个三层小木架，放牙杯的。门两侧各开一个窗户，一层玻璃一层窗纱。门是黄漆木板向外开，铁纱风门朝里开。顶棚中央悬挂着一盏圆盆状浅灰色外罩的电灯，桌上还放着一盏台灯。这样好的条件，不仅休息舒服，而且是学习的好地方。这与乘火车那种拥挤现象相比，简直是天上地下，虽然我们6个人只给了一间房4个床位。

7点，准时开船。在一轮红日东升的时刻，告别了武汉市。第二天晚上，第一食堂有串联的"红卫兵"举行文艺联欢晚会，宋良图和赵树枝参加了。我在房间看书、写日记。

11月23日下午4点许，东方红4号轮船在上海港口靠岸。经过三天两夜的江轮生活，终于到达目的地。我们还没有下船，就听见有人广播："外地串联的革命师生下船后，请到左边排队，我们领大家到接待站去。"我们被分配在上海第二医学院住宿。

点燃中国革命圣火的地方

11月23日至12月5日晚在上海参观，上海是这次串联时间最长的地方。我们曾到同济大学等高校看大字报，参观了党的"一大"会址、顾正红纪念馆、龙华烈士陵园、上海博物馆、上海工业展览馆、万吨水压机,还参观了鲁迅先生旧居、纪念馆,瞻仰了鲁迅墓。

11月24日下午,我们到卢湾区兴业路76号(原法租界望志路106号)参观党的"一大"会址纪念馆。它在很不引人注意的一栋小楼底层一间客厅里,里面摆放着茶色的桌椅、茶具,桌上放着名牌,标明毛泽东、董必武、何叔衡等13名代表当年所坐的位置,他们是各地共产主义小组选派的,代表全国50多名党员。共产国际也派马林参加。解说员介绍,大会进行到第八天,由于遭到帝国主义密探的干扰,最后一天转移到浙江嘉兴南湖游船上继续进行。大会通过了第一个党的纲领,选举了党的中央领导,陈独秀任书记。从此,中国诞生了以共产主义为目标、以马克思列宁主义为行动指南的统一的工人阶级政党。参观的师生络绎不绝,我们却迟迟不想离去,体味着中国历史、中国无产阶级革命的伟大与艰辛。苏联十月革命一声炮响,给我们送来了马克思列宁主义。在共产国际帮助下,党的"一大"胜利召开,点燃了中国革命的圣火,毛泽东等同志把它传递到井冈山等革命根据地的星星之火,终于形成了燎原之势。中国共产党人踏上了农村包围城市的道路,领导中国革命从胜利走向胜利。

人民永远不会忘记,党的"一大"会址——中国革命圣火点燃处。

瞻仰鲁迅先生之墓

11月5日上午,我们参观鲁迅故居、纪念馆,瞻仰鲁迅墓。鲁迅故居在山阴路大陆新村9号,从1933年起,鲁迅在此生活战斗到最后一息。鲁迅先生对我做人、作文影响很大。当我们进入故居,看了他的生活陈设、办公桌、书柜,以及图片说明,似乎离鲁迅先生很近,体味着这位"中国文化革命的主将"那种"横眉冷对千夫指,俯首甘为孺子牛"的民族性格,对这位"向着敌人冲锋陷阵的最正确、最勇敢、最坚决、最忠实、最热忱的空前的民族英雄"更加敬重。

鲁迅纪念馆和墓地在虹口公园内。当我们来到虹口公园时，只见纪念馆门前排着长队，曲曲折折总有五六里长，几乎都是外地串联的师生。鲁迅纪念馆是一座古色古香的两层楼房。从图片、文字说明、语录、实物、著作等，确立了鲁迅在中国文学史上"中国高尔基"、文学巨匠的坚实地位。

我们从纪念馆出来，来到鲁迅先生墓前。墓地面积约100平方米，花岗岩石条铺的地面，四周茂密的常青松、柏树，肃穆宁静。墓坐南向北，用汉白玉石条砌成，墓碑上镌刻着毛主席题写的："鲁迅先生之墓"六个金色大字。与墓在一条轴线上的北面，是用汉白玉石砌的两米多高的底座上竖着鲁迅铜质塑像。先生身着长衫，坐在藤椅上，手抱一本厚书，眼望前方，这是他当年与敌人斗争的姿态。鲁迅先生虽然逝世30周年(注:1966年)了，而他的革命精神和文学创作，永远值得我们学习。正如诗人臧克家的诗句："有的人活着，他已经死了;有的人死了，他还活着。"(1949年11月1日，为纪念鲁迅逝世13周年所写的《有的人——纪念鲁迅有感》)

我们离开墓地前，在鲁迅铜像右侧合影留念。

参观万吨水压机

11月30日5点起床，没吃早饭，我们就乘公交车向徐家汇长途汽车站进发，到上海重型机器厂去参观万吨水压机。全国上千万师生拥到各个城市串联，造成交通紧张，乘车总是要排队的。我们满以为能排第一，谁知道下了公交车，长途汽车站竟然已排下几百人了，走了半天才找到队尾。太阳出来了，我们到队伍前面碰见我校六一级几位学生，就与他们站在一起，插了队，好在未遭到后面人的反对。8点多，我们才来到重型机器厂。

这个厂占地面积上百亩,放置世界闻名的 12000 吨水压机的车间竟有数万平方米之大,火车可以进出,人在车间里显得是那样渺小,无数车床、巨型吊车都是自动化的。万吨水压机这个庞然大物就竖立在车间中央。据介绍,这台水压机是帝国主义在材料、技术上对我们严密封锁的情况下,我国自主设计、制造的。当时世界上只有美、英、捷克等国家会造,且没有我们的压力大。我国的水压机压力为 1600 吨,他们的只有 1500 吨。我们的水压机是世界上最好的。

不巧的是那天万吨水压机检修,不能开动。我们只好围着水压机转了一圈,目睹了它的尊容。工人师傅为了满足大家的愿望,将我们领进另一个车间,参观 2500 吨水压机工作情况。我和宋良图刚踏进车间门,就看见一只自动化铁手掌把一块水桶粗两米长火红的铁锭放到水压机铁锤下,只见铁锤往下一砸,抬起来时,铁锭已压缩了一半,经过几个来回捶打,铁锭已变成圆饼式的材料了。

那天我目睹了究竟什么是现代化大工业生产,什么是产业工人。懂得了工人阶级为什么是先进生产力的代表、代表着社会发展的前进方向、是最先进的阶级的道理。中国共产党是工人阶级政党,代表着工人阶级和劳动人民的根本利益。我作为农民家庭出身的党员,应该成长为工人阶级先进分子。那次参观是我的宇宙观的一次升华,认识到工人阶级的伟大,一定要做一个全心全意为人民服务的好党员。

在海轮上

12 月 5 日下午 6 点,我们从上海黄浦码头乘工农兵 6 号万吨客货轮船前往青岛市。我们 6 人住三层 6 人间客房,条件比江轮上还要好。

我将行李放好后,去甲板上站了许久,望着黄埔江夜晚的江面,闪烁的灯光与天上的星光遥相呼应,不知我们处在天上还是人间。黄浦江上行驶着各种大小船只,港口停泊的轮船不停地装卸着货物,一片繁忙的景象。上海是我国第一大城市。春秋战国时代,上海先后属吴、越、楚。唐宋年间,上海逐渐从吴淞江下游的一个渔村发展成为繁荣的港口。南宋咸淳三年(1267)前后建立上海镇,因黄浦江西的上海浦而得名。1843年,鸦片战争后,上海被强行开埠,成为5个通商口岸之一。黄浦江外滩许多高楼大厦上都还有19世纪七八十年代建造的字样,以及"华人与狗不许进入"的公园,这些都是帝国主义殖民统治的产物。民国十六年(1927)称"上海特别市",1930年改称"上海市",现为中央直辖市。新中国成立后,上海工业经过改造、扩建和新建,发展成为我国最重要的工业基地。黄浦码头曾经是有志青年寻求真理的出发地。1919年至1920年,先后共有20批、约1600名勤工俭学学生从这里乘船出发,抵达法国,其中有邓小平、聂荣臻、蔡和森、向警予等,开始了红色中国探寻之路。毛泽东于1919年3月,组织并在黄浦码头欢送第一、第二批赴法学生。

刚回到房间,就听说轮船上有电影,船上还能演电影?我们马上买票,到二层餐厅看彩色故事片《夺印》,体验了在轮船上看电影的感觉。

12月6日清晨,吃过早饭,我们便到甲板上观赏浩瀚的大海。大家都是第一次乘坐海轮,海水已由蓝色变成了墨绿色,说明海水很深了,我们离开祖国海岸线很远了。那天天气好,没有大风,然而海浪还是有3米多高。当下到一层观看时,海浪波涛汹涌的势头令人震撼,眼看着一排排巨浪像万丈山崖扑向轮船,被撞击的白浪花泼到了甲板上,用不了多久,衣服就会被浇湿。轮船似乎不理不睬,一直乘风破浪向前进。偶尔看见远处有几只小渔船,一会漂在浪尖上,一会便跌进深渊。让人对渔船的命运十分担忧。

面对大海,很自然想起作家诗人对大海的描述。西晋诗人木华的《海赋》是古人描写大海神情模样的名篇,翻译后是这样的:大海发怒的时候,横溢的海浪飞扬沉浮,相互搏击着,波涛高扬着飞沫。那种模样仿佛天上的车轮,飞旋出无数激流漩涡;又好似大地的车轴,挺拔遒劲地争相转动。迭起的波涛仿佛小山不停地翻腾倾覆,耸起的巨浪如同五岳山峰相互冲撞。回旋的波浪好似赶集般向前奔腾,重叠的浪头忽而隆起忽而倒塌。盘旋的水涡形成深深的魔窟,四周的波涛仿佛环绕突起的小山;漂起的小水波倾斜着疾驰,层叠的巨浪仿佛高大的石块相互碰撞。惊涛骇浪犹如迅雷疾奔,忽而攒集迸发忽而四散开来;海浪开合之处,波光闪烁时明时灭;水纹忽而散开忽而聚集,腾涌的水波声如同开水沸腾。……我们庆幸没有遇上大海发怒。

面对大海,我脑海里浮现出许多疑问:

人常说海水不可斗量,无边无际的海水究竟有多少?这么多的水是怎样生成的?它与地球同时形成的,还是先有地球,再有雨水与百川汇集的?地球上的面积,陆地仅占30%左右,70%左右是水,地球为何未被泡软泡化呢?如果北冰洋的冰山和喜马拉雅山的冰雪融化了,那么像日本、南太平洋岛国、会被淹没吗?水是人类生存的必要条件,那么别的星球如果有人类的话,是否也需要这么多的水?据说海底也是一个世界,有山脉、高原、海沟、平川,它们是怎样形成的?海底也有生命,动植物十分丰富,到底各有多少种类?它们与人类的关系怎样?海底矿产资源有多少种类?储量有多少?大陆上的矿产资源开采消耗殆尽后,海底资源可供人类使用多少年?大陆上的淡水构成元素是氢二氧,海水的元素有哪些?陆地上的淡水消耗完了,海水是否能成为人类的救命水?如果只有海水,人类是否还能生存发展?保护地球的臭氧层若被完全破坏,气温升高百度以上,海水是否会蒸发殆尽?若海洋干涸,人类是否就会像恐龙一样灭绝?……我将这些疑问与同事们交流时,宋良图说,屈原有"天问",你这不就成了"海问"?大家听了都觉得甚是有趣。

午饭后,再观大海,则兴味索然。墨绿色的海水无边无际,海平线处天水相连。偶尔有一群海鸥鸣叫着掠过水面,在轮船上空盘旋几圈,便箭一般飞向远方的天空。虽然只有短暂的一瞬间,也给乘客带来些许雅趣。特别是偶尔遇见一艘外国轮船,相距还有几百米远,就看见外轮甲板上站满了白、黑、黄种人,他们手舞足蹈,有的高声呐喊,有的抛着五颜六色的帽子,向我们打招呼,我们也向他们频频招手,直到互相看不清,还贪婪地望着水面上浮动的一个小黑点。

12 月 7 日清晨,室外什物轮廓还辨不清晰时,我们就起床了,迅速洗漱完毕,赶快站到甲板上,望着东方,等待着观赏日出。启程前,我们都说,能在海上观赏日出,那是非常难得的。昨天也是早早起来迎接日出,但是当太阳离开海面时,被云彩笼罩得严严实实。今天是最后一次机会了,据轮船广播预告:今晚就会到达青岛。我们每个人都眼巴巴地盯着东方,等呀,等,等到东方天色发白时,讨厌的一片乌云又死死地封住太阳公公的门口。我们还抱着一线希望:当太阳公公出门时,乌云可能大发善心,而自动让开路。

当东方破晓,喷射出万道金光,太阳公公欲出门时,那片迟迟不愿意离去的乌云,终于让我们失去了仅有的第二个观赏日出的机会。然而,我们深信乌云是不会永远遮住太阳的,乌云总是要消散的。

那次两天两夜的海上旅行,让我深刻体会到做人要有海轮舵手那种顶着惊涛骇浪勇往直前的精神,海纳百川的胸怀。面对占地球面积70%左右的海水,那种难以想象的广袤无垠的海洋,无形中加深了我们对宇宙无限大的认识。

青岛印象

12月7日晚,抵达青岛市。当时即将进入三九天,出来已经40多天了,衣服单薄,在青岛只待了3天,却留下了深刻印象。青岛虽然只是个地级市,而地理位置却十分重要。它位于山东半岛南侧胶州湾的出口,也是半岛咽喉部位的重要军港。串联所走过的几个城市,我想能长期居住的一个是北京,另一个就是青岛,因为青岛街道整洁,交通井然,安静祥和,气候温润。不像上海那样高楼大厦,街道狭窄,交通拥挤。南京路是步行街,行人摩肩接踵。我是不会选择住在大上海的。青岛也不像武汉夏季如火炉般炎热,更不像重庆那样整天价雾气腾腾,难见天日……

12月8日,游览了滨海鲁迅公园。记不清这个公园命名的来历了。公园位于海岸斜坡红土地上、红岩间,松林茂密。眺望海面,无边无际的碧绿的大海,海平线上便是水天相接,轮船、帆船、游艇、小型舰艇在行驶、巡逻。近看,海边上的水清澈见底,就像晋祠的泉水一般,酷似玻璃液体,海藻等各种叫不上名目的海底植物生机盎然。大小不一、各色各样的鱼游弋其间,怡然自得。海浪一波追着一波,拍打着红岩岸边,激起一簇簇的白浪花。我们这些黄土高原长大的人贪婪地欣赏着这难以寻觅的景色,陶醉在"江山如此多娇"的美景中。我们6个人在海边合影留念。我和宋良图站在海边以海为背景合影。我还坐在海水激起白浪花的岩石上留影。今天再看这些照片,只见当时我们这些青年人是那么英姿飒爽。

公园设有水族馆和水产博物馆。海洋动物应有尽有,比我们在中学的《动物学》《生物学》课本里及标本室所见到的多得多,真是大开眼界,上了一堂直观的海洋动物知识课。

我们来到公园西侧,正碰上运动员冬训。当时气温已到零度以下,男女运动员们却在仅有几度的海水中练习蛙泳、仰泳等各种项目。当他们结束训练后,迅速跑到岸边淡水管下冲洗,换上棉运动服。冬泳,我还是第一次见识。男女运动员那种坚毅、执着、不怕冷,努力训练,提高成绩,为国争光的精神,令人感动。

12月9日上午,我们步行到鲁迅滨海公园东侧5公里处的海滨,参观新中国成立前外国资本家大亨们居住过的疗养别墅群。参观的师生络绎不绝,有乘公交车的,大部分是步行的。

别墅群临海而建,大约有百十栋,多为两三层高的小洋楼,瓦墙都是土红色的,有欧洲建筑风格,也有美洲风格的。一家一个大院子,里有小花园,室内还有小舞厅。新中国成立后,这些别墅被用于公益事业,如文化馆、帝国主义侵略史展览馆等,也用于帮助我国社会主义建设的外国专家住,苏联专家就居住过。

12月10日晚,乘坐从青岛到北京的火车返校。12月11日8点,在德州市下车,被安排在前进街旅馆住。这里没有直达太原的火车。12月12日清早,乘坐从德州到石家庄的蒙子车,12点到达。晚上一点半,才乘上北京直达太原87次快车。12月13日7点多,从太原南站下车。

(2018年根据之前日记整理)

发展党员工作中的
"联系人"制度

　　我是 1964 年入党的,在业余时间做些社会工作是义不容辞的责任。1973 年调到师大中文系任教后,曾担任 7304、7508 班辅导员兼党支部书记,90 年代还任过文学组教工党支部书记。但最令人难以忘怀的是 20 世纪 70 年代末到 80 年代初,连续 8 年担任中文系教工党支部组织委员(支部书记李文思、宣传委员王光龙,党总支书记李国璋、组织委员李若蓉)时,在发展党员工作中所坚持的"联系人"制度。

　　这期间,正是粉碎"四人帮"后,一切刚步入新时期的大门。由于在"文革"中知识分子沦为"臭老九",高校教师又被归入统治学校的资产阶级知识分子之列;还由于派性作怪,党员的意见难以统一。因此,在教师中发展党员的工作存在严重滞后现象,特别是骨干教师中党员所占比例极低。这同拨乱反正,改革开放,科教兴国,实现四个现代化的形势很不适应。为了尽快改变这种状况,校党委、系党总支都非常重视在教师中发展党员的工作。教工党支部也采取了一系列措施,其中重点是对入党积极分子加强培养。除每月组织两次积极分子政治学习或听党课外,还提出并实施了"联系人"制度。

所谓"联系人"制度,就是给每个入党积极分子分派一名党员与其长期联系,做培养工作,将这个党员称为"联系人"。长期坚持便形成了一种制度。联系人的主要任务:了解联系对象的个人历史、家庭社会关系、思想、工作和生活等情况;共同学习马克思主义和党的知识,明确党的宗旨和奋斗目标,端正入党动机;向组织汇报培养情况,提出可以上支部党员大会讨论的时间;担当入党介绍人。党支部在分配联系人时,坚持三条原则:就近。当时党小组建在教研室,对象基本上是本教研室的。教研室党员少的,由其他教研室党员做联系人。就熟。联系人与对象比较熟悉,谈得来,能说心里话。就明。联系人的确定是在党小组会上采取自报公议的方法,有很高的透明度。

每学期,支委会召开两次党员大会,专题讨论党员发展工作。第一次是联系人汇报对象培养情况,经过全体党员认真讨论、比较,确定发展对象。成熟一个发展一个。发展对象一旦确定,其联系人就更忙了,进入发展准备工作的程序。第二次是讨论通过新党员。

实施"联系人"制度的实践表明,它是发扬党的联系群众优良传统的好形式,组织发展工作行之有效的机制。首先,它把发展工作责任落实到人,每个党员都能参与其中,可以得到党性锻炼。其次,还能将发展工作做得扎实细致,重在培养。一个积极分子从培养到入党成为一个水到渠成的过程。所以,在全体党员的共同努力下,组织发展工作取得了显著成绩。8年中,党支部先后发展了十几名骨干教师入党,大大提高了党员在教师中的比例。这些党员都成为教学和科研的中坚力量,有的还走上了领导工作岗位,诸如,陶本一任山西师大校长、《语文报》编审;林清奇任系主任、山西财大副校长、教授;段登捷任系主任、教务主任、副教授;黄竹三任戏研所所长、教授、硕导;李春芳任古代教研室主任、教授;赵宏因任现代汉语教研室主任、教授;张明键晋升为副教授。调走的刘安之、伍夫楹也都晋升为教授。组织发展工作促进了教学和科研的深入发展,为建设以团结和谐、严格认真著称的中文系做出了贡献。

回忆这件往事,不仅是对历史经验的总结,也对今天党的组织发展工作会有一定的借鉴意义。

(2006 年 11 月 25 日,原载《轨迹·心声》2009 年第 27 期)

我与时间老人对话

　　我已是夕阳西下,逼近黄昏的人了,戏称进入"倒计年"。回顾一生,我对时间老人十分敬重、珍惜。"生命是以时间为单位的,浪费别人的时间等于谋财害命;浪费自己的时间,等于慢性自杀。"(鲁迅)这是我的座右铭。无论上学,还是工作期间,都不敢虚度年华,在事业上取得了一定的成就。这都是时间老人对我的眷顾,滴水之恩应涌泉相报。然而,至今我对时间老人的生平事迹还知之甚少。就像对自己的祖父一样,连名字也不知道。一是我生得迟,未能与祖父母谋面。二是家乡的习俗,孩子随便叫别人父亲的名字,就是骂人家。加之年少懵懂,也不知道询问父母。退休后想写家谱时,连祖父母的名字也不知道,太遗憾了。为了接受教训,今天,要向时间老人发问。

　　问:时间老人,您好! 我要向您提出一些问题,敬请赐教。

　　答:你太客气了,我会竭尽全力满足要求的。

　　问:您家住哪里,何时诞生,如今高寿?

　　答:宇宙是我的家。有的科学家认为,亿万年前,一个炽热的比原子还小的"点"发生了大爆炸,这才有了宇宙的空间和时间。哲学家说,空间和时间是运动着的物质的存在形式。空间是物质的广延性、结构性和并存性;时间是物质的持续性和顺序性。宇宙从此开始了漫长的演变,才生成了宇宙的万事万物。我和空间是宇宙的孪生兄弟。

至今,我也说不清自己多大年纪了,不像孙悟空还知道他500岁了。有人提出"时间会停止吗?"一切事物都有一个产生、发展、消亡的过程,这是不以人的主观意志为转移的客观规律,我也不会例外。宇宙学家以为时间和宇宙的死亡密切相关。如果宇宙在未来发生了"大崩塌",即里面的所有物质就像跌入了黑洞一般,坍缩到一个点,那么宇宙也就终结了。那时便是我寿终正寝之际。

英国物理学家罗杰·彭罗斯对我的"死亡"设想又是一个版本,他预言,数亿年后,宇宙会走向"热寂"——所有的恒星耗尽了燃料,黑洞也耗尽了能量,所有的物质都衰亡了。届时空间将不存在任何原子,时间也就不复存在。(杨树青著《时间会停止吗》,刊于《大科技》2016年第9期)

上述言说,虽然只是推想,但没有违背事物的发展规律。

问:在世界万物中,您应该归于哪种类型?

答:莽莽天宇,恢恢地轮,物种无极。而我既不是生物、有机物,又不是一般的无机物。非要归类的话,我应与空气为伍,无形无色,看不见摸不着,又无处不在,以恒速永往前行。溪流、江河奔腾流淌不回头,不远万里入大海。我却不知道终点站在何处。

问:现代人对时间老人并不陌生,只要一看钟表,或手表,几点几分就一目了然啊?

答:那并非我的形体特征,而是人类在长期实践中,将感悟、认识用物质手段把我变为似乎是有形的、实在的东西了。这是人类智慧的结晶,要不然我还是虚无缥缈、难以捉摸的幽灵哩。当然,人类做到这一点,也是经历了一个漫长的过程。

大约在46亿年前,大量炽热的气体和尘埃凝聚在一起,形成了一个炽热的液态岩石的巨大球体,这就是最初的地球。经过千百万年的演变,岩石、地壳、海洋及大气层逐渐形成。〔纪江红主编《中国少年儿童百科全书》(第一卷),浙江教育出版社,2007 年版,第 48 页]最为重要的是产生了人类。

在人类起源问题上,达尔文经过长期考察和研究,得出结论:"人是由类人猿进化来的。"创立了"进化论"学说。1876 年 6 月,恩格斯在《自然辩证法》一书中,在达尔文研究的基础上提出,类人猿进化到人,是通过生产劳动实现的,并把从猿进化为人的过程分为三个阶段:攀树的古猿(3000 万年—1400 万年前)、正在形成中的人(1400 万年—300 万年前)、完全形成人(300 万年—4000年前)。恩格斯是根据当时世界各地考古发现概括的,从后来的考古发现中也得到了证实。(拙著《恩格斯文艺思想论》,大众文艺出版社 1996 年 6 月版,第 226—227 页)

在约 7000 年前的仰韶文化西安半坡、姜寨遗址中,发现了大量的小米;在浙江余姚河姆渡遗址也发现了大批籼稻。同时还发现了种植小米、稻谷的各种农具。这说明那时中国已进入农业文明。(李中华著《中国文化概论》,华文出版社,1994 年 4 月版,第5—6 页)人类在长期狩猎、采集活动中,特别是农业出现以后,人们对季节气候的变化、寒暑交替与农业生长的关系,有了深刻的认识。相传唐尧时的民歌《击壤歌》就有"日出而作,日入而息"的描述,这是人类的时间观念在文学作品中最早的反映。夏代人已经掌握了一定的天文历法知识。相传《夏小正》是夏代的历书,书中已将一年分为 12 个月,记载了每月的星象、动植物的变化以及种、收什么庄禾的时日。(龚延明主编绘画本《中国通史》修订本,浙江少年儿童出版社,1996 年版,第 5—6 页)

天文学、地质学、人类学等学科研究表明,在有意识的人类产生以前很久,自然界就存在着。我估计一些动植物对时间的感应,不一定比人类迟,只因它们死守本能,止步不前,而未能发展到有意识的理性高度。如果我们仔细观察一下各种花儿开放和凋谢的时间,就会发现它们都有自己的时间表。牵牛花大约在清晨 4 点打开喇叭，开到中午就收拢了;5 点野蔷薇展开笑脸;6 点蒲公英和龙葵向你点头;7 点芍药开始争妍;到了中午，午时花(亦称"夜落金钱")才显示它的美貌，翌晨即闭;下午 6 点，丝瓜花悄然打开;日落西山，夜来香不声不响地开始吐香;而在皎洁的月夜里，月光花才开始打开花瓣，好像美女揭开了面纱。

植物知道时间，有些小动物也不例外。五更天公鸡报晓。东方欲晓，百鸟开始啼叫。日落西山，鸟入林，鸡上窝，躲在地洞里的老鼠却蠢蠢欲动了。猫头鹰似乎知道老鼠的底细，它白天睡觉夜间到田野里巡逻捕鼠，不用小闹钟，到时它自然就醒了。不仅如此，连小昆虫也知道花开花落的时间:辛勤的蜜蜂一早飞向牵牛花，中午飞向午时花。至于夜蛾，是夜来香的客人，每天晚上，总是准时去拜访它们。(《自然界的时钟》)

在万物中，人类最聪明。在感知到时间与生活、生产关系密切后，在实践中逐渐设法捕捉时间，创造了计时法。根据甲骨文的卜辞可知，商代已有了较完善的历法。当时有"地支纪日法"，即用地支将一天分为 12 时段，如子时、丑时等。还用"天干"(甲乙丙丁戊己庚辛壬癸)和"地支"(子丑寅卯辰巳午未申酉戌亥)顺序相配纪年法，如甲子年、乙丑年等，60 年轮回一次。用汉字记录每个月先后次序，如:一月、二月、三月……已懂得用设闰来调整历法纪年与地球绕太阳运行一周的差数(每年相差约 10 日 21 时)，平年 12 个月，闰年 13 个月(3 年闰一个月，5 年闰 2 个月，19 年闰 7 个月)。月也有大小，大月 30 日，小月 29 日。甲骨文中还有"今春""今秋"的记载，表明已有一年四季的划分。后来又细分出二十四节气，每季 6 个节气。至今将每个节气到来的时间计算到几时几分那么准确。

中国古代计时器多种多样,常用的有圭表和漏刻两种。前者是利用太阳的射影的长短、方向来判断时间的，其主要缺陷是阴天、夜间无法计时。后者是以壶盛水，利用水的均衡滴漏原理，观测壶中刻箭上显示的数字来计时的。它避免了圭表的缺陷，因此比圭表使用更普遍。古代文人墨客还留下了描写漏刻富有诗情画意的诗句，如，唐代李益有《宫怨》"似将海水添宫漏，共滴长门一夜长"；宋代苏轼《卜算子》里也有"缺月挂疏桐，漏断人初静"。

公元117年，东汉张衡制造了大型天文计时仪器——水运浑天仪，初步具有了机械性计时器的作用。14世纪60年代，经过反复改进，机械计时器已经脱离了天文仪器而独立，不但具有传动齿轮系统，而且还有擒纵器。然而遗憾的是完全现代意义上的机械钟表的发明权，由西方人所获取。当然现在的钟表、手表、电子表等，已经发展到十分先进的水平。奥运会田径百米比赛时所用的秒表，可以精确到毫秒，令我惊叹，将我推举到十分骄傲和自豪的地步。当然更是人类的骄傲和自豪！

问：有人说，时间让我由懵懂顽童变成了热血青年，由热血青年变成了老成的中年，未来还会让我由中年变成干枯老年，由干枯老年变成几块白骨。再往后，还会由几块白骨变成几粒微尘，随风飘扬，随雨流淌，踪迹全无。（《流逝的时间》）时间老人，您有这样大的能耐吗？似乎还应负什么责任？

答：首先声明，我没有那么大的能耐。人生与其他事物一样，也有一个产生、发展、死亡的规律。你所转述的言说，正是人生规律的写照。我不会左右人生规律，只能在前行中，为人生发展提供了一个过程而已。对事物演变状况无意、也无能力施加影响，正可谓不干涉"内政"。无论谁的生老病死、成功失败，我都没有任何责任。因为我没有这种权力，只有点赞与惋惜的份。

问：我经常有这样的感觉，在写文章，或给学生讲课时，总觉得时间过得太快。而穿越马路时，其实红灯只不过几十秒钟，却老埋怨绿灯来得太慢了。您老人家行走是否有时快有时慢？

答：从心理学讲，这是注意转移现象。思想高度集中时，你忘却了时间；过马路你又太关注红灯，太着急了，似乎秒针比时针还慢。我的行进速度始终如一,没有快慢之分。我倒认为谁忘却了我这个老头子,工作就会产生高效,甚至会有新的发现和创造。若过分关注我这个老头子,似乎我老在你眼前晃来晃去,总也打发不走,那将一事无成。

然而,有人却说,在某些情况下,我行走的速度并不总是一样的,物理学家还将这种现象称之为"时间膨胀"。根据广义相对论,引力就会造成时间的膨胀,引力越强的地方时间流逝得越慢。还举例说,海平面上的原子钟就比珠峰顶的原子钟慢些,但其每天误差仅有三千万分之一秒。这是原子钟受引力影响的结果,与我本身无关。又有人说影响我行进速度的,还有物体运动的快慢。根据狭义相对论,当物体运动速度越快时,我的行进速度就越慢。甚至有人计算过,如果车速接近光速(每秒30万公里),我会比正常情况下慢7000倍。其实这并非我行进速度慢,而是因车速快,用时少而已。否则,宇航员的手表在太空就比地球上走得慢吗?(杨树青《时间会停止吗》)

问:廖辉溢先生说:"人生百年,三万六千五百二十五天,最有价值的仅三天:昨天、今天、明天。昨天是教训,明天是希望,今天最宝贵。"(刘佳主编《共和国建设者(智慧格言宝典)》,中国科学出版社,2006年12月版,第51页)您对这种看法持何态度?

答:廖先生讲的有一定的道理,我也认为最有价值的是今天。昨天的我已经逝去,再也不可能回去了。因为我只会前行,不能倒退,更不能像有些人所说的穿越时光的黑洞,返回到若干年以前去。若有,也只是艺术家的虚构而已。作家在散文中,将童年的人和事描写得栩栩如生,真切动人。那是作家的回忆,也不是时光的倒流。今天,是我最能显示光彩的过程。谁抓住了今天,谁就会在奋斗中尝到人生的甘甜。所谓"一万年太久,只争朝夕"就是这个道理。我很赞成有人认为"今天",实际上就是我以恒定速度往明天移动时,昨天和明天之间的某一个点,今天大约只有2.7秒。这是极言"今天"的瞬间性,稍纵即逝。因此,望君牢记《今日诗》:"今日复今日,今日何其少! 今日又不为,此事何时了? 人生百年几今日,今日不为真可惜! 若言姑待明朝至,明朝又有明朝事。为君聊赋《今日诗》,努力请从今日始。"(明代画家文嘉)

问:从古到今,特别是文人,总是说:"寸金难买寸光阴。"还把时间比作金钱、财富、生命、知识……这些比喻恰当吗?

答:这些比喻太抬举我了,几乎使我这老头子不知道东西南北中了。其实我只是为一切事物、社会的发展、每个人的奋进,提供了一个过程而已,除此之外便没有任何价值。当然,这过程也是提供了机会,把握住机会就有成功的希望,否则瞬间就会失去良机,甚至一念之差机会就会丧失殆尽。比如 2016 年 10 月 20 日,若把这一天轻易放过,那么无论多少年后,也不会再有这一天了。这是人们应当谨记的。我对历来惜时如命的文豪、科学家、革命家,十分感佩,因为他们成就了一代伟业,为人类做出了不朽贡献。

(2016 年 10 月)

在毕业生聚会上的发言

昨天应邀参加中文系8802班毕业20周年聚会。当我进入田家炳教学楼606教室后，久别重逢的男女生纷纷围了过来，热情握手问好，记不清是哪位女生竟然与我拥抱，这让我这个十分保守的老头子措手不及，也只能淡然应对，赢得了喝彩和掌声。每个握手的都是先报家门，让老师将名字与人联系起来。该班53人，只有外地工作的几位因故未到，都回来了。

会场布置得既简朴又热烈，营造了回家的氛围。西墙上挂着条幅，红底白字：山西师大中文系8802班毕业20年聚会。座位摆成椭圆形，与大会议室的样式相仿。桌上摆着各种果品茶水饮料。应邀而来的文学院领导班子代表、代过课的老师，坐在里圈，同学们围在外圈。

聚会10点开始，紧凑而热烈。先是主持人老班长简要地介绍了聚会筹备情况，接着每个同学自我介绍：姓名、职业，用一句话概括工作情况。之后，便是老师讲话，以头发白的程度为序。第一个当然是李春芳了，满头银发。他却推辞了一下，让文学院副院长、系主任先讲。李老师讲完就点到我了，无法推辞了，只好作了以下发言：

欢迎同学们回来，能见到大家很高兴。20年前你们离开母校时,都还是 20 多岁的青年学子,今天回来的却是特级教师、高级教师、副教授、编辑、各级领导干部,并在各自的岗位上取得了骄人的成绩,事业有成,家庭幸福,幸福感写在每个同学的脸上。其实,在校所学的知识是很有限的,只是入了个门,打了个基础。真正在工作中运用,全靠每个同学在实践中充实、提高、拓展知识,展示才华,进行创造性劳动。经过拼搏、奋斗,用自己的心血和汗水,铸就了业绩,为国家做出了贡献,为咱们师大、咱们系赢得了荣誉。为此,向同学们表示热烈祝贺和诚挚的谢意! 谨望大家继续努力,为母校增光添彩。

最后,我想强调两点:一是要重视写文章。我记得给每个班第一次上课时都强调,学中文专业的要能拿起笔,能写文章,发表文章,甚至极端地说,不能发表文章,中文专业就是白学了。社会上人们也是这样看的,中文系毕业的应该会写文章。希望诸位不管在什么岗位上都要发挥专业优长,把自己的体会、经验、意见写下来,著书立说是咱们中文系老师的优良传统。我在职时以写文艺论著、评论为主,退休后以创作散文为主,散文集即将出版。二是要注重锻炼身体。不要等到退休以后才锻炼,那就有些迟了。我现在锻炼只起维持作用,对提高体质作用不大了。你们现在锻炼还可以提高体质。健康就是福,自己病了谁也无法替代,只能自己承受痛苦。家里一人患病,全家人不仅是经济上,更是精神上的压力。今天我就感受到了,刚才我是从市医院赶回来的,老伴脖子疼,引起左脑疼痛。我说到医院检查,她不去,总认为是落枕造成的,连忙拔火罐、按摩,昨天晚上,右脑也疼起来了。她有些紧张,我更是慌了,当机立断决定第二天去医院检查,晚上 10 点多了,先联系医生。大伟是学校子弟,市医院神经内科专家,正在值夜班,明天 8 点交班,8 点前必须赶到医院。之后给儿子打电话叫开车,儿子一听说他妈脑子疼,一家子立刻紧张起来,还未敢惊动女儿一家。还好,有惊无险。今天早上赶到医院,大伟一听症状就肯定地说,脑子没问题,开些药服了就会好。我还问,不需要 CT 查一下脑子? 他说脑子绝对没问题,这时我和儿子脸上才有了笑容。健康第一,不管多忙,每天抽出半个小时锻炼身体总是可以的吧。掌握一个项目,太极拳或八段锦,坚持下去,定会有效果。最简单的方法是走步,只是对你们来说,运动量太小了。诸位都是家里的顶梁柱,不是家长,也是常务副家长。你们的健康已不是你个人的问题了,一定要重视啊!

最后,祝同学们家庭安康幸福,事业兴旺发达。

(2020 年 7 月 21 日根据 2012 年 7 月 22 日日记整理)

笛笛、文文、焯焯的童年

文学院的同事李春芳教授曾给我讲过,他的老大生了儿子后对他说:"我当爸爸了,你也当爷爷了,咱俩的职称都提高了一级。"他也高兴地说:"在学校我还是副教授,在家里已当上教授了。"父子俩的喜悦之情溢于言表。2000 年孙女、2004 年外孙女、2007 年孙子出生时亦有同感。2000 年 10 月退休后,工作重点转移,看孙女、孙子、外孙女。日记中记述了三个孩子小时候的生活片段。今选若干篇,以观笛笛、文文、焯焯童年天真可爱相。以时间为序,内容保持原貌,文字上有所润色。

2000 年 10 月 27 日　星期五

上午,老伴(时任师大南区居委会主任)到西街办事处去开会,儿媳改云在厨房忙着做饭。

今天是农历十月初一,按风俗要给已故老人"送寒衣"。我们每年的祭奠方式是中午包饺子敬献,下午到街口朝着老家的方向烧钱化纸,斯为"送"。改云一个人包饺子够忙的了,看孙女的任务就落在我身上了。

孙女笛笛是 2000 年 2 月 6 日(农历正月初二)出生的,快 9 个月了,很听话,只是贪玩,不"害人"(我们那儿的土话,意思是小孩子不缠人）。她在学步车里，从这个房间"跑"到那个房间，还不会说话，嘴里只是"打、打、打"吆喝个不停。我怕她跑到厨房干扰她妈包饺子，索性把我这间书房兼卧室的门一关，让她在里面尽情地跑、跳。

房门后面有一堆儿子、女儿以前用过的书。笛笛跑累了，就待在书堆前，拿起一本故作看书状，翻几页就扔在旁边，再拿起一本来翻看。我则趴在床边整理、装订前半年的《文艺报》，爷孙俩各忙各的，其乐无穷。

11 月 27 日　星期一

小孙女笛笛生性活泼可爱，好动，不让人长时间抱着，总想自己活动玩耍。我和老伴都主张，轻易不要限制她的活动，玩具让她动手拿，跌倒让她往起爬，因此她坐、爬、走，都要比别的孩子早。

今天是农历十一月初二，笛笛出生 10 个月了。

晚饭后，笛笛似乎要在全家人面前宣告她会走路了。谁要伸手去扶她，就把谁的手推开。在客厅里，她挥动着一双小手，笑呵呵蹒跚地走着，一会儿走到奶奶跟前，一会儿走到爷爷跟前，一会儿走到她妈妈跟前……在欢乐的气氛中，全家人都举着双手，迎接她，祝贺她提前两个月学会走路了。

2001 年 9 月 14 日　星期五

笛笛一岁零七个月了，还不会说话，心里却什么都知道，让她取什么东西，绝不会拿错的。在老伴辅导下，笛笛能用手指比画出大写的一到十的数字，特别是用她那稚嫩的小小手指比画出六、七、八、九、十这几个大写数字时，她的表演总会赢得大人们的喝彩声。

她活泼好动，手脚不停点，坐在沙发上，停不了两分钟，就会出溜下来跑，似乎有多动症的苗头。她总是笑眯眯的，邻居们都爱逗她玩。叫她扭屁股,她高兴了就扭开了,逗得大家哈哈大笑。小孩也爱与她玩。

筘筘还有一个特点:"喜新厌旧"。新买的玩具,能玩几天,就弃之若敝屣。可是,我发现她对扑克牌和邻居孩子送的一盒用过的彩笔有浓厚的兴趣。她和我打起扑克来,能玩半个多小时。一个人玩彩笔时,把12种不同颜色的彩笔倒出来,再一支支放进盒里,摆法不会重复,从不厌倦。她怎么对这两样物件有这样大的兴趣呢?引起了我的思考:发现扑克牌和彩笔的共同特点是五颜六色,图样多,不重复,容易激起人的新鲜感。这也是大人们爱玩扑克牌的理由。扑克牌的发明者真不简单,现在简直是扑克与人同在。由此还得到三点启示:一是否定了对筘筘多动症的怀疑。二是进一步认识到文学形式要多样化,内容不雷同,这是文学作品引人入胜的主导因素,它满足了文学欣赏者"喜新厌旧"的需求。三是对幼儿教育,应采取丰富多彩、寓教于乐的方式。

12 月 23 日　星期日

本周,筘筘会叫"妈妈""爸爸""爷爷""奶奶"了,全家人都很高兴:筘筘会说话了!

筘筘比较特殊,10 个月就会走路了,可是快两岁了才会说话。她爸爸到 5 岁才发现舌系带粘连,做了手术,很快就会说话了。我们也曾怀疑筘筘也像她爸爸一样。半年前曾到市医院就诊,儿科专家检查说不是。师大退休的儿科吴大夫、杜村赵医生也说可能是说话系统发育较慢的缘故。

2003 年 6 月 5 日　星期四

筘筘总不想回她家住。每次都是连哄带骗送回去,住上一两天就打电话叫奶奶接她,小家伙在电话里说着说着就声泪俱下。老伴一听就着急了,让儿媳改云赶快送过来,要么她骑车去接。一来就不走了。因为她家住在六层,改云又不领孩子出去玩;我们这里是一层,进出方便,院子里孩子多,简直像个小小幼儿园,笛笛玩得很开心。

近几天有个新现象,笛笛一出去玩就很难叫回来,喊叫吃饭也不理睬。今天8点起床后,早饭还没吃她又跑出去玩了,直到11点才叫回来算是吃了早饭。午饭吃面条,可怎么也把她叫不到饭桌前。午休时,也不睡觉,跟邻居家的孩子然然在小房间里玩。老伴午休后引她出去,一直到下午6点多,听说山西电视台《蓝猫》动画片开始了,才匆忙跑回家。可能是累了,她躺在沙发上看了一会动画片,就睡着了,晚饭也没吃。一天只吃了一顿饭,这怎么能行呢? 直到晚上9点热下牛奶了,老伴硬把笛笛叫醒,好说歹说才吃了几片"上好佳",喝了半碗奶,我们才算放心。

6月7日　星期六

上周接笛笛过来,已有半个多月了。如今儿子辈已与我们有了"代沟",更何况孙子辈? 让笛笛久离父母,对她的成长终会产生负面影响。

午休起来,老伴把送笛笛回家的任务交给了我,因为老伴去了更难脱身。出发时,老伴哄笛笛说,骑上你的小车子和爷爷上街玩,买好吃的。她爱骑车子玩,总算上钩了,高高兴兴地跟我出门了。笛笛骑着她的小童车,我骑着自行车跟在她后面,我们从贡院西街向她家所在的三监狱居民小区进发。一路上笛笛骑得很欢,酷似自行车小运动员,奋力争先,引来路人瞩目,不时有人称赞小姑娘骑得真棒。过了三监狱单位大门口,就离她家不远了。她骑得太快,没能避过路边下水道铁盖子,一下子就摔倒了,笛笛摔得号啕大哭起来。我急忙扔下车子,抱起她,一边哄,一边抚摩她摔疼的脚腕,不停地往上面涂抹唾液(据专家称:唾液除助消化外,还有消炎、消肿、杀死癌细胞之功效)。儿媳改云闻声赶来,她接到电话已经在小区门外等候半天了。可笛笛搂着我的脖子就是不放手,说什么也不要她妈抱,小家伙似乎识破了我领她上街的"阴谋诡计"了。我说你先跟妈妈回去,爷爷到前面超市买上蛋糕好吃的,再来接你回奶奶家。她哭着说要和我一块去买,无论怎么哄就是不下我的身。

改云知道笛笛爱玩水,连忙说,看你热得满头大汗,回去先洗个澡,再跟爷爷去。这一招还真灵,笛笛同意了。让她坐在我的车子后面,改云推着童车,走到她家楼门口,下了车子,还要我抱。平时我空手上楼爬到三四层都气喘吁吁的,更别说抱笛笛了。可现在也没法子,只好慢慢往上爬,和笛笛说着话,以转移我的注意力。尽管这样,我爬上六层进到家里,往沙发上一坐就气喘得说不出话来了。改云张罗着给笛笛洗澡,发现热水不够,先把水烧上,再给她洗头发。笛笛出了汗,头发痒,放松了警惕,坐在脸盆前小凳上让她妈洗头。当头发打上洗头膏时,改云给我使眼色,让我赶快走。我轻轻一拉门,笛笛就知道上当了,马上哭着叫爷爷,我只好继续哄说,爷爷买下好吃的,来接你回奶奶家。说着关了门,总算脱了身。然而笛笛叫爷爷的哭声还回荡在耳边,心里真不是滋味,很想返回去,可又觉得让她在这里住一段时间好。

回到家里,在给老伴描述与笛笛难舍难离的情景,她只抹眼泪不吭声,对我圆满完成任务也毫无褒奖之意。

2004 年 2 月 4 日　星期三

星期日下午,老伴与师大南区老太太们打扑克,我带笛笛到科学会堂坐电梯玩。当走到大操场的舞台上时,我突发奇想,向笛笛建议:这是大舞台,下面大操场里都是观众。你来表演节目,把幼儿园老师教的给大家展示一番。笛笛听了未置可否,只是往舞台西侧后面跑去。我还当是她要到科学会堂去玩哩。片刻,只见笛笛从后台西侧出来往台前走来,面部表情庄重,极似演员上场前的情绪酝酿。我正站在前台东侧,见状即刻报幕:现在由尧乡幼儿园大班小朋友孙瑞笛表演节目,大家鼓掌欢迎!只有我一个人拍手。

当她走到前台中央时,向观众鞠躬后,两手往腰间一插,就跳起舞来,身子扭来扭去,两臂变换着各种动作,姿态自然,毫不做作,幼儿嫩拙憨态呈现得淋漓尽致。大约两三分钟,第一个节目演完了。我鼓完掌问道,笛笛你跳的是什么舞?她有点遗憾地说,爷爷都没看出来?这是老虎舞。我连忙说,像,像。还有什么舞?她说,狮子舞。说完又往后台跑去。我又报幕:下一个节目——狮子舞,表演者——孙瑞笛。话音刚落,笛笛已到台前鞠了躬,表演开了。比前一个节目的动作大些,频繁变换各种复杂的动作,似乎是狮子滚绣球。我对舞蹈语言不熟悉,欣赏不了较高级的舞蹈节目。她跳完我就拍手叫好,以资鼓励……

我是报幕员兼观众。笛笛是演员,跳完舞,还表演了体操、唱歌、背诵唐诗等十几个节目。半个多小时过去了,她的兴致未减,早把坐电梯忘到脑后去了。

3月6日 星期六

上午,老伴忙着蒸馍,笛笛也在案上玩面团。老伴边揉馍边考她10以内的加法。所出的题,她都能通过数自己搓的小面团,很快得出正确答案来,思维敏捷,反应快,老伴和我都大加喝彩。由此可见,幼儿教育应以玩为主,玩具就是孩子的教科书。

笛笛的玩具可装两纸箱,她有很多玩法:根据图纸或想象搭建房屋、公园、学校、桥梁等;还会玩做饭,不管我和老伴在忙什么,她都要把"饭"端给我们吃,还说这是假的,你假装着吃。若是不理睬,她就会生气。我们吃了她的"饭",还要说真好吃,味道不错,她才高兴。这是对她劳动的嘉奖。

在笛笛还不会说话时,老伴买了一套五颜六色十二生肖塑料活动拼图,诸如鸡、猴、龙等都是由几个或十几个不同颜色的构件组成的,镶嵌在一块 400 平方厘米泡沫塑料板上。孩子玩时,把这些构件一个个扒下来,再安上去,鸡、猴、龙等又恢复了原貌。我们先把拼图铺在地板上,让她一块一块扒下、安上,玩个不停点。玩的时间长了,老伴试着把十二块拼图摞在一起,拿出某个生肖上一个小构件,问它是哪个上面的。笛笛不假思索,很快从十二块拼图中抽出她要找的那块,把它安上去。笛笛惊人的记忆力,真是让我们喜出望外。

3 月 27 日　星期六

笛笛去年上幼儿园前,已经识了不少字,阿拉伯数字与汉字一至十都会写,还能从 1 数到 100,于是就让她直接上了中班。

识字不少,会写的字却不多,书写能力较差,且兴趣不大。为了培养笛笛写字的兴趣,变换了不少方式。

笛笛用铅笔在田字格本上写字,不想写了,我就找来一块三合板做的象棋盘,让她用白粉笔写字,她感到新鲜,兴趣大增。过了一段时间,又改用彩色粉笔写,写一个字换一种色彩,兴致不减。经过几个月,老师和我们教的简单的字都会写了。晚上,老伴对笛笛说:"在黑板上,把你学过的字都写出来,看到底识了多少字。"她在棋盘上一个格写一个字,棋盘写满了又接着在田字格本上写。她想不起来时,我们提示一下,马上就写出来了。最后,她兴致勃勃地数了一下:78 个字。我用红粉笔、红铅笔批,比较工整的画一个圈,特别工整的画两个圈。笛笛高兴得手舞足蹈。后来,我还用硬纸裁成 9 平方厘米大小的卡片,正面写上她学过的生字,让她在反面写一遍。当她开始学习拼音字母,干脆让她写卡片,正面写字,后面写拼音。所学的生字做到了会读能写,上小学前,基本上掌握了拼音字母的拼写和四声。

5月1日　星期六

午休后,我用自行车带笳笳到滨河路游乐园玩。

游乐园位于滨河东路西侧,今天开张,又恰逢五一国际劳动节,人山人海。游乐园大门口南北向滨河东路西侧人行道停放着各式各样的小车,足有两三里长。自行车存放处也已爆满,售票窗口排着长队,我买了一张3块钱的入场券。进得园内,只见上百亩大的地方,北边安装着各种活动器具:空中飞马、飞机空中行、空中飞车等;南边是一座坐南向北二三百平方米大的游艺厅,厅内有小火车、各种小型击球机、磁性乒乓球案、蹦蹦床等。庭前小广场上,有自开电动小汽车、小飞龙升降机等。这是临汾市第一家规模宏大、内容丰富、设施齐全的儿童游乐园。

园内各种设施跟前都挤满了人,爷爷奶奶爸爸妈妈领着孩子排队等着进去玩。笳笳一见这么多好玩的东西就乐坏了,什么都想玩。我先买了空中飞马一张票,空中飞马者,即在一个大转盘上,安装了两排20个不同颜色塑料做的马的模型,转起来时,孩子骑在马上似有飞奔的感觉。排了十几分钟的队,坐了不到5分钟就下来了。西侧是飞机空中行,笳笳拉着我跑到这里要坐飞机,买了10块钱的一张票。这里人最多,排了一个小时的队,轮上了也还是硬挤进去的。我抱笳笳坐上飞机,女服务员给扣上安全带,她一个小人无法搂紧,服务员只好让我坐上招呼。我说只给孩子买了一张票,服务员说一张票就是让大人带上孩子玩的。我赶快坐在笳笳旁边,扣好安全带。飞机前面有红绿两个按钮,按绿的飞机上升,放开下降,按红的前面的炮筒就发出"嘟、嘟、嘟"的声音。所谓飞行就是一个大转盘上,在向四周伸出8只直径10厘米粗、3米多长的铁臂前端,各安一架飞机模型。铁臂是活动的,可以升降。当服务员按过电源开关,大转盘旋转起来时,各架飞机的升降便由"飞行员"掌握了。我和笳笳的分工是,我按绿色按钮,她按红色的。我边按边说:"飞机升天了,升天了。前面有敌机,快开炮!"笛笛不停地打出"嘟、嘟、嘟"的炮声,她还乐呵呵地喊道:"坏蛋跑不了啦!"转了两圈,我就要点头晕了,这是患恐高症之故,不敢往外面看,也不敢让笛笛觉察到,生怕影响她的情绪,只是机械地让飞机不断升降着。大约5分钟,便下了飞机。

来到南边,笛笛又坐了自开电动小汽车、小飞龙升降机。小飞龙与飞机升空原理大同小异,不同之点:模型换成了颜色不同的龙。笛笛属龙,她挑了一条青龙。进入游艺大厅,先坐小火车,投币玩击球机、磁性乒乓球。最后,笛笛脱了鞋,放在蹦蹦床门口,就进去了。尽情地跳、蹦、溜滑梯、钻圆洞……玩的时间最长。10块钱一张票,不限时。

直到下午五点半,笛笛的玩兴丝毫未减。在我再三催促下,才恋恋不舍地走出游乐园大门。

5月30日 星期日

今天上午,笛笛参加尧乡辅导部幼儿园"六一"儿童节文艺表演活动。

六点半笛笛就起床了,自己洗完脸,老伴给穿上粉色连衣裙、白色长筒丝袜、白球鞋。头上绑了两个角角辫子,各插一朵红头花。笛笛在穿衣镜前照了照,高兴地跳起她的舞蹈动作。幼儿园要求8点到校。匆匆吃完早饭,老伴用自行车带笛笛,我也骑一辆车子向幼儿园进发。

幼儿园位于体育南街南端东侧,一家私人住宅四合院,四面皆为两层楼。规模不大,班容量仅二三十人,然而管理到位,教师责任心强,孩子长进明显。今天,大门口两边悬挂着彩色气球,院子中间铺一块20多平方米方形红色地毯,北面主席台墙壁上方挂着红底白字"庆祝六一儿童节文艺表演大会"的横幅。院子上空纵横交错的塑料绳上悬挂着五颜六色三角小旗,一派节日的景象。

笛笛一进院门就被女老师接到二楼教室化妆去了。从老师的面部表情可以看出，她对笛笛的穿着是满意的。老伴领着笛笛完全按照要求和她的喜好购买衣服的，老伴的心理：决不能比别的孩子差，百分之百地满足孙女的愿望。

院子四周墙根摆着蓝色小板凳，供家长坐。女主人、园长招呼我和老伴往主席台上坐，我俩谦让后坐于西侧。不久儿子雷雷、女儿红红先后赶到。红红是用数码相机为笛笛录像的，她加班忙，录完笛笛参加的节目，就走了。中午她便把录像存入电脑，它成为笛笛最爱看的节目。这是后话。

八点半，表演正式开始，按大、中、小班顺序，男女生分别表演舞蹈、唱歌、朗诵唐诗、唱英语字母歌、说快板等。笛笛参加两个舞蹈节目表演，认真、自然、动作到位、节奏感比较强，我们高兴地为她鼓掌。从总体上看，节目的内容丰富，形式多样，孩子们稚拙活泼的表演赢得家长们阵阵笑声和掌声。

最后，分别给即将毕业的大班和中、小班合影留念，并给每个孩子颁发了奖状和奖品，表演大会即告结束。笛笛上中班，奖状是奖给"超级宝宝"的那种，大多数孩子是"好孩子"，或"好儿童"。我们对笛笛大加表扬。

12 月 20 日　星期一

晚饭后，老伴出去散步，我正在家里收看央视一台新闻联播。突然听见笛笛在卧室兼书房里大哭小叫。我急忙过去，只见她躺在地板上打滚，两只脚不停地扑腾，使劲蹬着，小拖鞋早已不知飞向何方。她边哭边喊："谁动了我的东西？……"我一听就明白了，连忙检讨："中午你姑姑、姑父、爸爸都回来吃饭，人多坐不下，用了你的小椅子。爷爷马上搬过来，给你放好。快起来，别哭了。""放不好，我就不起来。"这是在与我讨价还价！

笛笛在我的写字台左侧与书柜之间搞了块小天地。原来这里放着一张木椅子,上面堆放着书报杂志。笛笛把木椅上的东西移放到茶几上,摆上她的五颜六色的塑料小锅、小盆、小杯、小盘、小瓶等玩具,还将木椅推到茶几跟前,里面留出不到半平方米的空地,放了两只小椅子、一只小圆凳。从幼儿园回来,一有空就坐在里面玩。摆弄那些锅锅、盘盘,有时候似乎在学做饭,嘴里还念念有词,一个人扮演几个角色,玩得特别开心。她曾经多次声明:"谁都不能动我的东西,谁动了就找他算账!"

今天就是违背了人家的声明,我急急忙忙从大房间里把两只小椅子搬过来,尽量按原样放好。笛笛还不起来,打着滚吼道:"椅子上还有东西呢,放不好,休想让我起来!"我想不起来都是些什么东西了,就拉着笛笛的手央求说:"爷爷忘记了,快起来,你说什么东西在哪里放,爷爷给你放好还不行吗?"这时她才爬起来,一看我放不到她的心眼上,便自己动手重整起她的小天地了。倔强的脸蛋上两行泪,她也顾不上拭去。

躺在地上哭闹打滚,这还是刚出现的新花样。笛笛随着年龄的增长,越来越淘气了。

2005 年 7 月 1 日　星期五

上午 9 点多,我骑自行车带笛笛到郊外去玩。从滨河东路走到西关路口,往西过汾河木桥后,转向北侧简易公路上,走了约百十米远,将车子锁在路边上,领着笛笛下到两米长的坡下麦茬地里捡麦穗。这是地头堰边长得矮,穗子又小,收割机未能割到的一些麦子。捡麦穗,这对从小生长在农村的我来说是再平常不过的事了,而对生长在城市里的小孙女来说,却是挺新鲜的事。我一边捡一边告诉笛笛,这叫小麦。用手搓下麦粒让她看:"我们吃的白面馍、面条、面包,都是用麦子磨成面粉做成的。"她听着,学着我又是拔又是捡,没多久,她就捡下一把带秆的麦穗,我用麦秆捆起来。还让笛笛认识麦茬地里有半米高的玉米、高粱、毛豆、绿豆苗。

爬上公路，把麦穗放在车筐里，又往前行走几十米，来到公路西侧一处南北走向葫芦形小湖泊旁。岸边停放着小轿车、摩托车、自行车。湖四周水边长得不太茂盛的柳树荫下，三三两两蹲坐着老年钓鱼者。每个人手端鱼竿，目不转睛地盯着撒在十几米远水面上挂着鱼饵的尼龙绳的动静，期盼大鱼上钩。爷孙俩悄悄下到湖水边，笳笳想看鱼。有那么多人在钓，鱼都不到岸边来上当受骗，躲到湖中央深水处避难去了。偶尔窥见一条大鱼在湖中央跳龙门似的戏耍，然而像闪光灯似的一闪就钻入水下，好像是在对钓鱼翁们说："来吧，来呀!"钓鱼翁鞭长莫及，只好望鱼兴叹。只有少数少不更事的小鱼和贪吃的大鱼受骗上钩。

11点多了，天空乌云密布，瞬间滴起雨点。我招呼笳笳回家，她的玩兴未尽，很不情愿地跟随我上了车子。

一路上，边走边给她指认公路两旁的柳树、杨树。过桥时，又告诉她，这就是你们课本上画的河、桥，这是汾河上的木桥。在滨河东路发现路旁草丛中有牵牛花，马上停下来让她看："这就是课本上画的牵牛花，有粉红色、白色的，像个小喇叭，也叫喇叭花。"她很喜欢，由于是野花，给她拔了几枝。

笳笳在学前班已经结业，所识的字，大都是靠书上的绘图来理解和记忆的。这次郊游是让她见识实物，与实际相结合，增强记忆。

7月20日　星期三

近日，在老伴的辅导下，笳笳学会了唱《蓝蓝的天上白云飘》这支歌。她很喜爱这支歌，一有机会就给我们唱。有时，我和老伴正在客厅看电视，笳笳突然站在电视机前，挡住视线，就唱开了。

她每次唱总是手舞足蹈，俨然一位歌唱小演员。笳笳用双手在胸前上下浮动，表现"白云飘"状；两手上下波动，彰显"马儿跑"；右手甩鞭子，似在赶马；左手指着胸前："要是有人问我，这是什么地方?"右手先指胸部,转而竖起大拇指:"我就骄傲地告诉他,"然后双臂收回,指向胸部:"这是我的家乡!"最后45度鞠躬礼。我们赶快鼓掌:"笛笛唱得太好了。"

在观看的过程中,我和老伴互相用眼神说,看表演得多么精彩,孩子那种自然憨态实在令人忍俊不禁。

11日9日　星期三

"妈,我把文文放下了,我要上班了。"一大早,女儿红红一进门就喊了声,她在师大学报上班,孩子没人带,给我们放下了。

我赶紧应了声,等我从书房出来,女儿已经匆匆拉上门走了。外孙女文文缠她妈,"哇、哇"地哭了起来,我赶紧把孩子拉过来哄着:"来,文文不哭,到爷爷这里来。"

老伴也赶紧从厨房出来一起哄。外孙女文文生性乖巧听话,我们哄了一会儿,又把笛笛的玩具拿出来让她玩,她就不哭了,自己玩去了。

文文喜欢看动画片,只要电视机里放动画片,她就会坐到沙发上安安静静地一个人看。她很小的时候就是这样,只要电视里放动画片,就坐在沙发上一眼不眨地看着,一点也不闹,老伴说:"文文这娃多好带,一点也不缠人。"

文文是2004年出生的,比笛笛小4岁,孩子满月后,女儿带着她回来住过一个月,那一个月可把我和老伴忙坏了,又要管笛笛,又要照顾女儿和外孙。老伴以前还失眠,那段日子倒头就睡,说总睡不够。我也是,除了带笛笛出去玩,回来还要帮忙洗尿布、抱小外孙,也是忙得人仰马翻的。不过,虽然累点,但心里是甜的,想想看,我们这个家,家庭成员不断在增加,充满了生机。

晚上,吃过饭,女儿要带文文回去了,我问文文:"文文,明天还来吗?"文文脆声答道:"还要来。"又补充说:"我要来吃好吃的,玩姐姐的玩具,看动画片。"

她天真的神态逗得我们大家都笑了起来。

文文一般都是她爸妈和亲家两口子帮忙带,来我们这边比较少,可是,每次来了,这孩子都会有新花样,把我们逗得很开心。

有一次,我正在书房看书,突然听见一声奶声奶气的"喂",好像在打电话。我放下书,出去一看,见是文文手里拿着我那个早已不用的"小灵通",像模像样地凑在耳边"嗯"呀"哈"呀的,煞有其事地打着电话呢。当时小家话还说不利索,但动作神态模仿得非常像,看得我们忍俊不禁。还有,我们住的楼外面经常有卖鸡蛋的在叫卖,小家伙听了两次,就学会了,外面只要有叫卖声,她也跟着学,惟妙惟肖,很是有趣。

12 月 31 日　星期六

昨天上午,天气阴沉沉的,极似一只硕大的铁灰色的锅扣在整个世界上。不久,米颗大的雪粒"簌、簌、簌"地下起来了。下午变成鹅毛大雪,瞬间高楼大厦、树木草坪就披上了银装素裹,多么美丽洁净的世界啊! 只可惜下到天黑就撒了尾。老天爷对临汾太吝啬了。入冬以来,周围各省都下过雪了,就空下了个山西。好不容易赐给一场雪,又是这般短暂。这是第一场雪,引人格外兴奋,笳笳的反应就特别强烈。昨天下午,她就要出去堆雪人。我抱着她从窗玻璃看到,地面还没有被雪盖严,才算作罢。

今天早饭后,笳笳吵着要堆雪人。她有点咳嗽,老伴给她穿上厚厚的棉衣裤,戴上棉帽子。我俩各拿一把种花的小铁铲,笳笳还带着晚上剪好的塑料袋片和橘子皮。出了单元门,院子里的雪快消完了,只有第五单元门口西侧墙根背阴处,还有些积雪,约一寸厚。我用穿皮暖鞋的右脚,笳笳用小铲将雪往一起归拢。不多一会就堆起半尺高的圆柱体,我又用手团弄了个像人头似的雪蛋,放在圆柱体上,立显雪人的轮廓。眉、眼、鼻、耳、嘴巴,都是笳笳用小铁铲削好,再镶上不同颜色的塑料袋片,一双黑眉眼、灰鼻子、蓝耳朵、红嘴巴的雪人活灵活现。她还用橘子皮做成衣服扣子。最后，我还用随手捡来的黄色小塑料袋戴在雪人的头上，作为帽子。雪人不大，五官俱全。笸笸拍着手说："雪人，成功了。"

之后，笸笸还想玩雪。她拉着我的手，走出院子，只见临汾市中心血站大门口北侧一块地方的雪还未被人踩踏过。我和笸笸立即动手，如法炮制，堆了一个一米多高的雪人。由于雪较多，笸笸还在雪人旁边砌了一座雪房子，她说这是雪人的家，晚上雪人可以回来睡觉。笸笸玩得很开心。回到家里已是十一点半了。

2006 年 7 月 18 日　星期二

7 月 1 日，笸笸从幼儿园大班毕业了，开始了暑假生活。9 月份，她就要上小学了。

假期，她总是在家里没完没了地看动画片。央视少儿频道的一个片子也不放过，其他台几点有什么动画片都了如指掌，轻易不会放过。这样长期下去，对她的身心健康定会带来负面影响。为此采取了两项措施：

在阴天，或早晨太阳不大晒的情况下，领笸笸到尧庙、滨河路游乐场、五洲广场、银河超市游乐厅等处去玩。

从 7 月中旬开始，每天给笸笸上一次课。内容是背诵、抄写学过的古诗歌；每天写一句话，给其中的生字加拼音，做到会读会写。例如："爷爷带我到五洲广场去玩。""带""到""洲""场"这几个字是学习的重点。上课时间不超过半个小时。笸笸兴致盎然，还主动提出，以我吹口琴为上下课的铃声。

这样，丰富了笸笸的暑期生活，也为上小学做了准备。

2009 年 3 月 25 日　星期三

下午，笸笸放学回到家里，很神秘地告诉我们，吃饭时要宣布一条好消息。

平时，笳笳总是在靠阳台卧室边吃饭边看电视，只有发表好消息时，才上客厅饭桌吃饭。当晚饭端好，我已动筷子。笳笳在吃饭之前，拿出日记本，高兴地宣布："我又得了一枚小红花。"喜悦自豪之情全写在了脸上，瞬间传染给每个人。大家争相传阅，原来是一篇日记末尾盖了一个鲜红的小红花印章，都说："好，好，笳笳又进步了。"

这顿饭，大家吃得格外香甜。

2013 年元月 26 日　星期六

下午，我正在书房写字台上看《文艺报》，小孙子焯焯从靠阳台卧室过来拉着我的手说："爷爷滚球吧。"这是焯焯在家里一项重要的体育活动项目，我放下报纸就跟了过去。一进卧室，只见我坐的小椅子已摆放在床的北侧，上面还铺着叠好的浅黄色毛巾被，球也放在床南边他发球的地方。我刚坐下，焯焯就迅速到位，开始发球。

球，不知何时从何地捡回来的足球，软扑塌塌的白不白灰不灰的外皮都在掉渣渣。说是滚球实则在床上，他把球滚过来我滚过去。开滚后，持续不了几个来回，他就变成传球，再变打球……他的每个姿势也只能用一两次，变化无穷。特别是传球，一会侧着身子传，还问我："爷爷，这是什么？"开始我没在意，信口答道："还不是传球？"他却一脸认真地说："这和前面的不一样。"我连忙说："左侧传球。"他笑着点头。马上又把身子侧向右面传，这次我不等他发问就说："右侧传球。"一会又蹲下身子往起一跳，将球传给我，问道："这是什么？""蹲传球。"他的兴致越来越高，接着跳起来传球，"跳传。"他把球顶在头上传，"头顶传球。"他嘴对着球吹口气传给我，"吹气传球。"……

玩了半个多小时，我已累了，他还未尽兴。最使我欣慰的是，焯焯能别出心裁，变换各种传球姿势。这不仅锻炼了身体，也有益于思维能力的提升。

5月28日　星期二

上午,师大幼儿园举行"六一"儿童节团体操表演,邀请家长观看。儿子儿媳上班忙,派我为代表,女婿宁立轮休来录像。

早饭后,天气阴沉沉的,骑自行车刚过信河西路十字路口,车链子掉了。天下起了雨,且越下越大。这真是到关键时刻掉链子。我连忙从街道边花草丛中捡起一块2厘米宽、3厘米长锈迹斑斑的铁片,用来托起链子往上搭,不料它竟贴在链条上扒不下来,好不容易用手奋力剥了下来,才发现它是一块磁铁片,只好扔掉,又捡起一支发白的羊肉串木把,撬了半天也不得手,只好用手把链条下面先搭好,再用力一摇脚踏子,链子便上去了。我站起来用卫生纸擦了擦手,雨在不断加点子。我调转车头准备回家,看来天气预报是准确的:今天有中雨。心里还嘀咕:幼儿园领导就不看天气预报?可是,只见住在新松和华盛小区的师大男女学生成群结队不管不顾地奔向校园去上课。一看表还不到8点,也许天气有好转的可能。我也推着车子加入大学生队伍,快步奔向校园。

进入西校门,骑车来到学生活动中心门前,雨还是很大,只好在活动中心门前檐下避雨,几位女生早已站在这里,车子只能淋着。片刻,只见雨势也不过如此,于是驱车赶到校大礼堂大门口插廊下。这里宽敞,也无人抢占,先把车子推进来,便开始晨练,打太极拳……

八点半到幼儿园时,雨小了。我先到三楼二班看焯焯来了没有。教室里老师正在做最后排练,我没有看见焯焯。老师怕外面站着家长干扰排练,将教室门关住了。我一边往楼下走,一边给儿子打电话,想问一下焯焯为什么还没有来?无人接电话。

走到幼儿园院子里,中间铺着红地毯,北墙上挂着"山西师大幼儿园六一儿童节团体操表演"的红底白字横标,空中横七竖八地悬挂着五颜六色的花束,一派浓浓的节日气氛。

不久团体操表演开始。师大分管女副校长、园长分别讲话后,运动员入场时,我看见焯焯和他们班孩子一样穿着白汗衫,麻色格子短裤,白球鞋,排在左侧一排倒数第二位。当我向他招手时,他也向我挥手。我忽然发现焯焯右脚鞋跟被人踩掉了,心里着急,想给老师说一声,又被前面的家长堵着,无法接近。过了一会,当他们班在场地边站稳后,见他的鞋已经提起来了,我才放下心。不过,我还是从家长席后面,绕到他们班队伍跟前。

大二班节目排在倒数第二位。轮着他们入场时,他还是向我伸出两个指头,很有信心表演好。

入场后,老师指导他们排好队。当音乐响起,焯焯和其他孩子一样,随着节拍表演得自然舒展,动作整齐,姿势优美,可见老师是下了功夫的。宁立在北楼大一班教室窗口给焯焯录像。当老师领着孩子们走出场地时,我便跟着出来。女老师宣布,家长可以领孩子回去了。这时,雨又下起来了。我把车子后座淋湿的垫子翻过套上,让焯焯坐好,骑上车子与雨争先恐后地前行。先到师大南区儿子家,给焯焯换上长袖衣裤,又飞快奔回信合西路我家。

7月7日　星期日

周五,9点到师大幼儿园,参加焯焯毕业典礼。典礼在幼儿园大院里举行,院里铺着红地毯,四周摆着从教室里搬来的小板凳,斯为家长席位。在欢快的乐曲声中,每个毕业班表演一个节目:舞蹈、合唱、诗歌朗诵、体操等,百花齐放,各有特色。然后是女园长颁发毕业证和送礼物(文具盒)。

领毕业证的场面煞是隆重,简直是大学给博士生授予学位证书仪式的缩影。老师给每个孩子穿上黑色褂子,头戴黑色博士帽。6个人一拨,"一字"形站在主席台前,由女园长把用红绸带捆着的卷形毕业证分别递到每个孩子的手里,孩子们集体行鞠躬礼。

典礼结束后,家长领着孩子回教室时,一位家长对我说,这是你家孩子的毕业证。我把焯焯手里的那卷毕业证递给那位家长。她打开看过说,还不是她孩子的。

周四晚上10点多,我已睡下,老伴突然要我给女儿红红打电话,让她给照相机充好电,明天给焯焯拍照。我说毕业典礼就是开个会,有啥拍的? 没有起来给红红打电话。当我看见大一班开始表演节目,就后悔没给红红打电话。赶快跑出幼儿园门外打电话,红红不在家。她在办公室接到电话说有个文件要处理。我强调说,焯焯领毕业证还带着博士帽,只要几分钟。

红红匆忙赶来告诉我,照相机被女婿宁立拿到太原去了,她临时找了一个手机,这部手机有拍照功能。表演节目没赶上,领毕业证的全过程拍上了。之后,还让焯焯手拿毕业证书和礼物,单独拍了一张。

最后,把博士衣帽还给老师。我抱着被褥,焯焯背着书包,向老师告别:"谢谢老师,再见。"

7月8日 星期一

昨天,我在师大蔚英园晨练后,到师大东校门外风入松书店购买了三本书:《巧学汉字》《20以内加减法》《快乐小画家》。师大幼儿园的教学理念是:不主张过多讲文化知识,反对"小学化",以游戏为主。9月份,焯焯就要上小学了,暑假就用这三本书,教焯焯写字、算题和画画,为上小学做些铺垫。

回到家里,焯焯看见这三本书,颇有新鲜感,翻看个不停。我趁热打铁立即宣布说,焯焯也要像在幼儿园一样,每天要上课:写字、算题、画画。我就是老师,给你上课。焯焯用疑惑的眼神望着我说:"爷爷是幼儿园老师吗?"他奶奶在旁边搭腔道:"爷爷就是老师,大学老师。"我马上说:"上课了。"焯焯坐在我床头他的小凳子上,双手放在背后,像在幼儿园教室里一样。我征求他的意见,你想先学什么？他拿出画本要画画。

《快乐小画家》中,画的都是奥特曼的各种造型。每个人物造型的头一页是画好上了颜色的,第二页仅用线条勾勒出人物造型的轮廓,未上颜色,上面覆盖一张透明的白纸。我先让焯焯用铅笔在这张白纸上描红,再用蜡笔上色,但由于白纸太光滑,用蜡笔不好着色,只好让他直接在第二页上上色。焯焯爱画画,客厅大门口茶几抽屉里放着几十张他的画作。不过平时画是随心所欲,想画什么就画什么,只有他能看懂。这次有规范,他画得十分认真,也挺快,十几分钟就完成了。

之后他要算题。《20 以内加减法》比幼儿园的 10 以内的高一层次。先从 5 以内的数分解开始,比如:2 可分为 1 加 1;3 可分为 1 加 2、1 加 1 加 1。书前还有一页是"10 以内加法表"和"10 以内减法表",这是对幼儿园大班学习内容的复习。每天一页,算完,将两个表读两遍。

最后写字。《巧学汉字》每页三个生字,每个生字有图示、拼音、组词、笔顺、写字示范和描红。先认字,讲清含义、笔顺,再描红,最后将这两个字写两行,各 5 个字。这本书的缺陷是写字的描红和空格都不是田字格,不利于把字写规范。

三门课结束,我都要用红笔打上 100 分。焯焯很高兴,总要拿给他奶奶看。

7 月 11 日　星期四

下午,我本想带焯焯到汾河公园参观望河楼,而当电动车行至滨河路十字路口时,焯焯却改变了主意,要到尧庙玩,只好背道而驰,朝南而行。

大概有半年没有来尧庙了,其广场没有什么变化,只有华门北侧建起两个大市场,其中一个名曰"新百汇",一眼就看出是因为五一路百货商场生意很火之故也。

在尧庙广场,焊焊骑了会飞马(与游乐园的空中飞马大同小异,不同之处是还播放着《两只老虎》等儿童歌曲),又在一个停办的微型游乐场玩了一会。最后,焊焊来到尧庙门前华表广场"中国地形模型"上,玩的时间最长。先要我挽着他的手,在"万里长城"上走了几个来回,然后他在祖国"千山万水"中奔跑个不停。我多次对他喊道:"跑慢点,小心摔倒!"效果甚微,他仍然忘情地"踏遍青山人未老"似的奔跑不止。

在华表广场西侧千家姓氏墙壁下常青树丛中部,放置着一个青铜铸造的巨型树根模型,两米多高,面积一平方米多。象征炎黄子孙之根就在尧都也。过去他每次上去玩,都要我双手助推,今天很轻松地爬上去了。下来时,我指导了一次,能摸到脚窝,也能自己下来了。在不知不觉中,焊焊长大了。

6点多了,硬是把焊焊哄到电动车上,他才恋恋不舍地回家。秦蜀路东侧人行道上,路面多处损坏,凹凸不平,形成不少积水坑。只能慢速行驶,小心翼翼地选择路面,最怕焊焊打盹摔下车去。当骑到牛奶场菜市场对面时,车子颠簸了一下,最担心的事情还是发生了,焊焊摔到了泥地上。我赶快刹车,看见焊焊流着眼泪已从地上爬起来上了车。我急忙检查是否摔伤,见他右手上沾着泥水,后背汗衫也沾了不少泥巴,倒是没发现伤处。无名之火顿时从心底燃烧起来,怨恨起这烂路来,情不自禁地大声嚷道:"路烂成这样子,也没人修,太不像话了。"心里还说,回去一定要给区长热线打电话反映。

9月9日　星期一

9月5日,临汾五一路学校开学。七点半雷雷送焊焊上学。

中午,焊焊回我家吃饭、午休。下午两点半,老伴送焊焊进了校门。三点多,改云打电话说,老师来电话问,焊焊怎么没来上学?老伴说,按时送进校门了,看着他进了教学楼才回来的。老伴放下电话就到学校去看。我心里也很着急,胡思乱想起来,总不是他在校园里乱跑,被坏人拐走了吧?

老伴走了没多久,我就一直站在客厅北面窗户前,盯着院子西门,焦急地等老伴回来。大约半小时,望见老伴不慌不忙地进了西门。我赶快去按开门钮,开了单元门和房门,站在门口等老伴进来。

她一进门就笑着说,老师给孩子们讲,从教学楼西门进来,左拐第一个教室就是五班。焯焯走错了,进的是中间大门,拐进第一个教室是空的,一个人坐在那里哭,最后被老师找见了。这时我才放下心,真是一场虚惊,也可谓焯焯上小学第一天的故事。

2018 年 10 月 16 日　星期二

今天是焯焯 12 岁生日,老家万荣是不过的,不兴。既然临汾已是第二故乡了,就入乡随俗,一切随临汾的了。孩子生下来除了满月、周岁,就数"过十二"隆重了。一切准备工作都由儿子雷雷两口子操持,只是雷雷要我找录像和照相的。我通过文学院办公室主任王成一请到蔡惠弟弟和弟媳。

饭店在尧都区委党校院内澳门餐厅。11 点多,红红开车过来,将我和老伴拉过去。焯焯的姥姥、姥爷、舅妈从曲沃县赶来,已先到餐厅。焯焯的舅妈在县委视察组工作,热情招呼我俩与她公婆见面,并让我们坐在一起。还是笳笳"过十二"时见过面,亲家公身体强于以往,红光满面。亲家母患脑梗后,反应稍显迟钝,不说话,只是满脸喜欢地看着,原来是很健谈的。亲家公说他家已住到县城 9 年了,协助儿子料理杂货店,生意还好。村里的地交给徒弟种了。

餐厅里播放着欢快的乐曲,小舞台布置得五彩缤纷,喜气洋洋。最引人注目的是台上巨幅屏幕上播放着焯焯童年的生活照,以及新拍的各种姿势的相片,放大美化并配以动画片环境组合,仅次于放电视了。这是焯焯童年快乐生活的写照,也是我国影视科技水平的显现,在民间这也不是什么稀奇的东西了。

放了学,焯焯和他的同学们到来后,婚庆公司的女主持人宣布:"孙瑞焯小朋友十二岁生日典礼开始!"凡是登台者都要从餐厅中央铺着红地毯高出地面一米、长长的通道步入。先是焯焯上台发表生日感言,再是雷雷两口子和筘筘登台祝贺,雷雷致答谢辞。然后是姥姥姥爷挂锁顶馍,姑姑姑父和表姐文文送礼物,轮到我们这当爷爷奶奶的挂锁(60 张百元新钱折叠而成)顶馍后,跟筘筘、文文"过十二"不同,一开始没有让我发言。直到最后一项准备点吹蜡烛时,女主持人才把话筒递给我。我面向大家说:"首先祝贺焯焯生日快乐! 一眨眼焯焯就度过了快乐的童年,跨入少年时代。少年时代要有新气象,少年强则国强,焯焯要向你的哥哥姐姐学习。咱们家族在校的、毕业的大学生 14 人,今年又考上 3 人。其中有 3 名研究生、1 名留学生。你的大哥从英国留学回来后,已被选拔到国税总局,也就是在中央政府部门工作。希望焯焯要赶上超过哥哥姐姐们,像他们一样,在少年时代就有树立远大理想的志向,刻苦勤奋的学习精神,只争朝夕的时间观念。你筘筘姐姐入学时,爷爷送她一幅字(毛笔字),4 个大字:'只争朝夕',就是这个意思。爷爷相信焯焯一定能够超过他们。最后,祝大家身心健康,诸事如意。"之后,女主持人又把话筒依次交给老伴、女儿红红,她们分别发表了简短的祝贺词。紧接着是焯焯和他的同学们围着蛋糕塔吹蜡烛,"祝你生日快乐",孩子们唱起了生日歌······焯焯长大了。

(2020 年 8 月根据之前日记整理)

买小板凳记

今天是国庆长假第一个晴天，第一次见到太阳。

早饭后，我和老伴领着小孙女笛笛到解放路处理家具市场，想捞点便宜货，主要目标是给笛笛买个小板凳。这是老伴留心广告，念叨几天了，总因天气不好而未能成行。处理市场原来是地区影剧院的前厅。这是临汾市最大的影剧院，我曾在这里看过电影、戏剧演出，还听过刘绍棠等首都五位著名作家的报告。在这国庆长假期间，它的演播厅的大门上却挂着冰冷的黑锁。我不无感慨地对老伴说："倒闭了，这是电视普及惹的祸！"

它的前厅地面上摆满了各式各样的桌、椅、沙发和质地不同的瓷器碗、杯、壶……选购的人熙熙攘攘，我却无意浏览，见没有小板凳，就催着离开这儿。

出来之后，我提议到尧庙玩，老伴附和，笛笛拍手叫好。过了鼓楼来到贡院街向师大拐的十字路口，我看了一下手表，喊道："11点了，还去吗？"老伴说："下午去吧？"笛笛不答应，嚷着要去。我们只好绝对服从。

平日，尧庙广场游玩的人不算多，今逢过节，道路两旁摆满了吃、穿、用、玩的摊点，男女老幼摩肩接踵甚是热闹。仿天安门城楼舞台上，正在举行农民家庭文艺节目比赛演出。下面广场上，到处是儿童玩的电动小汽车、小木马、小飞机等,一下子把箫箫吸引住了,玩了一种又一种。好不容易离开仿天安门广场,来到小吃广场。12点了,箫箫叫唤肚子饿了。我找了一家拉面摊点,要了两大碗牛肉拉面,我吃了一碗,老伴和箫箫分吃了一碗。

饭后,西南角飞车走壁游艺团的高音喇叭很诱惑人,可是箫箫也不肯放过附近的电动飞马玩具。老伴陪箫箫坐飞马,我去买了两张飞车走壁游艺团的票。箫箫下了飞马,正好新的一场即将开演,赶快领上进入飞车走壁看场。从临时搭建的铁梯爬十几米高,看场是围绕着中央一个直径二三十米大的下小上阔酷似大木桶的周围,摆放着连体的铁椅子。十多米深的桶底停放着一辆白色小轿车,自行车、摩托车各三辆。有两排座位,我们坐在前排。当上座率达到八成时,演出就开始了。先是两个小节目:一个十几岁的女孩骑独轮车顶碗,一个小男孩走钢丝绳。这两个节目都在桶底表演,难度不大,没有什么精彩之处。主持人利用它在等观众,多卖票。后面的本戏着实精彩。

先是自行车走壁,一辆,两辆,三辆,同时表演,双手脱离车把,做出雄鹰飞翔等造型,若行平途。从桶壁下面旋转飞驰而上,人车与壁呈90°。看似惊险,观众提心吊胆,实则利用离心力,飞驰得越快越掉不下去。

然后是摩托车,一辆,两辆,与两辆自行车同时飞驰。摩托车最高飞到离桶沿只有一尺来高。当从我们眼前飞过时,由于很强的离心力,震动之声犹如排山倒海。我不禁对老伴说:"座位前没有护栏,很危险。"老伴急忙把箫箫往她怀里搂。

最后压轴戏是小轿车走壁。自行车、摩托车体积小,好把握,走起壁来还较为容易。轿车是个庞然大物,要在陡壁上飞驰谈何容易?我正在疑惑之中,白色轿车已经飞起来了,从我眼前闪过。在陡壁上飞奔像在柏油马路上一样轻捷稳当,一会儿爬到桶沿上,一会儿又突然冲到接近桶底,表演着各种行驶路线,赢得观众阵阵掌声,连笤笤也拍着小手欢呼着。

演出结束时,白色轿车似从高速公路上缓缓开下来,稳稳当当停在不到 20 平方米大的桶底,轿车旁边还停放着自行车、摩托车。

当我们走下楼梯,老伴兴味未尽地说:"这三块钱花得值。"我也说:"这就是文化消费嘛。"

归途中又拐到五一路百货商场,终于给笤笤买下一个折叠小板凳,才算完成了今天的中心任务。

(2019 年 3 月 26 日根据 2003 年 10 月 5 日日记整理)

旋 柿 饼

  2012 年 10 月的一天，儿媳改云把到襄汾她姐姐家摘柿子的想法讲给老伴。老伴的积极性蛮高，当即拍板，让儿子雷雷开车，女婿宁立随同前往。老伴回到家里讲了她的安排，我说咱能吃多少柿子，还用车拉？人家主意已决，我就不吭声了，由她去吧。这么多年来，老伴对柿子可以说是情有独钟，回到老家，人家给她拿苹果不要，只带柿子。过去，老家吃粮靠种麦，花钱靠棉花、柿子和葱。现今柿子早已不金贵了，甚至一树柿子红了都没人摘，任它自生自灭。

  礼拜天赶天黑，雷雷和宁立开面包车拉回来大小 5 袋红彤彤的柿子。晚饭后，老伴给她一起晨练的姐妹分送了一袋子，还有 300 来斤，堆在阳台上像小山似的。我"望柿兴叹"，这么多的柿子咋办呀？老伴却兴致勃勃，毫不犹豫地说："旋（xuàn）柿饼。"我反驳说："谈何容易，你还当在老家，用什么旋，在何处晒？阳台上每天只能晒两个多小时，能晒柿饼？"不管我怎么反对发愁，她已经在积极做准备工作了。

  晒柿饼要用高粱秆缚的笘子。第二天，老伴骑电动车去晨练时，就带回来一捆高粱秆。她说从滨河路五洲广场附近田里砍来的，长在地里没人要。去时带把剪刀，死活剪不下。一位割草的农民看见了,忙递给一把镰刀,不一会就砍了这么多。

午饭后,老伴不休息,就缚起筐子来。我也只好参与其中,在老家都干过,这活一个人不好弄。缚完,只有两个一尺多宽的筐子,仅够阳台窗外防护网前铺满,书房的还没有。下午,她又用菜刀砍回来一捆,才把筐子问题解决了。

然而,旋车、旋刀还无着落。我给临汾市郊杜村赵医生的女儿打电话,看在村里能借到吗?赵医生是我几十年的好朋友,老中医,人称"小神仙"。1974年开门办学时,我带师大中文系学生在他们村下乡时认识的。他女儿回答说,从未听说过有那种玩意,他们村不产柿子。一天都没有想出别的办法,再放几天,柿子软了就不能旋了,那可怎么办?下午五一路学校放学时,接上孙子焯焯,在回家的路上突然想到从老家捎工具的办法:马上打电话,晚上找好工具,明天让万荣到临汾的班车捎来,上午10点就可以收到,马上就能旋了,岂不美哉?

一进家门就迫不及待地讲了我的想法。老伴听了,立马给老家有狮弟打了电话。果然在第二天上午11点,就从尧庙长途汽车站接到了。我国现今的交通多么便捷啊!

这里还有一个小插曲。汽车晚点了,一直等到上午11点从万荣来的客车才姗姗而来。车一停稳,我就赶快敲司机车门:百(乡音 bià)帝稍来的东西。他让找售票员。转到车门口,年轻的女售票员微笑着问了我的电话号码,就递给我一个草绿色小手提包。我接到后忙说:"不对吧,我那是个大东西呀!"女售票员负责任地让我看过袋子上写的电话号码。我看了说:"电话对着哩。"她马上把手提包递到我手里,忙着给别的旅客取东西了。我还是不放心,没有挪窝就打开提包,里面装的是旋车、两只旋刀。而旋车已不是我印象中母亲当年所用的一尺多长、半尺厚的木板上安装的一尺多高的那种旋车了,它放在地上就能旋。现在的是只有半尺长、一寸来厚的木板上安装的半尺高的小巧玲珑的旋车了。看完马上向女售票员道了谢。当骑电动车时,发现没有多少电了,只能靠蹬了。勉强骑到滨河路,只好推上走,比骑还轻快些,走步是锻炼身体最好的方法,回到家快12点了。

午饭后,我马上到阳台上,把旋车绑在杌子上,下面放一个大锡铁盆,放柿饼。老伴掌旋车,我掰柿子蒂瓣,只有把柿蒂周边花瓣状四五个硬片掰掉,才能把柿皮旋净。盆满了,我往防护网下铺好的笸子上摆放。老伴旋得麻利快捷,她把一个柿子插在旋车三根铁齿上,右手摇车,左手将旋刀按在柿子中间,随着旋车转动,旋刀一圈一圈向外推移,只听得"嚓嚓"声,但见柿皮从旋刀头上溜到地上,旋车转五六圈,一个柿饼就旋成了。老伴干活总想一气呵成,中间也不休息,从中午1点旋到下午6点多,笸子摆满了,才收工。

收工时,老伴疲惫不堪,但还是意犹未尽,毕竟已有30多年没有旋过柿饼了,开始还有点生疏,正旋得熟练顺手了,却完工了。

(2020年2月29日根据2012年10月16日日记整理)

高贵的价值取向

——缅怀陆梅林先生

去年11月,读《文艺理论与批评》第6期"纪念陆梅林专辑"中的文章时,才得知陆梅林(1923—2012)先生已于3月13日离开人世。我怀着悲痛的心情读完涂途、刘文斌、关莉丽等人回忆、研究陆先生学术思想和理论建树的文章,系统了解到陆先生是一位老党员、老干部、老革命,我国著名马克思主义文艺理论家。新中国建立后,曾在中宣部编译室、中央编译局任职。1997年调入中国艺术研究院,任副院长,外国文艺研究所所长。参与创建马克思主义文艺理论研究所,主编《马克思主义文艺理论研究》(丛刊)、《文艺理论与批评》等学术刊物、《外国文艺理论研究资料丛书》,创办中国社会主义文艺学学会,发表出版了大量研究、编译马克思主义文艺理论、美学方面的经典论著,为建设中国化马克思主义文艺学做出重大贡献。

我与陆先生的交往,用先生的话来说就是,"我们的结识是以文会友的"(为拙著《恩格斯文艺思想论》所作的"序")。1970年末,我为山西师大中文系本科生开设马列文论课。那时,"文革"刚结束,百废待兴,马列文论教学参考资料奇缺。从媒体获悉,中国艺术研究院马克思主义文艺理论研究所建立,并编辑出版《马克思主义文艺理论研究》(丛刊)。1986年年底,给所长陆先生写信,诉说马列文论课因缺乏参考资料,教学水平难以提高之苦,请他帮忙购买已出版的"丛刊"。当时,我只是读过先生的文章,从未谋面。信发走了,心里却在打鼓,全国著名马克思主义文艺理论家还会管这等小事? 出乎我意料的是,很快就收到了陆先生委托"丛刊"编辑部陈飞龙同志写的回信,并以研究所的名义赠送第4至7卷"丛刊",于11月6日收到。扉页盖有研究所公章和"赠阅"两个红色大字。我的心情激动不已,即刻在每本书扉页左下角写道:"喜闻全国马列文论研究所成立,便向所长陆梅林同志写信帮买所需书籍。陆嘱编辑部陈飞龙同志复函,并赠送四至七卷'丛刊'。一九八六年十一月六日收。"这是永久的纪念。阅读时发现,"丛刊"第6卷所载的潘子立译(德)敏·考茨基长篇小说《旧人与新人》(下部)缺十几个页码,函告陈飞龙同志后,陈又很快给我换回来一本。这件事令我至今难以忘怀。

当我研读了"丛刊"上的论文和资料,大大丰富了我的马列文论知识和教学内容,对提高教学质量和科研水平起到了难以估量的作用。例如,恩格斯在《致敏·考茨基》中,是通过评论敏·考茨基《旧人与新人》来阐发关于文艺典型性、倾向性、真实性等文艺理论问题的。当时她的小说却没有中译本出版,讲课时只能借助教材注释对小说内容作些言不由衷的介绍。当我读了"丛刊"翻译的她的小说,才对上述恩格斯有关理论有了进一步理解,课也讲得生动透彻了,还撰写了研究论文《对恩格斯文艺典型论的新看法》,《山西师大学报》发表后,《新华文摘》介绍,收入《新论点·文艺理论论点选编》(中国人民大学出版社,1987年版)。《文艺理论与批评》杂志创刊后,从总第3期订阅至今。这些都是我的马列文论教学科研走向成熟并取得成就的阶梯。

1991年5月,在杭州召开的全国毛泽东文艺思想研究会学术讨论会上,才第一次见到陆梅林先生。我是专门到他房间,感谢赠送"丛刊"和对教学科研支持的。还送给他刚出版的拙著《不平衡规律新论》，请他指正。他翻着我的小册子说，有几篇看过，又向同室的黎辛同志介绍我对马克思关于"不平衡关系"理论研究下了功夫，颇有见地。这是对我科研成果的肯定，我受到了莫大的鼓舞。最后，我讲了撰写一部研究恩格斯文艺思想专著的计划，列举了主要章节，请他指导。他听得很仔细，听完面带笑容地说："难得，难得，难得啊！我国还没有人写出这么一部专著的，大部分是将马恩放在一起论述的。马克思的专著有了，就缺恩格斯的了。这的确是开创性填空白的研究，我举双手赞成。"他强调要从研读原著入手，要与马克思比较着研究，以显示出恩格斯文艺思想的特点，还要吸纳理论界最新研究成果。当时我的感受那真是，听君一席话，胜读十年书。坚定了信心，明确了方向，掌握了方法。

1994 年 12 月，我以文艺理论教研室主任身份，赴京到北大、人大、北师大等高校中文系考察申报文艺学硕士学位授予权有关事宜期间，到中国艺术研究院去拜访陆先生。办公室在恭王府一座小院内，小而狭长，没有什么豪华摆设，朴实得像他本人。见面握手问好后，坐下来就直奔主题，汇报我研究撰写恩格斯文艺思想专著的进展情况。大体上将书分为四部分，计 11 章：一是恩格斯文艺思想形成发展过程（第一章）；二是他的文艺思想的基本特征（第二章）；三是其文艺思想的基本内容（第三章至十一章）；四为"恩格斯文艺活动年表"（附录）。已有些章节以论文的形式先期发表。想进一步得到他的教诲，并提出请他为书写序。陆先生欣然应诺写序，肯定了书的大框架，还要求对问题论述要充分，以理服人。正在这时，进来一位高个男同志探访，从年纪上看，两鬓苍白，定是理论界前辈。等那位同志与陆先生问好后，陆先生立即把我介绍给那位同志，并说我对马列文论研究成果突出。那位同志（记不清姓名了）与我握手时，表示祝贺，还要向我学习，说得我有点不好意思。我怕影响他俩的谈话，立即告辞退出。他把我送出门外，还嘱咐我，书稿弄好了，寄来一份，好写序。

1995 年底,我将《恩格斯文艺思想论》一书的清样给大众文艺出版社、陆先生各发去一份。1996 年 2 月中旬,出版社催促把"序"稿发过去。那时个人电话还不甚普及,我没有陆先生的电话号码,情急之下,只好给在京工作的学生刘志和打电话,请他找到陆先生,并把"序"稿送交出版社。书出版后,才看到"序"的落款日期为"1996 年 2 月 15 日晚"。26 万字的书稿,陆先生看了一个多月,其认真程度令我这后辈感动,那时他已是 73 岁高龄的人了!

"序"的第一句话就是"铭有同志是一位可敬的学者",这是对我这个学界后辈的最大的鞭策和鼓励。"此书的问世,无疑会填补这方面的空白。本书是我国学者撰写的一部系统阐述恩格斯文艺思想的学术专著,是 20 世纪 90 年代在马列文论园地绽出的一枝瑰丽花朵。"并将书的特点概括了两个方面:"一、论述的系统性强";"二、论述恩格斯文艺思想上有新的尝试,且富于创见",都举例说明。还特别指出:"切不可小视年表,这是研究恩格斯文艺思想必须具备的基础资料,是不可缺略的。"

1996 年 6 月该书出版后,我对陆先生在百忙中写"序"总是过意不去,征求了出版社总编意见后,给陆先生汇去稿酬。很快被原数退回,在信中还说,你的书不错,乐意尽义务。

1996 年 4 月 21 日《中国文化报》理论版,以《富有创见的概括与归纳》为题,发表了陆先生撰写的"序",在学界和理论界引起了一定的反响。该书荣获 1997 年山西省教委人文社科研究成果著作一等奖和山西师大科研成果一等奖,曾用作我校中文系本科生、硕士生和内蒙古师大文艺学研究生教材。

这就是我记忆中的陆梅林先生。陆先生对学界后辈无微不至关怀,悉心指教,这不仅仅是对我个人,而是彰显出他对马克思主义文艺学、美学事业所需要的那种信仰、热忱、敬业、奉献精神,这是一种高贵的价值取向。

(2012 年 11 月 10 日初稿,2013 年 2 月 11 日改定)

诗人阮章竞百年诞辰纪念

从昨天下午取回《文艺理论与批评》（2014年第3期）杂志，开始读"阮章竞研究"栏目四篇文章：铁凝《在阮章竞百年诞辰纪念座谈会上的讲话》、涂途《心中流淌着漳河水——纪念阮章竞诞辰百年》、艾斐《感应时代脉动　激扬民族精神——论阮章竞文学创作的思想特质与价值取向》、阮援朝《珠江游子太行魂》。这是纪念诗人阮章竞（1914—2000）百年诞辰发表的一组文章。

铁凝的讲话是代表中国作协对诗人的一生及其创作作了全面评价，总结了值得学习的宝贵经验。

涂途根据自己与诗人交往的回忆，对他的人品和文品进行了述评，情深意切，很是感人。

艾斐的论文着重论述了诗人的文学创作思想特质与价值取向，从文学理论上总结了创作经验和成就。论据充分，说服力强。

阮援朝对她父亲深情回忆和评述，令人感动，既有亲情又有恰如其分的论说。我是先读她的文章后，才读其他三篇的。因为在组织她父亲百年诞辰活动前，她与我取得了联系。我将载有我《回忆诗人阮章竞》一文的《山西老年》（2004年第4期）杂志、以《在可笑的战役中相识》为题转载《山西文学》（2005年第7期）和收入该拙文的散文集《光阴留痕》，以及与诗人合影、一幅字和来信的复印件寄给她。她收到后寄来诗人《故乡岁月》《阮章竞绘画篆刻选》、陈培浩和阮援朝合著《阮章竞评传》三本书。在评传中引用了拙作中的两段话,她这篇《珠江游子太行魂》中也引用了一段话。

阅读了上述四篇文章和三部著作,使我对有幸在洪洞县南段"四清"工作期间,认识并在一个窑洞里住了几个月的诗人有了更加全面深刻的认识。学过现当代文学史,只知道他是一位著名诗人,当时也听他说是油匠出身。原来他不仅是中国现当代具有代表性的革命诗人,而且在音乐、书法、绘画、篆刻上都有很高的造诣,创造性地吸取古典传统和民间文化的营养,创作了大众喜闻乐见的优秀文艺作品,为后人留下了宝贵的精神遗产。在现当代文学史上占有与赵树理、李季齐名的地位。他的大型歌剧《赤叶河》与《白毛女》曾被誉为解放区新歌剧运动中"一白一红"的两颗明珠。长篇叙事诗《漳河水》是解放区文学史上继《王贵与李香香》之后又一部影响巨大的叙事诗,也是中国现当代文学史上叙事诗创作的一座高峰。《圈套》(俚歌故事)、《赤叶河》《漳河水》,被山西研究者概括为"阮章竞的老三篇",与《小二黑结婚》《李有才板话》《李家庄变迁》的"赵树理老三篇",同称为太行山土地上长出来的艺术之花。

(2020年6月6日根据2014年6月18日日记整理)

书法家赵望进印象

在新华网上浏览时，无意中"书法大家赵望进"的标题赫然映入眼帘，我以急切的心情读完这篇文章。大学同窗又同庚的赵望进印象，立刻从记忆深处的硬盘中一一显现到脑海里。

最初的印象，赵望进是一位忠厚进取，勤奋好学，酷爱书法，工作负责的农村青年。1960 年考入山西大学中文系，与我同班。他被指定为班长，我是团支部组织委员。当时正处在三年困难时期，我总觉得肚子饿，他却没有被困难吓倒，在学习和工作中充满青春活力。一有空，他就在宿舍里练习毛笔字。每年太原市在迎泽公园，或人民公园，举办书法家聚会：书法作品展览、研讨书法理论、当场挥毫切磋。每次，赵望进都去参加，向前辈请教。我也学毛笔字，在翻看他的习字本时，见到时任副省长、书法家郑林为他题词："后起之秀"，使我对他刮目相看。有一次，团支部让我组织主持学雷锋活动。团员和入团积极分子已陆续到场，有人建议挂个会标更显隆重。我即刻请团员赵望进写，在写会标时，他没有大号毛笔，一时又无处可借。我着急地说："这可咋办？"他却不慌不忙地扯下一块废报纸，卷了卷，蘸上墨汁，龙飞凤舞，几分钟便写就了每个字八开大、行书体的会标："中文系六零级乙班团支部学习雷锋经验交流大会。"围观的同学无不伸出大拇指，惊叹不已。从此，赵望进的书名大震。

印象之二，赵望进遇到挫折不气馁，淡然面对。1962年大抓阶级斗争，"极左"思潮骤起。赵望进家庭成分偏高，改选班长时落选了，对此，他非常冷静、淡定，学习更加刻苦，每天晚上照样是泡图书馆的主。他对分配的工作毫不含糊，当班长时，与几个同学办壁报《朝霞》，这时更加卖力。半月一期，开始版面只有一张白报纸，后来扩版为三四张，用仿宋体钢笔字抄写的，独具一格。发表的都是同学们创作的诗歌、散文、童话、随感等作品。壁报在宿舍楼外墙上一贴出，就引起全校爱好文学同学们的围观、欣赏、摘抄。1963年，系领导分配他主持编办中文系大型壁报《新蕾》，参加全校壁报评比活动，被评为一等奖。毕业后，经过自己的努力，他很快入了党，先后担任太原市委宣传部副部长、省文联常务副主席、省书协主席等职，所取得的成绩都是可圈可点的。

印象之三，赵望进乐于助人。对求书者，有求必应。1964年春，快毕业了，我请他写一幅字，他欣然挥毫，写的是仿毛体毛主席词《沁园春·雪》。当我知道他认识学画的六二级系友杨吉魁，就托他给我求一幅画。过了几天，他拿给我的画是，杨吉魁画的梅花，赵望进题词："梅花香自苦寒来。"当时，接过赵、杨合璧的艺术作品，令我感动得不知说什么好。20世纪80年代，分下单元楼房，有了挂书画的地方了。翻出珍藏的两幅作品要装裱时，才发现画被老鼠糟蹋得题词不全，梅花也缺胳膊少腿。这是他俩早期作品啊，太可惜了！只好包起来又藏入床头柜。

1985年，赵望进来师大与老同学相聚时，又为我写了条幅："修业勤为贵，行文意必高。"落款："乙丑盛夏于山西师范大学杨吉魁画室挥汗为铭有同学补壁。"这是对我教学科研的期望和鞭策。写的是隶书，与60年代相比，其端庄大气风格特点已初步形成。

2013年，由三晋出版社出版我的散文集《光阴留痕》时，打电话请赵望进题写书名,他欣然应诺。过了几天,还不见寄来。打电话询问时,他对书名提出质疑:"光阴无痕,你怎么说'光阴留痕'呢?"我解释说:"这是反其意而用之,所谓'无理而妙',光阴不留痕人留痕嘛。这样可以引人注目,产生阅读欲望。"听了我的解释,他很快寄来题写的隶体书名,大小不同三幅,供我选用。此时,他的书法造诣已是炉火纯青。

大力帮助青少年提高书法水平,注重其书法培育工作。他认为青少年是祖国的未来,也是艺术的未来。1992 年,他创办主编《小学生习字报》。1996 年,《小学生习字报》社与省广播电台"小号角"节目组,联合举办"洋洋甜甜学写字"节目,他应邀在直播室为小朋友解答习字中的问题。有一次,我无意中在电视上看见他给小学生讲书法课时,教他们要做有心人,到哪里看见好的毛笔字,马上用手指在手心、衣服上仿写,或用柴火棒在地上练习。1997 年,他组织策划"融通杯"中小学生临帖大赛、"六一"迎香港回归少儿书法大赛。书法艺术要发展,培养人才是关键,赵望进认为必须从娃娃抓起。他在这方面做出了突出贡献。

提携同道,共同发展。我曾在《临汾日报》(2006 年 8 月 20 日第 3 版)读过赵望进为老同学、临汾市书协主席《程修文书法艺术集》撰写的序《笔舞龙蛇写长虹》。"序"从中国书法艺术源流说起,回忆他俩共同师承关系。描述了程的书法学习发展的路径,充分肯定其成就,并从"结体""用笔""设墨"等方面,分析其风格特点和提高的空间。这不仅使程对自己书法创作有了清醒的认识,明确了方向,受到了鼓舞,且对其他书家也有一定的启示。

印象之四,赵望进非凡的组织才能,令我钦佩。这在当班长期间,已有所显露。无论日常工作,还是组织大型活动,都是胸有成竹,周密安排,井井有条。1961 年,他以校团委的名义,组织了山西大学历史上第一次师生书法展。内容丰富,场景恢宏。得到校领导充分肯定,受到许多教授的赞许,也引起全省高校的关注。

　　1988 年,赵望进与我出席了省作协第三次代表大会,他担任选举委员会主任。大会除了听取和讨论上届作协工作报告,重头戏就是选举新一届领导班子了。三天的会议,安排一天半选举。在选举中,出现了一些意见分歧。赵望进做了大量的思想工作,经过多方协商,顺利选出新领导班子。年轻作家接任领导,老作协主席为名誉主席,传帮带再送一程。在这次大会上,凸显了他的组织才能。因此,在紧接着召开的省文代会上,赵望进被选为省文联常务副主席。

　　赵望进的组织才能,在推动书法艺术发展中,更是发挥得淋漓尽致。几十年来,他不但在太原、北京、南京、上海、厦门、汕头等地举办个展,多次参加全国书展。他还组织山西书法家赴日本、韩国、新加坡等国家访问,举办书展,开展文化交流活动。他曾经一个月内在太原主持举办了两次中日书法、篆刻大型交流展。2007 年 8 月,文化部和山西省政府在太原举行全国第九届老年合唱节期间,赵望进上下奔走,多方联络,具体策划了山西、安徽、河南、湖北、湖南、江西《中国中部六省老年书画巡回展》。在太原开幕后,继而走中原,去赣皖,进湘鄂,成功地开了六省文化交流的先河。在这次活动中,赵望进呕心沥血,将自己的组织才能奉献给书法艺术事业。

　　印象之五,赵望进迈入书法大家的行列。今年 3 月 8 日,在太原我们班同学聚会时,赵望进赠送给每人一部他的新作《中国近现代名家书法集·赵望进》(天津人民美术出版社 2014 年 5 月版),八开,精装,红色套盒,约五六斤重,是我有限的藏书中最大气、厚重的一部。封面右侧白底黑字,作者书写的隶书"修身励志联"之三"妙趣多从参悟得,天真总自践行来";左侧黑底黄金粉写的"赵望进"。首篇,姚奠中先生小楷书写的"序";接着是"专家点评";第三部分,"版图":大小各种书体及书画作品 100 多幅;最后,"艺术年表""附录"。经过认真拜读欣赏,既给我以美的享受,又有创作理论上的启迪,它是名副其实的大家之作。

坚持书法为社会服务的文艺创作方向。20世纪90年代,赵望进在省书协主席任上时,就提出书法要从展厅走出来,走进风景名胜,走进校园、办公室和百姓家里,成为不撤的展品。他身体力行,曾为三联集团、永济国税局等单位,三皇庙等名胜,临汾市汾河公园九州广场等处,以鲜明的主题,书写了不计其数的作品。或悬挂于办公室、业务大厅,或刻制于楹柱,都令人流连忘返,耐人寻味,为之增色添彩。

2008年,北京奥运会期间,他与著名楹联编撰家叶子彤合作,创作51组74幅中国奥运冠军嵌名对联书法作品。两位艺术家一个在北京一个在太原,只要中国冠军一产生,叶就立刻开始撰联。不管时间多么晚都要写成,并用手机发给赵。他接到联文后,挥毫泼墨书写。在16天里,他俩即编即写即裱,51组74幅作品在北京奥运会闭幕当日全部完成,在北京展出,并很快结集出版,赠送给奥运冠军。正如中国楹联协会会长孟繁锦所点赞:"如果说冠军是在赛场上拼搏,那么,叶、赵两位先生则是在艺坛为冠军助威呐喊。"

2009年9月,赵望进协调三晋文化研究会、省老年书画协会、省楹联协会、省当代儒学研究会、省锣鼓协会和模特协会等六家社团,策划组织主持庆祝新中国60华诞大型活动。60幅花鸟画、60副楹联组成中堂联展;60名鼓手、60名模特现场表演。室内展览、室外表演,既热烈又典雅,它成为省城最富特色和吸引力的60大庆活动之一。不仅主张且奋力践行书法为社会服务,他是坚持马克思主义文论关于文艺创作方向的模范,也完全符合习近平总书记在全国文艺工作座谈会上提倡的文艺要以人民为导向的创作主张。

遵循形式与内容统一的文艺创作规律。毛泽东《在延安文艺座谈会上的讲话》中要求文艺创作做到:"政治和艺术的统一,内容和形式的统一,革命的政治内容和尽可能完美的艺术形式的统一。"赵望进在书法创作中始终遵循这一规律。新作标志着他的创作水平已迈入全国著名大书法家的行列。正如中国书协副主席苏士澍所评说:"在众多书法家中能书四体者比比皆是,但四体皆妙者为数不多。赵望进先生四体皆好,尤以篆隶见长。"著名艺术评论家一真先生把全国隶书大家与赵望进的比较后说:"孙其峰老人是简隶,张海先生是草隶,望进先生能不能说是篆隶呢?"有的同道甚至把它称赞为"赵家隶"。

上述评论不仅指他的书法艺术形式,而且是指形式与内容完美融合的艺术产品。姚奠中曾向他提出希望,在书法创作上"应起着扶持正气的作用","成为促进精神文明的载体"。他遵照师训,继承"文以载道"精神,形成了"书以载道"的理念。他认为,书法不仅仅是书写的艺术,不仅仅为好看,要在实用中发挥它的作用,为群众服务。因此,他在选取书辞时总是不离开鼓舞人心的名言、诗词和警句。该书所收作品中,就有书写刘禹锡《陋室铭》、文天祥《正气歌》、苏东坡《念奴娇·赤壁怀古》、杜甫《秋兴八首》等内容,还有许多书写自撰诗、文、联的作品,都是彰显中华民族精神,歌颂祖国大好河山和改革开放伟业的。

"修德励行"主题书法作品(新作第53-65页),可谓形式与内容完美统一的典范。赵望进选了最能代表中华文化精粹的12个字:和、美、诚、信、仁、义、礼、智、忠、孝、廉、勇,每个字四句注解释文。大字用篆体书写,注释文用隶书。前者"展示中华文化的厚重、庄美和大气";后者"秀润流美,端庄凝重,整体和谐舒畅"(同前第53页艺兴文)。其内容是运用传统文化元素自撰的,如:"和"字的释文:"人和益寿,家和纳祥,民和固本,国和兴邦。"极具现代性,体现了社会主义核心价值观。

善于总结创作经验。新作选了9幅以自撰诗书写的"学书感言"(第5-12页)。每幅用四句五言诗,生动形象总结了一生书法创作感悟。"感言"之五："永字简而杂,一体容八法。学步从楷起,基石固大厦。"楷书是学好书法的根基,这是最基本的经验。曾见报端文章批评说,个别干部楷书未成,就到处题词写行书,还要装裱参赛,传为笑柄。"感言"之九："笔墨凝千态,书画同一源。作书熟画理,气韵溢毫端。"他的体会是,书画等各种艺术都有相通之处,具有互鉴互融性。书法家只有具备深广艺术修养,才能取得创作成就。赵望进的古典文学、国学、传统文化底子厚实,也有诗、画、篆刻等创作经验,才成就了"书法大家"的名号。

新作还选了五幅书写自撰"修身励志联"作品(第 32 – 35 页)。"励志联"之三："妙趣多从参悟得,天真总自践行来。"它作为新作封面题语,足见其在作者心目中的地位。这里讲的是,他在不断熟读临摹前人作品中,才悟出了书法创作的真谛。在艰苦创作实践中,才"从必然王国走向自由王国"。没有什么捷径和秘诀,只有超常的悟性和苦练。"励志联"之四："心向善,艺术精。"真可谓是对他一生人格书品的写照,德艺丰收根由的揭示。

这些感悟与励志联,不仅是赵望进书法创作经验的总结,而且是书法界难得的精神财富,值得同道借鉴,特别是青少年认真学习,这对推动我国书法艺术发展具有深远意义。

(原载《山大校友》2015 年第 2 期)

孙向东《人生·序》

　　孙向东是我大学同窗，1964 年从山大中文系毕业后，各奔东西。多年来只听说在西安工作，虽秦晋毗邻，却无法取得联系。直到去年夏天，突然接到向东打来的电话。听到老同学的话语声，真有久别重逢之慨。很快收到他寄来的退休后所撰写的《人生》一书，并嘱我为之写序，正式出版时采用。不料前半年我突发脑梗住院，后半年又住院手术，书是在医院读完的。出院康复期间，身体欠佳，难以动笔。过了春节，才又读了一遍，方能秉笔涂鸦。

　　前人关于人生意义和价值诸问题的探讨与论述何止千万？《人生》所不同的是，从思索、回味、感悟人生三个方面，以自己一生所历、所见、所闻、所感，进行了深入探究，做出了自己的解答，既有承继又有新见，且文图并茂，诗词书画增色，读来兴味盎然，受益匪浅。

　　综观全书，欣喜发现老同学在人生的跋涉中，以聪明才智让生命的年轮焕发无数的闪光点，以下仅复述二三，以一知万。

苦难童年　艰辛求学

　　20 世纪三四十年代，国家遭受日寇侵凌、国民党反动统治，民不聊生。向东家地无一垄,房无一间。幼年失父,母亲为养活他们姐弟三人,过着乞讨生活,无奈改嫁。向东不怕穷,没有被苦难压垮,而是怀着改变自己和家人命运的梦想,踏上求学之路。新中国成立后,除享受国家助学金外,还要打工挣钱。从初中开始,假日都要找活干,15 岁当泥瓦小工,高中给工人夜校代课,大学刻讲义蜡版,不仅挣够学习费用,还能补贴家用。这在我们同年等辈中也不多见。向东聪明好学,初小未上完就考上高小,高中考入省城太原一中。在一中编写《向秀丽》剧本,学校组织排练,参加了市团委举办的文艺演出,获得好评。在我们班也是高材生,与赵望进、刘英建等同学办壁报,版面由一张白报纸,贴在宿舍楼道墙上,扩大为三四张白报纸,贴在楼外面。工整漂亮的仿宋体钢笔字,引起全校师生关注,外系同学也纷纷前来观看抄录。毕业前,向东是唯一参加研究生考试(那时一位导师只招一两名研究生,考研不是自己想报就能报的。每个班只有一个名额,还要经班级推荐系领导批准)的同学。毕业分配到高教部,培养国家外事工作的后备人才,山西高校也只选了向东一人。穷则思变,苦难和艰辛磨砺了向东吃苦耐劳、坚忍不拔的性格,坚定的志向和厚实的文学知识修养,为人生绽放光辉铺就了奠基石。

人生的价值在于奉献

贫苦农民出身,由新中国培养起来的知识分子向东从政后,将组织分派的职责看得比自己的生命还重要,总是全力以赴,努力做好。他在大山里的军工厂一干就是 10 年;带队到张家口国营 137厂培训新职工期间,为激励青年工人学好技术,亲自下车间学开机床,能车零件。在筹建从小学到高中一条龙式的厂子弟学校时,他千方百计从河北、厂内外调来好教师。他工作努力,团结同事,学校被评为全厂先进集体。一年后,向东任厂里最大的第三车间党支部书记,主动协助主任工作,与老工人师傅打成一片,对青年工人做深入细致的思想工作,并能以身作则,凡是晚上车间加班,他必定到位。由于工作太累,生活水平又低,久而久之患了美尔氏综合征。一年后三车间被评为全厂先进车间。

1978年,向东调陕西省外事办工作。人们总认为这是最荣耀的工作,既能见到中央首长、外国元首政要,又能出国转悠。可是,谁能知道有一次向东为省长访美打前站,在旧金山市,为省钱还要煮吃从国内带去的方便面?陕西省与日本京都府结为友好省府关系,经谈判签约在日本举办"王西京、罗国士画展"交流项目。在即将出访的前一周,日方已做好一切准备工作,媒体已报道开幕式消息,票全售出。然而省长突然提出要取消这次画展。作为经办这项活动的向东深知,如果我方撕毁合同,将会造成不良的国际影响。他急得团团转,真像热锅上的蚂蚁,坐立不安,吃不下饭,马不停蹄,四处奔走,经过几天各方协调,终于按时出访了。但到日本参加完开幕式,向东就发高烧病倒了,住进京都府立医科大学附属医院。

为了做好外事工作,宣传陕西传统文化和旅游资源,向东发挥自己的文学才能,利用业余时间,编写《天宝轶事》五集电视连续剧。《陕西戏剧》杂志发表,1983年,陕西省电视台拍摄、播映后,反响强烈,央视也播了。他还编写了《陕西名胜辞典》,1985年陕西人民出版社出版,1987年二次印刷。为陕西省外事工作做出了特殊贡献。

由于出身贫苦,向东总是同情关怀底层困难群体,为他们排忧解难。筹建西安宾馆时,向东任办公室主任,在领导班子研究锅炉工发不发劳保大衣时,他力排众议,说服大家,最后决定给锅炉工发棉大衣。宾馆普通职工多为两地分居,实际困难很多。有些局领导却说宾馆不是夫妻店,不能把家属都调来。向东却认为自己的职工宾馆不管谁管？宾馆也确实需要人。他一方面说服领导、一方面设法安排、调动，帮助解决了不少困难户家属的工作问题。这用同情、善良评价还远远不够，而是在共产党的"宗旨"下应有之举、为民执政的表现，全心全意为人民服务的人生最光亮！

一身清正敢于同不正之风做斗争

虽付出昂贵代价，却无怨无悔。省外办风气不好，人与人之间关系难处，不是明争，而是暗斗。一旦要准备提拔谁，组织部要来考察时，匿名信、告状信便一封接一封，很难有一个人能通过。向东对此风深恶痛绝，将产生的原因总结了三条，并坚持实事求是的态度，绝不参与其中。有一次省检察厅几位同志找他调查，说有人举报你们何副主任到日本搞画展，收了多少万卖画的钱等。向东从实禀告，何主任从未参与此事，是陈主任去的。陈对自己要求很严格，从日本回来，将所收礼品全部上交。尽管如此，向东也未能免受其害。有一年，一位领导透露说他另有重用。此风一出，单位就收到一封告状信。调查了几个月，虽然证明所指控的问题纯属无中生有，但提拔的机会早已错过，影响了他后半生的发展。诬告者未受惩罚，有才能正直的人得不到提拔重用，向东不是个案，选拔用人制度应当改革！然而，向东对此却很淡然地写道："对个人来说，也无所谓。作为一个人，能够光明磊落做人，不做亏心事，最终是可以经得起检查的。心底无私天地宽。这也是人生的一部分吧？"这是他对人生最深刻的见地。

从艺术形式上看，体裁多样不拘一格。语言朴实无华，诗词更佳。具有一定的文学色彩，感染力强。

总之，《人生》是一部关于什么是人生，怎样度过人生的教科书，谁读了都是能获得教诲和启迪的。其最大的价值在于，它告诉我们："人的一生最值得欣慰的是真正认识了自己。当你回首往昔,已经做了自己该做的一切,没有虚度年华,便觉得今生无悔矣。"(刘佳主编《共和国建设者(智慧格言宝典)》,中国科学出版社,2006年12月版,第587页)

(2014年2月27日)

我为有白尚忠这样的
老同学而自豪

　　要放暑假了，大学同窗白尚忠一个亲戚的女儿在山西师大文学院上学，女孩来家看望我时，顺便让她给白尚忠捎去一本拙著散文集《光阴留痕》。开学时，他委托女孩回赠我一本《历史的见证——我的小传》，并附有来信。信中说他与老伴都看了我的书，我们这代人的经历大同小异。我是在住院期间，躺在病床上，一天就读完了他的大作。对白尚忠的家史、经历有了全面了解。特别令我感动的是，他是一位工作认真负责的人，为人正直，而且中学语文教学是一把好手，虽然积极要求进步，终因种种原因，上中农出身的他未能实现加入中国共产党的愿望。但他对党的热爱之情溢于言表，且信念坚定，丝毫不次于某些党员。在"信念坚定"一节中说："我在交城中学工作了三年，在这三年中，我从自己的经历中，从周围环境中，从已有的知识中，逐渐悟出了一个道理，尽管朴素，但十分明确，就是：共产主义一定会实现！"（第49页）

　　他是从对事物结构的认识进行论证的，认为一切事物都是圆形的，即从某一点开始，经过发展变化，再回到某一点。尽管终点与起点不完全相同，但却是极其相似的，比如：寒暑、张弛、胜败、贫富、分合、好坏、敌友、干湿、出入、有无等现象。他还认为人类社会也是这种圆形结构：原始社会——奴隶社会——封建社会——资本主义社会——社会主义社会——共产主义社会。共产主义社会就是高级的原始社会,虽然物质极其丰富,精神极其文明,但好多方面与原始社会是极其相似的,只不过是更加高级罢了。

这一节最后还写道:"我不是一个马克思主义者,更不是'无产阶级革命家''忠诚的共产主义战士',连一个共产党员都不是。我不先进,但决不落后,我重申:共产主义一定会实现! 是经过多长时间? 是一个国家、几个国家先实现,还是全世界同时实现? 我说不来! 只能到此为止,算是抛砖引玉,让有兴趣、有水平的高人去研究吧!"

老同学的朴素认识又一次证明马克思主义科学具有强大的生命力,他虽然不是党员,但应该是一位坚定的党外布尔什维克,我引以为同志同道。他的坚定信念与个别党员,甚至有些革了一辈子命的所谓老革命,在人生的最后阶段,却放弃了信仰,否定了一生所走过的革命道路的错误选择,形成了鲜明对比。毕业50多年未能见面的老同学白尚忠将毕生献给了党的教育事业,在思想修养方面达到令人敬佩的高度,我为有这样的好同学而自豪!

(2020 年 6 月 8 日根据 2013 年 9 月 7 日日记整理)

《山坳上的跋涉》序

高从潮是我的大学校友，同年入学，同年走上工作岗位，又是先后调入山西师大，多有交往，两家关系日渐密切。半年前，老高不幸去世，留有书稿。他的家人邀我为之写序，欣然应诺。

这是一部自传。老高从家族家庭写起，详尽地描述了他一生的所历、所见、所闻、所感，从中可以见出一个农家子弟成长为大学教授的坎坷历程，创家立业的艰辛，"40后"一代知识分子的生存状态。在一定程度上也折射出新中国社会主义事业发展的曲折道路和取得的辉煌成就。因此，它既是老高的自传，也可以看作是民族史、新中国发展史、家史、劳动人民知识分子成长史。

这部自传，我读了两遍，有些地方让我感动得泪流满面，不得不停下来，等心情平静下来再读。读着他的文字，我心目中树立起一位令人敬佩的中国知识分子形象，其性格特征十分鲜明。

首先，命运多舛忠贞不渝。追求真理，追求进步，刚正不阿，这是中国知识分子的传统美德，在老高身上显得尤为突出。他在自传中总结说："当年小学教师起的大名是高从荣，与姥爷李景荣重叠'荣'字。姥爷给我改名时说：'你就跟共产党走吧。'他是国民党，但认为共产党比国民党好，于是就让我顺应时代潮流，跟共产党走，就是'从潮'。回顾一生，好像是这个名字指挥操控了我的一生。"这是老高政治生活的真实写照。实际上,他的政治生涯之途很不平坦。土改时,老高家被错划为地主成分,直到1978年才彻底纠正。在那漫长的岁月里,极"左"思潮盛行。父母被戴上"帽子",屡遭批斗;作为"地富"子弟的老高,受尽了冷眼、不信任之苦,这在他的心灵上造成了一生都难以挥去的阴影。即使在那样严酷的现实面前,老高也能智慧地应对,即相信党关于有成分,不唯成分论,重在表现的政策。谨言慎行,不被别有用心的人抓住"辫子",但也绝不做阿谀奉承之徒,坚持"说实话,说真话"。他的原则是"领导号召什么,我就干什么,谁能把我怎么样?"他积极参加各项活动,努力工作,刻苦学习,不怕别人说自己是"削尖脑袋往革命阵营里钻"。因此,在上学期间,学习成绩总是名列前茅,曾被评为五好学生,入了团;毕业后,在内蒙古实习一年的劳动中被任命为实习队长,结束时被评为五好实习生;调入山西师大后,入了党,被任命为教育系副主任,晋升高级职称;多次获得教师优质奖、模范教师、教书育人模范、模范党员等荣誉称号。老高是在与多舛的命运抗争中,不断追求进步的,实属难能可贵。

其次,锁定目标谋求发展。"发展是硬道理",这是对国家而言的,对每个人也应如此。要发展必须有明确的目标。老高从小就有很强的目标意识。少年时代,坚持走读书跳出农门的道路;大学毕业时,为解决家属户口问题,主动要求到内蒙古支边;到师大后,积极寻求家属就业门路;精心安排子女等。老高认为"一个人要有目标,有了目标还得有行动,那就是具体努力。机会一来,就能实现目标。"这就是老高之所以心想事成,事业有成、家庭幸福的法宝。

再次,面对困难坚忍不拔。自传写尽了老高酸甜苦辣、坎坷的人生。上学期间正赶上国家困难时期,家在农村的父母也拿不出多少钱来供他上学;在通辽师院工作期间,生活环境恶劣,工资低,还要接济父母姐妹……遇到了现在年轻人难以想象的种种生活困苦。面对艰难险阻,老高方显劳动人民本色,牢记"勤俭"二字,坚持自力更生,通过自己艰辛劳动,改变家人贫穷命运。上中学时就打工挣钱,大学的节假日,饿着肚子到工厂打工。在通辽师院,每年喂一头猪,捋树叶,拾柴火,刨树根,以解决燃料问题。用这样的方式来维持生计的大学教师,恐怕只有中国才会有,因为我们是发展中国家的劳动人民知识分子。

最后,任劳任怨善待亲人。老高为了保证全家吃饱穿暖,改善父母的生活条件,烟酒不沾,很少喝茶。穿衣服也是"新三年旧三年,缝缝补补又三年"。可是只要有了钱,首先想到的是在农村的老人。在中学打工挣的钱如数交给母亲;大学打工,不仅解决了自己在校的花销,最多的一次还带回家里80元。大学毕业工作后,先是每月给父母寄30元,除伙食费外,只留下几元零花钱。后来孩子多了,仍然坚持过年过节给老人寄钱。在通辽每年喂一口猪,卖了猪的80元钱,在回家途中就全部汇给了老人。老高如此这般孝敬老人,在我们同龄人中,也不多见,真是令人动容。

总之,自传为我们塑造了一位成熟的、责任心极强的好党员、好教师、好儿子、好丈夫、好父亲,忠孝集于一身的中国知识分子形象。

自传在表现形式方面最突出的特点是,文如其人。结构安排以生平时间为序,平实自然,不见斧痕。对生活片段回忆,多取夹叙夹议方式。以白描手法,能写生活本相,敢道常人不敢言之语。语言朴实无华,地方色彩浓郁,可读性强。

这部自传,是老高生前留下的宝贵精神遗产。后人能继承并发扬光大之,这是我写序的唯一目的。

附记:《山坳上的跋涉》,山西人民出版社,2013年3月出版。

(2012年9月24日)

欢 送 卫 灿 金

　　中午,应邀出席文学院领导班子欢送中文系原主任卫灿金到天津市定居宴会。出席者:现任院长延保全,副院长武永明,党委书记吴华英,副书记瞿守宇,历任系、院领导段登杰、任林深、张天曦、亢西民,办公室主任王成一等。

　　前天,卫灿金打电话说,他 5 月 3 号要走,这也是无奈之举。主要考虑患肺气肿,冬夏都不敢出门。天津气候好些,也离北戴河不远。一个儿子在北京,一个在天津。新住所在两者中间地带,离北京 20 分钟,离天津 10 分钟路程。老了,儿子好照顾些。可是女儿在临汾,母校又是工作了多年的单位,同事都在临汾,真是舍不得离开啊! 我说这个决定是正确的,身体健康是第一位的。在职期间忙,现在该考虑自己了。电讯技术越来越发达了,多在手机微信上联系。在席间,给两口子敬酒时,我还是肯定其决定是正确的,千万不要犹豫。

　　卫灿金是师大前身晋南师专最后一届毕业生,从忻州中学调回来的,20 世纪 90 年代出任中文系主任。他是一位搞学问、办实事的人。在任职期间,抓教学管理,抓科研,特别是抓学科建设成效最突出。他的《语文思维培育学》的出版,在学界引起了广泛影响。《光明日报》进行了评介,《语文教学通讯》开辟专栏连载了他的思维培育学系列论文。接着，"中国基础教育网"将全书登录，并开设《语文思维培育学讲座》系列栏目，专门组织了一组他的讲座；同时，还有"语文天地网""语文教育网"等网站都登录了他的著作和论文；"香港科技大学网""韩国华文书籍中国图书网"也对该书做了介绍。香港课程发展会议还将该书引为制定课程标准的参考文献。省内外3000多名中小学教师接受了培训，全国十多所高师院校开设了这门选修课。思维教育成为具有学术前沿性研究方向，我校走在全国最前列。早在1986年，中文系就建立了思维科学研究室。思维培育学的研究提高了课程与教学论的科学性，实现了三次跳跃式发展：一是1996年成立了山西师范大学学科教育研究所，为学科教学论的发展搭建了平台；二是1998年获得了课程与教学论和教育两个硕士授予权，为基础教育培养两种规格高层次人才；三是1999年课程与教学论被评为省重点建设学科（见拙文《中文系的传统》）。现在学科教育研究所已发展为学科理论教育学院。他为中文系的发展做出了突出贡献。他做人、作文、做事都令我钦佩。我作为文艺理论教研室主任，尊重并大力支持他的工作，我们俩建立了深厚的友谊，对他即将离开的恋恋不舍之情难以言表。

席间，大家的话题多集中在回顾中文系的好传统、凝聚力。我也深有感触地说，在人事关系上，我们系是最好的，历届领导班子团结，没有团团伙伙。我能在这样的单位工作一辈子，感到万幸！我在年初写了篇散文《中文系的传统》（收入拙著散文集《光阴留痕》，三晋出版社2012年12月版），将它概括为三个方面：团结和谐的人事关系；严师出高徒的风尚；著书立说的追求。大家听了都在点头，瞿守宇说可以发在文学院网上。

（2020年6月15日根据2012年4月30日日记整理）

怀念张明健

2013年前半年,我患脑梗住院三周,留下后遗症:右脚提不起来。遵医嘱,每天下午到师大峁英园蹬自行车,站45度斜坡,康复锻炼,努力消灭后遗症。

有一天回家途中,碰见中文系李春芳老师。她说张明健去世是由于脑出血。张明健洗完澡感觉手臂没劲,当老伴接出来后,站也站不起来了。送到医院检查出脑出血,采取保守治疗,住院20来天,还是走了。我俩都十分感慨,人生苦短,说走也就是瞬间之事。

告别李老师,一路上老想着张明健。张老师是一位好老师,是中文系讲课特受学生欢迎的老师之一。他教现代文学,在学术上不乏真知灼见,只是懒于动笔,凑合评上副教授,就再也很少写文章了。我看过他编写的《现代文学自学辅导》小册子后,曾对他说,只要动笔定会写出高水平的论著,在科研上就能取得辉煌的成就。他终究未能采纳我的建议,只是称赞我能勤于动笔。

张明健为人正直,善于讲演。有关中文系的重大问题,在教职工大会上发言时,他总能从全局出发,抓住要害,给人以启发。在政治上积极追求进步。20世纪80年代,我担任教工党支部组织委员期间,组织积极分子学习活动,他从未缺席过,终于实现了加入中国共产党的愿望。

张明健还乐于助人。我儿子刚到河津铝厂上班,他就跑到我家说,铝厂职工中专校长是中文系进修生,也听过我的课,听说我儿子会修电视,就让张老师给我传话,如果愿意让孩子到学校上班,一切手续都由他与铝厂联系办理。当时是 90 年代初,我的思想还停留在工人阶级领导一切的年代,竟然婉言谢绝了他们的美意。儿子既然上不了大学,就在一线(车间)当正儿八经的产业工人,既是领导阶级工资又高。现在看来,我的决定是错误的,如果当时儿子到学校上班,肯定比现在发展好,也好往师大调。

张明健退休后,回到上海老家休息。我们再也没有见过面,等于永别了。我永远怀念张明健这位好老师、好同志!

(2020 年 6 月 11 日根据 2013 年 4 月 25 日日整理)

给老裴拜年

2012 年,春节。

上午,我在家给老家和外地兄嫂、老同学、老同事、帮过忙的人电话拜年。

下午,骑电动车到洪家楼尧都区公寓裴怀亮同志家拜年。院子里爆竹皮铺满地,家家户户门上贴着春联和大大的"福"字,一片喜气洋洋的景象。我敲开门,客厅里,老裴的两个儿子在等候,因事先打了电话。他俩指引我到他们父亲的卧室,只见老裴穿着新衣服躺在床上,被子挑在一边。我一步跨到床边握住他瘦削而微微发抖的手说:"老裴过年好,给你拜年来了。"他面带微笑说:"谢谢! 老孙啊,我不行了。气短,不想吃饭,拉不下,三大问题。"我连忙鼓励说:"精神挺好,要有信心。现在医疗水平提高了,生活也越来越好,我们都要好好活着。"说着话,顺便送上我刚出版的散文集《光阴留痕》。他边翻书边说:"好好,写得不少啊!"

这时,大儿子端来一杯茶放在茶几上,父子俩都邀我坐下喝水。我坐下却无意喝水,看到大儿子翻看散文集,我说这是退休后写的。老裴问道:"还上课吗?"我说:"早不上了。2000 年退休,还上到 2008 年,彻底休息。"接着我给大儿子讲起我与老裴的交往。

1970 年 8 月,省委党校撤销,我被下放到山阴县。先分配到后所公社。1971年5月调到县革委秘书办，老裴是政工组副组长（"文革"中县革委会由政工组、生产组、办事组、武装部组成，秘书办属办事组），中层领导，我是一般干部。我们都是不带家眷的，星期天经常在一起聊天，就是这样认识的。老裴是参加过解放临汾的老干部，工作认真负责，为人正直，口碑极好，关心年轻人。

我老伴在老家一个人带着孩子，还要到生产队劳动，很想调回去。他知道后极为同情，十分关心。1973年1月，当我的调令抵达县革委时，他立刻通知我，并设法让我顺利拿上调令，乘坐每天只有一趟的夜间火车，到地区大同去办手续。快过年了，回到太原没有去省电子工业局报到。春节后，通过熟人改派到在临汾市的山西师范学院中文系任教。自认为在山阴县两年多的实践，证明自己不适合从政。第二年，老裴也调到当时的临汾市，任市委组织部部长。离休前，被选为政协副主席。他老伴在市工商局上班，实现了全家团圆。

1984年，老伴的户口"农转非"后，没有工作。我一个人的工资，上有老下有小，是中文系困难户之一，每年年底领取救济款。老伴不甘寂寞，要我给她找工作。我找到老裴，他两口为我想办法，分析情况说，找正式工作很难，即使找下，每月几十块钱工资能干甚？不如给你办个营业执照开小卖部。还举例说，给部队上一位老乡办了一个，开小卖部几个月就挣了几千块钱。当我们决定后，老裴骑着破旧的自行车，亲自把办好的营业执照送到家里，全家人都为之动容，永远忘不了这件事。正是开了两年小卖部，才较早地挤进了万元户的行列，改变了经济困难状况，再也不领救济款了。我在散文集《光阴留痕》选用的《开办小卖部始末》一文中，记述了当时的景况。

今天在回家的路上，心情格外沉重。前年来时，老裴的精神格外好。在客厅里讲他读历史著作的感受，津津有味讲的一些历史故事，我都不熟悉。他的记忆力令我十分惊异，不像年届80的老人。去年,我也是坐在他床边拜年的,今年他的精神远不如去年好,悲观情绪有所增加。

　　之后,每年都去给老裴拜年,都是坐在他的床边上。虽然他还躺在床上,然而身体状况还比较稳定。去年因我感冒,电话拜年。今年因疫情,也只能电话拜年。我俩同属龙,他大我一轮,92 周岁了。

　　　　　　　　　　(2020 年 9 月 25 日根据 2012 年 2 月 10 日日记整理)

独特的书画展

1月3日上午,应邀出席老同学刘瑞芬儿子季谦书画展开幕式。

寒冬腊月,开幕式就在山西省图书馆文源视界第二展厅内举行。东侧竖立着一块长6米、宽2米的红色木板,上方一行黄色小字:以画说话 用心写新。中间一行大字:季谦迎春书画展。这是著名书法家赵望进的隶书,醒目红火。指导单位:山西省美术家协会,主办单位:山西省图书馆、太原市教育局、太原市残疾人联合会,承办单位:太原市聋人学校。会场两边雪白的墙壁上挂着一块块镶嵌着季谦书画作品的玻璃框。

10点,太原市聋人学校女主持人站上台宣布:季谦迎春书画展开幕仪式开始。首先介绍在前面就座的省、市有关领导,指导、主办、承办单位的领导和书画家等。主持人左侧,站着一位女手语翻译,两只手敏捷地做着各种手势,她是为台下坐着的许多聋哑人服务的。周围还有电视台、报社记者在忙碌着。

首先由市聋人学校校长致辞。他介绍说季谦是一位聋哑人,一岁时注射卡纳霉素中毒而失聪,终身残疾。但他身残志不残,从我校毕业,考入长春大学特教学院工艺美术专业,现在已是我校优秀的美术教师,桃李遍天下。他的学生有的考入大学,有的就业从艺约有千人之多。季谦更是一位书画家,系山西省美协会员、中国书画家协会会员、傅山书院院士、太原市教育书画院画师。

季谦在书画创作上成果颇丰:曾获省美术教师基本功大赛一等奖,先后获《中国书画报》主办的"金狗春旺"和"金猪盈门"全国书画大赛优秀奖、全国美术书法大赛三等奖,并著有《中国聋人手语500例》《五国手语》等畅销工具书,他已被收入《世界优秀专家人才名典》。

季谦在教学和创作上所取得的成就,也是我校师生学习的榜样! 我代表全校师生对季谦迎春书画展成功举办表示热烈祝贺! 欢迎大家欣赏指导。

第二个发言的是省美协主席。他着重分析了季谦书画作品的艺术特点,热情赞扬、充分肯定他书画作品所取得的成就。

第三个发言的是省文联原常务副主席、省书协主席赵望进。他说季谦是我们山大中文系60级乙班同学刘瑞芬的儿子,也是从小我看着长大的,并多次指导过的聋哑学生。他有艺术天赋,勤于实践,热爱传统文化,勇于创新,成果显著,是"以画说话,用心写新"的典型。从今天展出的部分作品,可以看出他艰苦奋斗的足迹、不断追求的精神、辛勤创作的硕果。许多领导和书画家都为之感动。著名画家任晓军,书法家马联社、王敬泽、穆锦清、赵炜、王晞星、范洁、赵枫涛,以及他的母亲纷纷为他的作品题词,既赞赏又鼓励,感人至深。最后提到季谦的母亲,他深情地说,季谦今天取得了多大的成就,老同学就付出了多大的辛劳。我们要学习这位伟大的母亲……

接着是季谦的母亲发言。老同学刘瑞芬没有长篇大论,只有感恩。感谢教过儿子的学校和老师,感谢办展单位,感谢到会的领导、专家学者,以及远道而来的我的老同学,最要感谢的是党的政策好,感谢国家对残疾人的关怀和爱护。最后她情不自禁地振臂高呼:"中国共产党万岁! 中华人民共和国万岁!"似乎她认为只有这样才能表达此时此刻的感恩和喜悦的心情。赢得了热烈的掌声,也引起了我的回忆。

每次老同学聚会时,刘瑞芬总要提起儿子季谦。儿子失聪后,与丈夫求医问药医治。在上幼儿园时,发现季谦的美术天赋后,紧紧抓住这一线希望,千方百计因材施教。曾与丈夫领上孩子跑遍名山大川,让他写生、拍照,领略自然界美景,启迪才智。从季谦画的山水题材最多,且独具特色,足见功夫不负有心人。丈夫不幸病逝后,她一个人挑起全家生活和教育季谦的重担,并且是在承担着太原三中语文教学重任的情境下完成的。我还记得,她曾对我说要让季谦向书画家赵望进拜师求教。我说望进是咱们老同学,还拜什么师,让他教就是了。她却十分认真地说,那可不行,必须正经八百地举行拜师仪式,让孩子懂得敬畏。

举办书画展的动议是老同学万守贞提出的,刘瑞芬便抓住不放。请赵望进策划,邀请作家、书法家王双定和我这个省作协会员等老同学参会。筹备一年多,克服种种困难,终于办成了山西首次残疾人书画个人展。

在我的印象中,每次同学聚会见面时,刘瑞芬总说季谦,甚至让我误以为她只有季谦这一个儿子。直到这次在太原南站接我和双定的是三狗,才知道她有三个儿子。

最后是由省图书馆馆长隆重宣布:季谦迎春书画展开幕!

大家离开座位去参观展品。我们老同学:藉季梅、赵凤娇、申富川、苏章栓与夫人、赵望进、刘瑞芬、赵鲜娥、马镇东、王桂玲、王双定和我与季谦,在台上以会标为背景,合影留念(发在1月4日《山西晚报》)。

会前,我已看过作品。之后,我又欣赏了一遍,并用手机拍了不少作品。我在大学读书、后来在大学从教期间,凡有书画展,我都是要看的。这次观展的心情大为不同,我总是以激动和震撼的心情观赏每幅作品的。若无人告诉我这是一位残疾人的作品,那么与过去看过的没有什么两样,从水平上看各有千秋。季谦的书画成果又一次证明:身残志不残,"只有竹子那样的虚心,牛皮筋那样的坚韧,烈火那样的热情,才能产生真正不朽的艺术"(茅盾)。

(2020 年 1 月 4 日)

出行更便捷

——为庆祝新中国 70 华诞而作

新中国诞生 70 年,特别是改革开放 40 年来,祖国的面貌、人民的生活发生了日新月异、天翻地覆的变化,表现在衣食住行各个方面。我在省城上大学,又到外地工作,对出行这事深有体会。

1960 年代,老家万荣县的长途客运汽车,每天一个线路只有 7 点一趟车。每次出行,特别是冬天,5 点多就得从家起身。那时家里买不起自行车,全村也没有几辆,步行赶到县城汽车站天才亮,买不上票就走不了。回家时,在侯马或运城下了火车,买不到去万荣的汽车票,就要在火车站候车室(汽车站候车室晚间关门)待一晚上。有一年,老伴带着两个几岁的孩子从师大回老家时,到侯马没买上到万荣的汽车票,只好到我的老同学家借住了一晚。

改革开放以后,随着交通运输业的发展,到 2018 年 3 月 5 日,新建改建农村公路 127 万公里,高速公路增加到 13.6 万公里。万荣长途客运汽车各条线路,每天什么时候都有汽车,直达临汾的客车就有两趟。特别是高速公路使出行更方便了。清明节回老家祭祖扫墓,坐自家小轿车,走高速不到两小时就回去了。

火车的变化更大。我第一次坐火车是 1960 年 9 月初到太原上大学时。天不亮,匆忙吃过饭,小弟帮我背上行李,送我到县城,乘万荣到运城的汽车赶火车。那时的火车还是蒸汽机,车厢是红漆木地板,绿色靠背长椅,窗上安着窗纱,咖啡色茶几上扣着几只厚实的涂有蓝色铁路标记的白瓷水杯,窗明几净。当时,我的感觉:很神奇。

　　内燃机取代蒸汽机火车之后,火车类型有"子弹头"电力火车,车速有快、慢之分,车厢有单、双层之分,床铺有硬、软卧之分,座位有硬、软之分,可以满足不同层次旅客的需求。2003年8月23日下午2点,我和师大文学院几位同事,完成了运城函授站讲课任务后,乘坐从运城到太原的"子弹头"火车回家。几位年轻同事一上车就打起扑克,我有午休习惯,打了会盹。第一次坐这种快车,便观察起火车内的设施:车厢是浅灰色不知是什么合金做的,发亮,美观。座位是硬的,靠背却舒服干净。茶几上铺着白桌布,放一个长方形铝制盘子,是放果皮杂物的。最大的优点是有空调,运城那几天酷热难忍,车厢里却凉爽怡人。1980年代,随着改革开放深入发展,做生意的、进城打工的人多了,火车超载现象十分严重,弄不好就买不上座位号。1988年到省城跑侄儿中考事宜时,晚上从临汾上火车,一直站到榆次才坐上座位。还有一年正月初六到太原去上函授课时,从临汾上火车一直站到太原,甚是艰辛。后来,一位跑采购的透露给我一个窍门:每个车厢的90至100号座位不卖票。再到外地上课买下站票时,就早进站快上车,抢占90号以上的座位,才少吃了些苦头。不过,这个窍门也只有在始发站上车有效。随着高速公路开通,特别是高铁的发展,才彻底解决了普通列车客运的紧张局面。

　　我第一次乘坐高铁是2017年的正月,去太原参加大学老同学聚会。7点从临汾上车时,只见流线型机车,带着八个乳白色车厢,像一条即将飞舞的银色巨龙卧在高速铁轨上。进入车厢,座位是黑色独立的软座,向后靠呈半躺状态。软椅后面底部有电源插座,为旅客提供手提电脑、手机充电之便。窗帘是白色的,放杯子的小桌安在前面座椅背上,活动的,用时放下,不用时收起。高铁运行速度虽然很快,但平稳安静,没有普通列车的那种噪音和震动,靠在座椅上看看电视节目,听听音乐,不知不觉目的地就到了。从临汾到太原,普通列车用四五个小时,快车也要三四个小时,而高铁只需一个多小时就到了。

我身上患有大拇指尖大一块皮肤病,久治不愈,且发展为鸡蛋大的一片。经同事介绍,到省人民医院皮肤科找专家治疗。每次都是上午乘坐高铁去,看完病,下午再坐上高铁,五六点钟就回到家了,这是过去难以想象的快事啊!我国高铁的发展已成为世界奇迹。从1990年代末开始,我国经过引进、探索、创新,攻克了九大核心技术,逐步实现了国产化。即将完成全国"四纵四横"高铁建设规划,又向新的"八纵八横"目标迈进。中国高铁还创造了多项世界之最:运营时速最高——486.1公里;轮轨实验时速最高——605公里;世界等级最高——京沪高铁(从北京到上海贯穿7省市,连接环渤海和长三角两大经济区,全长1318公里);世界首条高寒高铁——哈大高铁(哈尔滨到大连);世界单线运营里程最长——京广高铁(北京到广州,全长2298公里);最惊人的高铁运量(2014年就有8亿多人次选择高铁出行,最繁忙的京沪高铁,一条线路就有过亿人次乘车);运营里程最长——到2018年3月5日全国高铁里程2.5万公里(占世界三分之二)。

我是1949年走进小学校门的,是新中国培养的第一代大学生,党和人民把我从农家娃培养成大学教授。我既是新中国的同行者,也是新中国发展变化的见证者。新中国70年来所取得的辉煌成就,是在党的坚强领导下,全国人民辛勤劳动,努力奋斗的结果。中国共产党人不忘初心:对改善人民生活的庄严承诺逐渐变为现实。我们有理由深信:出行便捷的道路越走越宽广,距中华民族伟大复兴的日子越来越近。

(获山西师大举办的庆祝新中国70华诞"我和我的祖国"征文一等奖)

(2019年4月9日)

只有中国的改革取得了成功

——读张维为《中国触动》一书

张维为《中国触动——百国视野下的观察与思考》（上海人民出版社2012年6月第1版,2016年10月第21次印刷）一书,是为读大一的孙女笛笛完成寒假作业网购的,老师布置她读完这本书并写篇论文。书的题目吸引了我,翻看了一下,就爱不释手读了起来。之后,我凑孙女笛笛早上学英语,下午练书法时看,我几乎怀着激动的心情读完了这本书。

此书是2012年出版的,所研究的是中国改革开放30年（未包括党的十八大）以来突飞猛进所取得的成就。作者张维为是国际关系学博士,曾担任邓小平等国家领导人的翻译,走访了106个国家和地区,经过调查研究了他们改革的状况,得出结论:发展中国家凡是按照西方民主模式进行改革的,不是国家四分五裂,陷入民族、宗教冲突,战乱频仍,就是经济遭受严重破坏,人民陷入更加贫困的状态,几乎没有一个国家是成功的。书中举了一个最典型的例子:南斯拉夫。在南斯拉夫铁托领导时期,实行社会主义制度,国家民族团结,经济繁荣,人民生活幸福。铁托逝世后,继任者实行多党制,一个比上海人口多不了多少的国家,竟然冒出200多个政党。政客们宣扬民粹主义,鼓吹西方民主,加深民族仇恨,加盟共和国纷纷独立,引发6年的民族战争,造成20多万人丧生,无数人致残，数百万人流离失所，创下了欧洲二战后最大的人间悲剧。作者再访20年前曾与铁托吃过饭的饭店老板，老板说，从70年代到80年代初，是我们最好的日子。"铁托是政治家，一人一票选不出铁托……最后国家都垮在这些政客手里。"只有中国根据国情，坚持自己道路，进行改革取得了巨大成功，经济飞速发展，人民生活显著提高，触动了世界，各国都在关注、学习中国经验。

在谈到中国改革开放成功的原因时，作者认为"中国的政治软实力是中国成功崛起的关键。""不仅对于解决中国的问题，而且对于解决世界问题都有一定的影响力。中国模式的成功不仅带来的是中国的崛起，而且是一种新思维、新话语、新的范式变化，一种现有的西方理论和话语还无法解释的新认知。"（第211页）这是对中国经验的理论概括，揭示出它的规律性。

作者认为中国软实力的具体内容包括：

（1）实事求是。邓小平提出："解放思想，实事求是。"根据自己的国情，先进行经济改革，再进行政治改革。解决群众温饱问题，提出实现小康，进一步提出全面小康。经济改革也是摸着石头过河，新的东西先试验，再推广。

（2）和谐中道。只有社会和谐团结才能发展。进一步提出世界的主题是和平发展，建设和谐世界。现在习近平总书记又提出，合作共赢，构建人类命运共同体。

（3）消除贫困应该成为普世价值。消除贫困是最大的人权问题，也是改革的目的。中国几十年来坚持扶贫工作，已让几亿贫困人口过上了小康生活。现在还在开展扶贫攻坚战，几百万扶贫干部深入农村，千方百计帮助贫困人口要在2020年全部脱贫，中国将要成为没有贫困人口的发展中国家。改革就是为了消除贫困，而不是制造贫穷和难民。

（4）政府应该是必要的善。作者从许多发展中国家的教训中得出结论，无论通过什么方式选出来的政府必须是强势的，即有能力的。中国改革开放就是在政府坚强领导下，取得伟大成就的，否则便一事无成。

（5）拿来主义，非送来主义。中国是全方位开放，全方位向外国学习，虚心学习人家的好东西。所谓拿来主义，就是把外国的东西拿来之后，要进行分析研究，有用的吸取，或进行改造后再用。不是盲目地全盘接受。别的国家改革失败的主要原因，就是全盘照搬西方模式。

（6）民主与专制还是良政与劣政？西方将前者绝对化，只有实行一人一票选举的西方民主才能实行现代化。然而中国拒绝西方民主却正在消除贫困；阿联酋和卡塔尔实行君主制也实现了现代化；强势政府的新加坡和行政主导的中国香港特别行政区也干得比较出色，远强于菲律宾、阿尔巴尼亚、印度、乌克兰这些"民主国家"。事实证明，这种对立概念无法解释社会现象，我们主张用良政与劣政的概念，要比前者更能说明问题。"退一万步说，即使西方的政治制度代表了世界唯一的政治文明，中国也只有一条路可以选择，中国也一定要按照自己的国情来逐步借鉴和接受，绝不允许任何一个外国来主导这个过程，否则后患无穷。作为一个有5000年文明史的超大型国家，最终的政治制度形式一定是独特的、唯一的，它应该包括西方制度的长处，也包括自己传统形成的好东西，这才是中国政治改革的正确方向。德国前总理施密特也说：'中国文化同西方文化有着本质的不同，因此，中国社会发展必须走和西方不同的道路。就如当年古罗马不同于古希腊，雅典不同于斯巴达，今天中国的社会关系也同样与美国、德国、英国的社会关系有本质的不同，一切都按照美国模式操作的想法，只有美国人才会有。'"（第242—243页）

（7）崛起的中国精神。作者列举2008年经历的冰冻雨雪灾害、拉萨暴乱、奥运火炬在西方传递受阻，成功举办北京奥运会，特别是四川省汶川抗震救灾中所显示出来的中国力量、效率、责任以及中国元素和中国精神,因为这一切触动了世界。

作者把中国精神的特点概括为:"为政就必须励精图治,为民就必须兢兢业业,人心就是要向善,社会就是要和谐,民心就是要坚毅,民族就是要团结。在我们社会走向现代化和多元化的今天,这种精神的崛起尤为可贵。"(第247页)

该书在写作方面的突出特点是用事实说话,具有很强的说服力。作者在一次关于改革的国际研讨会上,一位美国学者发言时,举出一个国家为例,证明坚持以美国民主方式的改革取得了成功。作者问他去过那个国家了吗?回答说没有。作者说自己去过两次,用事实说明改革不但没有成功,还给这个国家造成了灾难。那位学者不吭气了。另一位美国学者不服气,站起来也列举一个国家,认为这是改革最成功的,建立了"民主国家"。作者又反问:"去过这个国家了吗?"回答说:"没有去过。"作者说他访问过三次,实际情况是,这个国家的改革引起了民族战争,难民无数,这能说改革是成功的?这样的"民主国家"人民不需要。那位学者也不吭气了。在另一次研讨会上,美国一位资深学者发言中,列举了好几个国家来证明美国模式的民主改革取得了伟大成就。但这些国家他一个也没去过,而作者对这些国家的考察都不止一次,用事实一一驳斥了所谓改革成功的说法。资深学者却找不到反驳的理由。

作者看问题比较全面,既能用事实讲我国成功的经验,又指出了我们所面临的问题,以及解决问题的设想。

这本书可读性比较强,所列举的小故事、各国政治笑话等,无形中增加了趣味性。

(2019年6月30日根据1月28日日记整理)

三哥点赞党的"三农"政策

　　2014 年，清明回故乡万荣县百帝村给父母上坟时，头一天下午儿子雷雷开车，与侄儿泽辉两口子回到大弟家。吃过晚饭，我们先去看望三哥，再去看小弟。10 点多，三哥来叫我到他家休息。

　　三哥和我睡在一张床上，家长里短有说不完的话。他已 85 岁，精神矍铄，头脑反应灵敏，记忆力惊人。村里谁去世了，八九十岁的老人还有些谁，一一道来……

　　他给我留下深刻印象的是点赞党的"三农"政策。他种了一辈子地，老实农民。公社化时期，当过饲养员，担任过一年生产队队长。他深情地说："哪个朝廷都不如现在的好。过去有的朝廷向农民少收点税，那就好得不得了了。现在不收税，不纳粮，种一亩地还补贴钱，历朝历代哪里有这样好的'朝廷'？60 岁以上的村民每月都发钱，看病还有医保。改造每家的茅房，连工带料不花一分钱。你哪天让干，只要跟村委会说一声，马上来人，一两天就弄好了。现在的'朝廷'太好了！"

　　三哥还说到我们村的变化。原来是个穷村子，主产麦、棉，副业只有葱和柿子，日子过得紧巴巴的。改革开放后，县委根据我县处于丘陵地带、干旱缺水的自然条件，提出"要致富，栽果树"的口号。我们村 1700 多口人，4000 亩耕地，有 2500 多亩栽了苹果、梨、桃、山楂树,其余种葱、药材和杂粮,麦地只有100来亩。这也是大转产。我们小时候,每年麦收后要到孤山黑子沟堂姐家吃杏,秋天去吃梨和秋果。没想到我们这里也变成了花果乡,种地的变成了果农。每年春暖花开时,田野上梨花、桃花、苹果花依次绽放,鸟语花香,那才叫美哩!近几年,全村总收入都在1200万元以上,比改革开放前增长了12倍。村里人有了钱就是娶媳妇盖厦。多数人家建了新房,不少人家还盖的是楼房。街道硬化,与乡、县城通柏油公路。建了文化广场,农闲了,年轻人也去跳舞唱歌。村子还被评为全县十大美丽乡村之一。万荣没有煤,祖祖辈辈到河津拉煤烧,牛车拉一次要两三天,现在都用上了电磁炉。三哥感慨地说:"在60年代,谁会想到还能过上今天这样的好日子。每天吃白馍,像过年一样。"

三哥年纪大了,睡眠少了,话匣子打开就关不了了,他又说起县里的变化。万荣是国家级贫困县,原来县城只有南北一条街。现在新区街道是三纵三横,整齐美观像棋盘,高楼大厦林立。后土广场、笑话广场、体育场;人民公园、飞云公园、思源公园星罗棋布,供人健身休闲。《万荣人》报还报道过:万荣"六大景区一条线,文化旅游好三产。"建立的5000亩有机核桃基地、荣博辣椒农业生态园、三益源有机养殖、红艳有机苹果、原生态石磨加工有机面粉业大发展。有机农业的崛起让人惊奇,其发展气势令人震撼。家乡一日千里的发展变化,都归功于以习近平同志为核心的党中央治国理政新理念、新思想、新战略和惠民政策好。

我回到家里,向老伴描述了三哥的点赞后说:"三哥的话表达了几亿农民的心声,得民心的社会制度,谁也搞不垮。中华民族伟大复兴的中国梦,定会实现。"老伴听后说:"应该把三哥的点赞写一篇文章。"显然,她也受到了感染。

(2017年8月21日根据2014年4月6日日记整理)

中条山走亲戚见闻

　　2014 年 6 月 15 日早上 7 点多,儿子泽雷开面包车,我与老伴、侄儿泽辉、女儿桂红一家三口还有小孙子瑞焯,从临汾市启程到垣曲中条山铜矿参加四哥家大侄儿泽峰女儿婚礼。我们这个大家族人口逾百,过去走亲戚都要搭汽车、坐火车,为了省钱,每家只派个代表。现在各家都有车了,今天永济市来了三辆小车,老家万荣开一辆大轿车,西安一辆小车。恰逢周日,是来人最多的一次聚会。泽峰安排得好,婚宴后,立刻在餐厅先让我们老弟兄与一对新人合影,然后是所有亲戚合影留念。

　　这次中条山走亲戚所见所闻,都是改革开放以来的变化。

　　今天是四嫂长孙女结婚,喜气盈门,她还怀着喜悦的心情对我们说,儿女们都很孝顺,总是无微不至地关心她的生活。每天晚上总有孩子来陪她看完电视,才回家休息。过年过节也总要拿着食材一块来聚餐。她精神愉快,身心健康。四哥退休那年就病故了,还有一儿一女未成家。当时四嫂失夫之痛和肩上的压力,是可想而知的。今天听四嫂对儿女赞誉有加,我十分欣慰。家庭和睦,尊老敬老,我们家族这个优良传统,被孩子们继承下来了。

　　现在,四嫂和孩子们各家都住上了集资楼房。虽然面积不算很大,但结构合理,装修朴实美观,水、暖、气齐全。这与 20 世纪七八十年代他们住的窑洞、平房相比,居住条件改善了许多。

　　交通上的变化更大。中条山铜矿开发是 1958 年上马的。1957 年,四哥从朝鲜回国,与志愿军汽车兵百十号人一起转业到太钢,又一同来到中条山支援铜矿建设。五六十年代上山是沙石盘山公路,尘土飞扬,崎岖狭窄,凹凸不平,翻山越岭,汽车一会行驶在崖头,一会下到万丈崖下。我患恐高症,乘公交车绝不敢往外看一眼。1960 年 9 月初,我考上大学,去学校报到时到四哥家看望。走时乘坐四哥开往礼元运输铜粉的卡车,到礼元站坐火车去山西大学报到。按四哥在朝鲜战场练就的开车技术,赶上火车那就是小菜一碟,但没想到的是,由于多装了一吨铜粉,路况太差,车跑不起来,紧赶慢赶,汽车到达时,火车已经进站了。四哥急忙跳下车,背上我的行李,飞快地把我送上火车。他刚下车,我还未坐稳,火车就开了,连票都没来得及买,在车上补了票。

　　八九十年代,修成了二级柏油盘山公路。而今天已经是高速公路了,遇河、沟架桥,有山钻隧道。过了侯马,一路上钻了五六个隧道,其中一个隧道长达 5 公里,我们简直是在一座大山腹中穿行。这很可能是将过去几十公里盘山路缩短为 5 公里了。路两旁栽种着树木花草,清洁美观,道路宽阔平坦,省油省车,速度快。在车上,我兴奋地对老伴说:“现在的高速路真是没说的! 不过这又落后了,高铁已快建成。”

　　沿途从高速公路两旁看到的村镇变化也是惊人的。80 年代后期,我曾到黄山、普陀山、杭州市等地参加全国马列文论学术研讨会时,一过长江,就看见一个个村庄都是一片两三层高的楼房,一改“文革”大串联时所见到的茅草房的旧貌。然而返程时,过了长江看到北方农村低矮的旧瓦房和土窑洞,与南方形成鲜明的对照。而今看到我们北方农村高大的新瓦房、两三层高的楼房也比比皆是,旧貌换新颜。城镇就更不用说了,几十层高楼、现代化工厂林立,到处是欣欣向荣的景象。就说垣曲县城和铜矿吧,原来垣曲县城只有一条街,没有一栋楼房。铜矿也只是些零零星星的建筑。现在两地到处是高楼大厦,纵横的街道两旁停放着各种型号的小汽车。矿井、炼铜厂、发电厂等,生产蒸蒸日上,这俨然是一座现代化山城。

几十年来,我国人民衣食住行发生了巨大变化,之所以能够取得这样辉煌的成就,归根到底是党的改革开放路线的正确,特别是党的十八大以来,在以习近平同志为核心的党中央坚强领导下,各族人民艰苦努力的结果。正如美国《华尔街日报》文章里,特别提到 40、50、60 后这群中国人"晴天抢干,雨天巧干,白天大干,晚上加班干。""当欧洲人每天工作 5 个小时,他们每天工作 15 个小时;当印度人躺在恒河边等下一辈子时,他们心中只有'只争朝夕';美国人充当世界警察时,他们默念'发展才是硬道理'"。"把一个几乎最落后的中国变成经济总量世界第二"。党的十九大开辟了新时代的航程,新时代还会有新发展新变化,"一穷二白"的帽子终将会被 14 亿中国人扔到太平洋里去,距中华民族伟大复兴的日子越来越近了。

(2018 年 1 月 5 日根据 2014 年 6 月 15 日日记整理)

空前隆重的纪念活动

——马克思诞辰200周年纪念活动简述

2018年5月5日,是马克思诞辰200周年纪念日,我国举行了最为隆重的纪念活动。给20世纪90年代初以来,国际共产主义运动低迷时期,增添了绚丽的风景。

5月5日,在北京人民大会堂举行隆重的马克思诞辰200周年纪念大会。中共中央总书记习近平发表长篇重要讲话。在长达两个小时的讲话中,全面论述了马克思创立马克思主义的伟大意义,及其与中国和世界社会主义发展的关系,还着重讲了学习马克思主义的重大意义,以及怎样学习马克思主义等问题。

除了纪念大会,还举办了多项纪念活动。之前,央视一台举办了"马克思是对的"演讲对话节目,对人们特别是青年人了解学习马克思主义具有非凡的意义。此举,拉开了纪念活动的序幕。

紧接着,央视一台还播放了纪录片《不朽的马克思》,用影视方式彰显马克思的当代性。

中央宣传部、中央党校、中央党史和文献研究院、教育部、中国社科院、中央军委政治工作部,5月4日至6日,在北京召开纪念马克思诞辰200周年理论讨论会。

中宣部在京召开《共产党宣言》发表170周年及其时代意义座谈会,政治局委员、中宣部部长黄坤明出席并讲话。

5月3日,纪念马克思诞辰200周年重点图书座谈会在北京召开,是由中宣部、中央党史和文献研究院主办。按照中央整体安排,中央党史和文献研究院编译了三种纪念马克思诞辰200周年重点图书:《共产党宣言》《资本论》纪念版、《马克思恩格斯著作特辑》,以及《马克思画传》普及本,并举行了重点图书首发式。

"真理的力量——纪念马克思诞辰200周年主题展览"开幕式5月5日上午在国家博物馆举行,黄坤明出席开幕式。该展览是由中宣部、中央党史和文献研究院、中国文联共同举办。中央编译局、中国美术家协会、国家博物馆承办。

展览分为"伟大革命导师马克思的壮丽人生""马克思主义中国化的光辉历程""新创作马克思主义题材美术作品"等三部分。展出马克思、恩格斯、列宁手稿、笔记本及亲笔签名的书籍原版等珍贵文献100余件,原版图书900余种,图片150余幅,马克思主义题材美术作品70余篇,雕塑作品6尊等。全景式展示了马克思的生平、革命实践和精神境界,展示了马克思主义在中国传播、运用和丰富发展的光辉历程。

由中国艺术研究院马克思主义文艺理论研究所主办的"纪念马克思诞辰200周年暨构建21世纪马克思主义文艺理论学术研讨会",在北京召开。

《文艺报》发表了多篇署名"马克思主义文论家"的长篇学术论文。5月2日发表陆贵山《尊崇实践之精神,高举变革之旗帜——纪念马克思诞辰200周年》;5月4日发表黄力之《马克思的美学自由论无可超越——纪念马克思诞辰200周年》;6月8日发表张建业《重读〈马克思和世界文学〉——纪念马克思诞辰200周年》。

中国艺术研究院主办的《文艺理论与批评》杂志2018年第三期,以马克思坐在椅子上的半身照作为封面人物,并在其下简要地介绍了马克思主义创立的时间、意义,肯定"他仍然是一位'当代'

思想家"。二封《卷首语》与往期不同,只有一个内容,即将马克思主义、马克思主义文艺理论这两个概念的含义作了新的表述。在篇首"马克思诞辰 200 周年"栏目中,发表了三篇长篇论文:董学文《彻底的唯物主义美学的命运和明天》,蒋洪生《非物质劳动、"普遍智能"与"知识无产阶级"》,周展安《作为一项"现实运动"的共产主义及其射程——从〈德意志意识形态〉出发的思考》。

中国艺术家雕塑的马克思铜像,在马克思家乡德国特利尔市举行揭幕仪式。

据中央人民广播电台"中国之声"报道,英、法、德三国,联合拍摄电影《青年马克思》,我国也译制完毕,已在全国放映。

6 月 1 日,在马克思故乡德国特利尔市,由中国对外友好协会、德国莱茵兰—普法尔茨州文化遗产保护与研究总局和德中友好协会联合举办的"遇见中国——纪念马克思诞辰 200 周年系列文化展"开幕。

以上是我国的纪念活动,再看外国纪念活动的特点。"根据相关信息的研判,我们认为与往年其他纪念活动相比,纪念马克思诞辰 200 周年活动显得与众不同。概言之,这种不同主要体现在三个方面,即活动的广度、密度和深度。所谓广度,是指这次活动范围广、时间长。范围是全球性的,时间则前后延续近一年。所谓密度,指纪念活动次数多且关涉面广。纪念次数,我们只能窥斑见豹。比如,据报道,2018 年仅德国就举办 600 多场纪念活动。就关涉面看,不仅有国家、政党举行纪念活动,社会机构、团体举行纪念活动,许多大学、研究机构、艺术机构也举办了主题丰富、形式多样的纪念活动。不过,更引人注意、思考的,还是纪念活动的深度,也就是说,许多纪念活动,不仅仅是对马克思这一历史人物的回望和凭吊,而且具有深刻的理论内涵,更体现出丰富的时代内容,许多纪念活动,本身就具有明确的问题意识和强烈的理论色彩。概括来看,这次纪念活动主要指向两个方向:一是资本主义的全球危机,二是马克思主义作为'真理的力量'。或者说,正是资本主义的全球危机使人们重新认识到了马克思主义这一'真理'的存在及其力量,期望重新拿起这一理论武器,研判自 2008 年华尔街金融危机始蔓延至今,给全球带来巨大风险,且仍看不到尽头的危机,从而为人类社会寻找出路,寻找未来。"(《文艺理论与批评》2019 年第 2 期第 4—5 页)

上述纪念活动,充分证明由英国剑桥大学学者和 BBC 广播公司两次主办的全球互联网上,评选千年思想家活动,马克思两次都当选为千年第一思想家,是名副其实的。同时也充分表明中国共产党始终高举马克思主义旗帜,取得了民族解放、社会主义革命和建设的伟大成就。中国共产党是马克思主义的伟大实践者、继承和发展者。

我曾于 2002 年 7 月 31 日写作《马克思主义永葆青春——随感之一》,发表在文学博客网上,2012 年收入散文集《光阴留痕》中。马克思主义文论是我的科研主导方向,马克思主义是我的信仰,共产主义是我的理想。

(2019 年 10 月 14 日根据 2018 年 5 月 12 日日记整理)

宇航员回家

2013 年 6 月 26 日，神舟十号宇宙飞船三名宇航员在天宫一号工作 315 天，今天 8 点多钟要回家了。

我家 6 点多就打开电视机，央视一频道直播已经开始。在欢快的乐曲声后，主持人介绍三名宇航员做好回家的准备，将天宫一号内要带走的东西整理好，放置捆绑固定在返回舱内。然后与天宫一号告别，天宫一号已完成了它的历史任务。返回舱与推进舱分离。

内蒙古包头地区着陆点，也在忙碌着迎接宇航员的工作。8 点 13 分，神十返回舱准时安全着陆。当搜救、迎接人员、车辆很快来到跟前时，现场直播主持人宣布：八九十分钟以后，才能打开舱门。于是我只好先到师大蓓英园晨练。

晨练回来不久，舱门打开，三名宇航员聂海胜、王亚平、张晓光，在医护人员帮助下微笑着出了舱门，并频频向人们招手。之后，举行了简短的欢迎仪式：三位女同志给宇航员献花，三位高个身着蒙古族服装的姑娘献上天蓝色哈达。男记者采访，每个宇航员都讲了自己回家的激动心情。

我的心情也很激动，这是第三批宇航员顺利完成太空科考任务胜利归来，又一次见证了我国航天技术的精湛高超。每一次发射的时间几点几分,都是事先由媒体公布,回程时间也是事先安排好的,这没有百分之百的把握,是不敢这样做的。我对老伴说:"无论什么活动、时间,都是计算好的,做到了 0 误差。这是我国科技发展水平的又一次辉煌展示! 中国航天人真不简单,他们是中华民族的骄傲!"

(2013 年 6 月 30 日)

难以忘却的
《绝命后卫师》故事

央视一频道播完电视连续剧《绝命后卫师》好几天了,我还久久不能忘却红军34师与国民党反动派战斗的惨烈画面和动人的故事。

这部电视剧主要反映中国工农红军开始长征时,红四军团命令34师作为红军长征部队的后卫,任务是阻击国民党反动派后追之敌,保证中央纵队(党中央机关)的安全。34师是临时组建的,师长是由团长刚提拔的,三个团共有6000多人,大多数战士是闽西客家人子弟,且不少是刚入伍的新兵。要阻击的敌人是国民党第72军、中央军两个团、一个炮兵团,共计4万余人。蒋介石命令他们与前面堵截的部队形成合围之势,妄图将中央红军歼灭于湘江以东。34师官兵经过昼夜苦战,硬是让10倍于己的强敌难以突破防线,无法实现追杀中央红军的野心。保证了中央红军突破了三道封锁线。第四道封锁线便是抢渡湘江。

那时,中央红军纵队离湘江还有80公里,由于开始长征时,像搬家似的,坛坛罐罐,什么都带上,每天只能行进20公里。为了确保中央纵队顺利渡过湘江,红四军团首长将34师的师、团长叫去布置任务,要求34师坚持四天四夜,堵住后追之敌,等中央纵队渡过湘江以后,再迅速渡过湘江归队。接受任务后,离开军团指挥部时,首长与他们一一握手,军团工作人员都行军礼送行。军团首长眼含泪水,他们深知弄不好这就是诀别。

师、团长回来之后,深刻反省第五次反围剿"左"倾冒险主义路线的教训,运用毛主席的战略、战术,阻击追敌四天四夜,使敌人寸步难行,无法突破34师防线。第四天,终于传来了好消息,中央纵队已渡过湘江,命令34师迅速归队红四军团。但这时的34师只剩下700多人,湘江大桥已被敌机炸毁。一个团长坚持留下掩护,让师长带领部队突围。形势变化很快,国民党72军因未能完成任务,已无意追赶34师。然而当地反动民团却追杀不舍。政委已牺牲,师长陈树湘腹部负重伤,他当机立断,命令三个17岁的战士突围出去,追赶大部队红四军团。用师长的话说,给咱34师留个种。之后,师长召开营团以上干部紧急会议,做出两条决议:一是奋力突围出去打游击。二是突围失败,我们为革命献出最后一滴血。最后,弹尽粮绝,师长落入敌手。师长乘敌人不注意,用手拉断自己伤口流出来的肠子,以断肠明志而壮烈牺牲。

从34师指战员身上充分表现了当年红军前赴后继、勇往直前、坚忍不拔、众志成城、百折不挠、不畏艰难险阻、不怕牺牲的伟大精神。这种精神也鼓舞着编导演员用心表演去重现当年那段浴血奋战的悲壮战争场面。

师长刚结婚,还未入洞房,部队就开拔了。经过是这样的:师长的母亲领着未过门的儿媳妇,千里迢迢,从湖南老家找到部队,让儿子、媳妇成婚,给家人留个后。部队驻地的村长心知肚明,立刻安排住处,刚举行过婚礼,就接到部队开拔的命令,师长立刻带兵出征。

红军战士,几乎每个人都有一串动人的故事。34师遵照上级命令,在驻地扩红,以战胜国民党百万大军的第五次"围剿",并为长征做准备。当地年轻人基本都当了红军。一位双目失明的老妈妈有五个儿子,前四个送到红军部队后都牺牲了。村长说,老五不能去了,留下来照顾老妈妈。老妈妈却坚持送老五参军,她说只有红军胜利了,老百姓分的土地才能保住,才能平安生活。

弟兄三人一起参军。哥仨把苏维埃政府发的土地证装在口袋里,锁了家门走的。老二身体弱,牺牲了。老大总是护着老三,不让他往前冲,想要他活着回家种地。老大被敌军炸弹震聋了耳朵,团长任命他为连长,他冲锋陷阵,也牺牲了。师长把17岁的老三调到师部,跟上他。从此,老三口袋里一直装着自家的土地证。

赖石头父子参军。父亲本来在家做酒业生意,生活还过得去。17岁的儿子坚持要参军,父亲不放心,只好也跟上参了军。到部队后,父亲处处跟着儿子,只怕他有什么闪失。他们村的小学教师,也就是儿子的老师,是党员,也参军了,任新兵连指导员,每天坚持写日记,牺牲前将日记本交给老赖的儿子,嘱咐他继续写日记,把红军故事记下来,让后人知道红军是为穷人打天下的部队。由此老赖受到了教育,他被任命为连长后,一个连只剩下他一个人了,还向敌人冲去,英勇牺牲。在老赖当连长后,师长也把老赖的儿子调到了师部。

一对夫妻参军的故事更动人。丈夫参军后,媳妇女扮男装跟上丈夫一块打仗。团长发现后,批准她为正式的红军战士。在任排长的丈夫牺牲后,她照样冲锋陷阵。当34师完成了堵截任务被敌军围困后,师长让这位女战士带上34师指战员的名册突围,送给红四军首长,让烈士姓名留存下来,也叫这位唯一的女战士活下来。然而出乎师长意料的是,这位女战士过湘江时,被敌机炸死,指战员的名册纷纷散落到江水中。

有一位战士隐姓埋名,是以"猎人"的名字入伍的。他的枪法百发百中,连里一位年轻的机枪手尊他为师傅,并一直紧跟着"猎人"。当团里突围时,"猎人"主动提出掩护,机枪手也留在"猎人"身旁。"猎人"已做好牺牲的准备,才给徒弟讲述了他的经历。原来他是从国民党部队逃出来当了红军的,因为他的爱人是国民党情报处处长，却是一位地下党员。爱人身份暴露后，"猎人"的上级突然命令他这个素有"神枪手"之称的军官到靶场为部队示范射击。枪响后，他发现靶后面流出了鲜血，原来是让他亲手打死了爱人。他怀着满腔的悲愤，逃离魔窟投向红军，要为爱人报仇。讲完故事，敌人上来了，他马上命令机枪手徒弟离开阵地，他一个人可以完成掩护任务。徒弟却死活不愿离去，"猎人"说，我的经历告诉了你，若你也死了，谁还知道我爱人是怎么牺牲的？然而，"猎人"牺牲不久，年轻的机枪手也与敌人同归于尽了。

像34师及其上述指战员英勇动人的故事，仅仅是当年红军英勇事迹的零光片羽，许许多多的烈士连姓名、籍贯都没有留下。新中国的诞生，今天的幸福生活，就是像他们一样的无数先烈用鲜血和生命换来的。这部电视剧拍得很成功，应当让更多的观众，特别是青年人看，应该到高校给大学生演。只要有红军精神，我们还有什么困难克服不了？"两个一百年"中国梦定会实现。

（2017 年 11 月 18 日）

附记：

10 年前，34 师的后人在湘江畔为这 6000 名将士立了一块无字碑。上书一副对联："先烈精神千秋颂，英雄豪气万世存！"石碑基座上书："你们的姓名无人知晓，你们的功勋永世长存！为掩护党中央、中革军委和主力红军，在湘江战役中牺牲的三十四师六千闽西红军将士永垂不朽！"（《人民日报》2019 年 7 月 6 日第 4 版刘佳华《功勋长存"后卫师"》）

半条被子的故事

  元旦晚上，观赏了央视一台播映的戏曲晚会节目。所演的戏曲大部分是传统的各剧种节目，也有现代戏。总的感觉是歌颂新中国改革开放40年来的伟大成就，具有浓郁的喜庆色彩。

  留下最深刻印象的是，以独幕剧的形式，把红军长征途中发生的《半条被子》的故事搬上了舞台。我最早是从《文艺报》有关解放军文艺演出报道中得知这个故事的。后来从《文摘报》一篇文章中了解到这个故事发现的过程。

  一位作家在20世纪70年代末重走长征路的活动中，来到湖南省汝城县沙洲村，听徐解秀老人讲了这个故事。长征途中的一个晚上，三位红军女战士来到她家借宿，看见老人家里连一条被子也没有，床上只有一些烂棉絮和干稻草。她们在急行军中也只留下一条被子。睡觉时四个人盖着一条被子，老人的丈夫在门口为女战士放哨。第二天，三个女战士走时决意要把被子给老人家留下，老人死活不要，说你们打仗要紧。女战士只好用剪刀把这仅有的一条被子剪了一半给老人家留下，她们才赶部队去了。

  老人一直记着三位女战士的名字，想让作家打听她们的下落。这位作家很快把这件事反映给有关部门，虽经多方查找，始终没有找到三位红军女战士。最大的可能是她们都牺牲在长征路上了。

时任全国人大常委会副委员长的邓颖超得知这个故事后,专门买了一条棉被送给徐解秀老人。

习近平总书记在纪念红军长征胜利80周年大会上,发表重要讲话时强调:一部长征史,就是一部军民鱼水情深的历史。在湖南汝城县沙洲村,三名红军女战士借宿徐解秀老人家中,临走时,把仅有的一条被子剪下一半给老人留下。老人说,什么是共产党?共产党就是自己有一条被子,也要剪下半条留给老百姓的人。老人家的话深刻揭示了中国共产党领导人民闹革命之所以能够取得胜利的根本原因,也是我们深信中华民族伟大复兴定能实现的领导能力和群众基础。

(2020 年 2 月 10 日根据 2019 年 1 月 2 日日记整理)

奶奶讲故事

辛贵强《巫训》(《文艺报》2018 年 12 月 24 日第 5 版"新作品"栏目头篇)一文,是回忆性散文,讲了很有趣的故事。在他小时候,奶奶运用鬼怪故事里因果报应之说,教育孩子们要节俭粮食,孝敬老人,多做好事。比如,奶奶说,吃饭时糟蹋一粒粮食,死后到阴间,身上就长一颗蛆;糟蹋得多,身上就会长满蛆。当年把他们这些孙辈们吓得不得了,吃饭总要把碗舔得干干净净。作者说他长大成人,也当了作家,对奶奶的说教并不以为然,但至今他无论在家里吃饭,还是吃请会餐,一定要把碗吃干净,决不浪费粮食,还这样要求自己的子女必须做到。

这篇文章给我留下深刻印象的是最后一个故事。奶奶给他们讲,古时候一位皇上下了一道命令:人过 60 岁,身体衰弱,也没用了,都必须埋掉。全国的孩子们都不敢违抗皇命,又不忍心把老人活活埋掉,所以,当家里有了 60 岁以上的老人时,就做个墓,让老人住在里面。墓上留一个洞,每天悄悄把吃食吊进去,又把排泄物吊出来。

有一年,一个外族要来侵略,派使者拉来了一只古怪的动物,对皇上说,如果你们说不出这是什么动物,就要消灭你们国家。皇上和满朝文武大臣面面相觑,没有一个人能叫出这个动物的名字。

一个青年给住在墓中的父亲送饭时说了这件事，父亲问，那只动物长什么样？青年说，长得高大雄壮，说是牛没有角，说是大象又没有长牙和长鼻子。父亲听后对儿子说，抓一只猫，就知道是什么动物了。青年按照父亲说的，抓了一只猫，放到那只动物面前，猫"喵、喵"地叫了几声，那只动物就像跑了气的皮球，渐渐变小了，最后变成了一只老鼠，猫上去把老鼠吃掉了。皇上高兴地说，原来是一只老鼠。那个外族使者灰溜溜地跑了。

皇上说，这位青年救了咱们国家，要重赏。皇上问青年是怎样想出这个好办法的？青年说，不是我想出来的。皇上又问，那是谁想出来的？青年回答说，不敢讲，这是要杀头的事。皇上说，免你一死。青年才说是住在坟墓里的父亲讲的。皇上听了才恍然大悟，60岁以上的老人还是有用的人。于是宣布废除了60岁以上老人必须埋葬的法令。作家说这是奶奶讲的最动人的孝顺老人的故事。

我记不清何时何处看过这个故事。它讲的是非洲某个部落有这样的风俗，当人活到60岁就要"放生"。所谓"放生"，就是家人要举行一定的仪式，给老人带上一个月的吃食，全家人依依不舍地把老人送进大森林里，让老人自生自灭……

很可能是那位奶奶为了教育孩子孝顺老人，而改编了非洲的这个传说故事。奶奶虽然是个文盲，然而她教育孩子的方法值得我们效仿。

（2020年2月9日根据2018年12月28日日记整理）

对我精神上的洗礼

今晚收看央视一频道直播 2015 年感动中国十大人物颁奖晚会。今年也是 10 个奖项,8 个个人的、两个集体的。像往年一样,个个都是感动中国、感动世界、感天动地,在场的观众都被感动得泪流满面。

一位中国外交官,从驻外参赞岗位上退休后,没有回到北京与孩子家人安度晚年,而是与中学教师岗位上退休的妻子加入支教志愿者行列,回到老家贵州贫困山区,选择一所条件最差、只有一名教师的农村小学,一干就是 10 年。学校面貌改变了,培养了一批又一批人才,这位外交官却患脑梗倒下了。

一位女子大学毕业工作后,父亲却不幸病倒瘫痪在床。她毅然辞去不错的工作,为父亲治疗并服侍了父亲 13 年。父亲老了,她的头发也花白了。无怨无悔,孝道第一。

还有一位男青年高位截瘫,家里无人照料。大院里的邻居都来帮忙,轮流值班,早上有人给他洗漱,有人送早点……39 年如一日。在邻居们悉心照料、治病、康复下,这位青年的身体才出现了奇迹,能开三轮车,自食其力了。付出爱心的大院荣获"陇海大院爱心集体"奖。这是和谐社会的典型表现。

另一个集体奖颁发给"中国援非医疗队"。在埃博拉病毒不断肆虐蔓延,其他国家的医疗队束手无策,甚至有的国家医疗队害怕感染而撤走的情况下,中国的医疗队却分批开进疫区,专家和医护人员达 300 多人。他们以"一不怕苦、二不怕死"的革命精神,与当地医护人员并肩战斗,很快遏制住疫情的蔓延势头,患者痊愈出院的人数越来越多。以陈薇院士带领的科研团队研制出防治埃博拉的疫苗,抗疫斗争取得了胜利。他们是中国的和平使者,为建设和谐世界做出了贡献。

每看一次感动中国人物颁奖晚会,对我都是一次思想、精神上的洗礼和提升。这是对全民进行集体主义、爱国主义、社会主义核心价值观教育的好形式,应当坚持下去。

(2020 年 10 月 5 日根据 2015 年 2 月 28 日日记整理)

何谓"中国共产党的韧性"

　　下午,重读《文摘报》(2017 年 7 月 8 日)转载的金一南发表在《北京日报》(7 月 3 日)的《什么叫中国共产党的韧性》一文。金一南曾任战略学博士生导师,获"全国模范教师"称号。他的文章讲出了我对党的认识,长期以来总想说的话,实际上也反映了全国人民的心声:对党的理性认识,我们心目中的中国共产党就是作者所概括的那样伟大的党。

　　文章用了四个小标题,回答了人们最关心的重大问题。

　　一是"为什么台北市市长、外国军官都要参观我党的红色景点?"台北市市长来过大陆 18 次,把红色景点都看过了。首先从延安看起,他认为共产党是从这里走向成功的,要学习共产党成功的经验。21 世纪初,我们举办了国际军事交流班,参观时提出让他们自己自由选择景点。作者领的德国、法国军官,他们提出在上海参观孙中山故居时,作者问,你们怎么知道上海有孙中山故居?德国军官说,孙中山是最早引进德国顾问的。之后,法国军官提出参观"一大"会址,作者也感到惊奇,法国军官却说"一大"是在法国租界召开的。由此可以看出今天中国共产党在世界上的影响力。正因为我们党是成功者、胜利者。所以这些德、法军官才会想方设法寻找他们与中国革命曾经发生过的关系。反而我们自己有很多人,甚至一些共产党员都觉得我们今天除了向西方学习,好像没有什么东西可学了。

二是"什么叫中国共产党的韧性? 这种韧性从何而来?""中国共产党的韧性,从根本上说源于中国共产党人的韧性。近代以来,没有哪个政党团体像中国共产党这样,拥有如此众多为了胸中的主义和心中的理想,抛头颅洒热血,前赴后继,义无反顾,舍生忘死地奋斗。他们不为官、不为钱,不怕苦、不怕死,只为主义,只为信仰。他们在中华民族历史上展现了空前顽强的生命力和战斗力。"

三是"毛泽东是如何'寻路'的?"中国共产党"从中国政治舞台的边缘走到东方政治舞台的中心,毛泽东居功至伟,一个人在历史中起到如此重大的作用,极其罕见。"

遵义会议对毛泽东的选择,不是山头平衡的结果,不是派别平衡的结果,而是中国共产党对胜利的选择。实践证明,只有毛泽东指明的道路,才是中国革命胜利的唯一道路。不是还有一条什么道路能胜利,试过了,都不行。

毛泽东是当时中国共产党领导人中第一个也是唯一一个解决了"中国红色政权为什么能够存在"这个中国革命根本问题的领导人。毛泽东对中国国情的深刻了解,成为马克思主义中国化的最强劲的推动力。可以说"就是找到敌人统治薄弱的地方生存、发展",这一独特思路,让毛泽东思想在最黑暗、最困难的环境中萌芽于中国大地。

中国共产党的队伍不是从胜利走向胜利,而是从惨败走向胜利的。1930年初,中国革命处于那么困难的情况下,毛泽东就史诗般地发出预言——"星星之火,可以燎原"。

四是"中国共产党从来不是一个妥协的团体、一个'老好人'团体,而是一个斗争的团体、战斗的团体、争取胜利的团体,这才是这个党力量的来源。"

习近平特别强调文化自信问题。我们今天的文化自信包括中华传统文化、革命文化、社会主义先进文化。最突出的就是中国共产党领导的中国革命,给中华民族注入了全新的激情、全新的尊严、全新的血性。

（根据 2017 年 7 月 23 日日记整理）

马克思恩格斯是
"民主社会主义者"吗

——评《民主社会主义模式与中国前途》一文

　　谢韬《民主社会主义模式与中国前途》(《炎黄春秋》2007年第2期)一文的中心论点是,20世纪全世界各种社会制度在和平竞赛中民主社会主义胜利了,只有民主社会主义才能救中国。支撑这个论点的两个主要论据是引用辛子陵一部书稿的材料。虽然作者竭力赞扬这部书稿"无论在历史事实上,还是意识形态上,这是一部在什么是社会主义、如何建设社会主义问题上彻底完成拨乱反正的书。"然而这些论据却是经不起推敲的。

　　第一,作者认为马克思恩格斯是民主社会主义者,是"和平长入社会主义"的首倡者,民主社会主义是马克思主义的正统。这条论据就值得质疑。

　　首先,所谓"民主社会主义者"的头衔是作者强加在马恩头上的。从时间上看,"民主社会主义"概念是一次大战后,英国工党和其他国家的社会党右翼领导集团,为了反对马克思主义和无产阶级革命运动,以"民主社会主义"作为自己的纲领口号,并于1951年在联邦德国法兰克福召开的社会党国际成立大会上发表的《民主社会主义的目的和任务》宣言中公开提出(见《辞海》缩印本,上海辞书出版社,1997年版,第1806页"民主社会主义"词条)。那么,在这一概念提出的几十年前就已去世的马克思、恩格斯怎么就能成为"民主社会主义者"呢？从政治思想主张看,他们是用民主社会主义对抗科学社会主义,否认在资本主义社会存在着对抗阶级和阶级斗争,反对无产阶级革命,反对消灭生产资料私有制。认为"欧洲民主中,马克思主义不再是作为无产阶级革命理论的有效力量""指导他们的是进化社会主义理论""无论如何不能以马克思的名言'剥夺剥夺者'为目标"。自称他们走的是"第三条道路",即"不同于资本主义,也不同于共产主义"的"民主社会主义"道路。认为"作为政治范畴的革命,失去了任何现实的内容",只有通过不断改良,社会才能发生变化。提出"第二次工业革命论",赞扬资本和国家职能的"社会化",声称"在社会民主党政府的领导下,资本主义制度下的国有制已经是社会主义所有制。"(见宋原放主编《简明社会科学词典》,上海辞书出版社1984年12月第2版,1987年5月第八次印刷,第294页)他们不提共产主义,是认为共产主义意味着独裁和极权,民主社会主义是他们的最高目标。这些同马恩的思想都是格格不入的,它怎么就能成为"马克思主义正统"呢？

其次,这是引用了马恩几段话,以他的错误理解所编造出来的根据。例如,所引用的《资本论》第三卷一段话:"在股份公司内,职能已经同资本所有权分离,劳动也已经完全同生产资料的所有权和剩余劳动的所有权相分离。资本主义生产极度发展的这个结果,是资本再转化为生产者的财产所必需的过渡点,不过这种财产不再是各个互相分离的生产者的私有财产,而是联合起来的生产者的财产,即直接的社会财产。"(《资本论》第三卷第494页,人民出版社1975年6月第1版;作者引自1966年第二版,译文稍有不同)作者由此得出结论:"资本主义就这样完成了向社会主义的和平过渡。《资本论》第三卷推翻了第一卷的结论,不再需要砸毁资本主义外壳了。"这样理解是不符合马克思意愿的。

一是这段话出自《资本论》第三卷第五篇《利润分为利息和企

业主收入(生息资本)》的第 27 章《信用在资本主义生产中的作用》。该章主要是论述信用的作用,它将其概括为四个方面:"Ⅰ.信用制度的必然形成,以便对利润率的平均化或这个平均化运动起中介作用,整个资本主义生产就是建立在这个运动的基础上的。""Ⅱ.流通费用的减少。""Ⅲ.股份公司的成立。""Ⅳ.……信用为单个资本家或被当作资本家的人,提供在一定界限内绝对支配别人的资本、别人的财产,从而别人的劳动的权利。"(《资本论》第三卷第 492、493、496 页)马克思是在讲到信用第三个作用时论述股份制产生及其作用的。讲了上述一段话后接着又说:"另一方面,这是所有那些直到今天还和资本所有权结合在一起的再生产过程中的职能转化为联合起来的生产者的单纯职能,转化为社会职能的过渡点。"恩格斯接着在括号里说明:"自马克思写了上面这些话……"出现了"国家卡特尔""托拉斯","竞争已经为垄断所代替,并且已经最令人鼓舞地为将来由整个社会即全民族来实行剥夺做好了准备。"(同上书第 494 页)从马恩的论述和说明中可以明了,他们对股份制作用的肯定,没有超过自身"扬弃""过渡点""实行剥夺"的"准备"等更多的东西。况且马克思还强调:"这是资本主义生产方式在资本主义生产方式本身范围内的扬弃,因而是一个自行扬弃的矛盾,这个矛盾首先表现为通向一种新的生产形式的单纯过渡点。它作为这样的矛盾在现象上也会表现出来。它在一定部门中造成了垄断,因而要求国家的干涉。它再生产出了一种新的金融贵族,一种新的寄生虫——发起人、创业人和徒有其名的董事;并在创立公司、发行股票和进行股票交易方面再生产出了一整套投机和欺诈活动。这是一种没有私有财产控制的私人生产。""这种向股份形式的转化本身,还是局限在资本主义界限之内,因此,这种转化并没有克服财富为社会财富的性质和作为私人财富的性质之间的对立,只是在新的形态上发展了这种对立。"(同上书第 495、496、497 页)由此不难看出作者是把

"联合起来的生产者财产,即直接的社会财产"等同于社会主义所有制;把"一种新的生产形式"等同于社会主义生产形式。因而得出错误结论:股份制的出现就完成了资本主义"向社会主义的和平过渡"。实际上,马克思认为股份公司的出现是资本主义发展进入一个更高的新阶段,即由垄断资本主义取代了自由竞争的资本主义。这种所有制自身的扬弃和新的生产形式,在一定程度上,为社会主义做了准备,我们有可能利用资本主义发展的新成果建设社会主义。但是这又必须建立在恩格斯所说的"剥夺"的前提下,才能建立社会主义制度。还应该引起人们注意的是,股份制的出现并未彻底解决资本主义所固有的基本矛盾,即生产资料私有与生产社会化、资本与劳动的矛盾。

二是恩格斯在概括《资本论》的内容时说:"第一卷研究了'资本的生产过程',第二卷研究了'资本的流通过程',第三卷研究了'资本主义生产的总过程'"。"这个对全部内容的简要概括足以说明,同研究对象有关而在前两卷中必然得不到解决的全部问题,在这里都得到了解决。"(《马克思恩格斯全集》第22卷,人民出版社,1965年10月版,第512、513页)这是说第三卷是对前两卷内容的丰富和发展,不存在"《资本论》第三卷推翻了《资本论》第一卷的结论"的情况。

再如,作者引用恩格斯《1891年社会民主党纲领草案批判》一文:"可以设想……旧社会可能和平地长入新社会……"由此,作者断言恩格斯是"和平长入社会主义"的首倡者,这是很不准确的。其实,(1)"和平长入社会主义",是被恩格斯批判的错误观点。在上述这段话前面恩格斯写道:"现在有人因害怕反社会党人法重新恢复,或者回想起在这项法律统治下发表几篇过早的声明,就忽然想要党承认在德国现行法律秩序下,可以通过和平方式实现党的一切要求。他们力图使自己和党相信,'现代的社会正在长入社会主义',而不问一下自己,是否这样一来,这个社会就会不像虾要挣破自己的旧壳那样必然要从它的旧社会制度中长出来,就会无须用暴力来炸毁这个旧壳,是否除此之外,这个社会在德国就会无须再炸毁那还是半专制制度的,而且是混乱得不可言状的政治制度的桎梏。"(《马克思恩格斯全集》第22卷,人民出版社,1965年10月版,第73页)紧接着恩格斯提出了上述"设想"。为了区别于错误观点而表述为"旧社会可能和平地长入新社会"。"新社会"与"社会主义"不是两个等同的概念。(2)而且还有个前提条件:"在人民代议机关把一切权力集中在自己手里,只要取得大多数人民的支持就能够按照宪法随意办事的国家里"。这里的"人民代议机关"是指人民若能掌握政权。(3)德国不具备这种条件,如果"宣布某种类似的做法","就是揭去专制制度的遮盖布,自己去遮盖那赤裸裸的东西"。

"这样的政策归根到底只能把党引入迷途。"(同上)以为在德国"可以用和平宁静的方法建立共和国,不仅建立共和国,而且建立共产主义社会,这是多大的幻想"。(同上书第274页)恩格斯还肯定了"纲领草案""第一部分附件"中第(8)条的内容:"工人阶级的解放只能是工人阶级本身的事业。不言而喻,工人阶级既不可能把自己解放的事业委托给资本家和土地占有者,也不可能委托给小资产者和小农……"(同上书第280页)这些论述表明,恩格斯的主导思想是,既设想在一定条件下"旧社会可能和平长入新社会",又没有否定暴力革命的必要性,更没有把和平方式看作是实现社会主义的唯一之途。马克思曾说:"资产阶级的生产关系是社会生产过程的最后一种对抗形式……但是,在资产阶级社会的胎胞里发展的生产力,同时又创造着解决这种对抗的物质条件。"(《马恩选集》第2卷第83页)这是对人类社会及其生产关系发展规律的揭示。任何一种新的生产关系都是在旧社会胎胞里孕育而成。资本主义生产关系就是在封建社会胎胞孕育的,但资本主义制度却是经过暴力革命才确立的,法国资产阶级专政的建立和巩固是经过两次暴力革命才完成的。无产阶级何尝不想通过和平的、不流血的方式获得解放？但是严酷的现实告诉人们，"旧社会可能和平长入新社会"至今还鲜见成功例证。

再次，通过对马克思恩格斯文本断章取义制造论据。最典型的例子是，作者引用恩格斯《马克思〈1848 年至 1850 年的法兰西阶级斗争〉一书导言》（以下简称《导言》）一文中长达 600 多字一段话后得出重要结论："说完这些话不到三个月，1895 年 8 月 5 日他就去世了，如果盖棺定论，这是恩格斯对欧洲各国革命策略问题的最后意见。他期待的是通过工人阶级的合法斗争取得政权，保留资本主义生产方式，和平过渡到社会主义。应该说，这是恩格斯对欧洲各国社会主义运动的最后遗言，是对《共产党宣言》'旧策略'的重要修正。"这个结论也是错误的。

一是以偏概全，主观臆断。《导言》的确用了较大篇幅分析了当时在欧洲各国形势发生变化的条件下，强调利用合法斗争，即工人阶级参加竞选活动的重要性，并总结了革命的经验教训。但这又不是《导言》的唯一内容，另一方面，恩格斯又说："这是不是说，巷战在将来就不会再起什么作用呢？绝不是。这只是说，自从 1848 年起，各种条件对于民间战士已变得不利得多，而对于军队则已变得有利得多了。这样，将来的巷战，只有当这种不利的对比关系有其他因素来抵消的时候，才能达到胜利。""《共产党宣言》早已宣布，争取普选权，争取民主，是战斗无产阶级的首要任务之一，而拉萨尔重又提出来了。"（《马克思恩格斯全集》第 22 卷，人民出版社，1965 年版，第 606、602 页）这就是说从《共产党宣言》到《导言》，马恩都是主张暴力革命与合法斗争相结合的方式，由此难以得出当时恩格斯把合法斗争看作唯一方式的结论。即使从作者引用的文字中，恩格斯什么地方讲了"通过工人阶级合法的斗争取得政权，保留资本主义生产方式过渡到社会主义"这样的话了呢？这不是把自己的主观臆想强加给恩格斯的吗？

二是不顾《导言》发表前后的实际情况而妄加评说。一个事实是，"在发表这个《导言》时，德国社会民主党执行委员会坚决要求恩格斯把这部著作中在执行委员会看来过分革命的调子冲淡，并使它具有更为谨慎的形式。当时费舍提出的借口是：由于帝国国会讨论防止政变法草案，国内又形成了紧张局势。恩格斯不得不考虑执行委员会的意见而同意在校样中删去一些地方和一些提法。"（直到 1930 年《导言》全文才在苏联发表；《马克思恩格斯全集》第 39 卷，人民出版社，1975 年 2 月版，第 360 页注 357）上述情况，从以下三封信中也可以得到证实：1895 年 3 月 8 日恩格斯在《致查理·费舍》中，同意接受修改意见，但还批评说："《前进报》上有时人们以过去宣传革命的那种劲头否定革命，而且他们可能以后还来宣传。但我认为此事不可效法。我认为，如果你们宣传绝对放弃暴力行为，是决捞不到一点好处。"（同上书第 39 卷第 401 页）在同年 3 月 25 日恩格斯《致卡尔·考茨基》、3 月 28 日《致劳拉·拉法格》（同上书第 426、430 页）中都提到这件事。由此可见作者是把恩格斯的权宜之计歪曲为所谓对欧洲各国革命策略问题盖棺定论的"最后意见""最后遗言"。

另一事实是，1895 年 3 月 30 日德国社会民主党中央机关报《前进报》在题为《目前革命应该怎样进行》的社论中，未经恩格斯同意就从他的《导言》中断章取义地摘了几处，仿佛恩格斯是"无论如何要守法"的捍卫者。恩格斯对此感到非常愤懑，向《前进报》编辑李卜克内西提出坚决抗议，并于同年 4 月 3 日在《致保尔·拉法格》中说："李卜克内西刚刚和我开了一个很妙的玩笑。他从我……的导言中，摘引了所有能为他的，无论如何是和平的和反暴力的策略进行辩护的东西。近来特别是目前的柏林正在准备非常法的时候，他喜欢宣传这个策略。但我谈的这个策略仅仅是针对今天的德国，而且还有重要的附带条件。对法国、比利时、意大利、奥地利来说，这个策略就不能整个采用。就是对德国，明天它可能就不适用了。"(同上书第436页）由此看出，恩格斯总是坚持从实际出发，具体问题具体分析的唯物史观，不可能脱离具体情况做出什么抽象的、永恒不变的教条来。在100多年后的今天，作者重犯《前进报》的错误，是不知情吗？

三是使用极为拙劣的手段进行断章取义。作者从《导言》中摘引的600多字是用的一个引号，谁都会认为这是恩格斯在《导言》中的一段完整系统的论述，实为作者从《导言》第612、395、597、598、603、607、603、607页的八段话拼凑起来的，不仅不分段，不注明页码，而且还有页码前后颠倒的。作者为什么要这样做呢？只能有一种解释：有意为之。

第二，作者认为"辛子陵这部书稿以令人信服的历史考证说明，恩格斯晚年放弃了所谓'共产主义'的理想。"这里所讲的"历史考证"即作者引用1893年5月11日恩格斯对法国《费加罗报》记者发表谈话时说的一段话："我们没有最终目标。我们是不断发展论者，我们不打算把什么最终规律强加给人类。关于未来社会组织方面的详细情况的预定看法吗？您在这里连它们的影子也找不到。"谁能从这里得出"放弃共产主义"最高理想的结论呢？

首先，这里讨论的不是关于"共产主义"理想问题。法国记者采访恩格斯讨论的是当时德国国会未能通过军事拨款而被解散后的形势问题。当恩格斯回答了有关德国社会民主党人在下届国会选举中"成功的可能性问题"后，记者又提出："你们德国社会民主党人给自己提出什么样的最终目标呢？"（《马克思恩格斯全集》第22卷，人民出版社，1965年版，第628—629页）恩格斯回答时讲了上述一段话。如果恩格斯作了另一种完全符合作者心意的回答：我们党就是要通过选举夺取政权，实现共产主义。比较两种回答方式，不言而喻，前者更有利于合法斗争策略的实施。况且在这里，恩格斯并未提到"共产主义"这个概念。假如像作者想象的那样，恩格斯公开宣布"放弃共产主义"理想，那不是正中统治者和资本家的下怀吗？记者也会大加渲染的。似乎历史事实并非如此。

过了不到一年，即1894年1月3日恩格斯在《〈人民国家报〉国际问题论文集(1871—1875)》序言中写道："我处处不把自己称作'社会民主主义者'，而称作'共产主义者'。这是因为当时在各个国家里那种根本不把全部生产资料转归社会所有的口号写在自己旗帜上的人自称是'社会民主主义者'。"还强调："用如此有伸缩性的名称来表示我们特有的观点是绝对不行的。"（同上书第489、490页）这能说恩格斯"放弃了共产主义理想"，是一个"民主社会主义者"吗？作者自己放弃了理想，却硬要从恩格斯那里寻找到借口，是否太滑稽可笑了？

其次，共产主义学说并非马克思恩格斯发明的，他们只是在发现了唯物史观、剩余价值学说后，将空想共产主义改造成为科学共产主义学说。人类是有意识、有理想的动物，随着科技日新月异的发展，生产力不断提高，人类是有能力规划未来的。马恩在揭示了人类社会发展规律和资本主义社会特殊规律的基础上，提出人类社会发展的远大理想，并对共产主义社会发展的前景做出大致设想。这是人类认识能力空前提高的重要标志。当然还不可能对"未来社会组织方面的详细情况"做出预定的看法。因为马克思主义提供给人们的主要是科学世界观和方法论，指明社会发展的方向，绝不是一成不变的教条。更不是作者所诬蔑的"欺骗人民的把戏"。

再次，共产党人把实现共产主义确定为最高纲领和奋斗目标，并主张把"当前利益"与"长远利益"结合起来。作者却把共产主义学说与基督教"天国理念"混为一谈。这就是马恩在《共产党宣言》中批判过的"基督教的社会主义"。共产党人曾多次表明，在拯救人类愿望这一点上基督教和我们有共同之处，但在如何拯救方面却大相径庭。前者是让人们闭眼不看世俗而躲入虚无，相信上帝会降福给人类；后者则主张通过革命、科技、生产实践解放全人类，每个人的自由发展是全人类自由发展的基础，创建一个千百年来人们所向往的没有剥削压迫的大同世界。

作者不仅把共产主义远大理想等同于基督教的虚无，还以传教士的口吻、悲世悯人的情怀说："用所谓'长远利益'否定'当前利益'，用未来共产主义天堂幸福生活安抚人民，叫人民忍受现实的饥饿、贫穷和苦难，是空想社会主义者欺骗人民的把戏。这一切都该收场了。"这里所讲的"空想社会主义"与马克思主义共产主义学说有何共同之处？所谓"叫人民忍受现实"痛苦的不是共产党人，而是作者与民主社会主义鼓吹者们。按他们的主张，像苏联和中国人民虽然当年处在沙皇专制制度和"三座大山"压榨下，过着非人的贫穷生活，也不能用暴力革命推翻旧政权，让人民当家做主人，建设自己的新生活。只能再忍受几十年，甚至更长时间，等资本主义发展到高级阶段，"和平长入社会主义"。不过要说"把戏"还是要首推作者要得高明。因为作者把共产党的最高纲领，无数先烈不惜流血牺牲所追求的信仰和理想诬蔑为"欺骗人民的把戏"；而把世人公认的欧洲的瑞典、英、法、德等13个资本主义国家说成社会主义，连美国也社会主义化了。这正如奸商的做法，明明是假冒伪劣产品，却还要绞尽脑汁地包装，在广告中吹得天花乱坠。

上述分析说明，作者所列举的论据是错误的，自然无法证明中心论点的正确性。一位共产党员学者，为何会产生这样的失误呢？

一是评价历史人物和历史事件时，未能将其放在所处的社会历史中进行具体分析，而是随心所欲地解释，难以保证它的科学性。作者把不到1000万人口的瑞典捧为民主社会主义典范，它所走的道路是通向社会主义唯一正途。作者可以把以瑞典为代表的欧美所谓民主社会主义理论搬到中国，难道还能把它们的国情搬来吗？苏联和中国革命所遇到的问题要比瑞典复杂千百倍，由于中国与苏联的国情不同,所走的革命道路也大不一样。怎么能要求苏联、中国与瑞典采取同样的革命策略,走同一条路呢?轻易地一笔勾销苏联、中国暴力革命的正确性,以及列宁主义存在的价值,这是地地道道的历史虚无主义的具体表现。人类社会历史的发展不是按照某些事后诸葛亮主观想象而前行的,其功过是非已是客观存在,也不是由哪个专家学者"钦定"的。主要看它是推动历史前进还是阻碍历史前进,对人民群众有利还是有害而定的。苏联垮台的历史教训值得共产党人和无产阶级认真总结和吸取,但它的垮台并不能证明社会主义制度的失败,就像法国拿破仑的失败而造成封建王朝复辟,不能说明资本主义制度不是先进的一样。苏联垮台前不少高科技、物质生产发展等方面,都赶上或超过最发达的资本主义国家美国。作者是否忘记在 1957 年苏联的人造卫星是先于美国上天的。20 世纪 80 年末苏联已发展成为仅次于美国的世界第二号超级大国。这些举世瞩目的伟大成就,难道不是通过暴力革命建立的世界第一个社会主义国家创造出来的吗?

二是从一个极端走向另一个极端。马克思恩格斯始终坚持暴力革命与合法斗争形式相结合的策略,我们党在长期坚持武装斗争的同时,也没有放弃过任何一次和平谈判的机会。但长期以来在极"左"思潮的影响下,把暴力革命看得高于合法斗争方式,甚至把后者批判为修正主义。作者又只强调"和平长入社会主义",而否定一切暴力革命,走向另一个极端。这与我们过去犯的是同样性质的错误。

三是抛弃了阶级分析的方法,不加区分地认为英、法等欧洲 13 个民主党掌权的国家在 20 世纪末,都已和平长入社会主义了。更令人难以置信的是连美国也是民主社会主义化了。由此不难看出作者所谓的社会主义标准完全符合上述民主社会主义"宣言"精神,即在不改变资本主义雇佣劳动制和保持"适度"社会分配不公正的前提下,只要生产发展水平高、工资高、福利高,哪怕高、低工资相差300倍,也算实现了共同富裕。据中国社科院(徐崇温)的一项研究表明,在瑞典,95%的生产资料掌握在100个大家族手中,17个资本集团支配着国民经济命脉,仅占总人口的0.2%的人却控制着全部股票的2/3以上,仅占总人口5%的富翁约占有全部财富的1/2以上。以致在社会民主党政府提出"雇员投资方案"时,遭到大大小小雇主的激烈反对,使得试图对生产资料私有制有所触动的"基金社会主义"流于失败。(见《炎黄春秋》2007年第7期第23页)这种不触动私有制、不消灭剥削的民主社会主义不过是"资本主义病床边的医生和护士"。再如美国占总人口1%的富人占有全国37%的财富。(中国《金融时报》1989年6月2日)美国三巨富的财富已超过包括阿富汗、也门、赞比亚在内的48个发展中国家财富的总和。(《文摘报》1998年9月17日)美国至今在国外还有300多个军事基地,以反恐为名看见哪个国家不顺眼就宣布为邪恶国家,列入黑名单,借机实施军事打击或经济制裁。这样的国际警察、霸权主义者也是社会主义化了的国家?作者还劝告中国"如果实行这个转变,我们党就会得到世界各国人民的欢迎,就会赢得世界近百个国家民主社会党的欢迎,与欧洲各国及美国民主势力共建社会主义统一战线。各国的社会主义党,就会成为社会主义同盟军"。作者想象得多么美妙,描绘得多么振奋人心啊!简直是全球一片红!可惜作者患了严重的色盲症,红白不分。在他的眼里已没有无产阶级与资产阶级、"新""旧"民主主义、社会主义与资本主义的区别了。凡是民主党掌权的发达资本主义国家,也不管人家承认不承认,都是社会主义了。总之,作者所谓民主社会主义正是恩格斯在《共产主义原理》、马恩在《共产党宣言》中批判过的资产阶级社会主义。作者既然否定共产主义,又何谈社会主义?因为社会主义是由资本主义向共产主义过渡阶段。到此,我们可以把作者所论述的理论思想用一个公式加以概括：民主社会主义＝资产阶级社会主义＝资本主义。这就是作者鼓吹民主社会主义的实质所在。

所以，在久经考验的中国共产党领导下的全国人民是决不会上当受骗的。只有中国特色社会主义才能救中国，这是党对中国几十年来社会主义革命和建设经验的总结，是把马克思主义基本原理与中国实际相结合的最高理论成果。在党的领导下，坚持基本路线，坚持四项基本原则，在改革开放中，学习和吸取包括瑞典在内的资本主义国家经济发展的一切优秀成果，大力提高生产力水平，发展完善社会主义制度，把我国建设成为富强、民主、文明、和谐的社会主义国家。学习的目的不是把自己变成资本主义，就像我们吃牛羊肉是为了长身体，而不是把自己变成牛和羊。

（本文曾获 2010 年中央党校"中国马克思主义研究基金会全国征文"提名奖，并邀请参加研讨会）

读诗人阮章竞的三部著作

　　2014年1月31日,是诗人阮章竞百年诞辰纪念日。诗人的女儿阮援朝为了组织纪念活动,与我取得了联系。1964年后半年到1965年前半年,于洪洞县白石公社南段大队参加"四清"运动时,曾与诗人在一个窑洞住过几个月。我提供了发表在《山西老年》(2004年第4期)《回忆诗人阮章竞》(以《在可笑的战役中相识》为题载于《山西文学》2005年第7期)一文,诗人给我写的一封回信、一幅字,诗人与我们第5生产队工作组队员合影的复印件。之后,阮援朝寄来《故乡岁月》《阮章竞绘画篆刻选》《阮章竞评传》三部著作。

　　我先读《故乡岁月》(人民文学出版社2012年10月版)一书,这是一部难得的传记文学作品。它共分三卷,是诗人对童年、少年时故乡模样的回忆,即1914年至1934年,离开故乡到上海前这一段生涯的描述,显示出诗人惊人的创作传记文学的才华。它是诗人除诗歌、戏曲、绘画、篆刻、书法之外,又一重要贡献。

　　首先,将故乡珠江三角洲中山县象角一带的山川河流、风土乡情生动地描写出来了。运用诗的语言、绘画的手法,为故乡描绘了一幅幅风俗画,除了描绘美丽的自然风景,还展示了人文环境。到处是寺庙、祠堂,其中的建筑艺术,迷人的壁画、雕塑,走村串巷的手艺人捏的糖人,都成为诗人从小爱画、学画的启蒙。

其次,描述了社会万象。军阀混战,孙中山领导的革命,蒋介石"四·一二"屠杀共产党人,日寇侵犯,国民党消极抗日却积极剿共,连港澳地区被外敌侵占下黑暗社会等都有所反映。特别是对旧社会挣扎在生死线上的劳苦大众有更为真切的描写。诗人家人口多,租地种,每年交了租子,剩下的粮食仅够家人吃两三个月,经常是没有隔夜粮。对资本家剥削也有亲身体验。他在三年油漆工学徒期间,老板的吝啬、老板娘的刻薄,描写得惟妙惟肖。社会风气极坏:赌博、吸毒成风,男女关系混乱……能让今天的青年认识旧中国的真面目。

最后,还描写了各种各样的人物,诸如地痞流氓、赌徒、土匪、更夫、国民党村书记、知识分子、善良的母亲和给他讲故事的邻居老婆婆……给人留下深刻感触的是在人物身上都渗透着善恶情愫。特别是在描写阿口姑娘时,情感流露真实动人。阿口姑娘爱上了诗人,给他送了三年的白兰花。实际上诗人也爱上了阿口姑娘,但他深知自己前途未卜,就当时的生活景况,无法负起自己应尽的责任。为了阿口姑娘名声不受损伤,不能表示和接受姑娘的爱。离开家乡那天与家人告别的场面描写令人动容,让我流下了眼泪。

总之,这部著作是对故乡岁月的回放,写出了诗人童年、少年在故乡的所见、所闻、所感。它是回忆录,也是自传,也是反映中山县旧社会的一部苦难史,更是中国 20 世纪 30 年代前那段历史的缩影。

《阮章竞绘画篆刻选》(人民美术出版社,2009 年 7 月版)是他女儿阮援朝选编的,彦涵(著名画家,当年诗人在太行山时的战友)作序言,内容分速写、国画、印存、谈画、作品年表和编者的后记。双层页大开本,精装套盒,封面、封底底图与套盒底图:阮章竞手书毛泽东《忆秦娥·娄山关》。读过该书对诗人有了进一步了解，原来只知道他是现代文学史上著名的诗人。现在看来他还是画家、篆刻家、书法家。正如彦涵在《序言》中所说："章竞同志的勤奋认真，加上他的天赋才华，使他在文学、美术、金石、书法多个领域都取得了相当的成就。""希望这本画册能带给年轻一代启迪，出现更多的像章竞同志这样的艺术通才。"（第9页）

诗人的画作分为"速写"和"国画"两部分。20世纪60年代，诗人回到曾经战斗过13年的太行山革命根据地，看望当年一起战斗过的乡亲，寻觅第一次黄崖洞保卫战的遗迹，参观亲自带领剧团紧急转移时，漆黑的夜晚爬过十分险要的大小狼梯古道；还访问了江西革命根据地：红军桥、井冈山道、黄洋界、瑞金、红军长征出发点等地。正如编者在后记中所说："是太行山对井冈山的问候，老八路对老红军的致敬。"（第142页）80年代诗人又沿着晋冀鲁豫子弟兵南下路线一路采访写作。诗人所到之处，都留下了画和诗，速写是用粉笔和油画棒画的，有些国画是根据速写创作的。几乎每幅画下面都有诗，那真是名副其实的画中有诗、诗中有画，这样的画集形式可谓独树一帜。这些诗作中有对革命艰辛的回放，革命功绩的彪炳，祖国大好河山无限热爱之情。让读者感受到新中国来之不易，永远要不忘初心，牢记使命，以革命的精神将新中国建设得更加富强。

"谈画"分为"门外话画""画游絮语"两部分，实为两篇论文。记述自己爱画、学画、画画的经历和感受，对古今中外各类画家及其作品都有独到的评说，"有好说好，有坏说坏"，且用诗的语言，形象生动，极少一般论文的枯燥感。这对绘画创作及其理论研究都有借鉴意义，是两篇少有的绘画理论的论文，在绘画理论史上应占有一席之地。

最后读《阮章竞评传》（丽江出版社，2013年4月版），由陈培浩、阮援朝著，系"中山文艺家评传丛书"之一。内容分序、十六章、结语和后记。主笔陈培浩是当年首都师大中文系在读博士生，对诗人生平、创作、人品和文品、心路历程,作了客观、细致、深入的评述。将诗人及其创作、所经历的每个重要事件,都能放在当时历史条件下进行解读,具有很高的客观性、真实性,还原了一位真实的诗人。他的解读都是建立在丰富的资料基础上,加之深厚的文学、历史、哲学的学养,使评传具有较高的科学性和很强的说服力。虽然我不完全赞成他的一些观点,但不影响对诗人进一步研究、对现当代文学史撰写和研究具有的参考价值。

我还注意到,该书第十一章"新华北局:台风眼里的写作空间(1962—1967)"(第206、207页),从我所写的《回忆诗人阮章竞》(又题《在可笑的战役中相识》)一文中,各引用了一段话,说明诗人在1964年参加洪洞"四清"工作中的精神状态,以及1967年秋对"文革"中"红卫兵"的贬斥。由此可见,著者几乎阅尽了所有资料,连我这篇小文章都收入眼底。

(2020年8月3日根据2014年1月2日、1月20日、2月5日日记整理)

北大新任校长的十句话

北大新任校长王恩哥一上任,便向学生提出十句话。在全校引起热议,有的学生形容是新的校训。

第一句话,结交"两个朋友":一个是图书馆,一个是运动场。到运动场锻炼身体,强健体魄。到图书馆博览群书,不断"充电""蓄电""放电"。

第二句话,培养"两种功夫":一个是本分,一个是本事。做人靠本分,做事靠本事。靠"两本"起家靠得住。

第三句话,乐于吃"两样东西":一个是吃亏,一个是吃苦。做人不怕吃亏,做事不怕吃苦。吃亏是福,吃苦是福。

第四句话,具备"两种力量":一种是思想的力量,一种是利剑的力量。思想的力量往往战胜利剑的力量,这是拿破仑的名言。一个人的思想有多远,他就可能走多远。

第五句话,追求"两个一致":一个是兴趣与事业一致,一个是爱情与婚姻的一致。前者能使你的潜力最大限度地得以发挥。婚姻要以爱情为基础,没有爱情的婚姻是不道德的婚姻。也不是牢固的婚姻。

第六句话,插上"两个翅膀":一个叫理想,一个叫毅力。如果一个人有了这"两个翅膀",他就飞得高、飞得远。

第七句话,构建"两个支柱":一个是科学,一个是人文。

第八句话,配备"两个保健医生":一个叫运动,一个叫乐观。运动使你生理健康,乐观使你心理健康。日行万步路,夜读十页书。

第九句话,记住"两个秘诀":健康的秘诀在早上,成功的秘诀在晚上。爱因斯坦说过:人的差异在业余时间。业余时间能成就一个人,也能毁灭一个人。

第十句话,追求"两个极致":一个是把自身的潜力发挥到极致,一个是把自己的寿命健康延长到极致。

(根据 2017 年 8 月 26 日日记整理)

黄蜂、鸡、兔子的经验教训

"人生丝语"三则：

其一：黄蜂的翅膀短小，仅约 1 厘米长，大约只有其身体的一半长，理论上这样的翅膀是载不动比它大一倍的身躯的。但黄蜂并不知道这个残酷的现实。为了生存，它依然拼命地振动双翅向上飞，竟奇迹般飞了起来。如果它知道了，也许就飞不起来了。

其二：鸡的祖先本来是会飞的。后来人把鸡引进了家园，使它们不愁吃喝，再也不用到处飞行觅食了。它们的翅膀便渐渐退化，身子也越吃越胖，结果空长了一对翅膀。心不想飞了，翅膀只能成为一种摆设。

其三：兔子之所以跑得快，是因为它太弱小了，几乎不能战胜比它强大的任何对手，所以只能用速度来保护自己。如果兔子失去速度，世界上还会有兔子吗？不怕你弱小，就怕你什么都不行，那才是致命的弱。

（摘自《山西老年》2017 年第 8 期）

上述三则，哲理性很强，虽然讲的是黄蜂、鸡、兔子，实则人生也不例外。

黄蜂的成功告诉人们，不要完全被某些理论所束缚，勇敢地打破之，创新之，便能成功。

兔子的生存经验是:只有扬长避短,才能生存发展。

鸡的启示是,生活条件改善了,是好事,却并非完全是好事。它让人们思考一个严肃的问题:科技发达了,给人们生活提供诸多便利,却也产生了一些不良后果。据报道,已经发明了厨房机器人,你不用动手,机器人根据指令做好菜肴,端到餐桌上,供人享用。若普及之,久而久之,恐怕人连饭也不会做了,甚至手、脑都将会退化,人类终将走向消亡。这并非耸人听闻,请问,现在的年轻人还会生火做饭的有多少? 若遭遇非常事件,你怎样生存下去? 现今机械化、自动化逐步代替体力劳动,脑力劳动会成为主流。那么,根据鸡的教训,如果脑力劳动者不注重健身运动,身体将会变形:脑袋和肚皮肥大,四肢短小,岂不像一些科幻片中所描绘的外星人? 脑袋大是繁重的脑力劳动的结果,肚皮肥大是生活好了,无度享用之故。不走路,不锻炼,四肢退化萎缩。这就是人生辩证法!

(2020 年 9 月 1 日根据 2017 年 8 月 17 日日记整理)

新中国奠基石的颂歌

——读刘白羽长篇小说《第二个太阳》

《第二个太阳》是荣获第三届茅盾文学奖的优秀作品,读后深感名副其实。

小说的题目来自但丁的一段话:"突然间,我似乎看见白昼上又加了白昼,仿佛万能的神用第二个太阳把天空装点起来。"作家把但丁这段文字作为题词放在小说的首页。这表明小说深意是象征刚刚诞生的中华人民共和国。这是思想价值与审美价值之所在。作家以赤子之心热情歌颂了无数为新中国诞生而进行艰苦卓绝斗争甚至献出生命的解放军指战员、地下工作者和广大人民群众的革命精神,也充分表现了他们对祖国、对人民、对党的无限热爱之情,大悲大爱十分感人。当抢救过小女孩圆圆并一直带在身边的排长,在抢修渡桥牺牲后,圆圆撕心裂肺地哭喊时;当梁政委见到他日夜思念的担任党的地下工作者的母亲时;当秦震听到女儿在新中国诞生的前一天牺牲的消息时;当丁真吾得知女儿牺牲的消息,又把圆圆紧紧抱在怀里时;还有老铁路工人石志坚听母亲说父亲死前连仅有的一点曲曲菜汤也要留给儿子,秦震坐的火车上的军人纷纷把干粮袋送给母子二人时……都使我感动得泪流满面。

小说的思想内容之所以能获得如此惊人的成就,主要原因是作家也是新中国诞生的参与者和见证者,他对新中国诞生的意义有刻骨铭心的认识和对祖国有炽热的感情。正如他在接受《文艺报》记者采访时所说:"《共产党宣言》的发表,是人类历史上一个大转折点。在共产主义真理之光的照耀下,有三个伟大的日子,那就是:巴黎公社起义、俄国十月革命和新中国的诞生。尤其是我们的十月一日,这是一个伟大突变、伟大壮举,从此改变了世界的格局,为被奴役的殖民地人民打开了闸门、展开了新路。在第一个'十一'的前夕,我参加了人民英雄纪念碑的奠基礼,当时我流出了热泪:新中国是无数烈士用鲜血、用生命筑成的啊!"他还说:"写《第二个太阳》,是出于我对创建新中国这一人类创举的人们深沉的爱。"(《文艺报》1991年4月6日)没有这样的爱,不可能写出如此伟大颂歌的。

小说情节安排很巧妙。作家把1927年到1949年的革命史浓缩在短短的几个月内,又是以武汉战役为开端,以解放南京后,解放大军向南、向西北大进军时,华中战场集团军副司令员秦震丁真吾夫妇、女儿白洁为线索,联系周总理,集团司令,军、师、团、营、连、排、班干部和战士展开故事情节,并以秦震的女儿作为作品主要悬念,推动情节的发展,构建了一个生动完美的艺术世界,即新中国诞生——第二个太阳升起的艺术再现。

人物形象生动感人。主人公秦震对革命事业,对党和人民赤胆忠心,对同志和家人怀着深切的爱,在功劳面前不骄傲,对工作失误敢于负责。工兵连连长吴廷英将小女孩圆圆放在磨盘上进屋有事,一出来就看见一个俘虏军官企图弄死小圆圆,以泄仇恨。他一气之下用刺刀捅死了军官。本来吴的连队为战役的胜利立过大功,结果在评功时因杀俘虏引起了争议。军团派秦调查处理时,由于他未能深入了解为保护小女孩而杀俘虏的真相,而给了吴连长警告处分。实际上是排长牺牲后,吴一直把圆圆带到南方,边打仗便抚养,建立了父女般的情感。秦得知实情后非常感动和内疚,由于自己工作失误影响了一个好干部的发展,连吴的战士都已成为营长了。于是在吴连长牺牲后,秦决定自己收养圆圆。

周总理出场不多,只有在作品的开头和结尾作了正面描写,展现的是周总理时刻关心着秦震女儿这个打入敌军高层地下工作者命运的情节,犹如一条红线贯穿作品始终,它还关联着几个主要人物的命运。

白洁这个人物写得很有传奇性。秦震夫妇生下她,由于革命战争的需要,只好把她寄养在一位民主革命者老人家里,一直保密。这是周总理安排培养,为革命做出重大贡献的地下工作者。她既是与作品中三个主人公秦震、丁真吾和陈文洪之间命运联系的纽带,又是作家为作品设置的一个悬念,一直到"十·一"之后,她的壮烈牺牲,营造了强烈的革命悲剧效果。这些人物都是有血有肉,特别突出的是表现了人性之爱。白洁为了革命忍受了人类最宝贵的对父母、恋人的爱,最后是以自己遍体鳞伤瘦弱之躯,带领战友同垂死挣扎的敌人屠杀政治犯斗争而英勇牺牲的,真是感天地、泣鬼神啊!

作家塑造人物之所以成功也在于他的文学理念,他认为"文学的任务,不是写战争过程,而是写人,是着力描写创造了我们十月一日的几代人的心灵、命运、悲欢离合"(同上)。因此作品中所描写的人物都是具有丰富情感的"这个",这也是小说具有强烈磁力的重要因素。

小说是运用多样的艺术手法来实现创作意图的。给我的感觉是心理描写手法运用比较多,通过人物联想、回忆、心理独白等描写,把不同历史时期的故事编织在一起。作家就是这样才把几十年的革命历程浓缩在几个月内集中表现的。在心理描写方面,既有对我国传统经验的继承与发展,也有对西方意识流手法的借鉴。

景物描写多且精彩。秦震从北京乘火车奔赴武汉前线时,对他所看到的沿途战后破败景象,武汉市民庆祝解放游行时的热烈情景,在武汉看到的长江及其夜景,南方夏天炎热景况的描写;从武汉到西线前线沿途暴风雨、山洪的肆虐,行军途中自然环境描写等。这些描写,有的为了烘托气氛,有的是为显示解放军克服艰难困苦的精神,更多的是表现人物性格和情感的手段。景物的精彩描写,使军事题材的文学作品更加生动有趣,增强了可读性和感染力。

(2020 年 4 月 9 日根据 2014 年 5 月 4 日日记整理)

《白鹿原》是史诗性的长篇小说

　　读完第四届茅盾文学奖获奖作品陈忠实的《白鹿原》,总的感觉是,它具有较强的史诗性。从内容上看,不仅反映了陕西渭河流域50年的历史进程,也是中华民族反帝、反封建、反对官僚资产阶级斗争,获得解放的社会历史发展的缩影,而且具有百科全书的特质,其文化含量十分厚重。以清朝灭亡、"交农"事件、抗日、旱灾、瘟疫、土匪洗劫、解放县城等事件的描绘为中心图画,涉及政治、经济、法律、文化、宗教、道德、医药、民俗、神话等极为广阔的社会生活,帮助人们认识社会发展规律,认识人生道路。许多哲理性很强的抒情议论,颇有启迪作用。

　　从形式上看,首先是结构以小见大的巧妙安排。它是以白鹿原为具体环境,白、鹿两大家族矛盾交织为钢,编织出复杂的社会关系网。既表现了人情世故,也体现了阶级矛盾;既有家族兴旺、败势的演变,也映照出中华民族近50年社会发展轨迹。其次,艺术手法极为丰富多样,人、事、景的描写手法极少雷同之处。人物塑造手法的运用最为典型。一人一个性情,一人一个心路历程,一人一个命运,一人一个结局,个性鲜明,人情味极浓,令人印象深刻。再次,语言风格也很独特。语言的个性化极为突出,无论是叙述人语言,还是人物语言都是如此。特别是人物语言,可以说是不同人物的语言达到了不可移易的程度。语言的地方色彩也很浓，一看便知写的是陕西渭中一带的生活。这是大量运用民间传说、谚语、俗语、方言的结果，我这个晋南人读来也感到亲切，因为好多方言与我们家乡的大同小异，例如"这是咋咧？""不弹嫌吃食""圪蹴在马号的脚地上"等，但不知道"咋咧""弹嫌""圪蹴"这些方言土语用什么字标记，作家都写出来了，且很准确，于是我把它们一一摘录在日记中备用。还有一点值得指出的是，运用方言或者脏话恰到好处，不使人觉得俗气，甚至不卫生。其原因是作家在表现人物性格，表达某种微妙的含义又无可替代的词语时，才适当运用之。

《白鹿原》之所以能够取得上述突出成就，主要是作家具有极为深厚的生活积累，丰富的社会历史知识，精湛的文学造诣。

（2020 年 4 月 3 日根据 2003 年 9 月 7 日日记整理）

《将军吟》是一部好小说

　　莫应丰长篇小说《将军吟》荣获首届茅盾文学奖,分上下册,43章。小说主要描写空军四兵团在"文革"中的矛盾斗争。

　　四兵团宣传部部长江醉章在历史上有叛党变节行为,但官瘾很大,善于搞阴谋活动,在"文革"中,煽动兵团文工团的干部战士向兵团司令员、老红军彭其开火。江醉章上下勾结,篡改录音资料,编织罪名,将彭司令员打成反党分子走资派。林彪爪牙把江醉章提拔为四兵团政治部主任,江又把他的打手——彭其的秘书提拔为党委秘书办公室主任,而将跟上他造反又不听话的文工团造反派头头范子愚监禁起来,发动群众轮番斗争。因为范已掌握了江的叛徒材料,为保自己,逼得范跳楼自杀。

　　江醉章手握重权后,对已经打倒的彭司令员还要狠下毒手,指使彭的秘书把彭关在山上弹药库一处四平方米的小房间内。南方炎热的夏天不许彭用蚊帐,晚上每半个小时就让安放在附近的柴油发动机开动一个小时,高瓦聚光灯从窗口照射在彭其床上,晚上无法入眠。更加残酷的是每天只准吃两顿饭,共计半斤粮;一天只准送两杯水,还要分两次。天气炎热,口渴难忍。老红军彭司令员决心要看到这些跳梁小丑的下场,一定要活下去,只好用舌头舔石头墙壁上因潮湿聚起来的水珠解渴。看守的战士不忍目睹,悄悄同炊事员商量,偷偷给彭送水送吃的。特别是江要接受考验的赵大明负责看守工作,赵故意给看守战士准假,目的是让他将彭写给周总理的信送给彭的夫人,让她赴京送给周总理。彭的老战友兵团后勤部部长以打猎为名闯入监禁彭其的山里,找到了司令员,他从窗口亲眼看见彭在舔墙壁上的水珠,简直气炸了肺,立刻骑上摩托冲回兵团司令部,逼着政委陈镜泉(江不让陈知道实情,企图活活折磨死彭)亲自去看,才将彭转移到比较安全的地方,使彭免于一死。后来赵大明将范子愚揭发江是叛徒的材料,以及伪造彭的录音带等内幕转告陈政委。陈得知真情认清了江的真面目,也展开了与江的斗争,并帮助彭其赴京接受周总理的接见。

小说主要写部队,同时也涉及地方"文革"情况。对每个读者来说都是一面镜子,正义与邪恶、善良与残忍、正直与阴谋、真革命与假革命,一目了然。虽然小说没有写结局,但从情节发展趋势看,正义、善良、正直、真革命,必然会战胜邪恶、残忍、阴谋、假革命的。

情节不算很复杂,但编织得曲折有趣,跌宕起伏,吸引力较强。

人物语言很有特色,简洁明了,从对话和自白中可以见出人物个性来。人物情感丰富,十分感人。总之,《将军吟》是一部好小说。

(2020年4月12日根据2004年3月23日日记整理)

抗战小说也能这样写

——读王火长篇小说《战争和人》

　　描写抗日战争题材的小说不少,有的写敌后游击队,有的写敌后武工队,还有的写八路军百团大战故事的,共同特点是描述军民团结一致打击日寇,歌颂战斗英雄的。而王火荣获第四届茅盾文学奖的《战争和人》三部曲24卷的长篇小说,也是反映抗日战争的,却不是写前线,也不是写在共产党领导下,人民群众与日本鬼子进行殊死斗争的,描写的是一位国民党高层中间派官员抵制诱降的故事。

　　这部小说的主人公童霜威,"南京国民政府"官员。他早年留学日本,在法学界有一定的地位,在国民党内无派无系。他虽然遭到派系的排挤,被迫辞职,但对时局有比较清醒的认识。他因为有过留日经历,日军派少将知和与汉奸胁迫他去牵线国民党大人物以方便诱降,遭到他的拒绝。他想为抗日做点事,由于不被重用,迫于南京不保的形势而到安徽南陵躲避。后到抗日中心武汉,报国无门,又客居香港。为了躲避香港的日伪特务因不愿牵线诱降而加害于他,加之老婆在经济上卡他,他只好仓促逃回上海孤岛法租界方丽清家。虽然他深居简出,还是很快被上海滩敌伪特工总部极司菲尔路76号特务盯上。先是被他在"南京国民政府"的同事谢元嵩未经本人同意代他在汪精卫召开的伪国民党会上签了名,报纸上公布的伪六大委员名单中竟有未参加会议的童霜威。之后,谢便登门劝童参加伪政府工作。遭到拒绝后,童又被76号特务绑架,遭多次威逼利诱,他从未屈服。汪精卫亲自找他谈话。童表达对政治早已不感兴趣、一心想进佛门的意愿,请汪成全他出家进庙。童认为在当时环境下,要想不落水当汉奸,只能采取这种办法。汪伪特务头子只好将童送进苏州寒山寺软禁,他每天闭目念经,以此与敌周旋。过了几个月,特务又把童弄回上海76号,他又以装病住进医院。后来,汪伪政府还"都"南京后,特务又将童送回南京的家里,与儿子童家霆一起软禁起来。

童的前妻柳苇是共产党的地下工作者,由于童害怕革命,又无法改变柳苇的革命意志而导致两人分手。柳苇被国民党特务杀害于南京雨花台,童怕受到牵连,未敢声张他俩以前的关系,更不敢去收尸埋葬,也不能告诉儿子家霆。他的第二个妻子是上海大商人的女儿方丽清,虽然相貌出众,但过于庸俗、自私、刁钻,对儿子也不好。他经常将方与柳相比,一个在地下,一个在天上,因此经常怀念前妻,并抱着深深的愧疚心理。前妻的弟弟刘忠华出狱后,在香港找工作时他给予帮助,以此减轻自己对前妻的愧疚。方丽清为了多捞钱逼童去当汉奸,童与儿子被软禁在南京家中时,方竟然从上海写信说,童什么时候答应了汪伪的要求,她才回家去。童未理会方的威逼,仍然装病住院,在住院期间故意跌成重伤,假装半身不遂。特务以为童已成为废人,对他放松了监视。后来,在刘忠华的协助下,逃出上海孤岛,越过封锁线,来到重庆。

脱离虎口的快乐日子没过多久,他就看到了重庆国民党政治腐败、假抗日真反共、特务横行的混乱状况。他虽有抗日一定会胜利的信念,却对国民党的统治失望之极,进而对自己将会走什么道路进行了选择。最终,童霜威参加了民主左派,决心与蒋介石为代表的独裁统治进行斗争。

这部小说突出特点就是以讲述童霜威因抵制牵线诱降所引出

的一系列故事为主线,以编年史的方式、百万字的篇幅,反映了从西安事变到内战即将爆发前,抗日战争极其困难的三年里,从大后方到沦陷区的政治形势和社会众生相。以蒋介石为首的统治集团,经过西安事变,虽然被迫接受停止内战、国共合作、共同抗日的协议,但始终没有放弃联日灭共的企图,也是假抗日真反共的本质。加之政治腐败,派系倾轧,这是国民党军队抗日作战中节节败退的根本原因。国民党军队中一些爱国将士报国无门,在反动当局不抵抗主义影响下,军队上层人物千方百计保全自己,甚至某些高级将领和达官要员不顾民族危亡,还在作投机生意大发国难财。在此风气影响下,国民党军队士气普遍低落,造成了兵败如山倒之势,这与战斗在敌后的八路军和新四军连打胜仗收复失地的抗战热潮,形成了鲜明对比。

这是一部作家从一个崭新的角度反映抗日战争的优秀作品。作品的故事性很强,悬念编织得当,字里行间渗透着浓郁的情感性,读之往往令人感动得泪流满面。作品表现手法丰富多样,描写、叙述、对话、回忆、梦境、环境,特别是自然景物描写等艺术手法综合运用。还有作品的主要人物形象多为知识分子,对诗词恰到好处的运用,也增强了作品的信息量和文化含金量,大大增加了作品的可读性。

(2020 年 4 月 2 日根据 2005 年 12 月 27 日、2006 年 1 月 7 日、29 日日记整理)

内容新颖叙事视角独特

——读阿来长篇小说《尘埃落定》

阿来是 1959 年出生的藏族作家,这部小说被评为 20 世纪"百年百种优秀中国文学图书",荣获第五届茅盾文学奖,并被改编为同名电视连续剧。小说分为 12 章 49 节,章无标题,节有小标题,书名取自最后一节的小标题。

这部小说是很吸引人的。我从中文系资料室借来这本书是让老伴看的。前段时间她腰痛得很厉害,经临汾市医院专家门诊、赵医生、校门口人捏,中西药兼用,疗效甚微。重活不能干,她最感兴趣的每天下午打扑克也不能去了,只好卧床休息。我借书是让她解闷的。不料我偷空看了开头,就再也放不下了。它之所以这样吸引我,主要原因有两方面。

一是内容新颖。它所描述的是西藏临近解放前,农奴制的生活图画,富有神秘感。它以皇帝册封所辖数万人众的麦其土司为中心,描写了西藏农奴制地方统治者剥削压迫农奴的景况。农奴在经济上遭受赋税盘剥,没有人身自由,可以随意买卖或赠送别人。稍有不慎触犯他们的家规,土司的一句话,就会被杀掉。他们的官寨专养着一帮行刑人,官寨的广场上竖有行刑柱。行刑人是祖辈相传,各种刑具样样俱全。杀人的手段也是斩首、挖眼、割舌、剁手等,惨绝人寰,而且每次杀人时总要把奴隶们叫到广场,将违规奴隶绑在行刑柱上,当众实施,惨不忍睹。麦其土司为了扩大地盘,侵吞弱势土司,不惜勾结国民党官吏买来先进武器,培训武装势力。经过几次开战,麦其土司成为当地最强大的一个,又经过种植罂粟贩卖鸦片,发了大财。当其他土司也种起罂粟时,他却突然改种粮食。他的粮食丰收了,其他土司发生了粮荒,他又以 10 倍的价钱卖粮。当麦其宣布将土司的位子传给大儿子不久,大儿子却被仇人杀死。不久,解放军追剿国民党残余势力时,麦其土司在顽抗中被消灭,几千年的农奴制即将土崩瓦解。过去也看过同样题材的文艺作品,但读小说还是第一次,对解放前藏民农奴生活的艰辛有了更加深切的体味,对农奴制的反动本质有了进一步的认识。

二是小说采取独特的叙事视角,即始终运用麦其土司二儿子傻子的口吻和眼光叙事、描景、写人的。最使人惊叹的是,连麦其土司也弄不清楚二儿子到底是傻子还是聪明人。当面对一些重大问题决策的关键时刻,二儿子的主意总是对的。例如,当各土司都种开罂粟,鸦片的价格下跌,却都忽视了粮食生产。春天,麦其土司迟迟拿不定主意:是继续种罂粟还是种粮食。眼看播种的时令已经推迟了十来天了,再不下决心将无收成。当问大儿子时,回答是种罂粟;问傻儿子时,贴身侍女出主意让他也说种罂粟,但他毫不犹豫地说种粮食。麦其土司便听了二儿子的话,粮食获得丰收,挣了大钱。为方便推销粮食,麦其土司在其领地的南北边界处各建造一座粮仓。麦收后,派大儿子去南边,二儿子到北边。大儿子只靠武力震慑,屡遭失败。而二儿子却搞市场做生意,将营地变成了繁荣的市场,用粮食换来了价值超过 10 倍的财产,银子多得没地方放了,连汉族地区的人们也来这里做生意。其他土司都臣服于他,再也不没人敢小瞧这个傻子了。这恐怕也是使读者感兴趣的一个兴奋点吧!当然这种叙事视角也是作家学习借鉴西方现代叙事学经验和意识流小说表现手法的成果。聪明的大儿子,甚至连麦其土司都不如一个傻子料事如神,这种叙事策略是富有深刻讽刺意味的。小说并没有通过更多的抒情议论批判以麦其土司为代表的农奴制反动腐朽,而主要是通过对傻子与大儿子、麦其土司的对比描写来显现的。这可谓作家在描写手法上的高明之处,大有创作经验可以总结。

小说最大的缺憾是看不到一个真正的农奴形象。虽然作品是以土司阶层为主人公的,但还是有好多机会可以描写农奴的,然而却只限于模糊的群像,并未写出他们思想性格的本质特征。

(2020 年 4 月 20 日根据 2004 年 6 月 22 日日记整理)

曹征路中篇小说
《那儿》的意义

　　我读了《文艺理论与批评》(2005年第2期)发表的"《那儿》评论专辑"的三篇文章:韩毓海《狂飙为我从天落——为〈那儿〉而作》、吴正毅和旷新年《〈那儿〉工人阶级的伤痕文学》、本刊特约记者《曹征路访谈:关于〈那儿〉》。之后,借来《当代》(2004年第5期)读了《那儿》,心情很复杂,想的也很多,并认为它是一篇具有重大意义的优秀小说。

　　最令我感动的是,小说及其评论表明,中国文学家还没有忘记我们的领导阶级:工人,并关注他们的命运,对他们不应有的遭遇愤愤不平,对工人与邪恶势力斗争时高唱《国际歌》予以肯定,认为这是正确的道路。我们永远不能忘记工人阶级,这是中国共产党的性质所决定的,也是我们文学工作者的职责所在。

　　这篇小说成功塑造了主人公"小舅"的悲剧典型形象。"小舅"小时候不爱读书,却对机械很感兴趣,后来成为市矿机厂技术工人,省劳模,厂工会主席,享受副处级待遇。实际上,"小舅"没有话语权,只会干活不会当官,却把自己对工人的承诺看得比天大。在工厂改制过程中,为了支持改革,动员工人积极响应号召,却一次次上当。当他发现干部企图廉价将全民的工厂资产吞并为私有财产时,又发动群众写告状材料,亲自到省里、国务院上访。

在北京,用打工挣来生活费,解决告状花销。在上级干预下,厂领导又变出新花样,让工人入股。"小舅"认为有希望了,只要工人拥有股份,工厂还是工人的。工人们又听了他的宣传,3000人都用房产证作抵押贷款要求入股。那些始作俑者没有想到下岗几年的工人还能拿出钱来入股,再次变换手段,又下文件称只有法人代表控大股,超过50%,工人们不行。即使"照顾"工会主席,"小舅"的股份也不能超过3%。"小舅"听到这个消息后,觉得自己又一次欺骗了工人,一气之下用汽锤砸向了自己的脑袋。这是那种情况下的悲剧!

小说的重大意义还在于深刻地揭示了悲剧产生的原因。一是一些党的干部,在全球化的形势下,放弃了共产主义理想,把国企改制作为谋取私利的机会,企图把国有资产蜕变为个人私有财产,于是千方百计剥夺工人的权利,这是"小舅"悲剧产生的主要原因,是他无法克服的,走向死亡是必然的。二作为领导阶级、主人翁的工人,在一定程度上失去了政治敏锐性和斗争性,在国有资产流失、个人失去生存权利时,不能团结一致保卫革命胜利成果,而受少数贪官污吏的摆布。"全世界无产者,联合起来"的口号并未成为工人的实际行动。三是意识形态领域远离工人阶级、远离马克思主义造成的。

小说的重大意义更在于它的思想性,它是一部带有鲜明时代性的、带有批判意识的作品,更是为中国工人呐喊的作品。工人阶级应高唱《国歌》《国际歌》,为保卫革命胜利果实和自己的权利而斗争。

(2020年3月17日根据2005年5月28日日记整理)

人之常情"无理而妙"

——读孙桂红长篇小说《人之常情》

女儿桂红喜爱文学创作,2009 年在"小说阅读网"以"明日宝宝"的笔名发表了中篇小说《谁之罪》,其中第一卷"情殇"荣获2010 年"《中国作家》金秋笔会全国征文"一等奖。之后,她又创作了长篇小说《人之常情》,在"小说阅读网"上发表后,也引起较大反响,被当成栏目封面大力推介。

故事梗概

小说以主人公连江市市长周文轩的婚姻爱情生活为主线,描绘了 20 世纪八九十年代到 21 世纪初连江市经济、文化,社会、家庭的广阔生活画面,可以说是中国改革开放发展变化的缩影。深刻揭示了社会主义初级阶段某些本质特征:一方面党领导全国各族人民坚持改革开放,经济快速平稳增长,向现代化迈进,为中华民族伟大复兴奋斗不息,这是主流。而另一方面,在西方意识形态、资本风暴侵蚀下,各种社会沉渣泛起,不得不与腐败、五毒、欺诈、市霸等社会恶势力进行殊死斗争。小说能够帮助人们正确面对现实生活。

周文轩上大学期间,患了某种复杂的血液病,造血、止血功能极差。巧的是,这种病正是欧阳教授研究攻关的课题。当欧阳教授了解到周的父母早逝,且心地善良,就把他接到家里悉心照料,试用她所研制的新药 SM1 治疗康复,还积极撮合周与女儿肖文楚结婚。可是,婚后不久,女儿竟说她不爱周,真爱是她的同学、母亲的学生刘思佳,并提出离婚。那时肖已怀孕,周坚持肖把孩子生下来,并承诺只要把孩子生下来,即可离婚。欧阳坚决反对他们离婚,还没收了结婚证。然而母亲的这些行为并没能留住女儿,肖在生下女儿三个月后与刘离家出走去了美国。15 年后,两人以访问学者的身份来到连江医学院附属医院,与欧阳共同研制血液病新药 SM2。同时,肖要办理与周的离婚手续。一直被周看成自己小妹妹的小姨妹慧慧,却爱上了周,并一再向他表白,重新唤醒他对爱情的向往……

这部小说,我读了三遍,某些章节读了多遍,多处令我感动得热泪盈眶。读罢掩卷思之,这部小说何以能够如此这般征服读者呢?

意料之外　情理之中

唐代诗人李商隐《锦瑟》一诗中的名句:"此情可待成追忆,只是当时已惘然。"(中国社科院文研所编《唐诗选》下,第 293 页)孙绍振先生认为,它好就好在自相矛盾。"此情可待",这是说眼下不行,但可以等待,未来有希望。可是,等待的结果,不但是落空,而且早在等待的当初就明知是空的(惘然)。明知没有希望还要把没有结果的等待当作希望,深刻地表现了诗人绝望的缠绵、缠绵的绝望的意蕴情愁,韵味无穷。清代诗评家贺裳、吴乔把这叫作"无理而妙",即从理性逻辑看是荒谬的,却收到了意想不到的艺术效果,这是审美逻辑运用的结果。而在叙事和戏剧文学中,还要复杂一些,人物自相矛盾越是多元,就越有个性。(参见《文艺报》2013 年 6 月 17 日第 3 版,熊元义文)作者在创作过程中,自觉不自觉地运用了"无理而妙"的审美逻辑,这是小说取得成功的一个重要原因。它既不同于网络文学一些类型化写作,也不完全拘泥于传统文学的写法。应该说是网络文学的一个新收获。

首先,"无理而妙"的审美逻辑体现在小说的名字上,按常理来说,以"人之常情"为题,有悖文学创作之常规。特别是长篇小说,一般人认为这样平凡的再不能平凡的题目,怎么能吸引读者的眼球,表现重大社会意义的深刻主题?而作者却在人之常情中发现了美,并引起读者的审美心理活动:我偏要看一看作家究竟能够把这种题目写成啥样子。在无意中竟收到了引人入胜的效果。

其次,小说在对主人公市长周文轩形象的塑造上,也处处闪烁着"无理而妙"的色彩。

周文轩市长是一个坚守理想信念、勤政廉洁、疾恶如仇、秉持人之常情的典型形象,也是作者倾心热情歌颂的人物。然而在他的行为却多处表现出多个"不可能"。

妻子肖文楚与刘思佳离家出走,周文轩赶到车站送行,并把他与肖的存款全都交给了妻子。妻子不忍心接受,他还劝她出去是要用钱的。乍一看,这真是,妻子与情人私奔还去送行给钱?实在有些不可思议。

周文轩把只有三个月大的女儿然然拉扯大,实属不易,女儿已成为他生命中的一部分。然而,让他意想不到的是,女儿10岁时遭遇了一场车祸,要给女儿输血,才知道女儿不是他亲生的,当时他痛苦地离开了。岳母欧阳康断定他不可能再回来了,然而,他最终还是回来了。此后,他对女儿的态度没有丝毫改变,不管工作多忙,都要挤出时间来照顾女儿。不仅如此,最后在跟妻子离婚时,唯一坚持的还是要女儿。

妻子肖文楚离家出走多年,岳母欧阳康一直不能原谅女儿的行为,发话不准她进家门,周腾出自己的住处让妻子住,带女儿搬回岳母家住。当他从机场把妻子接回家时,正巧碰上姨妹肖文慧和女儿然然在家,由于感情疏离,肖文慧不愿意叫姐姐,然然不愿意喊妈妈,文慧还找借口拉上然然要离开。周出人意料勃然大怒,批评两人不懂事,还替肖文楚开脱,这不仅让两个女孩子哑口无言,也让文楚大感意外。故事结尾,在周多次耐心说服下,岳母欧阳康最终原谅了女儿,也接纳了刘思佳,周的这一系列举动,似乎也有些不可思议。多少让人觉得这个人有点傻。

其实通读整部作品之后,就会理解作者如此处理的用心了,她所塑造的主人公形象就是一个善良的、始终为别人考虑的人,作者正是通过上述有违常理却合常情,正所谓"意料之外,情理之中"的细节处理,使一个人性化的市长形象跃然纸上,令读者动容。这比起那些不食人间烟火、高大全的英雄形象来,要和蔼可亲得多。

运用"反应镜头"更加凸显人物形象

小说的"无理而妙"审美逻辑还表现在"反应镜头"的运用上。在塑造市长周文轩这个人物形象时,除了对他处理重大事件时言语行动描写外,还多处采用"反应镜头"来表现,即影视作品中一个镜头是对前一个镜头中人物言行影响的反应,也就是从侧面刻画人物性格的手法。

周文轩应邀回母校连江大学参加入党积极分子座谈会,会上,回答同学们提问时说:"记得在入党誓言中有一句,'为实现共产主义奋斗终身。'如何奋斗呢? 在和平年代,我认为为共产主义奋斗的最好形式,就是把本职工作做好,为祖国的建设添砖加瓦,贡献一份自己的力量。通过自己的努力影响感化身边的人,真正起到榜样的作用。"周文轩正是实践自己入党誓言的好干部。怀有坚定的理想信念,正是周文轩精神灵魂所在,也是小说主旨最深刻的揭示。

"反应镜头"之一。市再就业办主任刘艳,对周把她从政府办调出有情绪,曾经消极过。由于周对下岗工人再就业工作的重视、支持、出点子,对初见成效的工作做出努力的刘艳给予了肯定和表扬,使刘艳慢慢改变了看法,甚至充满豪情地说:"跟着这样的领导干,累死也值得。"

"反应镜头"之二。周的老同学、连江大学团委书记李峰,原来自由散漫,油腔滑调,总想为学校走周的后门。经过跟周的多次接触后,也在慢慢改变,后来竟对周说:"我知道你是那种拼命硬干的人,我希望我也是,不知道够不够格?"跟之前几乎判若两人,无论是之前的刘艳,还是李峰,还有许多人,从不理解,到理解,到最后的紧紧跟随。正是周的个人魅力感染了他们。

"反应镜头"之三。肖文楚问女儿然然,爸爸爱你吗?然然回答:"是的,爸爸很爱我,他是世界上最好的爸爸。妈妈,你说现在写妈妈的歌那么多,怎么没有一首写爸爸的歌?如果有,我一定弹(钢琴)给他听。"女儿的话让肖文楚感慨万分,同时也愧疚不已,也对周有了新的认识。

"反应镜头"之四。周文楚的小妹慧慧研究生即将毕业,随周下乡搞社会调查,准备写论文。当周冒雨赶到望山村小学查看危房时,张之苹老师被坍塌的教室砸得昏了过去。周自责来迟了,马上用车把张老师送往医院。一进医院他就高声喊道:"我是周文轩,请马上组织人员抢救伤员。"甚至不顾自己有病在身,给她输了血。慧慧目睹了这一切,她知道不到万不得已,周是不会用自己的名字做招牌的。他所做的一切都是为了普通人的生命安全,对他们的生命负责。此时此刻,她更觉得周文轩是一个从来不会矫饰的人。

"反应镜头"之五,这是一组连发"反应镜头",集中在第六章。

周由于忙于工作迟迟不能遵医嘱按时检查身体而旧病复发,晕倒在会议室。送进医院时,已是生命垂危,欧阳大夫不得不发出病危通知书。周的秘书高成一听就惊呆了,流着眼泪说:"他是累的呀,像他那样拼命工作,迟早有一天会累垮的……"他不由自主地失声痛哭起来。

　　市委书记刘长山闻讯，连夜赶到医院，透过抢救室玻璃窗看着插满管子的周文轩，不由得鼻子一酸，眼前一阵模糊，对欧阳大夫言辞恳切地说："无论花多大代价，一定要把他救活呀，他还年轻……"当周刚醒过来，刘书记第二次到医院看望时，眼含泪水说："欧阳大夫，文轩拜托你了，让他早点好起来吧。虽说'地球离了谁都照样转'，但我舍不得呀，我是看着他一步步成长起来的，快一点让他好起来吧。"

　　周市长发现龙华建筑公司承建的安居工程是豆腐渣危楼后，当机立断勒令炸掉，并撤销其安居工程承建权。承建公司为拉拢腐蚀周，派人给周家送钱被拒绝，公司公关经理郭艳丽亲自出马，直言不讳地说，她要（用姿色）征服周。周对郭进行了严厉批评教育后，她幡然悔悟。她到医院看望周时，一贯轻浮做派、浓妆艳抹不见了："周市长您是我最敬重的人，您说得对，我不能再这样下去了……"周的话语、行为深深地触动了她，也感动了她，更让她对之前生活进行了反思，对周的行为感到愧疚，告别时，她向周深深地鞠了一躬，并说她到别的地方发展去了。

　　以上这些"反应镜头"，特别是第六章，小说的重头戏，故事情节发展的高潮，最为动人。周文轩作为一个和平年代，秉持"人之常情"的市长形象，深深地刻印在读者心中。为文学典型人物画廊中增添了新角色，我们应当为之庆贺。

　　小说的故事情节虽然算不上惊心动魄，却能精心结构，巧妙编织，悬念迭起，处处抓人，且呈现出浓浓的时代气息和人物性格成长轨迹。语言朴实无华，却形象生动，饱含情感汁液，女性作家那种写人状物细腻的特点也很突出。

　　作为父亲，女儿的创作成长让我非常欣慰，她的小说创作完全走在正道上，提供给社会的精神食粮都是正能量的，期待她创作出更多更好的作品。

（2013 年 8 月 13 日）

"亲情"的赞歌

——读王双定长篇小说《为啥抛弃我》

　　王双定的长篇小说《为啥抛弃我》很吸引人,一读起来就不想放下。许多地方,让我感动得流下眼泪。整理这篇文章时,又读了一遍,还是同样的感觉。这是一部优秀作品,曾在《临汾晚报》上连载两个月,被评为山西省 2012 年"五个一工程"奖,名副其实。

　　选题好。弃婴是一个社会问题,还很少有人以长篇小说写这个题材的。作家选取这个题材,具有很强的现实意义。用文学的形式回答了这个从古到今,特别是近几年来更趋严重的社会问题。

　　作家以弃婴的口吻提出:"为啥抛弃我?"令人心酸,难以拒绝回答。作家采取反题正做的方法,从正面描写李枝荣夫妇,一个是脑梗后遗症,走路脚画圈。老伴尚翠菊患心脏病,早年为弃婴"泥娃"喂奶,亲生儿子却夭折了。后来老两口收养了两个弃婴:女儿正在上大学,身患白血病;儿子上中学。这样一个贫病交加的家庭,又捡到一个弃婴。好心人劝说还是交给福利院,老两口却坚持收养。他俩的故事在电视台"亲情"栏目播出后,引起强烈的反响:有的以德报怨,有的浪子回头,有的抢救病人,有的力破积案,有的认领亲生女儿,有的慷慨解囊……一方面是由于生活困顿、婴儿有病残、受封建迷信蛊惑、难言隐情等原因弃婴,将亲骨肉抚养责任推给社会。另一方面是好心人收养弃婴,克服种种困苦抚养弃婴,培养成对国家有用之人。这些感人的故事,经过四个弃婴的讨论,由其中的金宝贝执笔的《弃婴宣言》,以及媒体的跟踪报道,深深敲击了弃婴者的灵魂,让他们的良心永远也不会安宁,除非他们完全丧失了人性。

在艺术上,用曲折动人的情节唱赞歌。由李枝荣晨练时"尿出一个孩子"(即到苗圃小便时发现一个弃婴)开始,围绕是否收养第三个弃婴而引出了一系列动人的故事。情节发展曲折自然,且推动情节发展的方式也很巧妙。李枝荣上中学的儿子路宁为了减轻家庭负担,私自出校打工,一次送货的路上车翻了,碰翻一个老头的水果摊,压断李雅芳会计的腿,还摔碎了雇主两个高级花瓶,自己也受了伤。一石激起千层浪,班里同学闻讯后,班长立刻组织三组同学,分头代表路宁向三家受伤害的人赔礼道歉。受害方一听说是电视台播过的收养弃婴李枝荣家的路宁,都不要赔偿,特别是李会计和在公安局上班的丈夫付新华不但不要路宁出医疗费和陪床,还劝他伤好了安心学习。路宁还是利用课余时间去陪床,李会计出院后他还到家里帮忙干活。特别是伤残单身汉金志远在荒山上捡到一个弃婴,起名金宝贝,并在全村和邻村人的帮助下到北京治好了孩子的怪病,供宝贝上了中学。宝贝利用课余时间打工,存下 1000 元。宝贝要把这钱捐给路宁同学家,被路宁的班主任谢绝,认为宝贝家也很困难。宝贝却坚持写了《捐赠申请》,并被登在了教育局创办的《教育导报》上,编者按是这样写的:"这个被单身男人历尽坎坷抚养大并上了中学的弃婴,为另一个抚养三个弃婴的老龄家庭写的《捐赠申请》,这就是'精神文明的精粹!'"后来,中学领导决定免收路宁的学杂费,河滨师大也正式做出决定,为桐宁免除一切学杂费,并免费请专家治病,做骨髓移植手术。情节的高潮是苗宁的亲生父母贺玉秀夫妇,认领女儿迎送仪式的举行。村党支部主持,院子里挂着两条横幅:"夕阳生辉,大爱无私""狠破旧俗,喜迎亲人"。弃婴们为李枝荣祝寿,慷慨解囊的乔泽老板原来是吃过尚翠菊奶的弃婴"泥娃",认了亲生父母;20年前被刘云鹏强奸的付新华的未婚妻,在生下女儿桐宁又遗弃了女儿后自杀。而今刘云鹏在李家的影响下重新做人,主动为桐宁捐骨髓,治好了桐宁的白血病。亲子鉴定证明桐宁就是刘的亲生女儿,但他不能认。积案被侦破并妥善处理为结局。李枝荣一家在许多好心人、学校、医院的帮助下救助弃婴的事迹,与弃婴行为形成鲜明对照,反题正做的艺术效果是不言而喻的。

语言朴实生动,渗透着浓浓的情感汁液,最感人的就是一个"情"字。通过环境的描绘,拓展了作品反映社会生活面的宽度。虽是写弃婴问题的,也在一定程度上揭示了社会生活的本质特征。正如邻居退休教师于洪智为李家所书写的春联:"孤儿不孤,和谐社会人人像父母;弃婴未弃,文明家园个个重情意",横批是"情暖天下"。

(2020年9月13日根据2012年9月3日日记整理)

大象恩仇分明令人动容

——读沈石溪动物小说集《老象恩仇记》

  这是我读沈石溪的第二部动物小说集了。本集共收6篇中篇小说,都是写大象的,可谓大象专集。作家通过描写精彩的故事,传神的细节,意料之外而又在情理之中的巧合与变化,全方位展现了大象这一野生动物的种种生存状态,令人在感受野生动物世界的艰辛、残酷的同时,更深深地领略到它们之间的秩序、正义和温情。其中有两篇描写大象与人之间恩仇关系的,给我留下了深刻的印象。

  《白象家族》中,写插队青年"我"与白象之间的恩仇故事。"我"独自住在名叫橡胶坪的箐沟里一间小房子里,四周都是原始森林,为10里之外的曼广弄寨子看守100多亩橡胶园。在一个大雨滂沱的夜晚,"我"救了一头迷路的小白象银灰鼻。第二天,头象、银灰鼻的妈妈,以及白象家族共7个成员都来感谢"我"。"我"和白象家族成为好朋友。

  有一次,"我"遭到孟加拉虎的袭击,当"我"急着往树上爬,却怎么也爬不上去,这时虎已快蹿到"我"的跟前,在这万分危急的时刻,"我"急中生智,大声呼喊银灰鼻的名字。正在附近树林里的白象闻声赶来救援,有的将老虎驱离大树,有的用鼻子将"我"推上大树,"我"安全了。老虎却不甘心失败,甚至企图向小白象银灰鼻下口。60多岁的老象为了保护小白象,与老虎拼死搏斗时,被老虎咬伤。头象与全家族奋力把老虎赶跑。

老象年老体衰,又受了重伤。虽然"我"每天为之抹药治伤,但老象已自知时日不多。一天傍晚,老象大声哀鸣,白象们知道老象要到象冢去结束自己的生命了。大家连夜送老象到象冢去,第四天早晨才到。"我"在银灰鼻的庇护下,有缘参加了老象的葬礼。

"我"由欲探索象冢的秘密,到想从象冢里捞取珍贵的象牙,解决眼前的贫困生活。于是在往象冢行进过程中,悄悄用给老象疗伤的白纱布做了记号,作为来日寻找象冢的路标。象冢是象祖先之墓地,是绝对保密的。只要不是非正常死亡的,象都会知晓自己大限将至,都要不远千里跋涉到象冢与祖先安葬在一起。当白象家族参加老象安葬仪式后,与"我"告别时,头象还特地警告"我",如果走漏消息或损害象冢,定会用象牙捅你个透心凉。

"我"穷怕了,将头象的警告抛到了脑后。不久,"我"就找到了象冢,将老象的重达50斤的两根牙齿扛上往回运。当"我"要渡澜沧江时,已是黄昏。不料头象带领白象家族已在此等候"我"多时。可能是象对"我"不放心,平时就监视着"我"的行踪。头象愤怒了,用鼻子一下就把"我"肩上的象牙夺了过去,并把"我"摔倒在沙滩上,用一只脚踏在"我"的腹部,两只锐利发光的象牙已经挨到了"我"的胸部,再往下一戳,小命就完了。"我"不甘心就这样死去,在这千钧一发之际,声嘶力竭地呼唤银灰鼻的名字。银灰鼻因"我"干下了偷盗象牙的丑事,也不肯见"我"。但看见头象要杀死"我"时,又听到呼叫声,"我"救过它的恩情却占了上风。银灰鼻立刻跑了过去,奋力挪开头象踏在"我"腹部的脚,又趴在"我"的身上,挡住了头象的牙齿。头象对银灰鼻的阻拦也无可奈何,只好生气地大吼一声,才很不情愿地离开了"我"。"我"死里逃生,抱住银灰鼻的鼻子好一阵狂吻,表示感谢。惊魂未定的

"我"飞快地逃入一片树林里,大象在这密密麻麻的树林里不好行走,难以追上"我"了。

《老象恩仇记》中,大象与人之间的恩仇表现得更为分明和动人。

60年前,波伢東是土司的象奴,专为土司老爷饲养大象的。一天波伢東在孔雀湖畔一片黑心树林里,遇到一头母象和刚生下不久的一头乳象。他开枪射死母象,把乳象牵回家,用红糖熬糯米粥精心喂养乳象。十多年后,那个乳象长成了一头威风凛凛的大公象,起名糯瓦。糯瓦浑身毛色瓦灰瓦灰的,两根象牙洁白细腻,伸出嘴唇足有三尺长,牙尖在阳光下滴金光,月光下滴银光,是一对罕见的宝牙。土司千金小姐出嫁时,指名非要那对宝牙做嫁妆不行。一天晚上,兵丁用铁链将糯瓦捆绑在大青树上,准备杀象取牙。波伢東用一坛米酒灌醉了兵丁,解开铁链,把糯瓦带到孔雀湖边的黑心树林里放了。糯瓦走时,跪倒在波伢東面前,流着泪磕了几个头。

波伢東80岁那年,穿一身白府绸衣衫,头缠白头巾,坐在孔雀湖畔黑心树林里一棵树下,等他阔别了40多年的糯瓦。因为这几天波伢東老梦见它,它也60多岁了,快到象冢去了。当糯瓦从黑心树林走出来时,已是一头体弱衰老的大公象了。糯瓦走到他跟前,波伢東老泪纵横,糯瓦也唏嘘不已,互道衷肠,甚是亲热。

不久,糯瓦突然向后退了几步,用象鼻把波伢東推倒在沙滩上,并向前走了几步,用长长的象牙指向他的胸部,再向前一挪就捅进他的心脏了。可是这时象牙却转了向,只是将他的府绸衫挑起来,正好被风吹得挂在了树枝上。它奔到树前,用象鼻狠狠地攻击府绸衫,直到把衫子扯得像蜂窝一样破烂不堪。这似乎是在象征性地报杀母之仇。

之后,糯瓦又分两次在树干上将两只象牙撞掉。最后,用象鼻卷起血淋淋的象牙,放到波伢東身旁,并用象鼻把他扶得坐起来后,退后几步,硕大的脑袋带动长鼻子,不断上下晃动,点头作揖。这是对波伢棘养育、救命之恩的感谢。然后,缓缓转过身,摇摇晃晃走向密林深处的象冢。

象是野生动物,可与人做朋友,但恩仇分明。象对人的恩情要报答,但对人所造成的仇恨也要报,由于有恩而报仇时能给予相当的宽容,令人十分感动。作为生物界的伟大的人类对此有何感想?而历朝历代宫廷内,特别是后宫为给自己儿子争王位,钩心斗角,采取各种卑鄙手段置对方于死地,甚至对亲骨肉也不管不顾。与大象这样的动物相比,人是否应该感到羞愧?当今有不少好心人士省吃俭用,从一生的积蓄中拿出钱来资助贫困生上完大学。据媒体披露,个别被资助的贫困生大学一毕业就失联了,再也不与资助者联系了。他们在大象面前,是否也应该感到汗颜?

(2019 年 9 月 11 日根据 2016 年 3 月 22 日日记整理)

广、实、简

——读汪曾祺散文集《蒲桥集》

　　"20世纪百年百种优秀中国文学图书"之一的《蒲桥集》,因作家住在蒲桥边,故名之。读他的作品,那真是美的享受。突出特点可以用三个字来概括:广、实、简。

　　广,题材十分广泛也。对人、对生活、对风景、对习俗节令、对饮食乃至草木虫鱼等,都有精彩的描述。如:《昆明的雨》《昆明的果品》《云南的茶花》《口蘑》《鳜鱼》《狼的母性》等,琳琅满目,异常丰富,没有什么题材不可以进入散文了。

　　实,以写实为主,坚持现实主义原则,运用写实的手法。无论写人记事,还是描绘景物,都极为具体详尽生动形象。如在《葡萄月令》一文中,作家将他在下放劳动时,管理葡萄的全过程,作了详尽的描述。若有兴趣,完全可以照此学会栽培管理葡萄的技术。再如在《鳜鱼》一文中,不仅描写鱼的状貌,还考证了其名的来历、演变和不同的叫法,对读音的校正。进而将鳜鱼的几种做法,每种的配料,以及味道如何,一一道来。依次也可以学成做鱼的好厨师。读这样的散文,不仅给人以生活情趣和美的享受,且可以获得丰富的文化生活知识。

　　简,语言简洁生动也。作家认为"写任何文学,都得首先把散文写好。"还说:"我是希望把散文写得平淡一点,自然一点,'家常'一点的,但有时也不免'为赋新诗强说愁',感情不那么真实。"这就是汪曾祺散文的风格,最突出的表现在语言的简洁生动上。内容丰富用语又十分简约,使内容更加丰厚,简约的语言往往具有言外之意。因此,作家说:"我很重视语言,也许过分重视了。我以为语言具有内容性。语言是小说的本体,不是外部的,不只是形式和技巧。探索一个作者气质、他的思想(他的生活态度,不是理念),必须由语言入手,并始终浸在作者的语言里。语言具有文化性。作品的语言映照出作者的全部文化修养。语言的美不在一个一个句子,而在句子与句子之间的关系。包世臣论王羲之字,看来参差不齐,但如老翁携带幼孙,顾盼有情,痛痒相关。好的语言正当如此。语言像树,枝干内部液汁流转,一枝摇,百枝摇。语言像水,是不能切割的。一篇作品的语言,是一个有机的整体。"(《自报家门》第279页)这就是作家语言简洁生动、特点形成的根本原因,值得我们效仿。

(2020年3月19日根据2004年10月16日日记整理)

艺术家的勇气

——读鲁顺民散文集《天下农人》

　　鲁顺民散文集《天下农人》35万字，纸张稍显黄厚，书足有一寸厚。书中共收35篇文章，包括回忆录、采访记、调查报告、报告文学等。这是一部关于山西农村历史和现实的随笔杂记。作者生长在农家，对农村社会和农民生活十分熟悉。写起来得心应手，并把社会学方法引入散文写作，富有历史感，讲究科学性，增强了文学性，因而具有一种一般乡土文学所没有的浑厚力度。

　　我是从第98页《何谓"乡愁"》一文读起的，读完最后一篇才返回来读前面几篇的，是目录中"乡愁"二字引我阅读欲望的。作者在成都碰见一位老乡，80多岁苗的老太太。没有写她多么想念山西老家，只写她如何打听到作者，热情地问长问短的情景。讲她年轻时，看了八路军文工团来村演出，未跟家人说一声，就与几个女同学相跟上参军了。还说她是在家里"憋得慌"才参军的，过了好长时间才知道这就是参加革命了。土改时，她家划成破产地主，4年之后她下乡来到自己村，却不能回家。南下时，渡过黄河的当晚才真正想家啊。这是革命年代的乡愁。语言生动、纯朴、干练，乡愁被活灵活现地和盘托出。语言看不出加工的痕迹，似为生活原汁原味的再现。语言的运用胜于我读过他的《380毫米降水线——世纪之交中国北方的农村和农民》《送84位烈士回家》两书。这是该书的特点之一。

之二是所反映的生活具有极强的真实性。除了运用直白的素描写人状物,还较多地运用当事人的自述。自述语言尽量保留原生态,环境风俗、人物性格油然而生。所述之事都是亲身经历,故事新颖生动,大大增强了真实度。

之三是在反映农村改革成果的同时,更多的是总结农村、农民工作中的历史教训,读来令人心情沉重,其原因有二:一是农村、农民的生活太苦了。不要说几千万还未脱贫的农民,即使已过上小康生活的农民,也难以与城市人相比。若有几个孩子,能供出一个大学生,那在十里八乡也是很不简单相当荣耀的事情。其他几个孩子只好在家种地,或外出打工。我也有同感,弟兄七个,只供出我一个大学生,还是村里第一个大学生。改革开放以来,虽然中央对"三农问题"采取了一系列重大措施,诸如免除农业税、种地补贴金的发放等,但历史欠账太多,短期内难以消灭城乡差别。如高征购,人民公社时期,粮食亩产就不高,然而除交公粮(且是夏秋一次性上缴),还要卖余粮。结果像我们老家万荣产麦区,每人一年的口粮只能分到100多斤麦子,到来年春夏之交青黄不接时,又卖给社员"返还粮",均为玉米、高粱等粗粮,即使这样也不够吃。当年我家只有爱人和两个几岁的孩子在农村,每年我都要到外地买高价玉米充饥。二是农产品与工业产品价格上的剪刀差,也是农民贫困的重要原因。

之四是作者表现出艺术家的勇气。有些历史教训是没人敢碰的,也就是说成绩好讲,问题难说,特别是一些敏感的"保密"的问题作者却敢于触动。总结历史教训是要有一定勇气的,不是谁都能做到的。作者在王家岭矿难现场采访时,发现救援队下到矿里,连问了几声:"有人吗?"都没人吭声。过了一会,大概是确认下来的人是救他们的,突然间100盏矿灯齐刷刷亮了。作者敏锐地意识到这里面可能有问题,经过调查才得知不让吭气的是王××。

找他细问实情,原来是在此之前,矿下死了4个人,矿老板瞒报了。因此他怀疑几天过去了还不见来救援,很可能是矿老板派人下来灭口的。通过王××的讲述,使矿老板瞒报矿难死亡人数事件大白于天下。

艺术家的勇气是难能可贵的,但是对一些历史资料的引用,却未加考证和甄别,难免带来一些负面影响。

刘维颖先生在《一位用双脚仔细丈量时代的作品——鲁顺民〈天下农人〉阅读印象》(《山西作家》2019年第一期)一文中,转引该书列举的董时进关于民国时期土地委员会所调查农民占有土地资料,以及董氏1949年上书毛泽东建议取消土改,并让已分到土地的农民向地富退地或交钱。毛泽东并未接受董氏的反对土改的建议,领导全国人民取得了革命的胜利。刘先生却认为"他(董氏——引者注)的文化思考显然是立足于革命对农村'贫民和无业游民'(内中的核心人物多为好逸恶劳的'二流子''痞子''流氓无产者')的依靠,纵容其不择手段,巧取豪夺,将必助长一种政治理念的生成。而这种理念将为祸整个中国的未来。"(第53页)

刘先生的"真话"不假,是对董氏言行最准确的阐发。一是那时土地委员会对农民土地占有状况调查结果,实际上否定了孙中山先生关于"耕者有其田"的主张,这只有背叛了孙中山三民主义的蒋介石政府才能做得出来。1927年1月,毛泽东在社会主义青年团湘区(湖南省)第一任书记戴述人陪同下,32天徒步700公里,"足迹遍及湘潭、湘乡、衡山、醴陵、长沙5个县,广泛接触了有经验的农民和农运干部,召开了各种类型的调查会,获得了宝贵的第一手材料。"(摘自2021年1月20日《中国青年报》黄可非文)写出了《湖南农民运动考察报告》,又在武昌办过一期中央农民运动讲习所,几百名学员都是来自各省农村。经过反复调查研究,认为贫下中农占农村人口的70%,中农占20%,地富占10%。由此认识到中国革命实际上是农民的革命,只有解决农民的土地问题,才能取得无产阶级革命的胜利。中国革命实践最有说服力,1953年新老解放区土改中,全国有 3 亿无地和少地的农民分到了土地(见大型文献专题片《我们走在大路上》第二集解说词),证明毛泽东对中国农村阶级状况把握是正确的。二是农会中的不纯分子,即所谓"痞子"是少数。毛泽东说:"贫农领袖百人中八十五人都变得很好,很能干,很努力。只有百分之十五,尚有不良习惯,只能叫作'少数不良分子',决不能跟着土豪劣绅的口白,笼统地骂'痞子'。"(《毛泽东选集》一卷本第 22 页)这里讲的是 20 年代农会干部的水平,40 年代末解放区土改时期农会干部当然有很大的进步。我没有想到的是,时至今日还有人骂土改和当年农运依靠的核心人物是"痞子",农民运动是"痞子"运动,且比当年土豪劣绅、国民党右派还要骂得有过之而无不及,连"纵容""不择手段""巧取豪夺"这些字眼都用上了。三是 1948 年晋绥边区土改中出现了"左"的倾向后,党中央三令五申进行纠正。毛泽东《在晋绥干部会议上的讲话》、多次为中共中央起草的党内指示中进行了纠正。特别是 1948 年 1 月 13 日中共中央晋绥分局发出的《关于改正错订成分与团结中农的指示》第(三)中强调:"划分阶级成分,应以剥削关系为唯一标准。"[《毛泽东选集》一卷本第 1212 页注释(3)]即不是依据土地与财产占有量,而是按照剥削量的大小定为地主或富农的。我老家 1947 年解放,1948 年至 1949 年前半年土改中,已无"左"的倾向,这是我亲历的。

"土地制度改革,是从根本上摧毁中国封建制度根基的社会大变革。土改运动的发展表明,解放战争在胜利推进的同时,中国的社会变革也在深入发展。经过这个运动,中国最主要的人民群众——农民,进一步认识到,中国共产党是自身利益的坚决维护者,因而自觉地在党的周围团结起来。这就为打败蒋介石、建立新中国奠定了深厚的群众基础。"(《中国近现代史纲要》高等教育出版社,2018 年 7 月第二次印刷,第 190 页)看了这段话会有何感想？刘先生也可能还会说，我看到的也是事实啊！列宁说："如果从事实的全部总和、从事实的联系去掌握事实，那么，事实不仅是'胜于雄辩的东西'，而且是证据确凿的东西。如果不是事实的全部的总和，不是从联系中去掌握事实，而是片面的和随便挑出来的，那么事实就只能是一种儿戏或者甚至连儿戏也不如。"（《列宁全集》第 23 卷第 279 页）

（2021 年 3 月 14 日根据 2016 年 4 月 29 日日记整理修改）

"李翁"能否定"施翁"吗

　　在校园碰见段登杰老师,他说李国文在《〈水浒传〉中的泼皮》一文中,将梁山英雄都看作泼皮。他对此愤愤不平。我听了也很惊异。回到家中,立刻从昨天拿回来的《文摘报》(2015年4月25日第8版)上找到了从《解放日报》转载上述李国文的文章。读完初步感觉甚是新鲜,我还是第一次见到有人对中国古典小说四大名著之一《水浒传》如此异样评说。又读了几遍,渐渐形成了自己的质疑。

　　从文题看,似乎只是说《水浒传》中所写的一些泼皮及其生活现象的。然而在行文中却开宗明义,认为"所有的中国人",了解泼皮"都是从《水浒传》开始的"。还说:"以宋朝为背景的《水浒传》,堪称一部泼皮教科书。"对《水浒传》内容具体分析时,竟然说:"《水浒传》里那些梁山英雄,大多起家泼皮,习惯白吃白拿,也就不以为奇;即使原来的正经人,如八十万禁军教头林冲、'玉麒麟'卢俊义大官人,也觉得要在江湖上混下去,不扯下脸皮而泼皮,就无法生存。于是,林冲火并王伦,卢俊义挑战晁盖,好人变坏,坏人更坏……而打州劫县,对抗官府,占山为王,扰乱一方者,则不可一世了。"鲁智深"乃是披着和尚直裰的一等泼皮"。由此不难看出该文是对《水浒传》及其所反映的农民革命英雄的全面否定。

作者的否定手段主要是类比法。《水浒传》是写到泼皮的,人们最熟悉的是大相国寺菜园附近二三十个泼皮,企图教训刚上任的管理大员鲁智深,却被鲁智深制服了。然而作者将鲁智深与他们统统称作"泼皮",只是级别不同而已,前者为无赖型,后者是强梁型一等泼皮。更令人难以接受的是,作者竟然把鲁智深这位英雄与欺男霸女一方恶霸镇关西郑屠等同视之,都是强梁型泼皮。鲁打郑并非路见不平,而是泼皮之间地位之争。同理也将英雄杨志与京师街上害人之物没毛大虫牛二等同视之。作者还洞见出所谓"泼皮的铁血法则":都要置对方于死地。最令人惊叹的是,作者在文末还把水浒英雄与发动第二次世界大战轴心国德、意、日帝国主义相提并论,更与当今全世界人民公敌国为伍,这真是抹黑抹出水平了!20世纪末期曾出现过抹黑思潮。被人民打倒的剥削阶级,人还在,心不死,主要是他们的一些后代否定中国无产阶级革命历史,抹黑革命领袖和英雄人物。李国文抹黑是后来者居上,不仅抹到中国历史上农民革命英雄,还将他们看得像帝国主义一样狰狞可恨,其实作者也在大大地降低帝国主义的罪恶,他们仅仅是泼皮吗?

《水浒传》在文学史上,无论思想内容还是艺术成就,都是有定评的。历代作家、评论家都是有很高评价的。

《水浒传》是一部反映中国封建社会一次农民革命的产生、发展和失败过程的经典小说。作家施耐庵通过对林冲、鲁智深、李逵等英雄人物的遭遇描写,概括了不同阶级的人们,在漫长的封建社会中从觉醒到反抗的斗争道路,也揭示了他们失败的原因。李国文对这样的经典小说做出否定性评价也不奇怪,因为每个人都有自己的立场、观点,对同一部作品必然做出不同的评价。正如鲁迅先生所说的,一部《红楼梦》"经学家看见《易》,道学家看见淫,才子看见缠绵,革命家看见排满,流言家看见宫闱秘事……"(转引自《作家文摘》2021年3月9日第7版)。我国对《红楼梦》形成了一门"红学"研究。"红学"家们也有所谓的"索引派"和"考证派"等倾向,却没有全盘否定的。对《水浒传》的评价也不例外。

封建统治阶级把它看作像"洪水猛兽"一样可怕,把它污蔑为"海盗"之书,禁止人民阅读。一些封建士大夫知识分子也不断宣扬《水浒传》"妖言惑众,不可使子弟寓目"。还有的人甚至诅咒《水浒传》的作者"子孙三代皆哑",并把这说成是"天道好还之报"。李国文也把农民革命英雄统统称为"泼皮",如此评价与上述封建统治阶级及其士大夫知识分子的看法,本质上是相同的。正如毛泽东在《湖南农民运动考察报告》中所讲的,当时反对农民运动的地主、资产阶级和国民党反动派,都把农民运动看作是"痞子"运动,农民运动"糟得很",而一切革命者都认为农民运动"好得很"。在中国共产党领导下,以农村包围城市的革命胜利70年来的今天,竟然出现了著名作家否定《水浒传》所集中反映的在中国封建社会存在过的一次农民的阶级斗争、农民的起义和农民战争中的革命英雄,岂不是咄咄怪事?

《水浒传》不仅成为后世许多文艺作品汲取题材的来源,而且人民群众及一些领袖往往从《水浒传》中得到启发,仿效他们的战术、战略,与敌人作战。还有的领袖人物直接采用了《水浒传》中表现起义队伍的政治口号:太平天国的旗帜上有"顺天行道"字样,义和团的旗帜上也写着"替天行道"。还有的领袖人物更把水浒英雄的名字、绰号作为自己的姓名、绰号,太平天国领袖之一翼王石达开则经常自号"小宋公明"。如果水浒英雄及其事业都像李国文所说的"泼皮",会有这样巨大的影响力吗?〔参见中国社科院文研所编写的《中国文学史(三)》,人民文学出版社1980年版,第871—874页〕

世界文学史上,也有所谓"托翁"否定"莎翁"的现象。列夫·尼古拉耶维奇·托尔斯泰认为莎士比亚根本称不上诗人、戏剧家。

难道"李翁"也能否定"施翁"吗？再说，并未因为"托翁"的否定，"莎翁"及其作品就不存在了。

（2020 年 8 月 21 日根据 2015 年 5 月 5 日日记整理）

《试错的散文》
是在"挑战不可能"
——与周晓枫商榷

作家周晓枫女士《试错的散文》(《文艺报》2017 年 6 月 7 日第 2 版)一文,主要讲述了多年来散文创新发展的状况。我却从中感受到,这是对散文体裁"挑战不可能"。

文章一开头就说,散文是最没有"天赋的自由权",这是假设挑战的前提条件。实际上,散文与小说、诗歌、戏剧、影视文学比较起来,它是最自由灵活的文学体裁。在《文学概论》教材、《文学词典》《辞海》中,大同小异地将散文的特征做了如下概括:题材广泛多样,结构"形散神不散",表现手法自由灵活,语言简洁优美。虽然要求写真人真事,它也并非对生活机械地描摹,也要运用想象、联想、比喻、拟人、象征等手法,去剪裁、取舍、提炼素材。散文是最没有"天赋自由权"的结论,不知道作家是怎样得出来的。

文章的中心内容是展现"试错"成果的:"在过去二三十年里,散文一直在进行试错的努力:不让写长偏写长,不让虚构偏虚构。"形散神不散,"曾是散文自由精神的标志,它渐渐也成为一条内在的绳索,因为,可以形散神不散,也可以形不散而神散,或者形神俱散或俱不散"。作者似乎还言犹未尽,又在《虚构的目的,是为了靠近真实》(《文艺报》2019 年 4 月 12 日第 2 版)一文中,将"不让虚构偏虚构"的观点做了进一步阐发。从举例、论述及其情绪看，似乎"挑战不可能"的关键是，散文限制虚构。但是不难看出作者混淆了两个概念，一是将散文与其他文学体裁虚构的手法等同之。散文既然是文学大家庭里的一员，也要进行艺术加工。而散文的艺术加工手法主要表现在对素材的选择上，选择那些最能表现主题的素材，删去与主题无关的材料。若像作者所云，她在《桃花烧》一文中，把自己没有小孩写成我"给女儿熨校服"，这就是编造。你的家人、朋友看了定会大吃一惊：作假。如果写报告文学，也会遭到主人公的反对，严重的还会引来官司，讨要损害名誉赔偿。二是对文学真实性含义一概而论。其他文学体裁无论作家怎样天马行空、想象、幻想去编故事，只要符合社会生活和情感规律，就是真实的，即所谓文学之真。而散文之真，是要看你所写的是不是真人真事，即人和事之本真。

上述种种"试错"，实际上就是"挑战不可能"的具体内容。央视一台举办的"挑战不可能"节目，是各行各业身怀绝技的人，展示他们经过千锤百炼，将技艺水平提高到一般人不可能达到的程度。我还记得一位小伙子，在主持人监督下，蒙住眼睛，几秒钟就把魔方的六个面各变成一种颜色，更使人叫绝的是，仍然蒙着眼，十几秒钟又把魔方六个面整成同样的图案（六种颜色构成的）。据小伙子介绍，他在世界上排名第 7 位，全国排名第 2 位。很显然，这种挑战只是刷新纪录，并未改变其属性。

然而，先生所谓在文体上"挑战不可能"，其意大为不同。将散文的基本属性一一否定了，那你写的作品何谓散文？你可以命名为"新散文、原散文、在场主义散文"，但它们已与散文没有一毛钱的关系了，名不副实，大有假冒伪劣之嫌。其中最要命的一条是，散文要写真人真事，不能虚构，你却硬要虚构，那么它与诗歌、小说、戏剧、影视文学还有何区别？无独有偶，西方现代派也有人对小说提出反人物、反情节、反环境描写。（见智量等主编的《外国现代派文学辞典》第 79－80 页）既然把小说的三大特征反掉了,那还是小说吗? 你叫什么都可以,就是不能叫小说了。

没有规矩,不成方圆。每一种事物都有它的规定性和基本属性,正是它才将世上万事万物区别开来。各种文体之所以不同,也主要表现在各自独特的属性上。而它又是历代作家和文论家在文学创作实践中逐渐认识和总结出来的。不是说不能对文学体裁"挑战不可能",而是说应该表现在对其基本属性的把握上,对题材的开掘上,对技巧的运用上,对美的发现和呈现上。在这些方面狠下功夫,达到一般作家所望尘莫及的水平,创作出前所未有的史诗性文学作品。而不是千方百计地改变文体的基本属性,甚至否定某种文体的存在。

世界上也没有绝对自由,自由是对纪律而言的。列宁在谈到文学创作自由时曾说:"每个人都有自由写他所愿意写的一切,说他所愿意说的一切,不受任何限制。但是每个自由的团体(包括党在内),同样也有自由赶走利用党的招牌来鼓吹反党观点的人。"(《党的组织和党的出版物》)人们在日常生活中有绝对自由吗? 也是不会有的。在学校有校纪管着你,在社会上有法纪管着你,开车上街有交警管着你。穿衣服是人类生存的需要,也是文明的标志。有的年轻人却把穿衣服视为"世俗",不自由,总想裸露身体,甚至也向这种"世俗""挑战不可能"。大同曾有一对恋人,带头不穿衣服,裸体行走在大街上,很快遭到路人的唾骂,视为精神病患者,小孩围观起哄,用垃圾、臭鸡蛋他们往身上砸,两人不得不仓皇逃遁。德国也曾有一位男青年裸体上街。西方社会那样开放自由,他也遭到同样的下场。

同样的道理,文学创作也不能随心所欲,作家必须遵循文学创作原则,无论写什么体裁的作品,都要坚守它的基本属性。若以消解其基本属性为代价"挑战不可能",必定以失败而告终。

(此文 2017 年 6 月 17 日初稿 2019 年 6 月 3 日修改)

《大河儿女》是一部好电视剧

看完央视一台黄金时段播映的 43 集电视剧《大河儿女》,总的印象它是一部好电视剧。它生动地描述了河南地区黄河流域风铃寨 72 家烧瓷窑主之首的贺焰生与鼎三两家的姻缘亲情,以及与日寇汉奸斗争的故事。

好在讲故事中突出人物性格的刻画。贺焰生夫妻儿子四人、鼎三父女三人、邓夫人等人物,都塑造得个性鲜明,活灵活现,给观众留下了深刻印象。特别是贺焰生那种坚持正义,爱国爱家,为了保护祖国烧瓷宝贵遗产,决不向日寇低头,最后与日本鬼子同归于尽。这种为国为民不惜牺牲自我的崇高精神,震撼了观众的心灵。在英雄人物画廊中,又增添了一个伟大的形象。

还好在从头到尾矛盾迭起,而且每个矛盾的结局总是出人意料之外,又在情理之中。例如贺焰生的大儿子贺青与鼎三大女儿正在热恋中,贺青为了躲避国民党特务的追捕,钻进没有过门的媳妇飞霞闺房里,一直待到帮助他逃到革命根据地。虽然鼎三帮了大忙,事后却对贺焰生说,这算啥事,没结婚的女婿,就住进女儿闺房,村里人会怎么看呢? 于是,他邀请各窑主和乡亲们聚会。两家人都担心鼎三在会上讲些不利于两家关系的话,因为他并未请贺焰生去呀! 结果,他在会上情深意切地说,多蒙众窑主和乡亲多年帮衬,我家才有今天。讲完感谢的话,他心平气和地将大女儿飞霞与贺青订婚的事娓娓道来,大家都纷纷向他表示祝贺。他的两个女儿在场听了不知有多高兴,传到贺焰生耳朵里,心里的一块石头也落了地。第二天,贺焰生就到鼎三家里提亲,并再三感谢他在关键时刻救了贺青。鼎三微笑着说,都一家人了,还说什么谢?

再如,唯利是图的汉奸邓掌柜,不择手段陷害贺焰生。从外地请来一位烧瓷行家,让行家多次登门向贺挑战,要与贺斗瓷,若输了,就得搬出风铃寨,永远不得再回来烧瓷了。贺与鼎三再三说明,他们的祖训是不准斗瓷的。那位行家却咄咄逼人,使用激将法,你姓贺的不赌,他就拉拢其他几家窑主,摆起擂台斗开了瓷。这时贺为了打击那位行家和邓掌柜的嚣张气焰,不惜违背祖训,而上台宣布参加斗瓷,并同意他们提出的条件,若输了除赔偿破坏祖训的损失之外,还要交出全部田产,离开风铃寨,也当场交出地契。斗瓷的结果:邓家的第四件产品是次品,他们只得认输,即刻成为一个穷光蛋。当他们灰溜溜地离开风铃寨时,贺却出人意料地去送行,并将地契全部退还,还语重心长地讲了为人之道。邓感动地说,这是他一生最大的教训,也知道该怎样做人了。

这种处理矛盾冲突的手法,使作品显示出强烈的引人入胜的艺术效果。虽然电视剧长达43集,但没有冗长的感觉,总是让观众时刻关心着情节的发展和人物的命运。且在揭示生活本质的深刻性,塑造典型环境中的典型人物等方面,做出了重要贡献,成就了该片成为近年来最好的电视剧之一。

(2019年6月15日根据2014年5月6日的日记整理)

《好大一个家》的虚假性

　　今晚看完央视一频道黄金时段播放的38集电视剧《好大一个家》，笑星陈佩斯担当编、导、演，一人兼三职。总的印象是先看不进去，总让胡编乱造印象堵得慌，过半之后才觉得有点意思了。之前，老伴很少看，到后几集她还总想看个究竟。概而言之，是以喜剧形式，较为深刻反映了城中村改造过程中，所遇到的种种矛盾及其解决的过程中，纷争、忧乐，最后搬进新居皆大欢喜的故事。

　　从剧中所编的故事、人物、情节是真实的，然而在现实生活中就未必是这样了。一般情况是离婚的男女之间像仇人似的，之间若无孩子牵绊，至少是互不联系，再不相见。而剧中却是三个男人争着一个女人。这个女人已与第三任丈夫结婚，而两个前夫却还在争着要与前妻复婚。这在现实生活中，不能说绝无仅有，但也太稀罕了。

　　剧中人物表演最好的是赵迎春的母亲，为了在拆迁中多弄一套房子，逼着女婿尤老师与"植物人"13年的女儿离婚，并主张女婿与学生家长婉华结婚。然而女儿醒来后，她不敢告诉女儿家里变故的实情，又怕委屈了婉华，还要对付婉华那两个前夫来家干扰。演员在应付各个方面的瞒与骗，都做得恰到好处，真是不容易。她的表演是成功的，塑造了一位善良母亲的形象。

尤老师这个形象塑造是败笔一个。前后性格分裂,判若两人。之前是一位优秀的中学语文老师,在社区是护理"植物人"妻子赵迎春 13 年的模范丈夫,为人本分,书生气十足。之后,爱上了学生家长婉华,结了婚,且激情澎湃。妻子醒后也毫不动摇,从未产生同情妻子,与妻子复婚的愿望。当然,电视剧以多次回忆的方式,告诉观众:他原来与妻子感情就不好,经常吵架,女儿尤优就因父母吵架而产生了惧婚的心理阴影。也正是在吵架时,尤老师说了句要离婚而妻子晕过去了,变成了"植物人",这样来为尤老师开脱,也太勉强了,缺乏说服力。最后让赵迎春与王大冲结合,总算是解决了这个矛盾。

(2020 年 10 月 2 日根据 2015 年 2 月 27 日日记整理)

理性认识实现
社会平等共同富裕

  我们山西大学60级乙班同学微信群里有同学议论说,我国贫富差距太大,如何实现社会平等、共同富裕? 其实,这也是我十分关注的一个问题。在看到一些资料说,我国的贫富差距已超过美国,这个问题怎么解决? 党中央应该重视之。在回答上述问题时,甚至还说,等反腐斗争取得决定性胜利后,应该查一查亿万富翁财产来源的合法性。

  当我读了马克思、列宁有关论述,才有了一些理性认识。

  马克思主义经典作家将社会不平等、贫富差距现象,概括为"资产阶级权利",旧译"资产阶级法权",意指在生产资料资本主义私有制基础上,产生的形式上平等事实上不平等的权利。在资本主义社会中,资本家按照等价交换原则,购买工人的劳动力,在这个基础上,构成资本对雇佣劳动的剥削。这种形式上平等事实上的不平等,成为资产阶级权利的特征。马克思在《哥达纲领批判》中,分析社会主义社会个人消费品分配时,讲到了资产阶级权利。马克思指出,在实行按劳分配的条件下,消费品在各个生产者中间分配,通常是商品的等价交换的同一原则。由于生产者的工作能力有大小,赡养的人口有多少,因而从等量劳动领取等量产品的平等原则出发,每个人事实上所得到的消费品是不等的。"在这里平等的权利按照原则仍然是资产阶级权利","对不同等的劳动来说是不平等的权利",但这是不可避免的,因为"权利永远不能超出社会的经济结构以及由经济结构所制约的社会的文化发展"(《马克思恩格斯选集》人民出版社1972年版,第3卷第11-12页)。列宁在《国家与革命》中进一步指出:"'资产阶级权利'承认生产资料是个人私有财产。而社会主义则把社会生产资料变为公有财产。在这个范围内,也只有在这个范围内,'资产阶级权利'才不存在了。"(《列宁选集》人民出版社1972年版,第3卷第251-252页)但是只要产品"按劳"分配,"资产阶级权利"就会继续存在。如果当条件不具备时,人为地取消这一"权利",就会破坏生产力的发展。只有到了共产主义社会,生产力高度发展,社会产品极大丰富,人的思想觉悟极大提高,旧的分工以及工农差别、城乡差别、脑体力劳动差别已经消失,实行"各尽所能,按需分配"的原则,人们才能从"形式上的平等转到事实上的平等"(同前《列宁选集》第257页),"资产阶级权利"才不再存在。

我国20世纪五六十年代,曾有人提出要批判"资产阶级权利"虽被否决,但人民公社化倡导一大二公,然而到最后农民的生产积极性逐渐低落,因为干不干一个样,干好干坏一个样。那时你穷我也穷,大家一个样,似乎很平等,但是经济发展很缓慢,因为缺乏竞争性。改革开放,邓小平提出"一部分人先富起来",特别是提出"社会主义市场经济"的概念,情况有了巨大转变。地还是那地,甚至随着人口增加,城市建设用地,地少了粮食却打得吃不了。而在人民公社时,我家老伴和两个小孩,分的粮食总也不够吃,还要到外地黑市上买高价粮。改革开放40年来,大胆学习借鉴西方资本主义经验,艰苦奋斗,把一个贫穷落后的中国经济总量提升到世界第二位,实践证明改革开放的路线是正确的。我们学习西方不是照搬,而是经过改造、消化、吸收其有益的营养,最典型的例证是"社会主义市场经济"概念的运用。"社会主义市场经济"的核心内涵,是给"市场经济"赋予"社会主义"价值取向,也就是说,"市场经济"与"社会主义"的结合不仅仅体现在"市场化"与"客观调控"的结合,更体现在"市场经济"这种经济运行模式、资源配置方式与"社会主义"价值目标的结合。英国工党智囊机构费边社的理论家索尔·埃斯特林、尤利安·勒·格兰德等人编著的《市场社会主义》一书,给"市场社会主义"下的定义简洁明了,广为流传:"运用市场来实现社会主义的目的,便是我们所说的市场社会主义。"(陈学明《金融危机是生活方式危机——西方再次掀起"〈资本论〉热"的启示》,《文汇报》2008 年 10 月 21 日)

社会平等、共同富裕的梦想就是要在社会主义经济高度发展中才能实现,时间可能是长期的,真正实现了共产主义才是可能的。然而,中国共产党人绝不会放弃这种努力,在实现了"两个一百年"中华民族伟大复兴梦想后,还要继续向共产主义迈进。而且现在就采取措施努力缩小贫富差距。根本的办法是发展生产力,提高两个文明水平,同时开展规模空前的脱贫攻坚战和全民福利事业,时刻把人民在改革开放中的获得感放在第一位,不断扩大和提高中等收入的人群和生活水平。

特别是党的十九大四中全会首次把"按劳分配为主体、多种分配方式并存"确定为基本经济制度之一。并首次提出要"重视发挥第三次分配作用,发展慈善等社会公益事业"。这就是说"在社会分配制度中,包含不同的分配形式。初次分配是按照各生产要素对国民收入贡献大小进行的分配,主要依据市场机制形成(即按劳分配)。再分配是在初次分配基础上,对部分国民收入进行的重新分配,主要由政府调节机制形成(即发放奖金、年节慰问品等)。第三次分配就像一只促进社会公平正义的'温柔之手',建立在自愿性的基础上,以募集、自愿捐赠和资助等慈善公益方式对社会资源和社会财富进行的分配,是对初次分配和再分配的有益补充,有利于缩小社会差距,实现更合理的收入分配。"(贺忠民

《重视发挥第三次分配的作用》,《学习时报》2019 年 12 月 18 日)这充分说明,我们党的一切工作都是在为实现社会平等共同富裕而不断努力。

(2019 年 12 月 25 日根据 2018 年 1 月 25 日日记整理)

对"超前消费"思想的质疑

2008 年 9 月后，美国金融危机风暴席卷全球，所到之处银行倒闭，企业破产。据媒体报道，英国每几分钟就有一家公司关门。这是美国政府采取美元贬值的手段，将自己造成的金融危机损失转嫁给各国人民的结果。对我国和亚洲其他国家施虐虽然没有欧美那样惨烈，但也给经济发展造成了重重困难。于是国际社会都在关注这场前所未有的灾难，人们思考最多的问题是，美国产生金融危机的根本原因究竟是什么？当然，具体原因很多，但最要命的一条就是鼓吹所谓"超前消费"的思想，它所酿成的祸就在眼前。

二战以后，美国由"生产型资本主义"演变为"消费型资本主义"。其核心价值观就是提倡"超前消费"。在它的影响下，一定程度上，人蜕变为欲望物化动物，都在梦想一夜暴富而不事生产劳动。他们找到了两条捷径：一是"赌"，二是"借"。就个体来说是"寅吃卯粮"，即将几十年后能赚或根本赚不到的钱提前花了。对于整个国家，特别是那些大资本家不务实业，而只是在金融上"以空卖空"，搞起赌博游戏来，用别人的钱来赚钱。因此，美国成为世界上借债最多的国家，至今还有几十万亿美元的外债。通过借别人、别国的钱支撑国家经济发展，其风险是可想而知的。

由于美国强势文化的侵袭，这种"超前消费"思想的阴风也刮到了我国。早在 20 世纪八九十年代,国内就有一些"文化贩子"鹦鹉学舌地鼓吹"超前消费"的论调,甚至振振有词地说,现在已进入"消费时代",提倡借钱买房购车,将赚了钱再办事、"看钱吃饭"的做法,贬为落后的生活方式,视勤俭节约为老土。我们却认为"消费时代""超前消费"的提法,在理论上是站不住脚,在实践上是有害的。

时代,是按照一定历史时期内,经济、政治、文化发展水平,划分的社会发展阶段,其标准主要是以生产力发展水平而定的。诸如以石器为代表的原始时代,以青铜器为代表的奴隶制时代,以农耕为代表的封建时代,以蒸汽机为代表的资本主义时代,现在已进入以电子数字化为代表的信息化时代,生产效率大大提高,一年的生产产量等于过去若干年的总和。而所谓"消费时代",是资本家雇佣的蹩脚文人根据产品过剩的现象,编造的虚假广告词,蛊惑民众快购多买商品,好让他们多赚钱。就像曾经流行过的言论:"玻璃大王总希望一场冰雹把天下的窗玻璃全砸碎。"这就是鼓吹"超前消费"优越性、出台种种优惠条件的真实目的。

"超前消费"思想不是对经济发展规律的揭示,而是主观杜撰,对经济发展造成严重破坏,美国次贷崩塌造成金融危机,就是这种理论的恶果。关于生产与消费的关系,马克思讲得很精辟,谁都承认它是对生产发展规律的科学概括。消费不能超越生产发展水平,只能依据当年的收入状况安排生活,计划来年生产,否则就会出现赤字。如果一个企业公司不断出现赤字,只能走向破产倒闭。一个国家财政连年出现赤字,债务超过国家总资产的 50% 以上,国家也会破产的。当然,也可以借贷周转资金,但必须建立在自力更生的基础上,并以有还贷能力为前提。

"超前消费"可以刺激生产的发展,然而发展的结果是对自然资源的过度开发,甚至是掠夺和破坏。现在对资源的浪费已达到相当严重的程度。请客吃饭,有的把剩下三分之一的饭菜倒掉。

有的过度包装商品,一个约 10 厘米长、5 厘米宽的药盒里只装 6 粒胶囊。2 斤装的月饼盒,里面的每块月饼分别装在一个四方塑料盒里,还有金属盖;外包装纸盒厚且大,重量是月饼的几倍。这要浪费多少纸啊。据说 1 吨纸巾需要 15 吨木材才能生产出来。地球上的自然资源是有限的,英国牛津大学人类学家设立了几种"生活"的理想标准,计算其所需"消费"的资源,然后将这种标准普及到全人类,最后计算出维持这种"消费"标准时,地球所能承受的人口数量。比如,以发达国家法国的生活方式为标准,目前地球资源仅能养活 30 亿人口;要以美国人的生活方式为标准,仅能养活 19 亿人,而如今地球是 76 亿人啊(《科学之谜》2019 年第 11 期,作者苏琼山《地球上理想的人类数量是多少》)。我们这一代人把子孙后代的资源超前消费殆尽,特别是对自然环境造成严重破坏,这无疑是毁灭人类的做法。

"超前消费"思想对人的精神上的毒害远远超过对经济发展造成的后果。它不是鼓励人们劳动创造,而是把享受放在第一位;它不是培养人的集体主义、爱国主义精神,而是发展人的动物性个人主义、享乐主义、自私自利的一面。这一切都与人的自由、全面发展本质的提升是背道而驰的。如果任由"超前消费"思想继续泛滥下去,将会培养一代或几代人的"非人"的生活方式,人类将会自取灭亡。

这绝不是耸人听闻、哗众取宠之说,请看——不久前,一份高校消费趋势榜单"出炉":在"超前消费"思想的影响下,过去一年,全国大学生"剁手"指标攀升,来自在校生的订单已占 17%。更早之前的一份调查同样引人关注,"社交与娱乐"和"形象消费"已成为大学生群体消费的主要方向,超三成大学生曾入不敷出,39% 的被调查学生反映身边有人使用过"校园贷"等。一些大学生为了提升能力、开阔视野,在时尚、旅游等方面有了更多消费。他们宣称:"不是爱慕虚荣,而是让自己变得更好。"有必要提醒一句,大学生"超前消费"要适可而止,消费习惯不仅仅是花钱多少的问题,还关系到年轻人修身立德的过程。殊不知真正要让自己变得更好,不是几次旅游、几瓶高档化妆品就能解决的问题。要知道知识就是最好的化妆品,也是真正强壮筋骨的良药。最近一句网络流行语也不乏劝诫之意:别在最该奋斗的年纪里选择安逸和潇洒。青年时光非常宝贵,错过了最为难得的吃苦经历,对生活的理解和感悟也会变得单薄,就像小溪里的鱼,难以理解江湖的波澜壮阔。只有经历了激情奋斗和顽强拼搏的青春,才会留下充实无悔的回忆。(见魏哲哲《没有艰苦奋斗 哪来波澜壮阔》,《文摘报》2017 年12 月 26 日第 3 版)

本文想用国际公园协会秘书长阿兰·史密斯先生的一段话作结。他说眼下我们正在提倡建设节约型社会,每滴水、每度电、每张纸都应成为我们节约的对象。大手大脚的浪费,不符合科学发展观。要让节约资源的意识渗透到我们每个人的头脑,并成为自然而然的习惯。只有这样才能为社会的可持续发展贡献自己的一分力量(见《不用纸巾的外国老人》)。

(2017 年 5 月 14 日根据 2008 年 11 月 2 日日记整理)

"一党专政"论
是浅薄的政治观念

　　长期以来,总有些人认为"我们国家是'一党专政',不如西方多党制民主"。甚至还有人断言:"不实行西方民主制就不能解决腐败问题。"我不赞成这些看法,与人争论过,在口头上、文字上也反驳过,但总觉得缺乏说服力。读了丁一凡《告别一个浅薄的政治观念》(《文摘报》2017 年 3 月 16 日第 6 版)一文,茅塞顿开,文中说出了我的心里话。

　　文章一开头就旗帜鲜明地提出:"有关民主有一个似是而非的谎言,就是说一党制无法保证政治清廉,只有多党制才能互相监督,保证清廉。"举例说,一些人认为我国实行的中国共产党与民主党派民主协商的方式有问题,没有监督,只有实行多党制,才能保证清廉。作者反驳说:"历史地看,这种说法根本站不住脚。"文章主体部分,列举国内外史实论证自己的观点:

　　第一,"从 19 世纪欧美国家实行代议制以来,就是多党制。但是在很长一段时间里欧美国家的公共治理被称为'政党分肥制'(也叫'政党分赃制')。"上台的政党,可以把政府资源分给对竞选有贡献的人。这种制度使得公共治理一塌糊涂,没有人对国家治理负责,这是一种非常腐败的制度。直到启蒙时代思想家们发现中国的制度管理更有效,便引进了中国科举考试制度,使政党分肥制受到一定的限制,保证了国家机器的正常运转。

第二,"中国有一个传统的说法,叫'政贵有恒、治须有常'。"中国智慧认为,公共秩序一定要有较长、较稳的预期,这样老百姓才好根据预测进行投资活动。相反,轮流执政会造成财政和经济发展严重不稳定,影响执政效果,影响经济发展。

第三,中国的历史教训。民国初期也是政党林立,政治家们曾想通过制宪规定政党活动。尽管他们做了很多努力,最终还是陷入了军阀混战的局面。这说明多党制在中国水土不服。

第四,文章最后以《纽约时报》专栏作家弗里德曼的话为结语:"中国今天的政党不是代表不同利益群体进行互相竞争的西方政党。西方不少人只认为多党竞争产生的政权的合法性,这是十分浅薄的政治观念。"很有说服力!

中国现实生活也充分证明上述观点的正确性。正是在中国共产党的领导下,胜利完成了"十二五"计划,正在实行"十三五"规划。特别是改革开放40年来,市场经济快速发展,走过了西方几个世纪工业化的路程,一跃而为世界第二大经济体。中国对世界经济发展做出了重大贡献。国际关系学博士张维为考察了106个国家和地区的改革,凡是按照西方民主形式进行改革的都失败了。他们都是先按照一人一票制进行大选,一选就乱,不是引起全国动乱,就是产生民族矛盾,甚至爆发战争,出现难民潮。而只有中国按照自己国情进行改革是成功的。(见张维为《中国触动》上海人民出版社2016年第21次印刷)这恐怕是在世界经济发展低迷形势下,各国都想看中国方案的原因吧。

"一党专政"观念的思想根源,总是把中国共产党与西方资产阶级政党等同思之,远不如西方作家弗里德曼看得清楚。中国共产党的初心是,革命理想至高无上,党的宗旨至高无上,人民利益至高无上,为劳苦大众打天下,最终解放全人类。28年推倒"三座大山"的革命斗争,70年改变中国"一穷二白"面貌的社会主义革命和建设,都证明了我们党是一个除了广大人民的利益之外没有自己特殊私利的无产阶级政党。正是在这样伟大的党领导下,中国人民才走上了"站起来""富起来"到"强起来"的康庄大道。固然,我们党也犯错误,出现了严重的腐败问题,但我们党能够纠正错误,吸取教训,砥砺前进。腐败与我们党的本质是不相容的。我们党不仅有民主党派的监督,还有全国人民的监督。十八大以来,以习近平同志为核心的党中央,继承发扬民族传统,建立中央巡视组制度。对腐败采取零容忍的严厉措施。我们有理由相信,只有中国共产党才能彻底解决腐败问题。我国所实行的人民代表大会制度、中国共产党领导的多党合作和民主协商制度,这是历史的选择,中国人民的选择。它是不同于西方民主的新型民主制度,具有无穷的生命力。

(2019 年 8 月 19 日根据 2017 年 3 月 22 日日记整理)

现在谁还读书

上午，交完煤气费，顺便到平阳广场东北角临汾市新华书店买描红学写汉字和 20 以内算术的小册子。因为暑假开学后，孙子焯焯升大班，要学写字、算题了。让他在假期玩耍之余，每天学写几个字、算几道题。

1973 年，我调来临汾，常来光顾这座临汾最大的书店，现今已是名副其实的"老字号"了。当我踏进书店一楼大厅，只见大厅正在装修，我莫名其妙地退了出来，端详大门上方毛体白底红字的"新华书店"牌子还在，又见几位男女青年毫无顾忌地向大厅北侧楼梯走去，我也立马跟进。二楼也在装修。三楼虽然正在营业，但不少营业员坐在捆绑好的书摞上忙于整理书，一捆一捆的书，横七竖八地堆在右侧空地上，顾客也只能高抬贵脚才能入内。左侧的交通还算畅通，只是在这种氛围中，营业员似乎也不是那么积极热情，就是那种即将倒闭的样子。

民营书店一家家关门。师大南门斜对面一家书店，年轻的男老板请书法家题写门匾，生意却火不起来。我经常到这家书店转一转，偶尔买本书。也曾和老板说起能坚持多久的问题，他说开头都这样，过一两年就可以了，信誓旦旦，信心满满。大概是第五个年头，他终于走不下去了。只见他坐在店门口低价处理书，不久便被饭店所取代,书店不如饭店来钱快。红卫路一家三层楼的黄河大书店,其规模不小于"老字号",大概开了三四年就关门大吉了。这"老字号"也从三层楼变成了一层,一、二层租给手机、德克士店。人们物质生活水准提高了,文化生活水平却走低了。"现在谁还买书?"这已是青年人的口头禅。开书店的自找倒霉。

退休后,因为女儿、儿媳的单位都黄了。我想给她俩开一家少儿书店。还考虑到临汾民营书店的先驱者已为数不少,再开就得有特色。现在年轻父母对孩子教育十分重视,甚至不惜血本也不能让孩子输在起跑线上。少儿图书应当好卖。我曾利用在太原上函授课之机,考察了太原民营图书批发市场,还征求了听课的出版社的函授生的意见,他们都说能挣钱。回到家里,对女儿红红讲了我的动议,红红惊奇地说:"现在谁还读书?"一句话否定了我开少儿书店的打算。多亏听了红红的话,否则也逃脱不了关门大吉的命运。

我在"老字号"转了几圈,也未能找到我要买的书。走出"老字号",来到其东侧"儒林书局",才买到《写写汉字笔画》和《20以内识数算题》两本小册子。

附记:2018年暑假,我陪焯焯到"老字号"阅读,其景况有了很大的改观。只有一层西侧租给德克士店,可供读者消费。其他三层均为书店,摆设、管理走向现代化,图书种类应有尽有。特别是一层大厅摆满了我国历代精装、套装经典著作。三层东侧开辟出几十平方米的青少年阅读厅,桌凳齐全,每天满座。书架林立的空间地带,见缝插针,都摆放着凳子,供读者坐着阅读。销读结合,人性化服务,目的在于推动全民读书,值得点赞!

(2020年7月3日根据2012年7月19日日记整理)

教育孩子方法面面观

　　教育孩子,是事关家庭、民族、国家后继有人、人才辈出、兴旺发达的大事。它涉及千家万户,人人重视,八仙过海,各显神通,教育的理念和方法多种多样。

　　"严厉教育是危险教育"。这个观点出自教育硕士、教育专家尹建莉《最美的教育最简单》(作家出版社,2014 年 8 月版)一书中,"所谓'严厉教育',指以打骂、惩罚和羞辱为主要手段,对未成年人进行强制性改造的一种行为"。她还在《好妈妈胜过好老师》(作家出版社,2009 年 1 月版)一书中,总结教育女儿的经验和对亲朋以及不相识的家长问题回答中,提出一些令人耳目一新的教育原则,并给出许多简单而实用的操作办法,理论与实践完美结合。正如她的大学老师评价这本书时所说:"从书中可以看到,她对女儿何等用心,而她的教育又是何等自然无痕——这是真正的教育,是教育最美妙的境界。""现在社会上普遍情况则恰恰相反,家长对孩子用心了,但用得不是地方,主要以管教为主,处处充满痕迹深重的干涉,儿童所体会的多是强制力,而不是教育。如果这本书能让家长和教师们,面对孩子时如何'有心',教育孩子时如何'无痕',那么就是做了一件非常有意义的事。"(朱旭东为该书所作的序言《教育的美妙境界——有心而无痕》,第 8 页)

《家教对了，孩子就一定行》这是资深校长陈钱林2015年出版的家教作品。1994年，他的"龙凤胎"孩子出生，男孩陈杲14岁考入中科大少年班，23岁获得美国州立大学石溪分校博士学位。2017年博士毕业后历任普林斯顿高等研究院博士后，威斯康星大学麦迪逊分校助理教授。26岁的中科大特聘教授陈杲，近期研究复微分几何获得重要进展，解出J方程和超临界厄米特—杨振宁—米尔斯方程的变形，用数学突破在爱因斯坦的相对论和杨振宁等人的量子力学模型间架起一座"新桥"。并在世界级平台发表9篇学术论文，主攻目标为1954年卡拉比教授提出的几何界核心问题之一常数量曲率凯勒度量问题。陈杲的姐姐陈杳16岁考入南方科技大学首届教改实验班，20岁时已获三所世界名校全额奖学金攻读博士。陈钱林教育孩子的方法，归纳起来就是培养孩子的自律习惯、自学能力和自立人格（《用数学破解世界难题：26岁中科大特任教授陈杲》《作家文摘》2021年3月5日第2版）。

我是反对教师打骂、体罚学生的。1949年春，我上小学后，还赶上了老师打"板子"。我也捣蛋，挨过几次。1950年，党和政府明令禁止打骂学生后，这种现象便奇迹般地消失了。在我上高小、初中时，再也没有看见过老师打骂学生的了。然而，新时期以来，中小学教师打骂学生的现象还时有发生，甚至连幼儿园教师也有打孩子的。这是我国教育史上严重倒退现象。因此，我基本同意尹建莉的观点，但又认为不能把严厉教育与打骂教育等同视之，特别是对有些教育家所鼓吹的所谓"快乐教育"的观点，实难苟同。我们都是过来人，学生不经过刻苦学习，努力拼搏，怎么能成才呢？我在几十年高校教学中，还是恪守古训："严师出高徒。"对学生严格要求。

"巴掌加警悟"。作家刘长生在《斗室情》（《文艺报》2004年11月23日）一篇散文中，回忆20世纪60年代初，在东北林业勘察设计院工作时，住在筒子楼一间不到10平方米的房间里，两个孩子四口人,一住就是十几年。晚上孩子要做作业,他要业余创作添补家用,只好和孩子轮流使用书桌。爱人多病,身体不好。两个孩子却都先后考上了大学。人们都夸他教子有方,他却说唯一的办法是"巴掌加警悟"。在他仅有的 4 平方米既睡觉又学习的吊铺上,贴了一副对联:"自古英雄多磨难,从来纨绔少伟男",横批为"悬梁刺股",还规定每天必背一遍。刘先生的教育方法主旨是让"警悟"融入孩子的血液之中,把学习变为自觉行动。"巴掌"只起辅助作用。

"三天不打,进不了北大"。2012 年 6 月下旬,电视(记不清是哪个台了)直播如何教育孩子问题大辩论。一位手持鸡毛掸子,口中念念有词:"三天不打,进不了北大。"大步流星地走上台来,很得意地介绍说,用打骂教育的方法,三个儿子都考上了北大。姐姐的女儿让他管教,也考取了广州大学。主持人问他怎么个打法,打什么部位。他要求孩子每门功课必须考满分,差一分,在手上或脚上打一下,作业写错一个字也要打一下。当然,打得不是很重,使孩子知道错了为限。尽管如此,他的做法仍然遭到不少年轻家长和专家学者的激烈反对。他们认为这种暴力教育方法是侵犯人权的,竭力主张不能把孩子管得太严,要给他们充分自由玩耍的时间。

"猛击一掌"的教育方法。我既反对管得过严,又反对放任自流。特别是对那些年幼无知、调皮捣蛋的孩子,家长要敢管。由此我想起了苏联著名教育家马卡连柯在《教育诗》一书中讲过的一个真实的故事。苏联十月革命胜利之初,苏维埃政府把社会上的流浪儿童收容起来,举办教养院,任命马卡连柯为院长。他曾在大小会议上,再三强调教职工不能打骂孩子。可是,有一天,院长看见一个屡教不改的调皮小子殴打一个体弱娇小的姑娘,姑娘哭着向他求饶,他还照旧骑在姑娘身上拳打不止,院长拉也拉不开。这时,院长愤怒了,一巴掌把他打得滚在了地上,吓得他爬起来就跑了。"院长打孩子了!"立刻在教职工中传开了,大家都觉得不可思议。院长在教职工大会上讲了这件事,并做了自我批评,这是不得已而为之,希望大家以此为戒。

出乎意料的是,那个小子从此变成了一个好孩子,不但学习进步很快,还帮助班里做工作。于是马卡连柯又总结说,这可能是一条经验。在对个别不懂事的、特别顽皮的孩子,经过多次说服教育无效的情况下,"猛击一掌",促使他清醒,明辨是非,也是一种教育方法。但此法决不能多用,更不能常态化,且要怀着爱心为之。

在家庭教育中,甚至还流传着一个口头禅:"谁不挨打还能长大?"当然家长对自己孩子都是疼爱有加,舍不得打,打也只是象征性地让他害怕为止。有一次孙女不听话,我气得在她穿棉裤的屁股上拍了一巴掌,小家伙却边躲边说:"爷爷,不疼。"但她已经知道犯了错,起到教育效果了。

(2021 年 3 月根据 2004 年 11 月 2 日、2012 年 6 月 21 日等 6 篇日记整理)

也谈中小学辅导班乱象

中央人民广播电台"中国之声"曾报道社会上中小学辅导班乱象时说,有的教师没有教师资格证;有的仅是看管孩子,并没有教学活动;有的没有注册手续……我们这里辅导班铺天盖地,我家小区东侧一条500多米长的街上就有18家辅导班。小区西侧隔壁是一所9年制学校,小区内居民楼里就有20多家辅导班,一放学就有千百名学生拥入小区,这里简直成了该校的分校了,严重影响居民的生活。中小学辅导班乱象丛生,是应该彻底整顿了。

要整顿,首先应该弄清辅导班乱象产生的原因。一是中小学教学质量有待提高。给学生布置作业多,经常发考题,有的小学老师把考题的答案发在家长微信群里,并要求家长用红笔对照答案批改。这不是所有家长都能胜任的,特别是年轻上班族每月花几百块钱把孩子送辅导班了事。还有的老师让学生小组长批改作业。50多名学生的标准班,老师把批改作业的职责推给家长和学生,这能保证教学质量吗?普遍的现象是,教师把注意力放在少数尖子生、优秀生身上,忽视对中等生、差等生的教育。其实,尖子生、优秀生天资聪慧,一点就懂。重点应该放在中、差等生身上,能把差等生转变为优秀生,那才是教师的真本事,也是教育的真谛所在。令人遗憾的是一些教师在给学生排座位时,不是按学生的高低个,而是按人情和成绩,甚至将差等生放在最后面不管不顾。正如作家邓安庆在回忆上初中时的情景:"我们的物理老师有一次上课时直接说:'我只管前十名的学生,你们其他人爱怎么样就怎么样,只要不在我的课堂上捣乱就行。'这句话对我刺激很大,原来我们在他眼中就是不能提高升学率的废物,随我们自生自灭好了。"(《作家文摘》报2021年2月2日15版《做笨人的感觉》)这些学生家长就把希望寄托在辅导班上了。还有个别在职教师不甘于"清贫"的生活,在校外或办班内辅导班,为让学生上其辅导班,甚至将重点、难点只在辅导班讲,上辅导班的能考好,其他学生只好也上她(他)的班。二是教育行政部门不作为的结果。市内的辅导班究竟有多少,市、区教育局领导心中有数吗?师范院校毕业有教师资格证的教师是有数的,辅导班上课的教师都是有资格证的吗?他们都具备办学条件吗?教学质量怎么样,调查评估过吗?据说日本的教育、教学工作不是什么人都可以干的,只有师范院校毕业的才能上任。我们的中小学、甚至考研辅导班的工作和教学人员中,有几个是受过师范教育的?他们不是在搞教育,而是将辅导班当作赚钱的产业。有个奇怪的现象是,无论什么辅导班都能招到学生。那真是只要插起招兵旗,就有吃粮人。这个现象不值得教育行政部门深思吗?

辅导班对中小学教育弊大于利。一是破坏教学规律。在假期,辅导班教师用几天时间把新课讲完。家长以为让孩子在起跑线上抢先了,实际上辅导班老师匆匆讲的课水过地皮湿,提前消费了孩子的新鲜感。开学后,老师再讲时,孩子认为已经学过了,不专心听讲。家长不懂得这个规律,教师为了赚钱不惜破坏教学规律,师德哪里去了?严重影响了教学质量的提高。二是开学后,辅导班声称与学校同步教学。这种重复教育,既加重学生的负担,又增加了家长的经济开支,能提高孩子的学习成绩吗?三是辅导班抢夺中小学在职优秀教师。能否招到更多的学生,关键是能否聘请到好老师。有的在职优秀教师不仅在假期,而且在双休日给几个辅导班上课。他们还有时间和精力提高教学质量,想方设法辅导自己班级中、差等生吗?这也可能是把批改作业推给家长和小组长的原因吧?作为教师把辅导学生的职责推给辅导班,这在教育史上恐怕也是罕见的!由此可见,辅导班并不是对学校教学的补充,而是一些人把中小学教育看作一块蛋糕,谁都想切一块,甚至想以此发财致富,至于教学质量,并不是他们追求的目标。窃以为中小学开的基本课程不需要办辅导班,为了培养学生的特长,可以办音、体、美班,这既是对中小学教学的补充,也避免了重复教育。

怎样整顿中小学辅导班乱象?一是学校领导要狠抓教学质量的提高。首先让教师明确自己的职责:讲课、辅导、批改作业、落实德智体美劳全面发展的教育方针,做一个名副其实的人类灵魂工程师。表彰那些在转变差等生、捣蛋生方面做出突出成绩的优秀教师。其次不允许在职教师在外兼课,要想发大财的就不要从事教育事业。据新闻报道,河南省某县委新任书记到任后,要求中小学教师下午下课后,辅导学生做完作业,才能下班回家。这位县委书记很有眼光,抓教育的方法值得推广。当然国家要进一步解决中小学教师待遇偏低的问题。二是教育行政部门严把辅导班批准关。制定严格的条例,对教学场所以及设备、设施、办学人员和教师资格等,都要有明确要求。经过实地考察后再批准,批准后就成为下属单位,对其教学质量就要负责,克服现在无人管的不作为现象。

(2021 年 2 月根据 2018 年 8 月 21 日日记整理)

中小学减负措施
为什么遭到抵制

　　《文摘报》(2019年11月7日第2版)转载两篇有关中小学减负措施,却遭到家长和学校抵制的报道。

　　一篇是光明网评论员的《减负,怎么就把家长"逼疯"了》。作者描述了南京推进的减负措施及其效果:"不许补课,不许考试,不许公布分数,不许按成绩分班。""突击检查学校,查看学生书包里有没有卷子、课外辅导教材、作业本。""抵制花里胡哨的课外辅导,只能用与教材配套的教辅……"网文刷屏却说:"南京的家长在快乐和痛苦的交织中,终于疯了。"

　　另一篇《"晚9点后作业可不写"并未真正解决教育痛点》中说,近日,浙江省教育厅发布《浙江省中小学生减负工作实施方案(征求意见稿)》,其中提到要严控家庭作业总量和作业时间,并特别提出小学生到晚上9点、初中生到晚上10点,还未完成家庭作业的,家长签字确认后,可以拒绝完成剩余作业。此外,方案还规定学校不得举行中考、高考"誓师大会",不得发布中考、高考"喜报",不得标榜或变相标榜"学霸""状元"。

　　两地中小学减负措施那样具体,为什么会遭到学校和家长的抵触呢? 最重要的原因是,我国升学就业的大环境决定的。无论中考还是高考都是在分数面前人人平等,择优录取。特别是一些专家学者挥舞高考指挥棒造成的。我记得有一位负责高考语文命题的专家公开提出，现在高考语文题900字，以后要增加到一万字，并要让15%的考生写不完卷子，似乎要将学生"烤焦"而后快。这样的指挥棒对学生、教师、家长的压力何其大矣！学生靠分数升学，老师靠学生考出好成绩评功论赏，甚至还有末位淘汰制的说法。你的班级学生考试成绩排在学校末位，其任课教师就要另谋职业。家长对孩子的期望都在中考榜上有名，高考考个好学校，决定孩子一生命运。在这种情势下，他们怎么能接受上述美妙动听的减负措施呢？

孩子的书包太沉了。我是从事大学教学的，2000年10月退休后，正赶上孙女、孙子先后出生。我的工作重点逐渐转移到接送、辅导批改他们的作业上，才对中小学教学有所了解。一个小学五年级学生的语文，除课本外，还有《七彩课堂》、同步作文及其辅导书、《国学诵读》等，每学期还指定必读两部经典著作。我统计过孙子的语、数、外、音、体、美、德等课本和辅导书有20本之多，此外还有搭车进来的法律、金融知识手册等，书包是够沉的了。每次接到孩子时，我先把书包背上，怕把孩子压驼背了。读高中的孙女的语文课本也有必修、选修、阅读……这么沉重的负担要减负，谈何容易？

关键是上层设计对中小学生知识水平定位太高。与五六十年代相比课程的难度逐步下移，大学的一部分内容移到高中，高中的移到初中，初中的移到小学，这从数学看得最为明显。大学一二年级上基础课，到三年级才上专业课，要求搞研究性课题。而现在小学生还要上研究性课程，这是否要求太高了？高中学生学习《红楼梦》的分量不小，大学汉语言文学专业还需要学习元明清文学吗？90年代，我参加山西省教育厅高等教育自学考试中心命题时，领导的一个基本要求是，各科命题不得超纲（教学大纲）、超本（教材）。似乎中小学，特别是高考命题没有这样的明确规定。我国实行的是百分制,为什么有的课程满分是 120、150 分呢？100 分就考不出水平、分不出伯仲来？五六十年代实行五分制时,照样也能分出甲乙丙丁！

(2020 年 2 月 7 日根据 2019 年 11 月 14 日日记整理)

上当受骗录

如今丢自行车、上当受骗,已经不是什么稀罕的事情了。我家先后丢了10辆自行车。最近刚买的电动自行车,骑上轻快舒服,若安上外壳,与开小轿车也差不了多少。一天下午,老伴骑上到鼓楼附近诊所看病时,把电动车锁在门口。大约十几分钟从诊所出来,电动车就不翼而飞。她一进家门就把抓回来的药摔在茶几上,没好气地嚷道:"我说不去看病,你们非要叫我去。这下可好,电动车丢了。"我连忙安慰说:"丢就丢了,咱又不是没丢过车子。人家小偷也要吃饭,咱们不照顾谁照顾? 全当做好事。"嘴上安慰,心也不甘。我等老伴情绪稳定下来后说:"我去看一看。"

从地下室推出自行车,到鼓楼周围所有存车处、修车摊点察看、询问。距离诊所最近的一家修车摊点的师傅说:"小偷不敢来这里开锁,也不敢马上到市场去处理,很快就会转移到洪洞、襄汾等外地去了。"这可能是实情,但我还是到体育南街二手车子市场转悠了半天,无功而返。

由此,引起我对家人、同事上当受骗"事迹"的回溯。

眼镜是玻璃片

有一次,我和老伴上街购物。在鼓楼东侧红卫路上,突然跑过来一位脸色黝黑、光膀子穿着蓝色中山服的小伙子,连靠右行的规矩都不懂,是从马路中间蹿过来的。他右手举着一副眼镜,挡住我俩的去路说:"老大爷,石头镜子,60块钱贱卖哩,你看一看。"我接过举到我眼前的镜子看了看。因为我刚买了一副石头墨镜,上面有石头纹。一看这副镜上也有,便以为是真的。我又指给老伴看,她边看便说:"太贵了。"那位小伙子说:"给上50吧。"老伴坚持说:"20。""20就亏了。"老伴把镜子递到他手里,拉着我边走边说:"你刚买了一副,还要那干啥哩。"他见我俩真要走了,连忙追上来,把镜子塞到我手里说:"20就20。"我见老伴不反对,就掏出一张20元钱,他抽走钱装入口袋一溜烟地跑了。

我以为捡了个大便宜,然而心里并不踏实。拿上镜子,到我购买墨镜的眼镜店里,请师傅鉴定时,人家一看就说:"这是玻璃片。"我赶紧说:"上面不是也有石头纹吗?""这是故意刻画的,你不掂量,这么轻,怎么能是石头镜?"这时,我才知道上当受骗了,好在损失还不算大。

银圆是生铁片

20世纪80年代末,老伴在校园开办了两年多小卖部,挣了一万多块钱,据当时流行的说法,算是挤进了"万元户"的行列。这些钱如何保值,是我们思考的重大的家庭经济问题。

一天,我从师大大操场晨练后回家时,一位身着蓝色制服,高大黑瘦的小伙子站在路口,一脸木讷,看上去是标准的农民工。他凑到我跟前,操着晋南口音轻声问道:"老师,要银圆吗?我们在工地上挖出一堆银圆,工头让我出来悄悄换成现钱,我们要它没用。"说着从衣袋里掏出一块满是泥土锈迹斑斑的"袁大头",另一只手还罩着它,只怕别人看见似的。我没见过银圆,只是在电视上看到过"袁大头"。我摸了摸又还给他说:"这多少钱一块?"他又轻声回答:"15元。恐怕你老还不知道哩,现在银行换到二三十元一块了。"我拿不定主意,将他引回家里,让老伴看一看再定夺。

老伴也没见过银圆,她看过后说:"你把这块放下,让我们到银行鉴定一下,真的就要。"小伙子开始还有些犹豫,最后还是答应了。他可能认为跑了和尚跑不了庙,你有庙我就不怕。

那时,对通过买银圆增值还不是人们认可的事情。我悄悄向比我大一轮的同事解老师请教,他说小时候见过银圆,一块不少于一钱八重。我还到商店卖金银首饰的柜台上,让女售货员看过,都说是真的。我听说山大中文系的系友、现今的同事想买银圆。与他通气后,其积极性远比我们高。

第三天上午,那位小伙子带来 150 块银圆,用旧报纸包着,也都像刚从土里刨出来的。我要 100 块,同事要 50 块,他还想要 50 块,小伙子连忙说:"明天送过来。"交钱时,同事差 100 元,他说小伙子送银圆时一块算。

过了半个多月,同事突然把他的银圆拿过来说,有事急用钱,不想要银圆了,让我原价收下。我和老伴不假思索就收下银圆付了款。

半年过后,我想给老伴和女儿各打一副手镯。街上打造金银首饰的师傅一看我手里的银圆就说:"这是假的,不能做。""刚买的?""你上当了。"我半信半疑地走进附近红卫路农业银行,给一位女同志的窗口递进去一块银圆,她扫了一眼就无可置疑地说:"假的。"她见我一脸狐疑,便问道:"可以砸一下吗?""可以。"人家把银圆放在地板上,用小锤子轻轻砸了一下,银圆就一分为三了。她把三块银圆片递给我时说:"真银圆宁弯不折,这是用生铁片骗人哩。"

回到家里,老伴得知实情后,坐在沙发上,半天不吭气,最后无可奈何地说:"两千多元买了一堆生铁片。"我接过话茬:"也买了个教训。"这时,那天小伙子来送银圆时的一些细节浮现在我的脑海里:小伙子坐下来,还没有拿出所带的银圆,先把那块样钱收回装入口袋。同事想找一把锤子把银圆上的泥土敲掉,却遭到小伙子的阻拦。更明显的是,小伙子走后,既不来送同事还要的 50 块银圆,也不敢来讨要同事所欠的 100 元钱。这些骗人的蛛丝马迹,都未能引起我们的注意。

更令人可笑的是,我们二次受骗,上了同事的当。后来才听人说,同事以 20 元一块卖给老乡、我的学生两块银圆。人家出去打戒指时,发现银圆是假的,便退给了他。同事即刻隐瞒了真相,又把银圆原价卖给了我们。这就使同事不但没有损失,还赚了 200 元(他少给了小伙子 100 元,又从我这里得了 100 元)。小伙子骗人固然可恶,而同事的下做更令人可悲。

电视机无图像

1989 年夏天,老伴的外甥两口子在其伯父深圳公司上班,小两口邀老伴赴深圳一游。当时还没有电话和手机,我收到老伴回家的电报,按时到火车站接站。我买了站台票,到站里接到她时,才知道带回来一台电视机,旧的,日本原装。

一进家门,她放下行李,顾不上喝水歇息,就先打开包装纸箱试电视。插上电源只能听见吱吱响,却不见图像,不管怎样调也调不出来。老伴傻眼了。她简直像祥林嫂一样再三诉说是与外甥一块去买的,当场试得好好的,图像清晰,价钱也不贵,才决定买下了。装箱时人都在场啊!我忙说:"先吃饭,等雷雷放学回来看看再说。"

儿子雷雷正在上初中,学了物理课,爱鼓捣电器,还给同学修理小收音机。他回来调了半天,也没有回天之力。经过仔细观察,他才发现电视机壳上标着电压 120 伏。雷雷说:"国产电视机电压都是 220 伏,日本出口中国市场的电视机也都改为 220 伏。这机子是日本国内使用的淘汰品。"

我曾到师大物理系彩电教研室和学校电教中心,请教专业课老师;利用赴并上课机会,向山西省电视台电视修理专家咨询,他们都认为无法修理。只好把它放到地下室。雷雷利用课余时间,偷偷摸摸钻到地下室,卸开电视机捉摸研究,不久提出一个修理方案:只需花几块钱更换高频头就行。我和老伴惊喜地发现儿子比专家还强,立即给了钱,反正是死马当活马医,并从此开始支持他课余时间学习电视修理技术。改换了高频头,图像有了,声音正常,只是图像的颜色不全。雷雷断定这是显像管的问题,要换显像管还不如买新的。

时至今日,老伴也没弄清楚究竟是怎样上当受骗的。

全部积蓄送鬼神

有一天中午,老伴从街上回来说,在超市附近碰见一对中年夫妇向她打听,说他们儿子得了一种怪病,你们这里有一位神仙看得可好哩,你能引一下路吗? 老伴说不知道有这么个神仙。这时旁边一位中年妇女搭腔了,她说神仙就在这后面的院子里住。说着领着他们进了院子,这对夫妇把老伴招呼得很紧,一定要让她进去看一看。从家里走出来一位老年妇女说,神仙正在午休,不能打扰,不然就不灵了。老伴说她本来想看看神仙究竟是个啥样子,一见这情况转身就走。那对中年夫妇赶紧劝阻说,等一会嘛! 老伴说给你们孩子看病,与我何干? 不顾阻拦走出院子。不一会,他们几个也相跟着出来了,显然是一伙骗子。

老伴曾把上述所见讲给她的一位好友听过。她不仅未能接受教训,反而上了当。没过几天,她来家里给老伴哭诉,骗子的手段与老伴所见一模一样。让她上钩之后,所谓的神仙老头说,你儿子在外面开车要遭大难了。正巧,她二儿子在老家开车跑运输。她一听就吓得六神无主。神仙看见她的神色,喜在心中。马上为她出主意说,只要把你的积蓄全部献出来,神仙就会为你儿免灾。她立刻回家把存折上仅有的一万多块钱从银行取出。神仙还告诫她，这事对谁都不能说，连你老头也不能讲，不然就失灵了。她急急忙忙把钱送给神仙后，人家命她向后转，向前走 250（"二百五"）步，不能往后偷看。她听从命令，乖乖地向前走了 200 来步，突然觉得有点不对劲，连忙返回去找神仙那几个人时，却早已携款逃之夭夭了。这时，她头脑清醒了，才知道上当受骗了，哑巴吃黄连，有苦难言，连家人也不能告诉。退休后，她家多少年来全部积蓄就这样送了鬼神。

这些诈骗行为固然令人十分恼火，然而随着科技的发展，近年来电讯诈骗呈上升趋势，非法集资也不甘落后，且损失金额都在成千上万，甚至高达亿元之巨。有的窝点竟然设在港台或境外作案。比较之下，上述诈骗简直是小巫见大巫也。虽然都让人憎恨不已，但在社会发展潮流中，总是泥沙俱下，无奇不有，不可能如列宁所讲的"像涅瓦大街那样笔直"，像泉水那样干净。我们深信社会总是由低级阶段向高级阶段发展，人类总是在进步。当实现了物质极大丰富，人的思想道德极端高尚的理想社会时，一切邪恶现象定会灭绝。

（2017 年 5 月 26 日根据 2009 年 12 月 2 日日记整理）

参观望河楼所想到的

　　下午,骑自行车带孙儿焯焯到汾河公园去参观望河楼(望河楼是俗称,学名为"萱楼":"萱"乃对母亲之尊称,汾河是山西的母亲河。萱楼为汾河公园的一座标志性建筑)。跨过彩虹桥,来到汾河西岸。沿桥西头北侧林间小径,推车下到桥下。眼前展现出一片小天地,桥下平坦的水泥地上摆放着小桌凳,有卖茶水、西瓜、小吃的。不少游客在此歇息乘凉,几个人围着小桌聊天打牌。这里特别凉爽,还能听到旁边汾河水哗哗的流动声,避暑胜地也。

　　在一位女清洁工指点下,顺着朝北的柏油马路向望河楼进发。马路两旁松、柏、杨、柳、榆树林立,树叶滴翠,草盛花香,满目绿色,耳闻轰隆隆河水伴唱……

　　望河楼已在我们右侧,行走约百米,登上一座木板便桥。大概是上游下雨的关系,河水翻滚着黄泥色的浪,漂浮着些许杂物,奔腾而来。水距桥面不足一米。我边走,边对焯焯说:"这就是河水,汾河水。"他刚写过"河"字,对"河"还没有概念,今天权当见习。

　　走过便桥,踏上了约20米宽的石铺通道,往南行片刻,穿过十几米长的走廊,便来到望河楼面前。楼建成有几年了,今天才第一次来游览。仿古建筑三层小五层高,飞檐挑脊,彩色琉璃瓦,雕梁画栋,南北大门口皆有楹联,门窗之上的隔板都有彩绘:风景、人物、鸟兽鱼虫等国画。只可惜门不开，只能围绕着楼转了一圈。放眼汾河水，波涛滚滚，似乎身处东海龙王宫前，望河楼是建在汾河中央一条人工堤上。眼前的美景令人心旷神怡，浮想联翩……

之前，距市区几百米的汾河滩还处在千古原始状态，河道是30年河东，30年河西，发大水时河水逼近城墙。河岸犬牙交错，凹凸不平，杂草丛生，污水横流，少树无林。河西遍布污染工厂，工业、生活污水直排河中。河水如酱油，臭气熏天，蚊蝇肆虐，雾霾弥漫。师大美、日外教说："临汾是不适合人类居住的地方。"临汾成为世界污染最严重的十个城市之一。

新世纪初，临汾市委、市政府实施根治汾河工程，经过几届政府的努力，十里汾河换新颜。

污染企业转产改制，河岸用混凝土砌起，坚固美观。岸边浅水域由荷花、芦苇覆盖。河中央修筑一条人工堤，北端为望河楼，南端是七孔桥，河心一景。东西两岸约300米处各修一条滨河路（原叫迎宾大道），均为四车道，环城交通要道，两旁树林成为临汾氧气供应厂。100多米处又有十几米宽的柏油便道，园内通勤用。河边石铺步行路。最引人注目的是建起了三座大桥：南边的平阳桥，西通高速公路；西关的浮桥被高大宏伟的彩虹桥所取代，通达高铁站；北面具有地方文化特色的锣鼓大桥，取代了马务危桥。汾河两岸的道路旁被树林、草坪全覆盖，还建造了30多个生态文化景点，又分为青少年活动区、体育休闲区、地域文化展示区、文化艺术区、科普活动区等。河东有台驳画舫建在河边水中，约8米宽、20米长的，用花岗石砌成的船上，两层仿古建筑，经常举办书画展，供游客参观欣赏。画舫对面步行路东侧儿童白沙滩，小孩的乐园。彩虹桥北侧一座假山峰上书有"汾水古韵"红色大字，山峰喷水，状若瀑布挂前川，在山洞中还可以体验水帘洞的兴味。山下岸边两个南北并排圆形广场中央各扣着一口巨型铁锅，一个是铁铸山西行政区划图，一个是临汾市行政区划图。少儿对此兴趣极浓，顺着铁锅爬上滑下的同时,学到了地理知识。

向北走一里许,建有廉政广场,广场中央用 3 根约 20 米长、1 米粗的木头架在空中的几十吨重的铁铸警钟:明镜高悬,警钟长鸣!宣告着中国共产党人反腐倡廉的决心。游客大都要围绕警钟转一圈,似在向它行注目礼。南侧竖立一排宣传专栏,每天都有新内容:党中央有关廉政建设的指示,揭露批判腐败分子的材料。北侧有湖水,可划船游玩,岸边形状各异的石头上镌刻着历代伟人有关廉政的语录。北岸设有篮球场和各种健身器材,供人们锻炼身体。

河西的景点从北到南有尧井园、棋阁、三友园、牡丹园、图书馆、博物馆、九州广场等。九州广场是最大的一个景点,位于汾河景区文化艺术区,是为纪念帝尧在临汾"四夷宾服,划定九州"而建。占地面积 5 万平方米,尧天舜日牌坊为景区主体性建筑,高 20.11 米,宽 19 米。横梁上"尧天舜日"四个篆体大字,为著名国学大师文怀沙题写,寓意临汾为帝尧故里、九州肇始之地。牌坊四柱里外各有海内大书法家所题写的楹联,仅举一、四两柱里侧一副楹联:"龙盘华夏鼎起河汾晋兴唐盛渊源地,风展新城鼓警霄汉国泰民殷和合风。"牌坊东西两侧圆形龙柱旁的墙壁为巨幅花岗岩壁画,篆刻有"击壤而歌""凿井耕田""尧舜禅让""禹治水患"等故事。牌坊前是半圆形露天大舞台,台下小溪流水潺潺。过年过节多有文艺演出,可容纳 5 万人观看。

今天汾河一川清水,两岸锦绣。"汾河文化生态景区"(2014 年 7 月 27 日国际名校赛艇挑战赛时,曾为"汾河生态公园")已成为临汾人休闲娱乐的好去处,晨练、游人如织。我住在距汾河直线千米远的居民小区,是汾河巨变的见证人。过去夏天没有蚊帐无法安睡,现在已不用蚊帐了。据说现在汾河治理已北向洪洞县、南向襄汾县推进。这真是汾水长流传古今,平阳儿女谱新篇。改造自然力无穷,党的领导是关键!

(2020 年 8 月 13 日根据 2013 年 7 月 19 日日记整理)

锣鼓桥的文采

　　前天,在师大莳英园晨练后,突发奇想:去参观锣鼓桥。滨河路没有直达公交车,只好舍近求远,出东校门,步行到鼓楼南公交站乘2路车,转5路车,桥头站下车,跨过了锣鼓桥来到汾河西岸。

　　我只好从锣鼓桥西头往东头参观了。其实在孙儿焯焯小时候,我曾多次带他来这里玩,今天看起来仍然很新鲜。锣鼓桥(原马务桥)是临汾首座汾河大桥。始建于1969年,25跨,长500米,宽9米。1988年重建,14跨,宽25米。2008年加宽改造,14跨,长560米,宽55米,6车道,2009年竣工。由普通桥改造成锣鼓大桥,凸显临汾锣鼓文化的特色,是山西第一座雕塑文化之桥,也是中国最大的锣鼓文化大桥,创世界吉尼斯之最。

　　我参观了桥西头南北侧各有一个约1000平方米的锣鼓广场。从桥面北侧人行道上,由西向东边走边看,来到桥东头南北两侧另外的两个锣鼓广场,给我留下了强烈的印象:锣鼓桥的独特贡献是,以桥为载体,主要运用石雕艺术形式,将临汾威风锣鼓文化风采表现得淋漓尽致,说"创世界吉尼斯之最"也不为过。

　　威风锣鼓起源于尧舜,形成于唐宋,流行于临汾。乐器有锣、鼓、钹、铙四种,打奏列阵威猛雄壮,鼓声如雷,故称"威风锣鼓",是中国宝贵的民间艺术遗产,传承至今,不断创新,更显威风,打响神州,威震四海。临汾因此被冠以中国"锣鼓之乡"称号。

设计师是在突出锣鼓桥大理石"鼓"的主旨。锣鼓桥上无处没有鼓,大、小、平、竖,花纹、色彩、盆形、长筒形等形状,简直是一座石鼓的博物馆。桥墩、护栏和桥面中心共由1500多面鼓雕刻镶制。东西桥头中间各斜竖一面直径约一米的石鼓,鼓面上镌刻了"锣鼓大桥"四个红色大字,距此十几米处,还平放一面大石鼓。每个广场前一米高镌刻了"锣鼓广场"的方形石柱上方,平雕一面石鼓。石柱两侧"回"字图案左雕一个竖形石鼓,右雕一个较小的石鼓。广场绿化带每一条路径出口处两旁都有两个大小、花纹各异的石鼓。广场告示:"警务、商店、卫生间"等文字也分别刻在一个竖形的鼓面上,连垃圾桶也是50多厘米高的长鼓形的。特别是紧靠桥边翠绿的灌木丛中,雕塑了四个小孩(男女各两个)各坐在一面鼓里,每个小孩两边各竖一个面朝两侧的石鼓,孩子坐在中间面向前方竖起的较大的石鼓中,头顶便是弧形鼓帮。两侧石鼓酷似车轮,孩子像坐在双轮车中,向路人微笑,似在欢迎游人,惹得谁都要看他们一眼,并情不自禁地竖起大拇指。

桥的护栏全是大理石雕成。护栏的每一根方形石柱上都镌刻了"三晋名桥"四个红色大字。每隔两三米的石柱顶端都平雕一面小石鼓,一米多高的护栏面"回"字图案中部竖着一个面带花纹较大的石鼓。桥两侧人行道上,每隔20多米放着3个大小不同的红色鼓形花坛,中间最大的是叫不上名字的小树盆栽,两侧的是绿叶红花,把桥装扮得花园似的美观耐看。

更令人惊叹的是每个广场上的巨型雕塑。比如,桥东北侧广场的有两层楼高、约2米高的方形底座上平雕直径3米、高1米的石鼓,底座四面分别镌刻了"锣鼓之乡""威风锣鼓""历史简介"等篆体字,而鼓上耸立着10多米高的5个人表演锣鼓的雕塑群,每个人物面部表情、衣着装饰、表演的一招一式,都栩栩如生,威风凛凛,让观众享受到威风锣鼓表演的艺术美,感叹雕塑家的技艺精妙！而且,各个广场的雕塑内容各不相同,分别是演奏锣鼓的四种乐器:桥东头北侧广场的表演敲锣,南侧的表演打鼓;桥西头北侧的表演拍钹,南侧的表演击铙。雕塑内容都配有文字和图像介绍。例如在距离表演敲锣的雕塑3米处,地上铺了7块长方形黑色大理石板,第一块上雕刻了白色文字:介绍锣的用途、种类、威风锣鼓中锣的形制、特点、打法等。其余每块分别雕刻一种锣鼓敲法的人物表演图,生动逼真。距第7块2米远处还平放一面直径一米多的石鼓,面上雕刻:"好汉鼓"三个大字,下面还有一行小字:"背起者为好汉。"石鼓两个铁环上安着一条2米长的铁链。参观者中一些身强力壮的年轻人,总要提起铁链背一背,证明自己就是好汉！小孩也有提起铁链玩的,趣味盎然。

还有书法墙也彰显了锣鼓桥的文化风采。每个广场都有一米多高的三面石砌的墙,有两面墙上镶嵌着约30厘米见方石块的两面都镌刻一个字,例如桥东头北侧雕塑敲锣的"锣"字,就将它的草、隶、篆、楷体分别镌刻在石块上,每四块重复一次,大体上有七八十块之多,形同书法作品展,蔚为壮观,既满足了书法爱好者的兴趣,青少年也可以学到这几个字的不同书体。

锣鼓桥的文化风采吸引无数游客参观休闲。晨练时分,有甩长鞭、打太极拳、做八段锦、跳广场舞的……我还碰见三位老年人骑电动车过来,坐在桥西头北侧锣鼓广场树荫下,一个吹口琴,一个吹葫芦丝,一个拉二胡,对面还摆放着音响家什配乐,演奏《我的祖国》,激越嘹亮的音乐荡漾在广场上空。

锣鼓桥的文化风采,在桥梁建筑设计中渗透着丰富的雕刻、雕塑、书法等文化艺术因素。这是对中华民族传统建筑艺术的发扬光大,可以流传百世的经典作品。那些设计了铺满城乡火柴盒式的住宅楼建筑设计师们对此有何感想?

（2020年9月23日）

文化一条街

——鼓楼南北街游览纪实

有一天，在鼓楼南街的五一路北公交站等车时，为了消磨时间，信步转到站台绘有鼓楼图案的木板墙后面。其板墙上白底红字醒目的竖标题"鼓楼南北街改造之最"吸引了我，读完横排文字内容，"之最"竟然有 20 条之多，文字后面还列表指明每一条的位置。于是产生了看一看的想法。第二天先步行，走累了坐公交车，从南到北，从北到南，游览完鼓楼南北街，给我最深刻的印象是：旧貌换新颜，重塑了一条文化街。

1973 年初，我调到山西师范学院中文系任教时，除当年交际处是一座三层楼，临汾再没有一栋楼房。鼓楼还未重建，其北街是狭窄的沙土路，两边的房屋低矮破旧。鼓楼南街则是马车道，两旁耸立着几丈高的土崖，崖上散落着高高低低的民房。出了大南门（旧城门，即今与五一路交叉路口处），便是通往尧庙的田间小路。第一次扩建鼓楼南北街时，我是班主任，带领学生参加劳动。我们的任务是推倒鼓楼南街两旁的土崖垫街，拓宽拉平，打通到尧庙的路径，才有了街道的模样。80 年代，鼓楼重建后，鼓楼南北街第二次扩建后，街面硬化，其南街直达尧庙，两边才陆续建起了楼房商店。

2016 年，第三次拓宽改造鼓楼南北街，全长 7300 米，7 个月就完成了临汾最大的旧城改造工程。路面增宽 20 米,铺上了沥青混凝土,四车道。以艺术美观的理念装修沿街建筑,更新牌匾。增加绿化面积,新建便民花池墙 11870 米,可供 10000 市民同时休闲。全面整修鼓楼,新建游园广场 7 个、文化景观多处,面积 2.2 万平方米。

鼓楼南街市第三人民医院益民路口南侧,新建的一座抱鼓园。西、北两个入口处两侧半米高的方形石柱上都雕一面侧立的石鼓,其上下鼓帮都有一头卧牛。园内 200 多平方米,靠近东侧的高台上南北并排侧竖的 4 面深红色大石鼓,下鼓帮各雕有 4 头卧牛,上帮也有一头,似为卧牛抱鼓。为什么石鼓帮上都雕有卧牛呢? 一时不得其解。别看这个园地不大,也有人在打太极拳,花池墙上坐着不少人在聊天,老太太领着小孙子玩耍。

我来到鼓楼广场,面积上千平方米,晨练的人多,熙熙攘攘,热闹非凡。打拳的,舞棒的,跳广场舞、交际舞的,还有近百人的老年团体,排着两路纵队,有人指挥着,边走边做着各种体操动作。以鼓楼为背景,我用手机为他们拍了照。

我来到广场东边大型雕塑前。5 级台阶上,花岗岩石砌的 2 米多高的底座上竖着铜雕卧牛与长城相连的形象。底座西侧中央镶嵌一块铜牌上两个阳刻字:"脊梁。"其东侧中央一块较大的铜牌上刻了文字介绍:"临汾古城唐代由河西迁于此址。筑城时因城墙四角埋置铁牛镇城避灾,故称'卧牛城'。21 世纪第一个牛年,'脊梁'以牛与长城结合塑造了更具镇城的卧牛形象,寓意古城临汾重振雄风,象征中华民族坚挺的脊梁。"再细观铜雕形象,的确寓意深刻! 这时,我才明白了抱鼓园四鼓卧牛的含义了。我还注意到每个公交站台放置两条石头长凳,两头也雕塑了卧牛形象。汾河西路口北侧廊梦园,100 平方米的广场中央有一座铜雕:两头牛面对面,猫下身子,低着头,用足全身的牛劲,以头攻击前的一刹那的形象。其底座中央一块花岗岩石板上雕刻有两个金色大字:"勇者。"我想凡是看到卧牛雕塑的人,都会明了自己所处的这座城市的历史、现在,并会为它更加美好的未来而奋进。

有人说龙是中华民族的图腾,我们是龙的传人。在封建时代更把龙神化了,皇帝自称是龙的儿子,是天子,只有皇帝才能穿龙袍,坐龙椅。因而民间对龙也非常敬重,张天顺在字组画作品中称"中华巨龙 民族精神"(《山西老年》2020年第10期第5页)。当我来到古城东路口时,其南侧的四龙壁犹如北京、大同九龙壁的气势吸引着我的眼球。入口处两侧方形石柱上各侧均竖一面石鼓,鼓帮上雕一条小龙。石柱外侧方形红色印章上雕刻两个篆体字:"龙壁。"半米高的花池墙上每个方形石柱顶端都雕有两条小龙。正面高大的墙壁上有三块龙壁,中间较大的一块有两只飞舞的大龙,其间偏上还有一个展翅的飞人。若不细看,就会误认为是三龙壁。龙壁上方绿色屋脊房檐,檐下面还有人物、图画,与龙壁皆为琉璃彩塑,五颜六色无比辉煌。距龙壁前一米处地面上,有一块铜牌文字介绍:"四龙壁,始建于明正统二年,坐落鼓楼东街,与关帝庙相望,长16.6米,高7.6米,形制三壁合一,四壁琉璃彩塑,形神飞扬,堪称影壁艺术精品。1982年扩建鼓楼东街拆卸移存于尧庙。2016年鼓楼南北街拓宽改造时,在北城墙遗址修建龙壁园,将四龙壁恢复保护,重修再现。主壁两侧增建'南通秦蜀''北达幽并'副壁,南端新建'十大古典文化建筑'砖雕纪念墙,使鼓楼大街、城墙遗址、四龙壁等著名遗存贯通一体,展现了临汾厚重的历史文化。"原来这里是北城墙遗址!由此观之,现在临汾城区建设发展扩大了不知多少倍啊!再者,大家知道由于黄河三门峡水库建设的需要,1959年将永乐宫从芮城县永乐镇招贤村搬迁到芮城县城北龙泉村,特别是近万幅壁画保存修复如初,创造了古壁画迁移的奇迹。我们的四龙壁也创造了影壁保存迁移的奇迹!之后,我观看了"十大古典文化建筑"砖雕纪念墙,每幅用长两米、宽一米多的篇幅雕刻了鼓楼、尧庙、铁佛寺、元代戏台、东岳庙、飞虹塔、小西天、霍州署、丁村民居、华门的代表性形象,其中只有元代戏台和小西天没有游览过,每个都是形象逼真,气势恢宏,堪称"砖雕艺术的精品"。

一路走来,到处可以看到砖雕龙壁。设计者因地制宜,根据墙壁的大小,从一龙壁到十龙壁,有10座之多。几块至几十块青砖对接无缝,巨龙飞舞形象栩栩如生,砖雕龙壁也是一大创造。

解放路西口南侧雄风园内,西面中央常青树丛中,有一座大型石雕,雕塑的是卫青与霍去病的头像,其背景为雕有一个隶书繁体"汉"字的旗帜与两匹战马头像。底座上端中央一块铜牌雕刻阳刻字"大汉雄风"。底座前一米处在30多厘米高的城墙模型根竖立着2块长方形的铜牌,分别介绍卫青(前152—前106年)、霍去病(前140—前117年)的经历和功绩。两人都是河东平阳(今临汾河西)人,从小出身卑微,但武艺高强,被汉武帝破格提拔。领兵打败匈奴,平息战乱,保卫边疆安宁,并为打通西域丝绸之路建立功勋,受到汉武帝的嘉奖。铜牌之南侧竖一块黑底黄字的标语牌:"华夏砥柱",中间为"大汉雄风",北侧是"平阳骄子"。2块铜牌前一米处地面上平放一块一米宽、两米多长、20厘米厚的铜板上,雕刻着卫青与霍去病"远征匈奴作战经过及打通西域丝绸之路示意图"。这是最好的特殊奖状!

雕塑南北侧各有一处碑林,每处各竖立着12块一米多高、横截面是30厘米的正方形石碑,其顶端都雕一个战马头像。每块碑前方两面由全国著名书法家题写不同书体的四个大字,如:"民族英雄""身卑功高""捍卫和平""丝路先锋"等,后方两面皆镌刻颂词。雄风园建筑设计理念独特,东、北两边靠街面30厘米高的围墙是城墙模型,西、南两侧与机关相连,均为3米多高的城墙模型。两个入口处两侧方形石柱顶端各雕一面石鼓,似为战鼓!营造了古战场的氛围。人们面对这两位公元前的民族英雄,定会了知临汾的历史悠久,激发学习继承古人爱国主义的热忱。

鼓楼南公交站西侧建有老照片走廊。入口处砖砌照壁，筒瓦短檐，中部一幅圆形砖雕，上有一条飞龙。园内二三百平方米大，南、西、北依墙建走廊，筒瓦房，18根方形石柱，其间由30厘米高、20厘米宽的像长板凳的大理石栏杆相连，可以供人落座休息。入深3米，红砖砌墙，白灰勾缝宽而深。墙上每张老照片都贴在正方形凹坑内的木板上，共有40多幅，都是各个历史时期临汾面貌的写照：民国时期、解放初、70年代、80年代的尧庙；民国、抗战时期的鼓楼；80年代鼓楼南北街；解放初汾河浮桥；90年代木架桥等。这些老照片具有十分珍贵的收藏价值和极高的认识价值。从新旧对比中，可以见出改革开放以来临汾发生了翻天覆地的变化，贫穷落后的时代已经远去，幸福感油然而生。

这条街上建有11座标准公共卫生间。每座建筑风格都不同，古今中外的建筑风格都有。每座卫生间门口都挂着楹联，有的是不锈钢阳刻字："南通秦蜀有驿站，北达幽并无忧处"；有的是黄木板阴刻黑字："莫道自古无显位，且看今日有尊容"等，都以对联形式传达着道德文明。特别是改变了几千年来的"茅房""厕所"不雅的名称，命名为"公共卫生间"。先后获得国家两个奖项，还获得联合国人居环境全球十佳"迪拜国际最佳范例奖"，并在汾河东路口卫生间南侧建了一座奖品模型，光彩夺目，激发人们的荣誉感，增添了浓厚的文化意味。

一路看来，还有"牢记习近平总书记嘱托"的党旗标语台、和平鸽飞翔群、扇形24节令图、老鼠嫁女、健身跑步、自行车赛、脸谱墙、五星墙、百花墙、梅花墙、七福墙……令人眼花缭乱，目不暇接。文化形式多样，有砖雕、石雕、铜雕、彩塑、摄影等，内容丰富，有传统文化、革命文化和社会主义文化。总之，鼓楼南北街是一条集休闲、娱乐、观赏于一体的文化街。

（2020年10月13日）

给临汾公交点赞

有一天,在滨河文化生态景区晨练回家途经滨河停车场时,向门卫一位中年男子打听:"我1973年来到临汾,还不见公交车。咱们什么时候才有公交的?"中年男子饶有兴趣地说:"你可问对人了,我正是最早开公交车的司机。70年代末临汾建起公交车队,当时很艰难,没有停车场,晚上车就停在鼓楼门洞里。那时,只有到临钢方向的一路车,可能你没有注意到。整整50年了。"自豪之情溢于言表。我忙问:"现在有几条线路?""30多条公交线路,每天有将近200辆公交车在运行。"

改革开放以来,临汾公交公司发展很快,工作越来越好。特别是我们老年人说起临汾公交都会伸出大拇指。总的感觉是:四通八达,站点合理,出行便捷,设备精良,技术过硬,服务到位,文明成风,总有人给老、弱、病、残、孕让座……临汾公交为什么这样好,这从我亲身经历的一件小事,即可找到答案。

前年暑假的一天下午,我陪即将上初中的孙子焯焯到平阳广场新华书店看书。16点,考上大学的孙女笏笏也来看书。18点,我们乘10路公交车回家时,笏笏边接电话边给票箱投币,一不小心就将一张百元币投进去了。她十分紧张,问我怎么办?女司机看见了,急忙安慰说:"不要紧,我无权开票箱。到终点站开个证明,去公司就可以解决。"

　　车到师大后门站,让焯焯下车回家。我陪箱箱到尧庙锦悦城终点站下车后,女司机领上我俩到车场办公室找到领导。一位平易近人的中年男子,听了女司机的介绍,又问过箱箱,马上给公交公司打电话,之后,写了一张便条,让女司机签了字。他把便条交给我说,明天到公司大楼12层找段总就可以解决。

　　第二天早饭后,我乘公交车来到向阳东街原西行长途汽车站处。90年代,我到洪洞等地给师大函授生上课时,就在这里搭车。原来只有一些平房,事过境迁,现在是一片高楼大厦。经过打听,才找到12层高的公交公司大楼。临汾城区建设发展多么快啊!

　　上到12层,一找到挂着副总经理牌子的房间就敲门,却无人答应。这时,一位年轻男子过来,我说明来意。他有点抱歉意味地说:"很不凑巧,今天段总外出有事,明天上午来吧。"说完将我送到电梯门口,打开电梯门,送我上了电梯。

　　第二天,当我来到12层,正在楼道往段总办公室门口走去,只见一位50来岁干部模样的同志迎面走过来问道:"是不是错投币的事?"可能看见我手里拿着便条。"是的,找段总。"他边开门边说:"我就是你要找的人。"进了办公室,接过便条,没有来得及坐下,立刻趴在办公桌上签了字,并交代说:"乘20路车,到家思博尔酒店后面的点钞中心找许总。"说着又在便条上写了许总的手机号码。我说:"23路车可以吗?"他说:"可以。"我接过便条说:"在城市里你们的工作很重要,也做得挺好,都说咱们临汾公交好……"他谦虚地说:"谢谢老同志鼓励,请多加批评指正。"我建议说:"有的旧站名称应该保留,比如'大南门''孙膑庙'等。临汾是古城啊!"他说:"这个意见可以考虑。"之后,他送我上了电梯。

　　乘23路车在家思博尔酒店站下车,问过酒店保安,人家手指大酒店南侧一条马路说,一直往后走。走了几步碰见一位穿公交服的女同志,又问了一句。她热情地说:"跟我走,我正是去上班的。"从后门进入一个有几百平方米大的广场，东侧停放着一溜十几辆公交车在充电，西侧有工人在维修车。女同志直接把我送进东南角平房一个很不显眼半掩着门的办公室里。中间摆着十几米长的条桌，两旁面对面坐着两排女同志低着头专心致志点钞，鸦雀无声。见我进来，一位女同志即刻过来接过我手里的便条，看了一眼说："请先到外面等一下。"我出了门几分钟，接便条的女同志出来对我说："稍等一会，你就可以拿到钱了。"

十几分钟后一位30多岁的男同志，可能就是许总，叫我进去。让在小本子上一张表格里签了字，留了电话，就把100元钱交给了我。我说："麻烦了，谢谢!"他微笑着说："为人民服务嘛，让孩子以后注意一点就好了。"

(2021 年 4 月 18 日根据 2020 年 10 月 30 日日记整理)

我享受到的便民服务

  2012年8月2日早饭后,我乘公交车到临汾市广宣街太行药店买药交款时,女收银员告知药是自费的,不能刷医保卡。我到旁边交款时,可能把医保卡丢在刷卡台上了。回到家里,从绿色提兜里掏药时,发现只有老年证,唯独没有医保卡。找遍了衣袋,也不见踪影。我一着急就发火:"这才怪了,怎么能没拿回医保卡呢?"老伴却埋怨说:"以后不能让你出去买东西了。""你就会火上浇油!"我没好气地反驳道。

  我马上骑电动车快速赶到药店,问了刷卡和收款处的两位女收银员、给我拿药的青年男子,都说没看见。他们劝我赶快到市医保中心去挂失。已过12点了,我只好问明地址,失望而归。

  回到家里,努力控制了自己的情绪,只能冷静面对。老伴也和颜悦色地安慰说:"卡里不就是几百块钱吗?也不一定能丢了。"我记不清是怎样吃完午饭的。"人老了,不行了。"这种情绪总是挥之不去。

  下午一到上班时间,我就赶到北狮子巷市社保中心二楼大厅集体办公处,找到医保卡挂失办公点。接待我的是一位中等个、说话办事麻利的年轻女办事员。我一说明来意,她就把一个小册子递给我,让登记填表:姓名、身份证号码等。她看后说,交10块钱,明天上午来领卡。我说连医保本都丢了。她说本本没用,有卡就行。我来前想得很复杂,做了充分准备:除身份证,还往信封里装了两张彩照,并将事先记在电话簿上的医保编号、卡号、参保和发证时间,以及丢失时间,都写在一张卡片纸上,却未能用上。在回家的路上,我总是半信半疑,就这么简单?

第二天,晨练后,将近9点,我骑电动车来到市社保中心领取医保卡。还是那位女办事员,柜台前已有两位排队的。当轮到我时,将身份证和昨天填的表复印件递过去,她仅用了几分钟,就把新办的医保卡交到我手里。我问:"卡里的钱还在吗?"她即刻读出电脑上的数字:"365······"我忙说:"对、对、对。"我激动地说:"昨天11点丢的卡,没想到未过24小时就补办了新卡;没想到卡里的钱,一分也没有丢。你的工作真不简单,为我们老年人解除了思想负担。"她谦虚地说:"谢谢老同志的鼓励。"

回到家里,我的情绪还处在激动之中。老伴听完我讲述办卡的情景,称赞道:"真没想到办得这么快,干部作风大变样了。"

2015年1月5日上午,给老伴办老年证时,先到师大离退休管理处领上表,再到学府居委会盖章。居委会主任说:"居委会换届选举,西街办事处把公章收走了,要到办事处三楼去盖。"她立刻给办事处打了电话。

我第一次去西街办事处新办公楼。靠街道的北面两层出租给大酒店、足疗馆,转到后面才找到楼梯。上到三楼把一式三张表交给一位中年女同志,她一看姓名和照片就说:"这不是在师大南区居委会当过主任的吗?"我说:"是的,我老伴。你们把公章收上来了,就等于收了权。你们可能没经过,'文化大革命'中,一个单位两派群众组织争先恐后地夺权,就是夺这个木头疙瘩(那时公章是木刻的),谁家抢到手,就算夺权胜利。"她和几位女同事,像听故事似的津津有味。说话间,她就给我盖好了章。

下午,骑电动车来到锣鼓桥东北侧新建的临汾市政务服务中心。这座建筑的选址和设计,处处体现着"便民服务"的理念。地址选在交通方便的滨河东路北端,有几路公交车均可抵达。楼前是宽阔的广场,可停放百十辆小车。我在保安人员导引下,将电动车放在了广场东侧车棚里。车棚的柱子上都安有充电插座,有的电动车正充着电。服务真周到!

服务中心大楼不高,坐北朝南。一进大门就有一位保安热情地询问我办什么事。我说办老年证。他说上二楼北面最东边窗口,并指给我电梯口。为方便老年人,两层楼破例安有电梯。乘电梯上到二楼,但见南北两面各个办公窗口上方,都悬挂着醒目的牌子,我很快就找到了办老年证的窗口。坐在台前板凳上休息了片刻,刚到两点半,便有一位瘦高个女同志端着水杯走过来,一坐下,就向我示意要表。她拿到表,立刻把信息输入电脑,不到 10 分钟,老年证就交到我的手里。我顿时情不自禁地竖起大拇指称赞:"谢谢,真是快捷!"她微笑着说:"不客气,多指正。"

我把老年证和户口本装进绿色提兜里,边走边看,仅二楼就有几十个单位的办事窗口。大厅中央还设有巨型屏幕,不停地滚动着红色信息:各个单位所办的业务、程序、所需时间……下到一楼,也转了一圈,仍有几十个单位的窗口,两层楼大致包揽了市政府各个部门政务办公窗口。如果同时到几个单位办什么手续,来这里最方便了。来办事的人,都是匆匆而来,愉悦而去。再也听不到来政府办事"脸难看,话难听,事难办"的顺口溜了。这是临汾市委、市政府落实以习近平同志为核心的党中央关于干部作风建设指示的显著成果。

(2017 年 10 月 20 日根据 2012 年 8 月 2 日、3 日,2015 年 1 月 5 日日记整理)

作家、学者孰"更伟大"

——同李景阳、彭妙艳商榷

李景阳在《学者不比作家更伟大》(《文艺报》1999 年 4 月 13 日)一文中,批评有些作家在"学者崇拜"情结的影响下,"学得装腔作势、故作高深、游戏概念,玩弄逻各斯起来"。他说的无疑是正确的,应当引起重视。但由此认为"作家不比学者渺小",意即"更伟大"。对这种看法,我不敢苟同,更不会赞许像彭妙艳在《抢回作家的自尊》(《文艺报》1999 年 5 月 22 日)一文中所说的那样:"让我读了几欲'临表涕零',唏嘘感喟良久!"并认为当务之急:"抢回作家的自尊。"我以为作家和学者中都有伟大的,也会有渺小的。两者都是精神生产者,只有分工不同,而没有伟大与渺小之别。要"抢回作家的自尊",其关键不是同学者较什么劲、争什么高低。

首先,不能以目前学界存在的不正之风,来否定学者的价值。李文说,有位学者,借文学出名后,发表文章大骂他的批评者。这种行为当然是不正确的。学界不正之风还可以列举一些:有的不是"用科学的理论武装人,以正确的舆论引导人",而是贬斥、歪曲、否定马克思主义,宣扬资产阶级哲学观、人生观、价值观;有的缺失民族气节,拜倒在西方现代主义文论的脚下;还有的甚至学会了刀斧手的本领,剽窃他人的成果。凡此种种,都不是学者应有的品质,而是一切正直的学者所不齿和拒斥的。所以,不能因为某些作家受其影响,而在创作中表现出不良倾向,就断定"作家不比学者渺小",这恐怕有点以偏概全之嫌吧?

其次,不能以文学创作的独特性和作家的特殊才能,否定学者的价值。李文从双方的"活计"和"本事"上做了比较,从三个方面说明学者不如作家的"本事"大,这些可能是事实。但是学者的一些"本事",作家也不一定具备,这恐怕也是事实。这是作家和学者在不同的精神生产劳动中,长期以来所造就的独特性。我们认识两者的重大的区别是十分必要的,然而由此对双方的优劣做出判断是很难的。就像铁匠与木匠,究竟谁的"本事"大,很难断定一样。因为这是不同行当、不同类项之比,缺乏可比性。只能从他们在生产实践中所取得的成效中,才能对各自做出不同的评价。虽然作家主要是运用形象、意境、情感,以审美的方式创造艺术品的;而学者主要是运用概念、判断、推理、综合,以理论的方式撰写论著的。但从根本上看,他们都是精神产品的创造者,都是对社会生活本质规律的深刻揭示,帮助读者认识理解生活,创造更美好的生活。还由于两者都属于上层建筑领域的意识形态范畴,是相互影响,共同发展的关系。正如李政道所说:"科学与艺术是一个硬币的两面,谁也离不开谁。"作家和学者正是既有重大区别,又有密切联系的关系。有了这样的认识,就不会以作家之长,去度学者之短了。

第三,作家学者化不会有什么"危险"。王蒙在谈到作家修养时,曾呼吁过作家要学者化。可是,李文中却说:"作家真的学者化了(须知是'化'),恐怕是很危险的。"彭文中也把作家学者化看作是在"小说里,大量地引用历史文字、哲学文字,从汉学到宋学,从正史到野史,从中国的程氏兄弟(北宋哲学家程颢、程颐,合称'二程'——作者)到外国的海德格尔,都被剪贴出来,又被拼贴进去"。从两位作者的论述看,一是对作家学者化含义的理解有些绝对化;二是对其必要性缺乏认识。不能把作家学者化的"化"理解为变、改,表示事物转变为某种性质或状态的意思,即把作家变为学者,用理论的方式进行文学创作。这里的"化"主要是指作家除了具备一切思想艺术修养外,还应该具有学者那样广博的科学文化知识修养,要求作家通过广泛阅读哲学、美学、人类学、社会学、文化学、历史学、心理学、自然科学等方面的名著,获取丰富的科学文化知识,达到自己"那个时代最高世界观水平"(列夫·托尔斯泰语)。科学文化知识对文学创作的影响也不是直接的、单行的,不是在文学作品中写哲学讲义,而是使作家更能敏锐和深刻理解生活,并转化为作家的真情实感,才能在文学创作中发挥作用。这种影响往往是在不知不觉中融入作家的血液里,体现在文学作品中,就像水中糖一样,虽然看不见,但已在其中了。两位作者所强调的作家特有的悟性和心性,两者的生成,除作家的天赋和艺术修养外,学习科学文化知识也是不可或缺的修炼。彭文中所列举的鲁迅的《孔乙己》、吴敬梓的《儒林外史》中,塑造的艺术形象所具有的"穿透力"和"生命力",虽然不是靠作者所云"罗列历史进士现象",难道同作家丰富的历史知识和进步的世界观毫无关系吗?再如《红楼梦》之所以被誉为中国封建社会的百科全书,不同学科的专家学者分别从中研究清代的政治、经济、建筑、服饰、烹饪、医药、诗词、对联、道德风尚的发展状况。恩格斯之所以说,我从巴尔扎克《人间喜剧》中"所学到的东西,也要比从当时所有职业的历史学家、经济学家和统计学家那里学到的全部东西还要多。"(《马克思恩格斯选集》第 4 卷第 463 页)这些文学大师的作品具有如此丰厚的文化含量,这只能说明他们具有学者一样渊博的科学文化素养,绝不会有别的解释。当然也离不开他们的"悟性"和"心性",但大师们的"悟性"和"心性"并非是天生的,而是饱含在浓郁的科学文化汁液中。作家只有养成这样的"悟性"和"心性",才能创作出大师级的文学作品。

作家学者化的倡导是文学本质特征的必然要求。文学是审美意识形态,它的特殊的反映对象是以人为中心的社会生活整体,它包括政治与经济、精神与物质、家庭与社会等纷繁复杂的现象。文学作品实际上是作家以审美的眼光对社会生活所做出的政治的、哲学的、经济的、道德的、宗教的等的理解、分析和评判。文学不仅具有美悦作用,同时还具有认识作用和教育作用。因此,文学对作家的要求很高,如果不具备学者那样广博深邃的科学文化知识,不能像巴尔扎克那样同时用"画家、医生、哲学家眼光"观察生活,就不可能创造出含金量极强的文学作品,也难以充分发挥文学特殊的社会功能。

倡导作家学者化,也是我国文学创作发展的需要。新时期以来,我国文学创作取得了前所未有的成就,这是有目共睹的。仅长篇小说的出版,90年代以来,每年从400部增加到800多部,数量是相当可观的。然而人们所渴望的精品不多,大师级的作家及其作品还未出现。特别是目前文学创作还存在不尽如人意的境况。新生代的一些作家拒绝中华民族优良传统,排斥鲁迅,藐视人民,淡化意义,摆脱主旋律。人们从他们的作品中看不到振奋人心的、智慧的、指出生活前途的、塑造生活楷模的话了。要解决这些问题,需要做的工作很多,而提高作家的科学文化知识修养,也是十分必要的。

倡导作家学者化,不仅是王蒙一个人的愿望,也是许多作家和文论家的共识。苏联著名作家列昂尼德·列昂诺夫在接受我国学者刘宁访问时指出,今天不仅需要有纵观世界各地事物的横向思考,更需要有深入追溯、探讨人类历史和文化渊源的纵向思考。这是能够帮助人们在世界历史的迷津中判明方向找出正确出路的唯一途径。"今天的作家应当成为哲学家。"恩格斯称赞歌德在物理学、化学、生物学等学科上都是很有造诣的大学问家。广博的科学文化知识,使他成为文学领域里"真正的奥林帕斯山上的宙斯"

(《马克思恩格斯论艺术》第 2 卷第 348 页)。歌德正是以丰富的科学文化知识为基础,才能让他的主人公浮士德走出书斋,涉足历史、哲学、自然、社会和道德等领域,去探索人生的奥秘。苏联无产阶级作家阿·托尔斯泰也强调文学创作要以广博的科学文化修养为基础,他说:"我运用多种多样的资料,从专门书籍(物理学、天文学、地质化学),一直到笑话。我在写《加林工程师的双曲线体》(一个工程师的故事)时,不得不去学习分子物理学的最新理论。"(陆贵山等主编《马列文论导读》,作家出版社,1991 年版,第196 页)这些事例生动地说明倡导作家学者化是多么重要啊!

　　总之,倡导作家学者化,不仅不会有什么危险,更不会丢掉"作家的自尊"。丢掉的只能是目前文学创作中存在的不良倾向和一些作家的浮躁、浅薄、眼光短视、意志消沉、背离时代和人民的弱点。现在作家的当务之急不是同学者比孰"更伟大",而应该扑下身子虚心学习,取长补短。特别是中青年作家实现作家学者化之时,便是我国文学全面走向世界之日。

(1999 年 8 月 23 日)

读栾保俊评论
张平长篇小说《抉择》有感

　　读过栾保俊《一部难得的警世之作——〈抉择〉》(《文艺理论与批评》1998 年第 2 期) 一文, 心情久久难以平静。令人喜悦的是, 张平的小说写得好, 栾保俊这篇评论写得也好, 的确是近年来难得的优秀小说和切中要害的文学评论文章。作家和评论家的忧患意识, 对党、对社会主义祖国和人民的赤诚爱心, 对损害社会主义的蛀虫——腐败分子疾恶如仇的愤懑之情, 使我钦佩, 万分感动。我将他们引为同道、同志。

　　令人深思的是, 从领导到群众对损害社会主义蛀虫的真面目, 及其对国家、对人民的危害性是否都像作家和评论家认识得那么深刻? 我看不然。《抉择》及其评论告诉我们, 在改革开放的宏伟事业中, 充满着两条道路的尖锐斗争。改革开放的目的是为了纠正不利于社会主义生产力发展的"左"的思潮, 学习、借鉴资本主义国家的先进科学技术和人类一切文化成果, 进一步完善社会主义制度。但是, 国际资本主义势力乘机对我国实施"和平演变"的策略, 竭力想改变我国社会主义的航向, 妄图演变为资本主义自由王国。对此, 我们不难识别, 有足够的警惕性, 是不会上当受骗的。相对来说, 对社会主义肌体内滋生出来的蛀虫, 以"集体腐败"方式, 腐蚀、蚕食社会主义革命和建设果实, 把人民的血汗钱、国家财产据为己有,妄想国家改变颜色后为当资本家积累资金,做准备。像《抉择》所描写的郭中姚、陈永明式的蛀虫才是最危险的敌人。帝国主义从外部搞垮我们是难以得逞的,历史已经做出了结论。堡垒最容易从内部攻破。如果蛀虫成灾,"集体腐败"像瘟疫一样蔓延开来,那将会使人民的革命成果付之东流。今日的蛀虫就会变为残酷剥削人民的资本家,人民就没有不当雇工的自由了。

现在最危险的还不是蛀虫的存在及其恶行,而是对他们缺乏足够的认识和警惕。

第一,应当看到损害社会主义的蛀虫大部分滋生于各级领导层,参与"集体腐败"者大部分是掌握一定权力的党员干部。当然一般干部、职员中也有腐败现象,但毕竟不如前者影响大、危害严重。他们结成了盘根错节、上下勾连的关系网,一损俱损,一荣俱荣,谁也不敢揭发谁。群众敢怒不敢言。于是他们就有恃无恐,贪得无厌,终于把一个好端端的企业掏空了。

第二,这些损害社会主义的蛀虫是我们党的蜕化变质分子,丧失了党的理想信念,已经堕落成为企图从内部把社会主义转化为资本主义的敌人。总经理郭中姚的一段自白充分证明了这一点。他说:"其实都在演戏,表面上看,我们都忙忙碌碌,信心十足,而内心里所有的人都在做着准备。""所有的人都在等,都在等着那一天的到来。"这一天就是:"形式上没变,但本质上却完全变了。共产党也不是过去的共产党了,社会主义也不是真正的社会主义了,老瓶装新酒,一切都徒有虚名罢了。"因此就大捞其钱,准备后路,"要是变成了资本主义我就去当资本家"。这就是损害社会主义蛀虫的阶级本质。有多少人能认识到他们这种背叛心理和行为呢?

第三,值得我们思考的问题很多:为什么蛀虫出在领导层,又多是年轻的党员领导干部?为什么蛀虫把一个好端端的企业掏空了而不能及时觉察和制止呢?总经理郭中姚为什么能长期过着腐化生活而无人过问呢？为什么工人的反映得不到支持和及时解决呢？从中应该吸取哪些教训呢？

其一，一些官僚主义做派的领导，只听汇报，爱喜厌忧，不调查研究。这样就使那些见风使舵、报喜不报忧之徒得以生存发展。

其二，新时期以来，对党员的教育放松了，特别是有些青年党员追求物质享受，有几个人读过《共产党宣言》？知道马列主义是何物？甚至有不少干部连"十五大"政治报告也不认真学习。一些基层支部长期不过组织生活。

其三，工人在企业中究竟是主人还是雇工？实际上，有些厂长、经理，特别是在蛀虫们的心目中，他们自己是老板、雇主。工人是雇工，只有义务没有权利。老板想给工人多少钱没商量，甚至有些企业连8小时工作制也废除了。对工人的实际利益、疾苦、正当的要求一概不关心。把工人反对蛀虫的斗争，看作是造反，对举报者打击报复。

（1998 年 4 月 11 日）

质量是学报的生命

——读杨荣星《中国学报编辑学导论》

　　杨荣星是我的学生,从山西师范大学中文系毕业后多有联系,留给我的印象:他是做学问的。他现任山西电大学报主编,长期从事高校学报编辑工作。在为他人做嫁衣的同时,勤奋研究学报编辑这门学问,多有论著发表。《中国学报编辑学导论》(以下简称《导论》)的出版就是他多年工作经验的总结和科研的新成果。这不仅表明他是一位优秀的学报编辑,而且奠定了他学报编辑学家的地位。因此,我读着这样一部厚重(400页)的学术专著,比看到自己的新著还要欣喜百倍。对学报编辑学来说,我是个门外汉,只为学报写过稿子,也偶尔审过稿,当过第一读者。在学报生产流程中的编者、作者、读者的基本关系中,我属于后两者,只能从这个角度谈谈读后感。

　　《导论》无论从内容的系统性、基本范畴的科学性、指导思想的先进性,还是从研究方法的多样性看,都可以看出杨荣星已初步构建起自己的学报编辑学思想体系,为促进中国学报编辑学发展趋向成熟尽了一分力。《导论》特别注重学报质量问题,把它作为编辑学的中心环节来研究,设专章详尽论述,篇幅也最长。他强调"质量是学报的生命,也是学报永恒的追求目标"。针对当前影响学报质量的几种现象,从学报质量标准、质量评估、质量检验等方面,论述了学报质量的极端重要性、保证质量的措施、评估检验质量标准等问题。这对不断提高学报质量无疑具有启示性和可操作性。最深刻的启示是,不论是学报的编辑质量,还是学报的出版质量,论文的学术质量是核心。保证学报质量的这措施、那措施,编辑把关是第一位的措施。编辑要把好质量关,必须做到两个"熟悉"和一个"首位"。

一是对科研发展的历史与现状要熟悉。学报编辑无论分看哪个专业的稿子,都要对该专业或某论题的科研发展过程了如指掌,例如它分几个阶段,每个阶段的代表人物及其代表作、代表性观点;有哪些争论,有哪些派别;研究的现状如何,前瞻性的问题是什么,等等,都要十分熟悉。这样,编辑才会练就火眼金睛,发现和扶持具有创新性的优秀论文,拒绝假冒伪劣产品、"垃圾论文"。

二是对作者科研情况要熟悉,即鲁迅先生所谓的"知人论世"。首先,要了解作者的科研是否有明确的方向。其次,要了解作者是否紧紧围绕科研方向发表论著。1978年以来,《山西师大学报》发表了笔者的15篇论文,其中全文转载:7篇11次,摘要介绍:6篇7次;有十几种报刊书籍几十处引用了论文的观点;获赵树理文学奖、省教委人文科研奖、校科研奖:4篇(部)。之所以取得这样的成绩,主要是始终坚持以马列文论研究为主导方向,以回答教学和科研中发现的新问题为研究对象。这样就会有所发现,多有新意,也就写出了较好的论文。如果作者没有明确的科研方向,就会为了应付评职称,临时抱佛脚,东拼西凑,甚至抄袭。编辑若对作者上述情况不甚了解,"垃圾论文"的漏网出笼就在所难免了。

最后,要把社会效益放在首位,做到社会效益与经济效益的统一。这是对文学艺术创作及其报刊的要求,我想学报也不能例外。学报为摆脱经济困境,求生存谋发展,出增刊或收取版面费都是可行之策。然而不能只把眼光盯在钱上,随意放宽论文质量的尺码。

否则,久而久之就会砸掉学报的品牌。

总之,《导论》对学报编辑工作进一步改进,特别是推动学报质量再上一个新台阶,都具有重要的理论与实践意义。杨荣星科研潜力还很大,只要不懈耕耘,定会有新的收获。

(2004 年 5 月)

妄想症患者日记

（小说）

　　吉某是我大学同窗,四年间,他睡下铺,我睡上铺。夜晚,他梦话连篇,鼾声如雷,同舍人深受其苦。我俩都爱好创作,关系甚笃。毕业后,各奔东西。他在家乡小城一所省级大学中文系当教授,我赴外地从政。各忙各的,少有联络。我只能在报刊上看他的学术论著,退休后拜读他的散文,他当作家的梦想成真。我年近古稀,毛病渐多,怀旧成疾,甚念这位同窗好友,在回老家途经小城时,特意看望。不料,一进他家客厅,便惊见墙上挂着他披黑纱的遗像。我忙问他夫人:"他还小我一岁,怎么就……"她的声音低沉:"去年年底走的。"我赶忙在他遗像前烧炷香,拜毕,又问:"患病?""一种怪病,医生叫'妄想症'。"她说着从书柜里抽出一个厚厚的本子递给我说:"这是他患病期间的日记。"她让我拿回去细读,体味一下他患病时的状态。

　　我知道他有写日记的习惯,而这本日记却杂无章序,语无伦次,几近梦呓,日月也颠三倒四。初读竟不尽了然。经向医生请教,查阅有关资料,才明了"妄想症"是精神疾病中的常见症状,是人的思维能力出现了障碍。病人常用毫无根据的、不符合客观事实的、病态的信念去推理和判断事物,而且与他讲道理、摆事实,都无法使之明白。具体表现为疑病、被害、嫉妒、自夸、自罪、妄想等。

（见《山西老年》2009 年第 10 期第 9 页韦公远文）再读，才对他的病情略知一二。征得他家人同意，选出若干则，供医学家参考。文字保持原貌，仅在括号里做必要的注释。

X 月 x 日

近日，睡眠渐差。肯做梦，午休也做，甚至觉得只有做了梦才算是睡着了。梦，多是稀奇古怪的，连如今最善于胡编滥造的作家也编不出来的事体。

大病临头，将不久人世了。一向自认为是彻底的唯物主义者，竟也生出些许悲凉的情状。今年才 68 岁。

X 月 x 日

校园中心地带，巨人广场。东西两侧大片碧绿的草坪，中央有圆形隐蔽式喷水池。池之东西两侧草坪边，各竖四尊国内外著名科学家的石雕像，带底座约五六米高，雄伟壮观。他们是爱因斯坦、门捷列夫、达尔文、牛顿、李四光、竺可桢、高斯、哥白尼。广场设计、建造者的理念很明显，希望学校多出巨人。想得倒美！

课余，总有不少男女学子坐在塑像之间的长椅上看书学习、朗读诗文。周六下午是英语角。

我喜爱这个广场，敬仰这些巨人。经常到此散步瞻仰，还写过赞美的小文章，登在校报上。

初夏，课外活动时间，斜阳也够毒的了。我头戴凉帽，一走进广场便觉异样。只见成百上千的男女生面南而站，个个身体向前倾，神情专注地听着。广场南侧四号教学楼门口悬挂着红底白字的横幅，桌前有一个人对着麦克风讲话，似乎在纪念哪位巨人诞辰日的样子。顿觉学子们前途无量。一时激动但见眼前的八尊巨人塑像冉冉升高，我也随之疯长，一直长到与广场西侧科技会堂 20 层大楼一般高，鸟瞰广场上的人似星星点点。我兴奋地喊道："我也是巨人了!"只听得身边几位学生惊呼:"哎呀,这位老师神经了。"之后,我什么也不知道了。

X 月 x 日

我醒来时,已是躺在医院病床上了。围在床边的老伴、儿女们见我醒来破涕为笑。儿子赶快去唤医生,女儿到街上弄吃的去了。老伴说我昏迷三天三夜了,可把孩子们吓坏了。那天下午你在广场上晕倒,多亏物理学院一位老乡及时给家里打了电话,叫来120。到医院检查有脑出血,抢救及时,才无大碍。

没多久就跑进来五六位男女大夫,儿子介绍说都是专家教授。其中一位是我学生的妻子心血管专家林大夫,平时戏称她是我的主治大夫,大小病让别的医生看了,总还要向她询问后才放心。另一位是大学校友的儿子神经内科专家递大夫。大夫们一脸雾气,迷惑不解,忙不迭地听心脏、量血压……一切正常。听了我对那天的回忆,他们都笑了。林大夫问我的感觉,我说只是饿。她说多亏脑出血不很严重。他们到外面研究去了。

当我吃完女儿买回来的一碗汤面,大夫们进来了。最年长的副院长说,看不出什么大病来,上年纪的人一激动就容易产生幻觉。再观察一个晚上,没有异常,明天即可出院。我的目光转向林大夫,她也点头称是。他们走时,一一与我握手,似祝贺,也像安慰。当母子俩送走医生返回来时,一脸凝重上涂了层笑容。我从他俩神色判断,医生对我没有说实话。老伴知道我这时最关心的是什么,连忙说:"他们会诊结论说,可能是'妄想症'。这是老年人的常见病,只要注意休息,每天有个好心情,不会有事的。"

常见病,我怎么没听说过?妄想?

X 月 x 日

出院后,似乎整个世界都变了样。

平时晨练，我和老伴各有爱好。我到校园走步、打太极拳、做八段锦和面部按摩。她到南区和一伙老太太打太极扇、跳舞。之后，我看书、写文章、习书；她做家务，下午与老太太们打扑克。井水不犯河水，自由自在，悠然自得。如今，美好时光悄然远去，老伴要跟上我晨练，下午散步也紧跟不舍。她提着包，里面装有水瓶、饼干，还有坐垫，累了歇息用。不过有失也有得，虽失去了自由，却长了威风。当了一辈子教授，也未曾让学生、助教为我提过包，现在有提包的了。

现今社会真是老龄化了，老干处离退休人员已达 600 多人。校园里有几对老夫老妻，每天都是老头牵着老婆的手在转悠，女的有痴呆的，有脑梗的，简直成了校园一道风景。人们早已见怪不怪了。我们的加入为它增添了新气象，是老婆领着老头，也因此备受关注。所到之处，无不感觉到人们奇异的目光，像是围观祥林嫂。隐隐约约听到窃窃私语："巨人来了。""教授神经了。"我也是有身份、有脸面的人，怎能容忍如此这般奚落？校园是不能去了。

来家探望的人也多起来了，有我的学生、同事、同学，老伴的好友。最令我难忘的是几位老同学的来访。

在这个小城工作的大学同班同学有六位，每年正月初六聚会，做东的是以姓氏笔画为序。可惜年龄最小的小钱年初却先我们而去，他老婆是早他三个月走的，真够悲惨的。健在的四位带着鸡蛋、牛奶前来看我。在书房落座后，他们见我与常人差异无几，可能比所料要好得多，都喜形于色。同系的语言学教授老焦总是那么风趣幽默，有人问他的头发怎么白得连一根也不剩，他笑道："你看不出来？这是染的。""人家都往黑里染，你？""我这把年纪，染黑了，孩子该叫爷爷，叫成叔叔了，岂不吃亏？"他所到之处总会给人们带来笑声。今天又笑眯眯地问我："听说你当巨人了？""真有其事。要让学生成为巨人，老师当然要做表率，身教重于言教嘛！"他们哈哈大笑。老伴端来果品，泡上茶。像往常一样穷聊，时政要闻、黄段子笑话,无话不说,但绝不提"病"字。天色已近中午,他们才想起是来看病人的,都说我这病不要紧,首先不要紧张,心情愉快,多活动,啥事也不会有。老焦说:"你看我的直肠癌动手术几年了,从来没把它放在心上。这不是好好的嘛。"中学高级语文教师老于,退休后多看医书,眨巴着小眼睛一本正经地说:"前几年发现我肚子里有个瘤子,没把它当回事,每天坚持按摩。没动手术,瘤子不见了。"钢厂党委原宣传部部长、作家老江指着他脑袋说:"北京专家在我耳朵后面凿了个洞,理顺紊乱的神经,左眼、嘴角不抽了。这算是大手术吧,回来后照样跳舞。"……

送走老同学,细细品味他们的言语,已可确信我患的不是什么"妄想症"。小钱患了肺癌,他儿子找老于说,他父亲很想见老同学,只是不能让他知道真相,就说是气管炎。我们前后看过三四次,去时先在老于家(离小钱家最近)集合,统一口径。到了小钱家,先问一问近日病情,然后尽量扯一些他感兴趣的话题。明明知道医生给他判了死刑,却又不能直说。为了减轻病痛,亲朋好友只能编织善意的谎言。每次出了他家门,我们都有说不出来的心痛。今天他们故伎重演,似乎忘记每个人所讲的病症,都是在小钱家说过的,我也说了自己的前列腺增生……不说破也罢,这也是人类的一种美德吧!

X 月 x 日

老伴是我的中学校友,在小学任教,教学能手。在家里里外外一把手,养儿育女、家务不要我操心。她属于那种贤妻良母型的,特别善解人意。我不想到校园见熟人,她便陪我到郊外滨河路晨练、散步。尽管如此,我仍然能感觉到所碰到的每个并不相识的人,注视着我这个死刑犯怜悯的目光。

人们为什么都是那种眼神呢?经过研究才明了个中缘由:还不是咱太穷?要是我也像美国的教授年薪十几万美金,住别墅,坐豪华轿车,谁还敢小瞧?

经过昼思夜想,终于想出个致富的路径,并决定立即付诸实践。我在电脑上打出一份广告。黄昏时分,我趁老伴在厨房忙活溜出家门,到街上把广告放大出样,复印了几十份,张贴在校园、街道的广告栏里。

广告的内容简明扼要,标题醒目:"谁要我给他当儿子!!!"自我介绍姓名、年龄、文化程度、职称。条件是谁能提供豪华别墅,我就给他当儿子,为他养老送终。联系电话:……

X 月 x 日

广告一贴出,就像一颗石子击起千重浪,立刻引动满城风雨,"教授要给人当儿子"的新闻疯传开来。上午,在校报社任编辑的女儿得到信息,立即发动家人和同事,把大部分广告揭了回来。

女儿冒着酷暑,满脸汗水,把一摞子广告放在我的写字台上,消瘦的脸庞想发火却装出微笑,太难为女儿了。她本来想说:"我们小辈在人前还能抬起头吗?"却转换为:"爸,以后要打字、出样子还是让女儿代劳吧。"女儿转身对跟进书房的老伴怪罪起来:"妈,你在家干啥哩? 这样的小事还让我爸满世界跑。"老伴急忙给女儿使眼色,那意思是:不知道你爸是病人?

这时,门铃响了,老伴去开门。听见是校党委分管老龄工作的边副书记和老干处处长来造访。老伴对他俩低声嘀咕了几句,他俩进得书房,先与我握手,落座后,处长说:"听说您病了,边书记很关心,专门来看望。"边书记是我的学生,中等个,秃顶白面。1970 年代留校后政治课教师奇缺,就改行教政治经济学。从政后还坚持上课,也评为教授。他直言请教:"吉老师,您怎么能想出那么个广告词?"他听我说是为了致富,便笑道:"那能致富?"我给他们讲了一个真实的故事。

1950 年代末,我老家邻村有个青年,与我还沾点亲。父亲早逝,家境贫寒,在县公路局当工人,工资低,家住在村外沟边破窑洞里。媳妇每天唠叨,扬言再住不上砖瓦房,就要离婚。青年无路可走,就在巷里贴出广告,只要有砖瓦房住给他当儿子。很快就与村里一家老两口写了契约,搬进人家三合院,住上了砖瓦房。

"学生想与您老探讨一下,时代不同了,今天恐怕不能再这么干了吧?"态度十分谦恭,是学生对老师的那一种。"咋不行? 不就有那么一个什么什么国,甘愿给人家那个大国当儿子吗? 还有一个什么什么国的,竟然通过全民公投,那些老百姓也不争气,有60%的人还是同意给人家那个大国当儿子,你们说说,有什么不同? 现在有些年轻人只要能弄到绿卡,跟人家当孙子都愿意!"

边书记有些尴尬,只好把话题转向安慰上。

他俩起身告辞时,处长说:"吉老师,今后有什么事,直接给我打电话。"我要送行,却被堵在书房里。老伴和女儿送到楼下,定与领导合谋如何对付我。

X 月 x 日

明亮的月光洒在阳台上,我直瞪着两眼,无论如何睡不着。思前想后,总觉得两位领导专程造访似有不可告人的目的。肯定是来观察我的病情、精神状况,测算倒计时,好制订处理后事的计划:联系火葬场、贴讣告、写告别词、举行告别仪式……这些都是老干处处长操心的事。我的学生言不由衷,都说了些啥?

总而言之,不久人世了。晨练无趣,所见之人都似乎在向我行注目礼,在送我远行。无法安心读书写作了,饮食也乏味。

X 月 x 日

昨天是重阳节。今晚外面漆黑,狂风大作,阳台窗户铮铮有声。难道今晚就要告别人世? 想着想着,突然有两个人影窜将过来,瘦身矮个,身着黑衣,面目不清。一边一个架上我就跑。我惊呼："你们是什么人？我要打110。""阎王爷有请。"原来是两个小鬼，我听了反倒安心了。谁能不死？死也要死个样！我对小鬼坦然相告："放开手，绝不会逃跑的。"当跨入阴界，他俩才松开了手，先搜走我身上仅有的几十元钱，我暗想，阴界冥国也兴这个？而后，一个小鬼在前面引路，一个断后，把我夹在中间。伸手不见五指，一路无话。不知走了多久，忽见光亮耀眼，前面的小鬼说："阎王殿到了，请进！"

一座宏伟壮观的宫殿魔幻般地出现在我的眼前，极像我和老伴在故宫看过的太和殿。宫殿灯火通明，竟然是电灯！通道两旁站着无数手持长矛短剑的卫兵。进得宫来，只见金碧辉煌的大殿中央龙椅上端坐着与电视剧演的清朝戏中的皇帝一模一样的人，两旁站着许多判官、侍臣。两个小鬼跪拜交差退下。阎王竟请我到他身旁坐下。阎王翻了翻桌案上的"生死簿"对我说："吉先生受惊了，你的阳寿还有20年，提前请你来是想委以重任，不知意下如何？"我有些迷惑不解，他又说："你是教马列的，我们这里需要你这样的人才。""阴间也有'马列'？"我更惊讶了。"当然了，我们要时时刻刻与阳界保持一致，紧跟阳界的发展步伐嘛！"我一时无语，只有心中称奇。

阎王又说："你是好人，干的都是好事。故想任命你为阴界冥国报应总署署长，掌管惩戒改造那些在阳界作恶多端的灵魂。"我有些明白了，赶紧答道："恕我不能从命。生前还计划撰写三部著作、两部学术专著，现在正在收集资料，还有一部散文集即将定稿。书出不来死不瞑目呀，等把这些事情料理完了，吉某不叫自到。"我违抗了命令，阎王并不动怒，又说："嗯，不错，你的计划是为天下民众的善事，最多需要几年？""十来年吧。""那好，不限时日，做完再说，职位给你留着。"小时听民间传说，总觉得阎王爷应该铁面獠牙，狰狞可怖，而我面前这位阎王却非常和善可亲。于是，我斗胆问道："怎么不让那些德高望重的人民领袖、革命家担当此任？他们无论从道德操守，还是功劳名望都是我不能企及的。"
"他们都是阳界顶级好人，灵魂早已升入天堂，到天宫做神仙去
了。""哦。"我明白了，看来老辈说的一点不假"好人上天堂，坏人
下地狱"。得知我心中敬仰的那些英雄、先辈们都上了天堂，我大
感欣慰。"阳界的信息你们是怎样得知的？"我又问。"先前，夜间
派判官秘密调查，记录在案，费力费神。如今好了，电脑互联网已
入阴界，阳界当天发生的事情几秒钟就传过来了，快捷准确。"电
脑？! 互联网？! 我惊奇得张大了嘴巴，半天合不拢。阎王见状，随
手打开桌案上的笔记本电脑，一面搜索，一面指给我看，"你看看，
这是不是你已经出版的那几部学术专著，发表的几十篇论文，还有
退休以后创作的散文……"如果不是亲眼所见，打死我也不敢相
信眼前所发生的这一幕，这是在阴间吗？我用的还是老式电脑，没
法联网。阴间竟然有如此发达的网络办公系统，太不可思议了！

　　阎王见我一脸困惑，为了让我对将要从事的工作有所了解，命
身边一位高个判官头目带我到报应惩治所去参观。又怕我耽搁太
久，家人着急，要他开车送我去。那是一辆敞篷汽车，我站在车上，
像国家领导人阅兵似的向两边观看。说是汽车吧，又没有轮子、没
有声音，不排废气，比高速火车还快。光线明亮，很像清冷的月光。
汽车行驶在宽阔的马路上，路两旁竖立着形状各异鬼怪式的建筑，
墙壁是玻璃砌的，室内灯光明亮。判官一边开着车，一边介绍，不
到一个时辰，走马观花，竟然观看了几百公里，令我振奋的是，这一
路上，我看到了各种罪恶灵魂受到了各种各样的刑罚，真是大快人
心，可见，那些造假、贩毒、杀人、拐卖妇女儿童，还有那些贪官污吏
等罪恶之人，在阳间做尽恶事，到了阴间也会遭报应！当然，各种
刑罚惨不忍睹，原先从传说故事中看到的那些十八层地狱种种酷
刑，在这里全都看到了。一路下来，我的心情无法描述，看到罪恶
分子得到报应，遭到惩罚，感到快慰，所谓"善有善报、恶有恶报"，
此话一点不假。但同时多少也有些心有余悸，由于场面过于血腥

暴力,就不在这里一一详述了。

转了一圈,又回到阎王殿前,阎王爷还在殿前等候着我,他问我的感观。我从牙缝里挤出四个字:"惨不忍睹。""罪恶的灵魂不经过如此这般洗礼,怎能改恶从善升入天界呢?"之后,阎王爷又命开车的判官赶紧送我回阳界。

当车开到阴阳分界线时,判官扶我下了车,将小鬼搜去的几十元钱如数还给了我。那个判官在我的背后使劲一推,我一下就飞了出去,吓得我大喊起来。

"老吉!"我睁眼一看,天已大亮,老伴坐在床边推着我。看我醒来,她长舒了一口气,埋怨道:"你这老头子,干什么呀,大喊大叫的,吓死我了。"我这才明白,原来是南柯一梦。

老伴听了我的讲述,先是惊诧不已,最后淡然一笑说:"梦不能当真,人常说梦是反的。"我的 20 年阳寿,没有引起老伴喜出望外的兴致。

X 月 x 日

儿女们对我不放心,隔三岔五来看望。今晚儿子、女儿来,特别装模作样,只关心我的感觉。我便明白了:无阳寿可言,不治之症确定无疑了。

既然确定了,也不过就是个死,有什么了不起? 我想到这里,突然从客厅沙发上站起来,做出董存瑞手举炸药包炸桥的造型,高呼:"为了新中国,前进!"我俨然是一位顶天立地的英雄,心里亢奋自豪。

老伴、儿女们却被惊呆了,不知所措。还是女儿脑子转得快,脸上堆出笑容,赶快按我坐在沙发上说:"爸的造型比电影里演得还要威武雄壮。可惜没带数码照相机,不能给你录下来。"全家人都笑了,无奈的苦笑。

X月x日

近日,电视、网上都在讨论全球气候变暖的问题。新闻报道:尼泊尔内阁在喜马拉雅山上开会,南太平洋一个岛国内阁潜在几十米深的海水下召开会议,以引起世人的关注;联合国秘书长考察北冰洋时,看到冰面破裂,冰山上的冰块纷纷跌落,连北极熊也失去家园而葬身于海水之中……这些画面令人触目惊心。有的科学家推测,如果南极冰盖全部溶化,世界洋面将升高65米,后果不堪设想。南太平洋上美丽的岛国图瓦卢可能成为首个"沉没"的国家。(《文摘报》2009年12月13日第7版)

午休,躺在床上还念念不忘气候变暖,正思考写一篇关于毁灭人类的几大杀手的文章。突然觉得有一股炙热的疾风火烧火燎而来,霎时间,盖在身上的毛巾被和衣服不翼而飞,混凝土楼房正在熔化。狗急跳墙,人急跳楼,我迷迷糊糊落到了火星上。一着地只见一位银发童颜的长者站在焦土堆上眺望叹息。我上前施礼问好:"您老何时来到火星?""什么火星?这是地球。"我诧异地环顾四周说:"地球?怎么啥也没有了,与1971年'水手9号'太空探测器所拍的火星照片一模一样呢?"老者长叹了一口气说:"人类毁灭了地球,也毁灭了自己。你看这不是汾河河床?"我顺着老者手指方向看去,汾河河水干涸,两岸的村庄、城镇也不见踪影了,只有烧焦的尘埃和沙尘。老者见我还是疑惑不解,便领着我去考察劫难后的地球。

好像是炙热的飓风,以第三宇宙速度(16.7公里/秒,物体达到该速度即可脱离太阳系而进入其他星系)把我俩脚不点地从汾河河床推送到黄河河床,出了渤海,到黄海、东海、南海、太平洋、印度洋、南极、大西洋、美洲、北冰洋、北极、欧、亚、非洲大陆……没多久就在地球上转了一圈。所到之处,没有一滴水,只有无际的尘埃和沙尘。海底的山脊、深海丘陵、二三十公里深的海沟、大洋中脊、海底平原等都裸露无遗;海洋中的岛屿都变成了大小不一的尘埃和沙尘的堆积物。鸟瞰五大洲陆地也已成为地球上最大的五块高原台地。全世界近 70 亿人、江河湖海中 2 万余种鱼、陆地上 100 余万种动物、30 余万种植物等一切生物、有机物都毁于一旦,连尸首的痕迹也未留下一星半点。要不是中国的长城、埃及的金字塔还残留下些许遗迹,那就找不到人类曾在地球上生存过的任何依据了。

我从老者的谈吐中感觉到他是一位了不起的气象地理学家。当回到出发地时,我向他发问:"为什么人类毁灭得如此神速?"老者讲了许多专业性很强的科学道理,留给我的突出印象是,人类欲望无限膨胀,资本成为人的一切行为准则,追求个人或小集团利益最大化。无节制排放二氧化碳,臭氧层被破坏殆尽,阳光直射地球,气温飙升,冰雪融化,海水猛涨,淹没了不少国家和城市。随着煤、石油、天然气等含碳燃料无限量地燃烧,致使气候由渐变到突变,地表温室效应超音速发展,地球大气层二氧化碳含量高达 97% 以上,地表温度攀升到犹如水星表面的 430℃ 以上,海水蒸干,一切生物、有机物化为灰烬,岩石也变为熔岩。几乎是一夜之间就出现了眼前的惨状。蓝色美丽的地球变成了锈红色尘埃和沙尘堆积物无生命的星球了。我又关心地问:"那么咱俩?""你想还能生存下去吗?"老者话音刚落,就变成了一股莫名的气体,吓得我出了身冷汗,醒来了。只见还是躺在床上,就嘟哝了一句:"总算逃过一劫。"老伴说我梦话不断,推也推不醒,又给她增添了几丝忧愁。

老伴听了我的"白日梦",玩笑似的说:"你这是杞人忧天。科技发展这样快,人类定会找到解决办法的。"这是在竭力安慰我。其实,现代科技发展的方向仍然是把科技作为索取自然、满足人的欲望、获得资本的手段。

X 月 x 日

上午,接到贺某的电话,说孙子高考成绩刚达三本线,要我帮忙录到文理学院。我应承说没问题。实际上大学早已是网上录取,公开透明,这并非易事。之所以答应得那样痛快,是因为勾起一件往事,一生唯一对不起的人就是这位同学。

贺某是我初中同班同学,一年级他是团支部书记,二年级贺某被选为校团委委员,我接替了团支部书记。当时正值反右派斗争期间,暑假在教职工中抓了几个"右派",其中一个是教过我们的算术老师,后来他跳入学校池塘自杀身亡。开学后,在学生中开展社会主义教育运动,发动学生揭批右派老师和学生中反党反社会主义的言论。有的同学揭发贺某写反动日记,曾流露过要上山当和尚,建立一个更好的党的想法。这些被公布在校黑板报上,很快成为全校学生批判的重点对象。运动结束时,校领导宣布开除贺某团籍,劝其退学。

贺某古典文学基础厚实,文章写得好,擅长书法、绘画,是班里的尖子生,很有培养前途。老师和同学无不为之惋惜。厄运临头,不能继续升学,连村里的民办教师也当不上。直到1961年甄别后,才当上民办教师。改革开放后,转为公办教师。

长期以来,一想起这位同学总觉得对不起他。在批判时,我曾私下给团员、积极分子打过招呼,要注意方式方法,不要伤害贺某的积极性。当学校宣布处分决定后,自己却没有去找校领导强调贺某是有培养前途的人才,那些言论都是认识问题,只要保留学籍,定会成为好学生。当时如果领上班团主要干部找校领导,结果就会大不相同。一想到这件事就痛恨自己,为什么当时就没有想到这一点,只是事后叫上班团主要干部到贺某家里看望安慰呢?

由于自己的过失而断送了贺某的前程,难道不是自己一生所犯的最大罪过?简直是罪大恶极,难以饶恕。

老伴见我接了一个电话,情绪低落,长吁短叹,泪流满面。她着急了,追问到底是怎么回事。她听了我的讲述,劝我说:"你这是自找烦恼。当时那么大的运动,又是越左越好,你一个学生干部的意见能改变学校的决定?再说,恐怕校领导也没有那个胆。"

老伴安慰的言语是怕加重我的大病恶化,走得太快,然而对减轻负罪感却毫无作用。

X 月 x 日

校招生办主任是我的学生,打了招呼。因为贺某的孙子有一个加分项,所以,按国家招生规定,孩子被录到文理学院数学专业。这使我十分欣慰。

我打电话转告这一消息时,贺某特别高兴,一再表示谢意。聊起往事,我趁机向他道歉,却被他打断了,而且很诚恳地说:"往事不堪回首,57年前的事谁都左右不了。宣布处分前,梁书记找我谈话时,我哭了。请求领导只要让我继续上学,一定能改好。梁书记答应考虑我的意见,结果当天下午还是公布了原决定。在班里你是我最可信赖的净友,你冒险打招呼让手下留情,感谢你在我人生最痛苦的时刻,领上班干部步行十几里路到家来安慰我。你千万不要自责。后来转为公办教师,调我到中心联校,被评为特级语文教师,任命为联校校长兼党支部书记。我感谢党的改革开放政策,为我提供了施展才华的平台。咱们都已年近古稀,一定要保重。"

我怀疑是老伴事先给贺某讲了我的病情,才有老同学的一番哄骗。负罪感非但没有减轻,反而加重了,压得我喘不过气来,无法安心坐在写字台前,只好蒙头大睡。

X 月 x 日

晨练后,老伴陪我到老干处阅览室查阅资料。阅览室在三合院南楼二层,有教室大的一间房里。阅览室里西头摆着报架,东头书架上斜竖着各种杂志,中央放着橘黄色长桌,桌子四周围着几十个软垫座椅,南北窗户下躺着简易沙发,中央、省、市党报,各类老年报刊样样俱全。每天都有离退休老头来阅读。一般情况下,先是个人埋头看自己喜爱的报刊,谁看到重大新闻,或趣闻轶事,便讲给大家听,接着你一言我一语地议论。很有意思,是老年人的好去处。有几位"常客",除双休日几乎每天必到,还带着笔和本,抄抄写写,被大家誉为"好学生",重阳节还被老干处评为"老而好学先进个人",颁发了奖品和证书。我为了查阅资料,一周能去一两次。

自从我当了"巨人",怕丢人现眼,很少来了。我俩一进门就引起所有老头的注目,纷纷放下手中的报刊,向我俩打着招呼,有的说:"欢迎,欢迎,很久不见了。"有的笑指长桌西端像会议室领导才能坐的位置说:"快坐,快坐,最近不错吧?"我也不客气,就近坐下来,"巨人"比领导也低不了多少。老伴代我回答:"不错,挺好的。"平日谁来了也无人理睬,来者自找空位置坐下,选好报刊便读。今天我之所以得到如此隆重礼遇,恐怕与我当了"巨人"不无关系。他们以为能近距离瞻仰"巨人"尊容,也不枉活一世似的。老伴是进入阅览室的第一位女读者,也特别新奇。我向大家挥手致意后,拿了一本《炎黄春秋》杂志,读有关批判所谓"民主社会主义"的文章。老伴坐在沙发上百无聊赖地翻阅报纸。大约过了半小时,突然有一位年过七旬的老教授拍案而起:"快到年底了,一位农民女工向外资企业老板讨要所欠的工资,老板拒不付款,竟派打手把夫妇俩打成重伤。太不像话了!"于是引发了老头们一片责骂声,也极大地激怒了我,霍地站起身来高声吼道:"目无法纪,把农民工不当人,要严惩不贷。"这时,我觉得似乎正在讲台上给学生讲课,下面学生坐得满满当当的,过道、门口都挤着人。于是我越讲越激动:"刚到12月份,南方某城市就有几十家外资企业老板为拒付农民工的工资而逃逸。农民工连回家过年的路费也没着落。这些老板简直是吸血鬼（世界上最著名的怪物之一。罗马尼亚民间传说中它是以吸食人血为生，不老不死，并能化身为狼或蝙蝠等形象）！还有比这更严重的哩，美国有三大富翁的财产等于世界上几十个最穷国家财产的总和。这才是世界上最大的吸血鬼！"接着，我激动地唱完了《国际歌》，又怒不可遏地说："不打倒吸血鬼，何时才能实现英特纳雄耐尔？"为了加深学生的印象，我想把"吸血鬼"三个字大大地写在黑板上，一转身看见的却是报架，没有黑板，更没有粉笔。这时，我才意识到不是在教室里讲课，也看清了老头们摘下花镜瞪大眼睛看着我笑，有的喝彩："讲得太好了！"

老伴提着包早就站在我的身旁，拽着我的手说："这是阅览室，给谁讲课呢？快回去，我还要蒸馍哩。"我像做错了事的孩子，顺从地跟在她后面往外走。出门时，老伴向大家招手，抱歉地说："对不起了，请见谅。"言外之意：他是个病人，别与他一般见识。

X 月 x 日

昨天上午的表演又震动了"朝野"，让老龄界人士更确信了我病得不轻。其实不是我病了，而是这个世界有病。外资企业非法废除 8 小时工作制，每天让工人干十几个小时的活，却还拖欠、拒付足额工资。老板的心为什么那么黑?！

我把手头正在读的书和写的文章放下，读起世界现代史。在职期间讲"马列文论"时，经典论著中涉及许多历史人物、事件，多次翻阅过世界现代史。而今天重读时，却怎么也读不懂了。老眼昏花，还是理解力差了？我国学者编著、翻译的欧美文本都读不懂。找到英文原版文本，反复研读，最终才从密密麻麻英文字母后面惊异地发现，世界现代史也只有两个字："吃人。"苏联和东欧社会主义国家、伊拉克数以万计的人民就是这样被吃掉的。所谓全球化，正如一位法国学者指出的那样，即美国化、资本化。其中

"发展经济"是最能迷惑人的一面旗帜,只看到推动社会历史发展的一面,而忽略了资本"吃人"的一面。不知从何时始,"剥削"一词成为人们最忌讳的字眼了,将资本世界视为天堂,年轻人趋之若鹜。

马克思曾说:"资产阶级的生产关系是社会生产过程的最后一个对抗形式……因此,人类社会的史前时期就是以这种社会形态而告终。"(《马克思恩格斯全集》第2卷第83页)我认为这里指的是以剥削为基础的资本主义现代文明,还只是人类文明发展的低级阶段,即人类社会的史前时期。只有克服了"吃人"的恶习,彻底摆脱动物性,实现共产主义,才能揭开人的全面自由发展真正的人类社会历史新篇章。

这不是我的痴心妄想吧?

X 月 x 日

上午,四位老同学冒着严寒结伴而来,一定是老伴打电话使然,不过我也很想念他们。

他们个个精神焕发,谈笑风生,乐观的情绪感染了我。问我近日感觉时,笑答:"挺好,能吃能跑,别听老伴虚张声势,什么病也没有。"他们笑我在阅览室的"表演"是职业病发作,过了把讲课瘾,不过,人激动了血流加快,有活血之功效。大家很快把话题转入闲聊,交谈各自听到的民间传说、大道新闻。最让我揪心的一则消息是,震动全国的三鹿奶粉事件。新闻播放时,我却视而不见,听而不闻。经他们一说,问题还挺严重哩,都是食品添加剂惹的祸。

三鹿奶粉厂为提高原料奶或奶粉的蛋白质含量,非法添加化工原料三聚氰胺,导致人体泌尿系统产生结石。食用该产品的有30万儿童患病,其中6个婴儿死亡。

老同学告辞时,我送到门口就让留步了,老伴去送了。

老伴见这次同学来访效果好,脸上显出久违了的几丝笑容。

回来一见我坐在写字台前发呆,口中念念有词:"三鹿奶粉,食品添加剂……"脸上的几丝笑容即刻绝灭,人算不如天算啊。

X月x日

晨练后,老伴陪着我又一次来到老干处阅览室,查阅有关食品添加剂资料。这是多次向老伴保证绝不滋事,弄出上次"表演事件"后,才被批准的。

不看不知道,一看吓一跳。卫生部网站公布:根据《食品卫生法》《食品添加剂卫生管理办法》的规定,批准17种食品添加剂扩大使用范围、使用量,即抗氧化剂、水分保持剂、甜味剂、乳化剂等各一种,着色剂7种、增稠剂4种。

卫生部网站还公布《食品中可能违法添加的非食用物质名单(第一批)》,即吊白块、苏丹红、工业用甲醇、工业用火碱、工业硫黄、工业染料等17种。所涉及的食品种类有渍菜、水果冻、蛋白冻类、面条、饺子皮、月饼、馒头、油条、肉制品、卤制品、小麦粉等十几种。

某农业大学食品学院范副教授在答记者问时说,人们在不知不觉中,吃着各种添加剂。仅面包中的添加剂就有面粉氧化剂、乳化剂、防霉剂、色素、香精等20种。火腿肠或罐头食品中也有复合盐酸类保水剂、吸收水分的植物胶、防腐和发色作用的亚硝酸盐、异抗坏血酸钠、红曲色素、乳链球菌素等。

把合法可食用的添加剂,按规定适量增添,对改善食品的质、色、味以及防腐、保鲜有一定的作用,不会给人体带来危害。然而,长期关注食品安全问题的陈院士忧心地对记者说,我国约有几十万家食品加工厂,其中大多数是小型企业。在食品添加剂使用过程中,容易出现超范围或超量使用的情况,食品安全问题则难以避免了。更何况不法商人违法使用非食用的工业化学物质。

《食品真相大揭秘》(天津教育出版社,2008年版)一书的作者,曾在日本一家食品添加剂公司担任首席销售员,他曾经把自己当成了为食品制造商解除烦恼的"救世主"。他用黏糊糊的"肉碎"(从即将扔掉的骨头上刮下的)和30多种添加剂做出了畅销的肉丸,创造出的利润甚至让厂家盖起了一座大楼。当看到自己的女儿津津有味地吃着这种肉丸时,他再也坐不住了,很快辞掉了"首席",开始著书揭开食品生产的"黑幕"。他说现在觉得添加剂就像军工产品一样,他和那些出售杀人武器、中饱私囊的"害人商人"难道不是一丘之貉吗?(《文摘报》2009年2月15日第8版)这也证实了陈院士的担心绝不是过虑。

看完的这些资料,老伴帮我一一复印。回到家里,我的心情骤然坏到了极点。甚至认为读书识字是一大错误,倘若一个字也不识,想吃啥就吃啥,想喝啥就喝啥,其乐无穷。现在懂得了有关添加剂的知识,却增添了无限烦恼。我的胃口一向很好,即使感冒生病也很少耽误过吃饭。而今,喝牛奶时就想起里面可能添加"皮革水解蛋白"(动物毛皮主要成分是蛋白质,把皮革用化学方法分解后的名称,进入人体可导致中毒、关节疏松肿大)就恶心想吐。从90年代以来,家里经济情况有所好转,早饭所坚持的半斤牛奶、一颗鸡蛋也废除了。我最爱吃的主食馒头、面条,也因怀疑面粉中添加致癌物质臭酸钾,而不敢多吃了。一见老伴买回来的白萝卜特别白净,就断定是用添加剂溶液浸泡过的,绝对不能上餐桌。

X 月 x 日

早饭后没有去晨练,老伴领上我到超市去排队买特价白菜,每斤0.18元。

当我俩走到超市停车场时,已看见超市大门前人山人海。老伴见势也顾不上我这个病人了,把提包往我手里一塞说:"你别着急跑。"瞬间她已淹没在人海之中了。大门一开,人们就像开了闸的江水冲进超市。我进入大门时,只见三路纵队从自动电梯往上跑,电梯因超负荷而停开。我被人流拥上二楼时,前面的人已在货架、摊位之间排成蜿蜒曲折的长蛇阵,老伴排在蛇脖子处。我挤不过去,就势排在蛇尾上。蛇尾还在不断延伸着。凡排队的都是退休的、不上班的老头老太太们。

队伍两旁都站着超市人员,秩序井然。排到跟前称好的白菜一人一棵,拿上就走,速度不慢。老伴买到了,又赶到我跟前以照顾病人为由"加塞"又买了一棵。尔后,老伴提着超市的枣红色塑料篮子,我挎着提包,来到面包、糕点摊位。老伴要给孙子买面包,我立刻阻拦说:"面包里有20多种添加剂,千万别买。"我的话音飘到摊位对面一位女售货员小头目的耳中,她看着我诧异地说:"哪种食品没有添加剂?"从她的神色上看,就好像法国人不知道拿破仑似的。我有些不服气,拿起一块装着塑料包装袋的面包,边看边说:"按规定添加剂应标出名称,这为什么没有?""太多了,放不下。"她的话印证了资料上讲的不假,分明是与老板合谋吃人。我放下面包拽着老伴就往外走。

超市二楼是卖食品的,上千平方米的面积,一排排货架、摊位上,摆满了五颜六色袋、盒、箱装食品,形状各异的瓶装饮料、调料。这时,所有商品的商标在我眼里都变成了各种化学药品名称,似乎行走在学校化学实验室里。人们每天吃着这样的食品,简直是在慢性自杀!一些食品企业老板为了使食品远销外地、外国,赚大钱,就请那些不合规的添加剂帮忙了。

出了超市,我的心情愈来愈沉重,跌跌撞撞回到家里,往床上一躺就没有力气爬起来了。老伴见我这般模样,后悔不该带我到超市买那便宜的白菜,得不偿失。

X 月 x 日

近日,坐到餐桌旁,一看见饭菜就满脑子飘荡着各种添加剂的化学名称,浑身直起鸡皮疙瘩,一点食欲也没有了。勉强塞进嘴里的饭菜也味同嚼蜡。

饭量越来越小。先是停食牛奶、鸡蛋,馒头和面条也难以下咽,总觉得增白剂、吊白块、三聚磷酸钠在肚子里作怪,绝对不能吃了。

老伴发愁了,离开馒头、面条就像早年雁北地区家庭主妇离开山药蛋不知如何做饭一样,束手无策。有一天,老伴突然像发现新大陆似的兴奋地对我说:"大米是从超市买的,一粒一粒的,总不会有什么添加剂吧?"我赞同她的看法。于是一日三顿大米,中午大米干饭,早晚大米粥,过上了标准的南方人的生活。我对大米并无恶感,只是把它排在白面之后而已。

没过几天,从电视上看到南方有的奸商把发霉的大米用脱粒机抛光出售;有的把次等发黄的大米,经过添加剂溶液浸泡后雪白发亮,以次充好。不敢吃大米了,只能喝小米粥了。喝了几天,又听说小米的金黄色也是用着色剂炮制过的。

最后,只有拒食一途了。我无意绝食,只是不想吃饭。无论什么饭菜一到嘴边就恶心得想吐。只能喝开水度日了。

老伴这下子没辙了,如大祸临头。她不知唠叨过多少次:"人家谁吃的不是这些东西? 也没听说吃死了人。"我躺在床上有气无力地反驳:"三鹿奶粉不是吃死了6个婴儿。""你认真了一辈子,最后可别认真得送了命。"她哽咽得说不下去了,泪水横流。片刻,她突然在床前站起来,大发雷霆:"姓吉的,半路上把我扔下走了,跟你没有完!"吼完,跑到客厅失声痛哭。结婚以来,第一次见她发这样大的火。我又心疼又可笑,"没完"? 我到天上去了,高兴了到阎王爷那里赴任,你又能咋?

她哭劝无济于事,便动员女儿两口子、儿子儿媳、孙子、孙女、外孙女来劝。

原先有过约定,不到万不得已,绝不打扰农村老家人。他们都忙于生计,挺不容易。老伴实在无计可施了,只好打电话请老家三哥、大弟、小弟、妹妹来家说服。

大弟是村医,先到床前给我切脉、看舌苔,他说我把添加剂想得太可怕了,出事的还只是少数。还说,他从家里带来一袋白面,自种自磨,不会有添加剂。吃完了再捎。老伴做了面条,我还是不想吃,只喝了半碗面汤。大弟作为医生却在为添加剂歌功颂德、树碑立传,令人十分悲哀,不会是同谋吧?

X 月 x 日

今天,老伴的弟、妹闻讯也赶来了。老伴妹妹是虔诚的基督教徒,平时来了总要宣传上帝如何神奇。老伴的心思却不在那上面。妹妹似乎把工作重点放在了我身上,曾给我捎了一本黑皮精装袖珍《新旧约全书》,即《圣经》。我是教文学理论的,也想了解一些宗教方面的知识,宗教与文学的关系比较密切。然而,我硬着头皮几次都未能把《圣经》读完。

她坐在我的床沿上说:"哥,没事,上帝会保佑的。你闭住眼睛,只想上帝救我来了。"之后,她双目紧闭,合掌举在胸前,口中念念有词,一脸真诚,大概是向上帝祷告。约20分钟,她放下双手说:"好了,上帝知道你遇难了。一定会保你平安。"

她小学毕业,不知道我是教马列文论的。按心诚则灵的原则,上帝也不会在我身上显灵的。她也忘记了,几年前她大女儿患了心肌炎,她每天祷告,病却越重了。最后还是到西安市动了手术才医好的。

X 月 x 日

老伴认为我最听老同学的话,又把四位同学请来。他们在床两边围我而坐,都说我瘦了,气色大不如前了。老焦半是玩笑半是埋怨地说:"你是讲马列文论的,怎么不懂辩证法了? 添加剂不会马上置人于死地,吃饱饭,养精蓄锐,写文章批判斗争嘛!"其他几位也都应和着他的意见,借题发挥,绞尽脑汁努力想说服我。我苦笑着说:"还辩证法呢,泥菩萨过河自身难保了。明年同学聚会我恐怕要缺席了。"知我者,同学也。他们还是读懂了我的行为。走时,一一握手,挥泪告别。他们肯定想到了,下一次来一定是参加遗体告别仪式的。

在当今社会关系中,同学关系属于最纯正的一种。

X 月 x 日

已经是第四天不进食了。我听医生说过,人不吃饭可存活 7 天,不喝水只能活 3 天。老伴已给老干处打电话让联系医院,明天叫儿子送我住院。我已决计,住院后就停止饮水。这样走得快些,家人少遭些罪。

每天躺在床上,有气无力,多是昏睡。醒来时翻翻书报,或数数佛珠,以打发时日。一串土黄色佛珠,是 90 年代与老伴游览五台山时,在黛螺顶庙内,经由住持在佛像前香烟熏过,花了 3 块钱请的(不能言买)。我不信佛,老伴在五台山进庙就磕头,也只是行礼而已。佛珠一直收藏在床头柜里,现在派上用场了。108 颗佛珠,每天不知要数多少遍。我甚至怀疑信徒们也是以数佛珠度日的,每时每刻都在念经,不是早累死人了?

今天早晨神清气爽,这是不是人们所说的"回光返照"? 趁头脑还清醒,赶快把最后要说的话写下来:

母亲生前总说我最有福。兄弟姊妹 8 人,我排行老五,上有兄下有弟。农历六月龙,新麦上场时。我的福气将要被可恶的添加剂断送了,惜哉! 悲哉!

一位资深院士曾对媒体说,不消除食品添加剂死不瞑目,而我至死不吃有添加剂的食品!

人类正在遭受食品添加剂的慢性谋杀,谁能拯救人类?

……

(2010 年 1 月 6 日)

(此文先后获"《中国作家》金秋笔会全国征文"一等奖;《小说选刊》"首届全国小说笔会"三等奖;收入《获奖作品集·短篇卷》,中国文联出版社 2012 年 12 月第 1 版,收入本书时有删减。)

读《大学生活片段》一文有感

苏章栓

　　铭有你好！再次读了《大学生活片段》一文，似乎又让我们回到了 50 多年前，感受颇多。

　　首先，敬佩你有惊人的记忆力。你把班里的逸闻趣事描述得那么精彩有趣。每件事发生的历史背景、细节都记得清清楚楚，真是难能可贵，称得上班中的活字典，说明你现在头脑健康，思维清晰。

　　其次，你的回忆给我补了一堂"班史"课。我不爱操心，对班里的事情知之甚少。看到你的回忆，今天仍然感到新鲜有趣。

　　第三，对参加"文艺会演"的事，说上几句。

　　组织参加全校文艺会演确实是我班四年中唯一一次重大文艺活动，令人印象深刻，本应记在我班"大事记"中。

　　当时，我能担任独唱节目，真是赶鸭子上架。说实在的，我的音乐水平有限，甚至不大识谱。但我的优势是：自己觉得声音还不错，还善于模仿，又有班里同学信任和支持，我就硬着头皮接受了重任。

　　演出那天，记不清穿什么服装，只记得我头扎白毛巾，手执放羊鞭，一派陕北放羊汉的形象，登上了大饭厅舞台。平生第一次在这么大的场合唱歌，紧张极了，头脑一片蒙晕，但还较好地完成了演唱。感谢铭有在文中对我演唱的称赞和鼓励！在这里，我要纠正一点：我唱的歌曲不是《延安颂》，因为这首歌难度大，我唱不好，唱的是歌颂伟大领袖毛主席的民歌《咱们的领袖毛泽东》，即"高楼万丈平地起……"这首歌好听又好唱。

毕业工作后，岁数大了，胆子也大点了，偶尔也上台喊两嗓子。如在中学教书期间，曾与高中学生合唱《长征组歌》，由我领唱；学校教职工百多人的大合唱，参加太原铁路局会演，我担任领唱，都取得了不错的效果。

话说远了。祝铭有在文艺创作的道路上，取得更多的成就！

（2018 年 5 月 13 日山西大学中文系 60 级乙班同学微信群）

附记：

昨天将苏章栓对《大学生活片段》一文的评论和回忆抄在日记中，又发短信云：

苏章栓，我把你的文章又读了一遍，并抄在日记中。真是一篇好的评论和回忆文章，与写你父亲那本书一样，显示出你的文字功力很强。看老天爷还能给我机会的话，出版第二部散文集时，把它放在附录中。

原来在这篇文章中，还写了咱们班办墙报的盛况。由于两个原因删掉了：一是这篇文章篇幅太长了；二是在写马作楫老师那篇文章中，已有较详细的描述，只好割爱。你若写"班史"，可以参阅我的散文集中《学者作家型马作楫老师——读〈马作楫文集〉》一文。（5 月 15 日）

读《不平衡规律新论》

程 文

　　新近陕西人民出版社推出的《不平衡规律新论》，是我省中年文艺理论家孙铭有同志的专题论文集。正当马克思主义文艺理论在一阵高过一阵的"反思"浪潮中受到冷遇、嘲弄、排斥时，孙铭有却十年如一日，坚持研究马克思主义文艺理论的基本问题，并以自己的实绩将我国对于马克思提出的艺术生产与物质生产发展不平衡规律理论的研究向前推进了一步，这种精神实在令人钦佩，其研究成果应受到瞩目。

　　该著由两组文章组成：一组文章是作者对我国学术界研究"不平衡"规律理论情况的评述；另一组文章是作者对"不平衡"规律理论的论述。前者既是对历史研究的回顾，又是对近年讨论的概括。这样的评述，对于学术界就这一问题的讨论起了很大的作用，就是现在读来，也有助于我们了解我国学术界对于这一问题研究的发展概况，以便在此基础上做新的探讨。后者则是作者对这一问题的研究和论述，亦是该书的主骨部分、精粹之论。可以看出，作者很注意此问题研究的历史和现状，并以此为起点做深入的研究，这在方法论上是可取的，亦是应当提倡的。

　　书名为《不平衡规律新论》，确有"新论"。我以为，下面几点很值得注意。

其一，首次提出"不平衡"规律的理论是马克思主义关于经济基础与上层建筑学说的重要组成部分的看法。这是作者将马克思的《〈政治经济学批判〉序言》和《〈政治经济学批判〉导言》这两篇经典著作联系起来加以研究而提出的看法。马克思在前一篇文章里指出："人们在自己生活的社会生产中发生一定的、必然的，不以他们的意志为转移的关系，即同他们的物质生产力的一定发展阶段相适合的生产关系。这些生产关系的总和构成社会的经济结构，即有法律的和政治的上层建筑竖立其上并有一定的社会意识形式与之相适应的现实基础。物质生活的生产方式制约着整个社会生活、政治生活和精神生活的过程。""随着经济基础的变更，全部庞大的上层建筑也或慢或快地发生变革"（《马克思恩格斯选集》第 2 卷第 82—83 页）。马克思在后一篇文章里则又指出，物质生产的发展同艺术生产的发展存在着"不平衡关系"，"关于艺术，大家知道，它的一定的繁盛时期绝不是同社会的一般发展成比例的，因而也绝不是同仿佛是社会组织的骨骼的物质基础的一般发展成比例的"（同上，第 112—113 页）。前者是马克思对唯物史观的经典表述，揭示了精神生产（包括艺术生产）的一般规律；后者则是马克思将唯物辩证法运用于精神生产，特别是艺术生产领域里，进一步阐明精神生产，特别是艺术生产与物质生产的辩证关系，揭示精神生产和艺术生产的特殊规律。应当指出，这两者在马克思那里是有机结合在一起的，后来恩格斯在 19 世纪 90 年代写的论述唯物史观的书信里，也是将这两者联系起来加以阐明的，从而构成了马克思主义关于经济基础与上层建筑的完整学说。可是在我们过去的研究中，往往强调前者，而忽视后者。针对这种情况，作者从马克思建立的经济基础与上层建筑关系学说的历史实际出发，提出"不平衡"规律的理论是马克思主义关于经济基础与上层建筑学说的重要组成部分的看法，认为："文艺这个上层建筑也是随着经济基础的发展而发展的，但并不是按比例发展的，而是发展不平衡。这便是对马克思主义关于经济基础与上层建筑学说的完整准确的理解,这是对作为上层建筑之一的文艺与经济基础关系辩证的理解。若忽视前者,就要犯历史唯心主义的错误;若忽视后者,就要跌入机械唯物主义泥坑。"作者的这个看法,从理论上看,不仅明确了"不平衡"规律的理论在马克思主义文艺理论中的地位,而且恢复了马克思主义关于经济基础与上层建筑学说的原貌,从而阐发了这一学说所包含的极其丰富的内容;从实践上看,也可以避免过去那种机械唯物主义的片面性、简单化的倾向。正是在这个意义上,我以为作者的这个看法不仅有助于我们准确地理解马克思主义关于经济基础与上层建筑的学说,而且也有助于我们正确运用这一学说去解决文艺研究和文艺创作中的一些基本问题,因而有着理论的和实践的价值。

其二,力图准确地阐明"不平衡"规律的理论内容,并第一次把"不平衡"现象概括为四种表现形式。作者认为,马克思提出的"不平衡"规律的理论有两方面的含义:它的第一个含义是指整个艺术领域同社会的一般发展和物质生产的不平衡性;它的第二个含义是指艺术领域内部的不同艺术种类之间也存在着不平衡性,即"在艺术本身的领域内,某些有重大意义的艺术形式只有在艺术发展的不发达阶段上才是可能的。"(同上,第 113 页)作者指出,从马克思阐明的"不平衡"规律理论的内涵来看,第二个含义不是马克思研究的重点,第一个含义才是它的核心内容。由此作者还提醒我们注意:马克思关于"不平衡"规律理论研究的对象是两种生产之间的不平衡关系,不是两者之间的全部关系,换句话说,马克思在这里只讲"不平衡",不讲平衡或其他关系。我以为作者的这些看法和分析是符合马克思的原意的。

值得注意的是,作者依据马克思这一理论对文艺现象进行历史的考察,把"不平衡"概括为四种表现形式。一是物质生产水平低,而艺术生产却出现了异常繁荣的局面,如古希腊、18 世纪末德国所出现的不平衡现象就属于这种形式。二是物质生产发展水平很高,艺术不仅没有出现繁荣景象,却产生了衰败的趋向,如今日的美国,物质生产发展水平属于世界之首,而文艺却出现衰落的现象。三是物质生产与艺术生产都比较繁荣,但它们的发展也是不成比例的,亦存在着不平衡现象,如19世纪英、法等国的资本主义生产得到了迅速发展,批判现实主义文艺也相当繁荣,而不是在物质生产发展到顶点的五六十年代。四是两种生产都比较落后的情况下,其发展水平也是不成比例的,如我国在"文化大革命"十年中,社会主义经济停滞不前,文艺园地也是一片荒凉的景象,但在"四五"运动中却出现了以天安门诗抄为代表的诗歌繁荣。在过去的研究中,一般只注意到前两种表现形式,而没有人谈到后两种形式。现在作者把这两种表现形式明确提出来,并将其与前两者一道列为四种表现形式。应当说,作者的这种概括是有积极意义的,它有助于我们对"不平衡"规律理论的深入理解,也有助于我们依照马克思的这一理论对复杂的文艺现象作出科学的分析与总结。

其三,首次对艺术领域内的不平衡规律进行了全面探讨。尽管我国学术界对"不平衡"规律曾经有过几次大的讨论,但一般都局限于艺术生产与物质生产的不平衡性的探讨上,对于艺术领域内的不平衡性则未加以研究,而该著则著有专文对这一问题结合中外文艺现象做了全面系统的论述。首先,他认为艺术领域内不平衡现象的表现形式是:(1)一种艺术高度繁荣,其他艺术却处于低潮。如明清时代的小说出现了高度繁荣局面,而戏剧、绘画、雕塑等艺术却处于低潮时期。(2)几种艺术都比较繁荣,而另一种艺术却处于低潮。如南北朝时期的书法、绘画和石窟艺术相当繁荣,而诗歌却处于低潮时期。(3)两种艺术都比较繁荣,但其发展也是不成比例的。如宋代的词和绘画都很繁荣,但它们的发展水平又是不平衡的。(4)几种艺术都比较繁荣,而以一种艺术的成就最大。如唐代的诗歌、书法、绘画、雕塑和舞蹈等艺术都相当繁荣，但以诗歌成就最大。（5）一种艺术发展的不同时期存在着不平衡性，这又表现为两种情况，一是一种艺术的产生、发展、繁荣、消亡等各个不同阶段的不平衡现象；一是一种艺术的各种形式之间的不平衡情形。（6）一个艺术家在不同时期的创造发展也是不平衡的，如曹禺的戏剧作品具有很高的水平，但其艺术水平又并非在每个时期都能达到完全相同的高度。其次，它对艺术领域内不平衡性产生的原因作了具体的分析。认为客观条件（包括经济、政治、哲学、宗教、社会风尚和统治者的好恶态度等）对各种艺术产生不同程度的影响，这是产生艺术领域内不平衡性的重要原因。就是同一客观条件，对不同艺术的发展所产生的影响作用也不尽相同，有的对这种艺术的发展有极大的推动作用，而对另一种艺术却没有明显的促进作用，甚至起了阻碍作用，这就必然造成了各种艺术发展的不平衡现象。除此之外，它还着重指出：各种艺术本身的"根据"不同，这是艺术领域内不平衡性产生的根本原因。基于这样的认识，作者对各种艺术本身的"根据"，从艺术特点、艺术发展过程、艺术家的主客观条件等方面都一一作了细致的分析，充分说明了由于这些"根据"的不同而造成艺术领域内的不平衡现象，使人读后，觉得很有说服力。

其四，着重论述了研究"不平衡"规律理论的意义。作者在1980 年写的《谈谈研究"不平衡"规律理论的意义》一文，针对我国学术界长期以来对"不平衡"规律理论研究不够的情况，提出研究这一问题有三个意义：一是研究和掌握"不平衡"规律的理论，可以使我们完整地、准确地理解马克思主义关于经济基础与上层建筑的学说，正确认识作为上层建筑之一的文艺与经济基础的辩证关系；二是"不平衡"规律的理论是我们认识、研究文艺复杂现象的锐利武器，对于搞好文学史的研究工作具有重大的指导意义；三是"不平衡"规律的理论对于繁荣和发展社会主义文艺具有重大的现实意义。应当说,这是很有现实性的。尽管长期以来,马克思主义文艺思想是我们文艺工作的指导思想,但我们既没有把"不平衡"规律的理论列为马克思主义关于经济基础与上层建筑学说的重要组成部分,结果造成对这一学说的片面理解;也没有以"不平衡"规律的理论去编写文学史,致使一些文学史充斥着庸俗社会学的弊端;同时也没有以"不平衡"规律理论来观察和处理社会主义文艺创作中出现的问题,以致使社会主义文艺在自己的发展过程中走了一些本可避免的弯路。因此,在我看来,作者的如此论述也是很有必要的。

作者在谈及第三个意义时,又从总结经验教训角度,对繁荣和发展我国的社会主义文艺提出自己的看法:第一,充分发扬政治民主、艺术民主,是繁荣社会主义文艺的重要因素之一;第二,必须注意充分发挥艺术家的个人才能,这也是繁荣和发展社会主义文艺的重要因素;第三,要繁荣和发展社会主义文艺,还必须按照文艺规律办事。显然,这也是很有见地的。

此外,该著还就马克思提出的关于资本主义生产同某些精神生产部门相敌对的观点,以及精神文明与物质文明不平衡现象产生的原因等重大理论问题,作了专门的探讨,发表了一些很好的见解,把我国关于"不平衡"规律的讨论推向新的领域和新的方面,这也是应当肯定的。

总的说来,该著的鲜明特色是从理论和实践的结合上,多角度地对"不平衡"规律的理论进行研究和阐述,有其广度,也有其深度。像这样集中论述"不平衡"规律的著作,在我国还是第一部,值得向广大读者推荐。

（原载山西作家协会主办《批评家》1998 年第 6 期,第 63—65 页,作者系山西大学中文系马列文论教授）

富有创见的概括与归纳

——简评《恩格斯文艺思想论》
陆梅林

    新近读到孙铭有的新著《恩格斯文艺思想论》，感到非常高兴。此书从酝酿到付梓，历时整整 10 年，作者自有一番甘苦。虽说这十多年来我们在马克思主义文艺理论的研究和探讨上，屡有进展，取得了不少成果，但对于马克思主义文艺学说创始人之一的恩格斯的文艺思想的研究却是远远不够的，而且缺乏系统性。这本书的问世，无疑会填补这方面的空白。此书是我国学者撰写的一部系统阐述恩格斯文艺思想的学术专著，是在掌握国内外大量资料的基础上写成的，文笔晓达，结构严密，论述清晰，具有较大的参考价值。

    全书有以下特色：

    一、论述的系统性强。恩格斯关于文艺的本质、特征、功能、基本规律以及无产阶级文艺的特殊规律的学说，是马克思主义文艺理论的组成部分。他的文艺思想是怎样形成的？提出和回答了文艺实践中哪些重大问题？对马克思主义文艺学说做了哪些贡献？他的文艺思想有些什么特点？对这些问题都需要加以研究和探讨。我们知道，恩格斯的文艺思想大都散见于他的鸿篇巨制、评论和书信之中，时间跨度大，而且很分散，使人不宜做整体性的把握。但是经过作者的细心梳理，为恩格斯的文艺观清晰地勾勒出一个异彩纷呈的完整体系。这表现在全书内容的构架上,也表现在论述的层次上。本书第一部分阐述恩格斯文艺思想的形成发展过程。第二部分阐明恩格斯文艺思想的基本特征,通过与马克思文艺思想的对比,揭示了恩格斯考察文艺现象的独特视角和论述方式的风格。第三部分则讲述恩格斯文艺思想的具体内容,分章论述了恩格斯对"真正社会主义"文学的批判、文艺典型、浪漫主义、革命现实主义、民间文学、悲剧理论、文艺创作、文艺批评等专题。作者通过对以上问题的阐发,论述了恩格斯文艺思想的基本问题,这是恩格斯文艺思想的精髓所在。在第四部分中,作者按照恩格斯文艺思想发展的轨迹,以编年的方式简明扼要地记载了恩格斯的文艺活动及其对创立和发展马克思主义文艺学说的重要贡献。

二、在论述恩格斯文艺思想上有新的尝试,且富于创见。关于恩格斯文艺思想的形成发展过程,过去在我们的马列文论中常常与马克思一并论述,侧重于他们共同的一面,很少提到他们相异的一面,缺乏这方面的系统研究。而在这本论著中,却第一次比较系统地阐述了恩格斯文艺思想的形成发展过程,并将其划分为四个阶段:(一)青年时期(1838—1843);(二)形成期(1844—1847);(三)成熟期(1848—1883);(四)发展期(1884—1895)。指出了各个阶段的划分标准、基本内容和特点。关于恩格斯的民间文学思想,特别是他对民间文学的意义及作者等问题的看法,在这里也是第一次进行了比较系统的论述。而关于文艺起源的时限问题,在书中作了明确的界定,作者认为文艺是与人类同步产生的,并指出恩格斯关于各类艺术产生的不同时期,这在过去的研究中也是少见的。此外,作者对恩格斯的文艺典型论,也作了新的归纳。他把恩格斯的文艺典型论的基本特征概括为:每个人都是典型;典型与单个人的统一。在第六章中,则把革命现实主义的基本特征概括为:细节的真实与典型环境中的典型人物的真实的统一;

真实性与典型性的统一；典型人物与典型环境的统一。

作者在论述恩格斯文艺思想时作出的新的尝试，是一种富有创建的概括和归纳。此外，书中对一些有争议的观点也在一定程度上作了辨析。总之，此书独到精细之处很多，常发前人未发之言和未见之识，这些正是此书的贡献。

（原载《中国文化报》1996 年 4 月 21 日"理论版"。作者系中国艺术研究院马克思主义文艺理论研究所所长、《文艺理论与批评》杂志主编、全国著名马列文论研究专家）

春意姗姗来迟

——推介"文艺理论研究丛书"
童庆炳

由于我的一个学生和山西师范大学有联系,我得以看到孙铭有教授主编的这一套"文艺理论研究丛书"。这一套"企望从中国古代文论和西方文论汲取精华,发展中国特色的马克思主义文论"的丛书,在我面前展现了一片令人惊喜的新绿。我把它们看成是北方黄土地上姗姗来迟的春天,更是与我一生所从事的工作——文艺理论研究有着不解之缘,才更加惊喜这终于到来的春意。

孙铭有教授毕生致力于马克思主义文艺理论研究,出版、发表过专著和论文,而收在这一套丛书里的《马列文论新探》是他近年来的最新研究成果,提出并尝试性地解决了一些文艺创作、文艺批评理论研究中争论不休的问题。丛书既有关于古代文论的著作《中国古代文论概要》(秦德行、王安庭著)、《中国古代诗话风格论》(张一平著),也有关于西方文论的著作《西方小说形态论纲》(亢西民著)、《西方现代戏剧艺术论》(杨文华著);其他的有《20世纪中国美学四家论稿》(张天曦著),有《汉语美学》(王有亮著)和《电影语言现代化再认识》(裴亚莉著)。

罗列以上书名意在说明:这一套丛书的选题有特色。特色不仅表现在对基础课题深入细致、推陈出新的研究,更表现在作者们对新课题的开拓,比如《汉语美学》,它超越了把汉语当成是工具和媒介的常规限制,认为汉语具有丰富的美学内涵,本身就是美学的对象。尽管书中的论述尚有可商榷之处,但选题的新颖让读者有很好的期待,对美学的研究领域,也是一次扩展。比如《电影语言现代化再认识》,电影理论界往往以介绍新的理论为己任,却忽视了对以往理论讨论的回顾,这一部著作就是对长期被忽视的问题进行的一个补救尝试。其他选题方面的优点不再一一列举。我也想对这套丛书的作者队伍作一说明。这个由 3 位教授、3 位博士、2 位硕士所组成的作者队伍,在中国中部相对寂静的环境里,专心治学,集数年的研究心得才形成专著,其治学态度之严谨,足以令人钦佩不已。我还想说明,这一套丛书表现了老中青三代文艺理论工作者非常突出的钻研学术的热情,这是我惊喜的最大原因。每一代中每一个学人的努力都会赢得历史的敬意,无论他们的贡献、声誉之大小。山西师范大学地处祖国腹地,当地有着悠久而深厚的学术文化传统,但近代以来,由于经济和信息方面的原因,迟迟难以在国内学术界占据突出地位,孙铭有教授主编的这一套丛书,无疑是希望能够在学术界发出努力的声音,这个声音,有识之士是一定能听到的。

(原载《中国文化报》2000 年 6 月 15 日第 4 版。作者系北京师范大学中文系教授、博导、全国著名文艺理论家)

跨世纪的文艺理论研究丛书

孙爱国

由山西师范大学中文系孙铭有教授主编的"文艺理论研究丛书"(《马列文论新探》《中国古代文论概要》《中国古代诗话风格论》《西方小说形态论纲》《西方现代戏剧艺术论》《20世纪中国美学四家论稿》《汉语美学》《电影语言现代化再认识》),近日由大众文艺出版社出版。

问世于世纪之交的8部学术专著是长期耕耘在教学、科研第一线的专家、学者对我国文艺理论建设作出的一大贡献,是研究者解放思想,独辟蹊径,勇于开拓,大胆探索所取得的创造性成果。这是改革开放的历史浪潮在文艺理论领域激起的一束浪花。

我国文艺理论研究自改革开放以来,正以前所未有的态势向前发展,取得了令人瞩目的成就。其中不乏具有严肃的科学精神,富于学术创见和理论深度,持之有故、言之成理的学术专著。然而缺乏严谨的治学态度,沿袭旧论,步人后尘,粗制滥造的理论书籍亦时有所见,这在一定程度上阻碍了文艺理论的发展。几千年来,人类创造了多姿多彩的文学和艺术,它需要多学科、多角度、多方位、多层次的文艺理论批评予以研究。鉴于此,山西师大中文系审美文化研究室的志士仁人,教学之余,站在美学的高度,以严谨的治学态度,经过几年潜心研究,完成了这套"丛书"。

8部专著,分属5个层面:研究西方文论、中国古代文论、美学的各两部,马列文论与电影艺术的各一部。"丛书"的作者意欲探索具有中国特色的马克思主义文艺理论。因此,在探索过程中,摈弃以往文论著作从理论到理论的陈规,把审视的目光放在总结文艺实践经验、汲取中国古代文论和西方文论精华上来,旨在构建一套较为完整、科学的文艺理论体系。整套"丛书",无论是名家手笔还是脱颖而出的新锐之作,都令人耳目一新。

《马列文论新探》是多年来一直从事马列文论研究的孙铭有教授的力作。孙教授对马克思关于艺术领域内不平衡规律,恩格斯文艺典型观,列宁的作家作品论,毛泽东"两结合"创作方法,邓小平文艺理论思想的探索都有独到的见解,在学术界独树一帜。其中《对艺术领域内不平衡规律的探讨》一文颇具权威性。他认为马克思关于"不平衡关系"理论的内涵包括两个方面:一是整个艺术生产与物质生产发展的不平衡性,一是艺术领域内不同艺术种类发展的不平衡性。该文从含义、表现形式、产生的原因及研究的意义诸方面,对艺术领域内的不平衡规律进行了系统的阐释,在马克思主义文论研究史上写下了极其重要的一笔。《试论赵树理小说的创作方法》一文,从赵树理小说创作所处的时代及其特点、个人主观因素等方面进行充分论证,旗帜鲜明地提出赵树理小说坚持的是社会主义现实主义创作方法,解决了当代文学批评史上长期争论不休的问题。

亢西民的《西方小说形态论纲》是我国首部系统研究西方小说生成、发展及演变规律的专著。作者以文化学作为参照,广泛借鉴形态学、新批评、比较文学、精神分析学等新方法,一反西方文论研究中史料堆砌、方法单一之弊,把研究的钻头掘向更深的层次,打出了一口深水井。作者打破西方文学史、体裁文学史及政治文化运动、社会历史形态划分文学时代的惯例,从制约小说生成、发展、形态构成等因素出发,探索西方小说的源流演变及形态特征,填补了我国在研究西方小说理论方面的空白。

杨文华的《西方现代戏剧艺术论》，从西方现代戏剧大师对戏剧"内向化"或"哲理化"方面加以剖析，把理论研究的触角伸向无人问津的港湾。那种精于捕捉、勤于探索、创新求真的治学态度确实是难能可贵的。

卷帙浩繁的中国古代文论是我国文化遗产中极其珍贵的一部分，对其进行梳理、抽绎，"着眼精华，阐发其现代价值"，难度是相当大的。而秦德行、王安庭两位先生凭借着深厚的古文功底，无论是在宏观的论析，还是微观的阐述方面，均显示出挥洒自如、驾轻就熟、四两拨千斤的功力，他们在资料选择上取舍精当，在意义的阐述上时有独创，在框架的构建上洗练明晰，实为古代文论研究的精品。

张一平的《中国古代诗话风格论》，通过考辨诗话风格以正其源，通过论述诗歌与气韵之关系，以摆正时代之位置；通过考察人在诗歌风格中的行为，以审视人的作用；通过推敲格调与品位以求其地位；通过总结风格神韵之妙，以追溯古人之高远；通过概括气味之类，以切磋品尝之滋味。具体辨析了含蓄、自然、清淡、绮丽、雄浑等诗歌风格，提出了一些富有创建性的学术观点。

《20 世纪中国美学四家论稿》的作者张天曦慧眼独具，选取20 世纪中国美学发展史上具有代表性的美学大师王国维、朱光潜、李泽厚、蒋孔阳的美学理论进行论述。对他们为中国美学作出的突出贡献及各自的美学思想作了深入细致的探讨。通过对四位美学大师的论析，对我国美学进行世纪巡礼，具有较高的学术价值和理论意义。丰富的资料、开阔的视野、缜密的思维、睿智的阐释，显示出论者深厚的学术功力。

王有亮的《汉语美学》是一部独具特色的理论专著。作者以汉语声韵学为切入点，提出了"汉语美学"这一颇具创造性的命题，首次挖掘出汉语在汉语言文学中特殊的审美价值，对汉语与美学研究向纵深发展拓宽了道路。集形、音、义为一体的汉字,最初是以象形文字的形式出现的,其符号本身就具有形象美的功能,而声、韵、调的组合又具有音乐美感,融入文法及修辞功能之后,便带有情感美的特征,因此,无论是书面语还是口头语,都有极其重要的美学价值。基于这样一种思考,提出"汉语美学"的构想,并加以理论阐述就不难理解了。在本书中,作者从汉语语音、形态、文法及其审美功能诸方面作了积极的探索。也许是很粗糙的,但毕竟迈出了可喜的一步。

裴亚莉的《电影语言现代化再认识》是研究电影艺术理论的一朵奇葩。作者在电影艺术理论的沙漠中艰难跋涉,试图从电影的戏剧性、蒙太奇、长镜头、文学性等方面进行探索,并把它放在世界电影史的发展过程和氛围中,放在中国电影理论建设史、创作史上进行研究。其带有批判性的观点和富有创建性的认识,表明了青年理论工作者勇于探索严峻课题,敢于正视理论误区的气魄。

总之,"丛书"的作者在构建文艺理论大厦的过程中付出了艰辛的劳动,获得了跨世纪的文艺理论研究硕果。他们力求做到观点鲜明,独辟蹊径,填补理论研究空白,以科学求实的态度提出并回答文艺实践中提出的新问题,正视理论误区,辩驳研究盲点。材料翔实,论据充分,论证清晰。集可读性、知识性及学术性于一体,为后人在文艺理论研究中提供了一些可资借鉴的东西。

(《山西日报》2000 年 6 月 26 日摘要,作者系西安财经大学教授)

个 人 简 历

　　孙铭有(原名孙有豹,小名豹娃)1940 年 7 月 14 日(此为身份证上的日期。准确的出生日期是 7 月 12,农历庚辰年六月初八)出生于万荣县百帝村贫苦的农民家庭。现名是在初小二三年级写仿时随意写上的。高德云老师叫我去问,怎么叫这个名字。我不知怎么回答,只说大哥的字叫"铭山",我就叫"铭有"。在座的一个巷子里的文化人孙文福说不如叫"铭鑫"好,我说那个字太难写。后来,父亲知道后,也未反对,只说那是你的学名,意为在学校里叫的名字。

　　1949 年春,上本村初小。

　　1952 年,加入少先队。

　　1953 年 7 月,初小毕业后,考入万荣县古城高小,六年级选为副班长。

　　在六年级阅读了奥斯特洛夫斯基的《钢铁是怎样炼成的》一书,特别是主人公保尔在烈士墓地所想的那段誓言:"人最宝贵的是生命,生命对于每个人只有一次。因此,人的一生应当这样度过:当他回首往事的时候,他不会因为虚度年华而悔恨,也不会因为碌碌无为而羞愧,在临死的时候,他能够说:'我的整个生命和全部精力,都已经献给了世界上最壮丽的事业——为人类的解放而斗争。'"这段誓言影响了我的一生。加之,上学前刚解放,父亲经常给我们讲:"历朝历代谁也没有做到'夜不闭户,路不拾遗',只有八路军做到了。"大哥 13 岁就到西安熬相公,回到家里说,有一天天麻麻亮,打开商铺大门去打扫卫生时,让他大吃一惊,街道两边都睡着解放军官兵。人们才知道解放军进了西安城。这些都在我幼小的心灵中留下了深刻的印象,为树立正确的人生观和世界观起到定向作用。

1955 年 7 月，考入闫景中学（即万荣一中，今为李家大院景区）。初中一年级选为少先队中队长。第二学期，1956 年 1 月 10 日加入共青团，选为团支部组织委员。暑假，提前一周返校，参加学校党支部组织的入党积极分子学习活动。初中二年级选为班团支部书记。初三选为班长。

《不只是为了工分》一文，载《万荣小报》1956 年 9 月 8 日第 2 版"集体与个人"栏目，这是我发表的第一篇文章。从此，我走上了文学的教学、科研和创作道路。

1958 年 9 月，保送上高中——万荣中学。本届三个高中班，教育改革中，其中两个改为两年制分科班：文史班、数理班。我分在文史班。高一第一学期，校团委任命我为联络员，我们班与初中 14 班结成帮扶对子，以加强高、初中同学的关系。万荣中学原来只有初中班，我们高一年级直接来报到，高二、高三年级是刚从闫景中学搬过来的。第二学期兼任学校板报编委。高二选为团支部副书记。

10 月中旬至 11 月底，赴吕梁山南端的乡宁县石景山参加大炼钢铁劳动。我被分配在运输连，主要任务是背煤。一条麻袋，一根捆行李的绳子。我每次要背八九十斤煤。55 里路，羊肠小道，每天背一次，步行来回 110 里路，两头不见太阳。"高产日"一周连轴转，即 7 天 7 夜不睡觉。我们运输连晚上七八点钟背回煤，吃了饭再出发。

1959 年 8 月 28 日晚，万荣县城发生特大水灾，洪水冲毁了半个县城。暑假，我们班留校复习功课的同学，积极参加抗洪救灾工作。当晚维护校园安全，第二天抢救国家资财。我荣获万荣县人民政府王国英县长签发的"在洪水巨浪中抢救国家资财模范"的奖状。

1960 年 9 月，考入山西大学中文系。曾评为"优秀团员""五好学生"，4 年连任班团支部组织委员。当年正处在三年困难时期。经历了 1958 年"大炼钢铁"的锻炼、1960 年"饿肚子"的考验，人生什么困难也不怕了，艰苦奋斗成为常态。

1964 年 7 月 7 日，毕业前夕，被校党委批准为中共预备党员，并参加了全校新党员入党宣誓大会。

1964 年 8 月，山西大学中文系毕业，分配到中共山西省委党校文史教研室，任教师。

1964年后半年至1965年前半年,在洪洞县白石公社南段大队,参加"四清"工作。

1965年后半年至1966年6月,在大同县周士庄公社五十里铺大队,参加"四清"工作。其间撰写《五十里铺村史》(打印),后将其中"陈奎永远活在人民心里"一节,收入散文集《光阴留痕》。

1966年10月下旬至12月中旬,与教研室赵文鳌、宋良图等5位青年教师结伴,进行"大串联",亲身体味到"江山如此多娇"的神韵。我爱我的祖国!

1969年9月上旬,到北京参加中央学习班学习。

10月1日晚,参加天安门广场新中国20华诞大庆烟花联欢晚会,入场券号:05757。国庆节后,根据"备战"1号命令,在北京的各省学习班都要疏散。我们山西班第5大队,从中央民族学院转到石家庄陆军指挥学院。

1970年7月,中央学习班结业后,省委党校被撤销。我被下放到雁北地区山阴县,名曰:充实基层。党校有我和任锺秀两口子,外单位的5人,在县招待所住了一个多月。我被分配到距县城50多里的后所公社。

1971年初,公社党委换届选举时,我被选为党员代表。5月,调县革委秘书办工作。

1973年1月,省委组织部下达调令:到省电子工业局报到。3月,自认为不适合行政工作,而改派到山西师范学院中文系任教。

4月,先分配到写作教研室,参加编写《写作知识》(上下册)(山西人民出版社1973年版)。我写的是"论说文的写作":《心得体会》、"应用文的写作":《调查报告》《经验总结》等部分。"文革"期间,出版新书很少,该书还卖到了香港。王志彬等在《20世纪中国写作理论史》一书中评论说,该书"被写作理论界誉为'文革'期间的一本有代表性的写作教材","初步建构了一套相对完整的写作理论体系"。

9月,担任中文7304班班主任兼党支部书记。

1974年后半年,因参加学校组织的党史课教师培训班,而辞去班主任与支部书记职务。当时史课教师奇缺,学校提出各系自己想办法。中文系闫主任说我是从党校来的,派我参加培训班。学习一个多月后,到延安参观。给中文7405、7406班讲了一个学期党史课。

1975年9月,担任7508班班主任兼党支部书记。系领导根据我的愿望调到文艺理论教研室,讲文学概论、马列文论、美学,选修课有恩格斯文艺思想论、西方马克思主义文论等课程。

1977 年末,到太原饭店,参加 77 届新生录取工作。具体任务除中文系的,还有政教系的。

1979 年 8 月,到榆次参加 79 届新生录取工作。

《我国对于艺术生产与物质生产发展不平衡规律研究的概况》一文,载《山西师院学报》1979 年第 4 期;1980 年 2 月 20 日《光明日报》摘要;人民大学《文艺理论》转载;收入中南八院校《文学概论参考资料》(上册)等 4 部书。

70 年代末至 80 年代初,兼任 8 年中文系教工党支部组织委员期间,在发展党员工作中,实行了"联系人"制度,即每个党员帮扶一个要求入党的积极分子。党支部先后发展了十几名教师党员,有的成为骨干教师,有的走上了各级领导岗位。陶本一校长、黄竹三教授等,都是那时发展的党员。

1980 年,评为讲师。

1981 年秋,出席在黄山召开的全国马列文论研究会第三届年会。有 30 多位教授、学者递交了关于"不平衡关系"理论的论文,我的是《试论不平衡规律的普遍性》。我们这些人被分在一个小组,进行专题讨论。在讨论中对马克思关于"不平衡关系"理论揭示的究竟是什么规律的问题上发生了激烈的争论。这在论文中已可见出,而到会上竟然演变为剑拔弩张,甚至有点人身攻击的味道。有人认为是绝对的普遍规律,有人认为是个别的特殊规律。在双方争执不下的情况下,我发言说:"'不平衡关系'理论揭示的既不是普遍规律,也不是特殊规律。它是一个客观规律,在它本身范围内,是普遍规律,但和其他各个领域相对而言,它也是特殊的。"我的意见得到了双方的认同。武汉大学中文系教授何国瑞还说,我的论文对马克思关于"不平衡关系"含义阐释中"一定的"一词作了新的解释。我的意见在年会"简报"和《文学评论》(1982 年第 1 期)发表的年会综述中都是作为第三种观点介绍的。《试论》在《山西师院学报》1981 年第 2 期发表后,人民大学《文艺理论》(1982 年第 3 期,这是一期关于"不平衡关系"理论的论文专刊;转载 10 篇论文有我 1 篇,该刊已转载过的 6 篇存目中有我的 2 篇。一校一人 3 篇者仅此一家)转载,北京十月文艺出版社出版的《十年文艺理论论争言论摘编》一书第 1092—1093 页和人民大学出版社出版的全国马列文论研究会会刊《马列文论研究》第 5 集摘要。接着,我发表了《不平衡规律的特殊性初探》(《山西文艺论萃》1984年)一文,对这个问题作了进一步论述。我的这些论文都是先在课堂上讲,然后修改发表。学生听后展开了热烈讨论,有的找我交谈,还有两个学生合写了一篇论文发表在《吕梁教育学院学报》上,阐述他们的认识。

1983年,《也谈"两结合"创作方法的科学性——同吕林同志商榷》一文,是反驳吕林在《关于"两结合"创作方法的科学性问题》一文中,否定毛泽东所提出的"两结合"创作方法的科学性错误观点的。由于文论界反驳的文章太多,《文学评论》第3期"来稿摘要"发表。之后,文章的三部分作为三篇文章以《两种创作方法既需要也能够相结合》为题,载《山西师院学报》1983年第4期,《十年文艺理论论争言论摘编》第1037页摘引,《毛泽东文艺思想大辞典》存目;以《"两结合"创作方法是"大跃进"的产物吗》为题,载全国毛泽东文艺思想研究会会刊《毛泽东文艺思想研究》1984年第3辑,附有作者介绍;以《"两结合"创作方法的运用能否造成"消极后果"》为题,载《学海探胜》一书,山西人民出版社,1986年,《新时期文艺学论争资料》上册,复旦大学出版社,1988年版,第184页摘引。最后,才将整篇文章收入我主编的"文艺理论研究丛书"《马列文论新探》(大众文艺出版社,1999年版)。

1984年,担任文艺理论教研室主任。第一个任务就是组织教研室全体教师编写山西省高等教育自学考试试用教材《文学概论》,由省自考委审定印发。我写前言、第五章、第七章。

辅导书《〈文学概论〉题解》,由解中平老师组织编写,教研室教师参加,省自考委审定印发。

1985年,《谈谈研究不平衡规律的意义》一文,获山西首届赵树理文学奖文学理论二等奖,出席省作协颁奖大会,颁发证书、200元奖金。获奖名单公布于《山西日报》。该文原载《山西师院学报》1980年第2期;人民大学《文艺理论》1980年第22期转载;《十年文艺理论论争言论摘编》(北京十月文艺出版社,1991年版)1083—1084页摘引。

1986年,评为副教授。

同年,对恩格斯文艺思想的研究起因于对恩格斯文艺典型观的探索上。1885年恩格斯在致敏·考茨基的信中评论她的长篇小说《旧人和新人》时,提出马克思主义文艺典型观:"每个人都是典型,但同时又是一定的单个人,正如老黑格尔所说的,是一个'这个'。"文论界对此十分重视,凡讲到典型问题时无不引用它，但遗憾的是都没有涉及"每个人都是典型"的内涵和要义。这在教学中不加解释也可以搪塞过去，然而我总想把它探讨出个究竟，给学生交代明白。

早在 1978 年我发表的《谈谈话剧〈丹心谱〉反面人物的塑造》一文中，引用上述恩格斯那段话后说："这里所说的'每个人'，就是指一部文学作品中描写的所有人物，即各阶级、阶层，主要、次要人物，先进、转变人物，正面、反面人物都应该是典型，也是一个'这个'。"当时只是为了说明反面人物也是典型，而对这个解释未能展开论证。它是否符合恩格斯的原意和创作实践，如何面对长期以来所形成的"少数典型论"的挑战？经过长期思考和探索：查资料，找论据，向俄文、德文翻译家请教，与教研室同仁交流，直到 1986 年才撰写出《试论"每个人都是典型"——对恩格斯典型论的新看法》（《山西师大学报》1986 年第 2 期）一文，从"文学作品中的人物没有典型与非典型的区别""文学创作规律的新发现""提高文学创作质量的标志"等方面的论述，证明我的解释是科学的。在课堂上讲后，学生反映论据充分，说服力强。发表后，《新华文摘》1986 年第 7 期、中国人民大学出版社 1987 年出版的"新论点丛书"《文艺理论论点选编》中，都以副标题为题摘要。

1987 年加入中国作家协会山西分会。10 月下旬，到浙江省舟山群岛（现为舟山市）普陀山，出席全国马列文论研究会第 9 届年会。

1988 年 11 月 28 日至 30 日，在太原出席中国作家协会山西分会第三次会员代表大会。出任山西省第三次社科研究优秀成果评委会文学理论组评委。

1989 年，中文系组织编写《中文自学手册》（陕西人民出版社，1989 年版）"文学概论"部分，由我和林清奇编写，我写 6 万多字。

《不平衡规律新论》（陕西人民出版社，1989 年版），是中文系较早出版的学术专著之一，享受支持科研的"校长基金"补贴。《文艺报》《文艺理论与批评》《山西师大学报》《山西广播电视报》等报刊介绍。特别是山西大学中文系马列文论教授程文（程继田）发表在《批评家》（1989 年第 6 期）《读〈不平衡规律新论〉》一文，对拙著进行了全面深刻的分析评论，最后说"总的来说，该著的鲜明特色是从理论与实践的结合上，多角度地对'不平衡'规律的理论进行研究和阐述，有其广度，也有其深度。像这样集中论述'不平衡'规律的著作，在我国还是第一部，值得向广大读者推荐。"（第 65 页）

1990年1月,评为山西师大自学考试先进工作者。

1991年5月4日至9日,在杭州市出席全国毛泽东文艺思想研究会学术讨论会。其间,应邀出席有公木同志参加的《发展与应战:毛泽东文艺思想在当代》一书提纲征求意见讨论会。该书出版时列有参会人员名单,并赠书一册。

7月1日,评为学校优秀党员。

1992年,《我看〈王朔自白〉》一文,载《中国文化报》,1992年8月16日;《文艺报》1992年10月10日摘要。评为师大科研成果二等奖。

1993年6月,《要正确把握经济建设与文化建设的辩证关系》一文,载《中国文化报》,1993年6月9日。获师大学术论文一等奖。

9月10日,评为"三育人"先进个人。

12月,《要培养"两过硬"人才》一文,载《山西师大报》,1993年12月30日第2版。

12月26日纪念毛泽东诞辰100周年时,中文系分管科研副主任郭望泰(我的学生,已故)命我给学生做学术报告。我讲的题目是《试论毛泽东文化学思想》,2万多字。一位数学专业硕士生听后对我说,有耳目一新的感觉。经过修改,1994年初把稿子寄给《文艺研究》。不久,就收到责编袁振保(副主编)回信,说稿子很有见地,决定留用,同时还寄来他的名片,还说可以直接与他联系。我立即发信,希望争取早日发表。大约三周后,稿子退回来了。在信中说,他认为稿子不错,而主编却有不同看法,主编一锤定音,没办法,要我赶快给别的刊物发。我根据他的修改意见,把稿子压缩到12000多字,分别发给国家教委主办的《高校理论战线》、上海社科院《毛泽东邓小平研究》。前者以《毛泽东文化学思想》为题发表于当年第6期,后者以原题载于1995年第1期。前者按时寄来样书,后者发表的消息是政法系一位老乡转告的,迟迟收不到样书,也不敢索要,怕人家说咱一女嫁两夫。直到1999年向省里报奖时,才不得不向编辑部打电话。没想到接电话的人却说对不起,她把我的通信地址弄丢了,几年了稿费和样书无法寄出。很快收到了样书和比较丰厚的稿酬。该文荣获1999年省社科研究优秀成果优秀奖,师大科研成果奖。

1995年,晋升为教授。

同年7月10日,《不平衡规律新论》(陕西人民出版社,1989年版)评为省教委人文社科研究优秀成果著作一等奖。

1996 年 10 月,《论恩格斯文艺起源观——纪念恩格斯逝世一百周年》一文,载《文艺理论与批评》1995 年第 4 期,获师大科研成果三等奖。

《奸商论》以《向各种假冒行为宣战》为题,载《山西商报》1996 年 12 月 3 日第 2 版。

1997 年 3 月 10 日,《恩格斯文艺思想论》(大众文艺出版社 1996 年)一书,获省教委人文社科研究优秀成果著作一等奖;山西师大科成果一等奖。奖金各 1000 元。该书出版后,《文艺报》《文艺理论与批评》等报刊介绍;省电大学报、《马列文论研究》分别转载"文艺典型论""文艺批评论"两章。全国著名马列文论研究专家陆梅林作《序》,并以《富有创见的概括与归纳——简评〈恩格斯文艺思想论〉》为题发表在《中国文化报》(1996 年 4 月 21 日第 3 版),他评论时说:"本书是我国学者撰写的一部系统阐述恩格斯文艺思想的学术专著,是 20 世纪 90 年代在马列文论园地中绽出的一枝瑰丽花朵。""铭有同志是一位可尊敬的学者。"省电大学报 1997 年也发表书评《盛开在马列文论园地中的一枝奇葩》。内蒙古师范大学中文系将该书作为文艺学研究生的教材。

6 月,评为优秀党支部书记(时任中文系文学组党支部书记)。

1999 年 8 月,主编"文艺理论研究丛书"(大众文艺出版社,1999 年版)8 部学术专著,200 多万字。自撰《马列文论新探》,撰写丛书"前言"。"丛书"出版后,全国著名文论家北京师范大学中文系教授、博导童庆炳发表评论文章《春意姗姗来迟——推介"文艺理论研究丛书"》(《中国文化报》2000 年 6 月 15 日第 4 版),孙爱国《跨世纪的文艺理论研究丛书》(《山西日报》2000 年 6 月 26 日摘要),杨建千、杜吉贵《跨世纪文艺理论研究的佳作——孙铭有教授"文艺理论研究丛书"评述》(《山西广播电视大学学报》2000 年第 3 期)。

之后发现"丛书"被盗版:版权页上只增加了"第二版"的字样。封面设计改变,以 16 册(有两部著作未分册,《中国古代文论概要》分为 4 册,其余 5 部均分为上下册)为一套,在 6 省、市,12 个市、县、区,12 个大网站出售,相当火爆。这是我们没有想到的,理论著作还有人盗版?我和时任文学院院长、作者之一的亢西民主张追查,但有的作者不同意。我只买了两套书,一套存于文学院资料室,一套送校图书馆。

1999 年 9 月 10 日,评为"三育人"先进个人。

《山西师大报》(1999 年 9 月 15 日第 3 版)发表《孙铭有——坚持不懈搞科研》一文,介绍我的科研情况。

《文学关系学论纲》一文,《山西师大学报》1999 年第 2 期、人民大学《文艺理论》1999 年 9 期转载。该文一发表就很快收到了山西高校联合出版社来信询问,若准备出书,出版社可以联系与人合作,以丛书形式共用一个书号。我回信说,这是要创立一个新学科"文学关系学",然而现在文论界对文学的各种关系研究还不够充分,需要较长的时日。现在客观条件已经具备,但已年届"80 后",力不从心,只能把这个任务留给后人去完成。

八九十年代,文艺界曾出现否定马克思主义文论的倾向。为了批判这种错误倾向,1988 年 7 月 5 日,我给即将召开的全国马列文论研究会第 14 届年会写了一封建议信。题为《在严峻挑战面前,马克思主义文论工作者的任务》;发表更多的有水平的研究马列文论的论著;扩大和发展马列文论研究的队伍;扩大和占领各种阵地;团结一切可以团结的力量。还发表了《论否定马克思主义文论的手法》(1991 年)、《试论"左"倾思潮对中国马克思主义文论发展的影响》(1999 年),这两篇论文收入《马列文论新探》一书。

2000 年 10 月,退休,组织关系转入离退处。继续给文学院本科生、成教院自考脱产班讲《文学概论》;给两届文艺学研究生讲《马列文论专题》,2008 年结束。

《话说万荣特产百帝葱》一文,载《万荣人》报 2000 年 12 月 8 日第 3 版;《山西日报》12 月 12 日第 7 版。之后,收到老家百帝村党支部书记孙耀泽、村委会主任孙家铎 12 月 22 日的表扬信。这是退休后开始散文创作的第一篇文章。

2001 年,《母爱子子爱母 何言儿女非亲生——记万荣县南牛池村王青菊老人》一文,载《万荣人》报 4 月 11 日第 4 版,与《老年人的理想》一文一起收入《构建和谐老龄社会》(省直机关老龄委编,2008 年 4 月)一书,并获省直老龄委颁发的征文优秀奖。

《论泛化的现实主义》一文,载《文艺理论与批评》2001 年第 3 期。在指导学生毕业论文时,发现一位女生在初稿中错误地认为西方现代主义从本质上看也是现实主义。其实西方现代派的宣言是反对现实主义的。这个问题引起了我的兴趣和重视,经过考察,发现各种名目的"现实主义"竟然有 25 种之多,更有甚者竟然提出"无边的现实主义"概念。我把这种文学现象概括为"泛化的现实主义",并认为它是理论概括贫乏的产物,也是文学发展的隐患,它是应该终结的时候了。这篇文章从"对现实主义创作原则含义的无限扩张""'名'与'实'的无限模糊""主客观界限的无限淡化",及其"对文学发展的隐患"等方面,论证了自己的观点。

《拒绝假货是打假的有力措施——随感之七》一文,载《临汾日报》2001年4月11日第3版。

《试论文学的科学性》一文,载《山西师大学报》2002年第4期;人民大学《文艺理论》同年第4期转载;《中文资料信息》2003年第5期摘要(第39页);收入中国老年基金会《中华经典文库》。

2002年,《伤疤的故事》一文,载《山西广播电视报》12月10日"文艺副刊"第12版、《山西老年》2003年第4期,以《我的三块伤疤》为题载《山西文学》2003年第3期,并列入封面"要目"。

《致晨读者》一文,载《山西师大报》2002年6月11日第3版。

《答〈经济消息报〉社问》一文,载《文学博客网》2002年9月12日,收入《光阴留痕》一书,第345页。

2003年,《观劝学碑》一文,载《山西师大报》2003年12月11日第3版。

2004年,《回忆诗人阮章竞》一文,载《山西老年》2004年第4期,题图与目录插图为诗人与我们的合影,以《在可笑的战役中相识》为题,转载《山西文学》2005年第7期。

《以数字命名批评方法不科学》一文,载《运城学院学报》2004年第3期;获2004年"全国理论创新学术成果"一等奖。

《离退休人员的工资单》一文,载《山西师大报》5月21日第3版。

《霍山陶唐峪游记》一文,载《临汾日报》6月13日第3版。

《陈寿亭典型的现实意义》,以《大染坊》为题载《临汾日报》2004年6月13日第3版。

《启蒙情深 恩师难忘——追念王文捷老师》一文,载《万荣人》报5月14日第4版、《临汾日报》9月13日第3版、《山西师大报》10月1日第3版。

《教室里的灯光》一文,载《山西师大报》11月1日第3版。

2005年,《怀念母亲》一文,以《母亲》为题载于《临汾日报》3月20日第3版;收入散文集《光阴留痕》。

《住房·菜窖》一文,载《临汾日报》9月18日第3版、《山西老年》2008

年第 6 期"改革开放 30 年"征文栏目。

《精神感人 风格谨严——读王双定散文集〈回眸〉》(中国文联出版社,2005 年版),在王双定作品讨论会上的发言。

2006 年,《凸子往事》一文,载《万荣人》报,3 月 10 日第 3 版、17 日第 4 版、24 日第 4 版连载。

《为农民远离贫穷——读鲁顺民散文集》,载《临汾日报》2006 年 7 月 6 日第 3 版、《山西作家通讯》2006 年第 4 期。

散文集《光阴留痕》扉页上那段话:"人最宝贵的是生命,生命的价值在于劳动和创造。人的一生能在某一领域创造新的经验和成果,就活得有价值,就会获得真正的幸福和快乐。否则将悔恨终生。"原是应《中国共产党人格言大全》征稿而写的,之后几部同类书都收入。入编《共和国建设者·智慧格言》(中国科学出版社,2006 年版,第 584 页),评为优秀格言创作奖,并授予"当代文学之星"荣誉称号。

2007 年,《巨人广场的遐想》一文,载《山西师大报》3 月 11 日第 3 版。

8 月 2 日,《文艺报》第 4 版"创作动态"栏目,介绍我的学术著作和散文创作及其获奖情况。

2008 年,《对马列文论研究的回顾》一文,载山西师大校庆 50 周年纪念文集《木铎金声》(山西人民出版社,2008 年版)。

《校园是一首诗》一文,载《山西师大报》2007 年 11 月 11 日第 3 版。与《致晨读者》《教室里的灯光》,以《校园是一首诗(外二首)》为题,收入《木铎金声》一书。

《中文系的作家们》一文,载山西师大校史·学院卷《文学院院史·附录》(山西人民出版社,2008 年版)。

《于矛盾中见和谐——评高爱辰的短篇小说》一文,载《山西作家通讯》2008 年第 2 期。

《母校之歌》这首诗,载《山西师大报》2005 年 11 月 11 日第 4 版。校庆 50 周年征集"校歌词"时,曾作为备选 7 首诗之一,公示于科技大楼下。

2009 年,《从农家娃到大学教授——我与新中国同行》一文,为国庆 60 周年而作。《万荣人》报 2 月 25 日至 3 月 4 日连载。入选"纪实中国丛书"《求实创新理论成就文选》《共和国 70 年引领创新与发展文选》等书。

《理发》一文,载《山西师大报》2009 年 3 月 11 日第 4 版。

《避雨》一文,载《万荣人》报 11 月 13 日第 4 版。

10 月 1 日,获"万荣县文化人才"荣誉证书。

10 月 26 日,山西师大校党委、校行政颁发"老有所为个人"荣誉证书。

《马克思恩格斯是"民主社会主义"者吗——评谢涛〈民主社会主义模式与中国前途〉(〈炎黄春秋〉2007 年第 2 期)》,获中央党校首届"中国马克思主义论坛 2009"征文提名奖。

2010 年,短篇小说《妄想症患者日记》在山西师大校园网发表后,反应热烈。不少同事询问;一位退休副校长竟然问我小说主人公写的是谁;时任离退处的黄处长转告说,校长看过大加赞赏。先后获《中国作家》"2010 金秋笔会"全国征文一等奖,收入获奖作品集·小说卷,第 1127—1130 页(节选)(中国文联出版社,2011 年版)。获《小说选刊》首届全国小说笔会征文三等奖,全文收入获奖作品集第 301—312 页,文后附有作者简介(中国文联出版社,2010 年版)。获奖信息载于《山西师大报》《山西晚报》。

2011 年,《落叶的自白》一文,获全国散文征文三等奖,并收入《散文选刊全国征文获奖作品集》(全二册)。

2012 年,散文集《光阴留痕》(三晋出版社,2012 年版)。获第三届"相约北京全国文学艺术大赛"著作一等奖。收入 81 篇散文,30 万字。"收入的作品大部分是退休后创作的,是我一生所历、所闻、所见、所想、所感的写照。光阴似箭,无形无声人留痕。这些散文便是我留在光阴中的脚印,从一串串正斜深浅的印痕中,多少可以洞见个人成长的轨迹、新中国前进的步点、世道人心的变迁……故名《光阴留痕》。"

2014 年,《重阳时节拜谒尧陵》一文,转载《山西广播电视报·文艺副刊》2014 年 9 月 25 日第 5 版。

2015 年,《书法家赵望进》一文,载《山大校友》2015 年第 2 期。

2018 年 9 月,《我的记忆:文艺学学科建设》一文,载《山西师大学报》师大校庆 60 周年纪念专刊。

2019 年 10 月,《出行更便捷——写在新中国 70 周年华诞恭贺时》一文,收入《我和我的祖国征文集》2019 年 6 月,获征文一等奖。

2021 年,在庆祝中国共产党成立 100 周年之际,喜获中共中央颁发的"光荣在党 50 年纪念章",到 7 月 7 日,我的党龄满 57 年。

后　记

　　自古以来,人们总是悲叹秋天的萧条冷落,但也不乏不同感悟的人。唐代诗人刘禹锡在《秋词》中写出"自古逢秋悲寂寥,我言秋日胜春朝(Zhāo)"的诗句,认为秋天比万物萌生的春天更有生气。特别是伟人毛泽东曾在多首词作中,以描绘金秋美景表达革命激情:"独立寒秋……看万山红遍,层林尽染;漫江碧透,百舸争流。鹰击长空,鱼翔浅底,万类霜天竞自由。"(《沁园春·长沙》)"今又重阳,战地黄花分外香。一年一度秋风劲,不似春光。胜似春光,寥廓江天万里霜。"(《采桑子·重阳》)"萧瑟秋风今又是,换了人间。"(《浪淘沙·北戴河》)

　　我也有同感,春华秋实,秋天是五谷丰登的收获季节。按人生的年纪节令,退休似乎标志着已进入秋季,但我退休后却没有"悲寂寥"的感慨。写作发表《老年人的理想》一文,向李尔重、巴金等老作家学习。李尔重是1940年代的老作家,从省委领导岗位上离休的第一天就开始文学创作。经过10年的努力,创作了8卷本长篇小说《新战争与和平》,填补了我国文学从整体上全面反映抗日战争题材的空白。巴金恢复创作后,为自己订立了创作、翻译13部著作的计划。1987年,我被吸收为省作协会员,然而由于长期从事文学理论教学,科研的主攻方向是马列文论,所发表的论著都是学术性的,很少创作文学作品,总认为自己还不是真正的作家。我学习老作家老有所为的精神,把工作重点转移到散文创作上。2012 年出版了散文集《光阴留痕》。之后,并未停笔,又创作了近百篇散文,从中选取了 70 多篇,编成了第二部散文集《秋之韵》,正是 2013 年以来散文创作的新收获。这些篇章酷似一片片秋叶,渗透着金秋风采情韵,彰显着秋季好收成。谨以此作为庆祝中国共产党百年华诞的礼物!

　　老年习作,水平有限,缺点难免,恭候读者不吝赐教。

　　本书出版得到三晋出版社原社长张继红同志大力帮助,三晋出版社编辑朱屹同志付出了辛勤工作,大学同窗著名书法家赵望进题写书名,老同学山西省作协老作家王双定为本书作序,在这里一并表示诚挚的谢意。

写于临汾市信合西路 F 区居所

2021 年 5 月 21 日